나에게 온 봄

지은이 | 미몽
펴낸이 | 권순남
펴낸곳 | 마롱
디자인 | 박소연
편 집 | 김민지

1판1쇄 인쇄일 | 2024년 2월 5일
1판1쇄 발행일 | 2024년 2월 19일

등록일자 | 2008년 1월 7일
등록번호 | 제310-2008-00001호

주소 | 서울시 노원구 상계 1동 1049-25 신영산업 BD 602호
대표전화 | 02-2091-0291
팩스 | 02-2091-0290
이메일 | marubooks@mayabooks.co.kr

979-11-368-3428-7 (04810)
979-11-368-3427-0 (set)

값 9,000원

* 저자와 협의하여 인지를 붙이지 않습니다.
* 잘못된 책은 교환하여 드립니다.

MARONG
ROMANCE STORY

나에게 온 봄

vol. 1

미몽(mimong)
지음

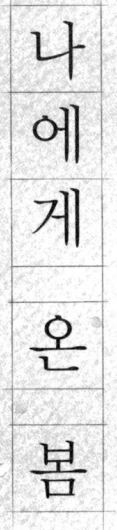

차 례

프롤로그   6

1.   38

2.   68

3.   98

4.   126

5.   154

6.   183

7.	214
8.	247
9.	280
10.	310
11.	343
12.	364
13.	375

프롤로그

  어제만 하더라도 생생하던 길가의 꽃이 허리를 숙이고 있었다. 푹 고꾸라진 모양새에 가던 걸음을 멈춘 사이, 가게 앞에 있던 두 여자의 대화가 들렸다.
  "이렇게 하루만 살아 보고 싶다."
  동경이 듬뿍 담긴 A의 말에 휴대폰을 꺼내던 B가 고개를 갸웃거렸다.
  "남잔데?"
  그들의 화두는 휴대폰 판매점 앞에 놓인 등신대를 향해 있었다. 함께 그곳에 시선을 두던 봄의 눈이 가늘어졌다. 배우 윤현수, 등신대의 주인공이었다. 뒤에 추가된 또 하나의 시선을 알 리 없는 두 사람은 등신대를 토닥이며 말을 이었다.

"남자건 여자건 저 정도면 인생 살맛 날걸. 이거 실물 크기 맞아? 머리 크기 너무 줄였잖아."

"그래서 찍을 거야, 말 거야."

"기다려 봐. 머리 풀고 찍을래."

그들의 목적은 등신대와 사진을 찍는 것인 모양이다. 봄은 무심한 표정으로 등신대를 보았다. 익숙한 듯 익숙하지 않은 얼굴이 그곳에 있었다. 요즘 가장 잘나가는 배우이니 익숙하지 않은 게 이상하려나.

'그래도 이상한걸.'

낮은 헛웃음을 흘리는 사이 두 사람은 잠시 사진 찍던 것을 멈추고 등신대의 뺨을 건드렸다.

"하루만 살아도 바짝 벌 수 있을 것 같단 말이지."

"바짝 얼마나."

"광고 하나만 찍어도 억이라잖아. 그렇게 생각하니까 재수 없다. 누구는 죽자고 출퇴근하고 누구는 웃기만 해도 돈이 굴러 들어오고. 부조리하다, 부조리해. 어우, 잘생겼어."

"…언행일치 좀."

"시끄러워. 빨리 찍어 봐."

쾌활한 대화는 듣는 것만으로도 함께 이야기를 나누는 듯한 기분이었다. 한참 등신대를 가지고 재미를 즐기던 그들은 아쉬움을 남기며 움직였다.

"역시 최고야. 잘생긴 건 늘 새로워, 짜릿해."

"윤현수 이번에 영화 찍는다고 하던데."

"뭐? 진짜? 어디서?"
"그걸 내가 어떻게 알아. 재수 없다고 할 땐 언제고!"
"그건 그거고 이건 이거지. 웬일이야. 내가 그걸 왜 몰랐지."

그들이 티격태격 봄의 앞을 지나갔고 그제야 그녀도 몸을 세웠다. 그리고 슬그머니 등신대 앞으로 다가가 낮게 중얼거렸다.

"이게 어딜 봐서 잘생겼다는 거야."

누군가의 팬에게는 굉장히 불쾌할 수 있는 혼잣말이었다. 조금 삐딱하게 서서 등신대를 보았다. 말끔한 얼굴이다. 분명 객관적으로 보자면 대단히 잘생긴 것이 맞다. 단지 그것을 인정하기 싫을 뿐.

꽤 진지하게 등신대를 보고 있던 찰나, 봄의 휴대폰이 울렸다.

[부모님 아들]

액정에 뜬 이름에 그녀는 등신대를 힐끗 보다 시큰둥하니 전화를 받았다.

"어, 왜."

영혼 없는 첫마디에 엄마 아들이 단번에 쏘아붙였다.

-전화 제대로 안 받아? 그게 부재중 남겨 놓은 사람이 할 말이냐?
"내가 그랬나."
-네가 그랬다.
"제대로 받은 적이 있어야지."
-알면서 전화를 왜 해.

예나 지금이나 그들은 사이좋은 남매인 적이 없었다. 그렇다고 서로 데면데면한 적도 없지만. 약 석 달 만의 안부 아닌 안부를 끝내고 봄이 말했다.

"다음 달 초에 서울 올라갈 거야."

-왜.

"가라 그래서."

-왜.

"돈 많이 준대."

깔끔한 대답이었다. 그녀는 유명한 파인 다이닝 브랜드 '레벤'의 실무를 맡고 있었다. 고향인 강성 지점에서 실력을 인정받아 서울의 본점으로 발령이 났다. 말하자면 '꽃길 루트'로, 거절할 이유가 없는 제안이었다.

-옳군.

"그렇지."

잠시 침묵하던 그녀는 나름대로 큰 고민을 하다 물었다.

"볼까?"

10여 년 전부터 서울에서 혼자 살고 있는 오빠라 예의상 물어본 말이었다. 당연히 예상했던 대답이 돌아왔다.

-왜.

"그렇지?"

말한 입이 아프다. 그래도 오빠라고 기본적인 질문이 돌아왔다.

-지낼 곳은.

"직장 근처로 구했어."

-제대로 알아보고 구한 거냐? 주변 환경이나 사람들.

"뭐, 그럭저럭."

온결은 심드렁한 봄의 대구에 웬일로 평범한 말을 건넸다.

-미리 말하지 그랬냐.

어쩐 일로 이런 말을 하는지 모르겠다. 그녀는 피식 웃으며 농담을 건넸다.

"왜, 대신 구해 주게?"

-어.

의외를 넘어선 의아한 말에 봄의 눈이 휘둥그레졌다.

"진심이야?"

-말로는 뭘 못 해.

"……."

-끊어, 바빠.

그러곤 대답할 틈도 없이 전화가 끊겼다. 이렇게만 놓고 보면 남보다 못한 것 같지만 그들은 생각보다 서로를 잘 알고 있었다. 애초에 군더더기를 좋아하지 않았고 이조차도 긴 통화에 속할 정도였다.

"하여간."

물론 얄밉지 않은 건 아니지만. 그래도 오빠랍시고 도와준다는 말까지 하는 걸 보면 사람 많이 됐다. 예전엔 자리 좁다고 소파에서 발로 차던 사람이었는데. 그녀는 피식 웃다 자신을 향해 웃고 있는 등신대의 밑을 툭 건드렸다. 얇은 판이 흔들흔들 움직이는 것을 보며 봄은 휙 돌아섰다.

"날씨 좋다."

짧은 기지개와 함께 그녀가 떠나간 자리, 푹 수그리고 있던 꽃은 어느새 머리를 들고 있었다.

 꼬박 사흘 밤을 새우고 돌아온 집.
 도경은 온몸을 누르는 피로에 주차장에 도착하고도 바로 일어나지 못했다. 평소 잠이 많은 편은 아니지만 며칠을 제대로 못 자니 한계가 온 모양이었다. 그러다 깜빡, 눈을 감았던 것 같다.
 5분, 아니 3분.
 순간 잠이 들었던 그는 창밖의 환한 빛에 번쩍 깨어났다. 부우웅. 전조등을 켠 차가 도경의 차 앞을 지나갔다. 덕분에 벼락 맞은 사람처럼 깨어난 그는 얼굴을 쓸어내렸다. 손바닥에 담긴 피로가 손을 타고 내렸다.
 "하아."
 몇 번째인지 모를 한숨이 길게 퍼졌다. 지나치게 많은 사람을 상대하고 돌아오는 길이라 온몸의 기력이 모두 빨린 것 같았다. 아버지의 전화를 받고 잠시 눈을 감은 것 같았는데 깜빡 졸다니.
 잠이 많지 않은 자신이 이렇게까지 정신을 못 차리는 경우는 두 가지밖에 없다. 아프거나, 몸이 경고하거나.
 달칵.
 그는 굳게 닫혀 있던 문을 열며 차 밖으로 나섰다. 다시 눈을 감으면 이번엔 깨지 못할 것 같았다. 거기다 이런 식으로 잠이 들어

봐야 원래도 나쁜 수면의 질이 밑바닥을 칠 게 분명했다. 그리고 어쩌면.

'꿈을 꿀지도 모르지.'

최악 중에 최악이다. 몇 번을 감았다 떠도 뻑뻑한 눈을 문지르며 집에 도착했을 땐 씻을 기운조차 남아 있지 않았다. 아래를 내려다볼 틈도 없이 들어선 도경은 넥타이를 느슨하게 당겼다.

"후."

답답함이 가셨지만 씻을 정도는 아니었다. 아무리 늦어도 씻고 자리에 누웠지만 오늘은 버텨 낼 재간이 없었다. 현관 조명이 꺼지자 집 안은 온통 어둠에 묻혔지만 도경은 멈추지 않고 걸었다. 본래 제 방은 눈을 감고도 찾을 수 있는 법이다. 그는 완전히 벗어 낸 넥타이를 식탁 의자에 걸고 방으로 향했다.

우우웅.

이유를 알 수 없는 진동이 집 안을 울렸다. 예민한 귀에 들리지 않을 리 없으나 그 또한 머리 안에서 울리는 듯 윙윙댔다. 침묵이 만들어 낸 음인지, 어둠에 깔린 무게인지 모르겠지만 어깨까지 무거웠다.

바스락거리는 이불의 감촉이 손끝에 닿았다. 그제야 안도감이 들며 몸이 가라앉았다. 이기지 못할 잠이 눈꺼풀을 덮고 도경은 그대로 잠이 들었다.

예상했던 대로 그는 꿈을 꾸기 시작했다. 도경의 꿈은 대부분 비슷하다. 흐릿한 안개가 낀 듯한 주변에 자그마한 방 안. 그는 혼자서 있었고 여기저기에서 높은 기계음이 들려왔다.

 이것은 꿈이다. 하도 많이 꿔 온 탓에 이게 '꿈'이라는 것까지 알게 되어 버린 자각몽이다.

 삑, 삑.

 낯설고도 익숙한 기계음이 귀를 찔렀다. 고요하지만 시끄러웠고 시끄러우면서도 정제되어 있다. 결코 어울리지 않는 상반된 두 단어가 벽돌처럼 박혀 있었다. 무언가 하나로 설명할 수 없는 복합적인 감각들이 스며든다.

 악몽이었다. 길지 않을 꿈의 결말을 알기에 도경은 눈을 감았다. 어차피 마지막은 눈앞에서 모든 것을 봐야 할 테지만 이게 그가 할 수 있는 전부였다.

'알아.'

어차피 부질없다는 것을.

'잊지 않았으니까.'

 꿈이 깨기 전까지, 알람이 울리기 전까지 그는 이 공간에서 벗어나지 못할 거다. 이것은 자신의 죄책감이었고 죗값이었으며 후회였으니까.

 보이지는 않지만 발목부터 차오르는 축축하고 끈적끈적한 것들에 숨을 멈추고 입술을 물었다. 이제 원하지 않아도 두 눈이 뜨일 거고 다시 마주할 수밖에 없다. 그날 저가 지나치고 잡지 못했던 손끝이 올가미처럼 달라붙어 할퀴고 긁어 댈 것이다.

바로 지금처럼, 따뜻하게.

……

따뜻하게? 난데없이 끼어든 말도 안 되는 촉감을 느낀 순간 정신이 번쩍 들었다. 꿈과 현실의 경계가 단번에 와르르 무너졌고 자기방어를 위해 감고 있던 눈이 거짓말처럼 뜨였다. 꿈을 꾸는 한 절대 있을 수 없는 일이 생겼을 때, 무언가 벌어졌다.

"으!"

도경의 눈이 뜨임과 동시에 짧은 외침이 옆에서 터져 나왔다. 얇고 높은 목소리는 절대 그의 것이 아니었다.

누군가.

"우앗!"

있다.

모든 것은 순식간이었다. 도경은 원하지 않은 온기를 나눈 완벽한 타인을 잡아 제 아래로 내리눌렀다. 반사적이었지만 확실한 제압이었다.

"어억!"

억눌린 신음을 터트린 사람은 제대로 반항도 하지 못하고 그의 아래 눌리고 말았다. 눈앞을 보고 있지만 누구인지 알 수 없었고 그것은 상대방도 마찬가지였을 거다. 아직 어둠에 익숙해지지 못한 눈은 감은 것과 마찬가지였으니까.

"자, 잠깐!"

놀란 상대방의 외침에도 도경은 제압한 팔과 몸을 놓아주지 않았다. 대신 긴 팔을 뻗어 침대 옆에 놓인 스탠드를 켰다. 난데없이 침입한 불청객의 얼굴부터 확인할 참이었다.

스탠드를 켠 후 더욱 몸을 짓누른 팔에 힘을 주던 그는 비로소 마주한 범인, 아니 침입자의 얼굴을 볼 수 있었다. 그리고 저도 모르게 중얼거렸다.

"너?"

고작 한 단어에 담긴 수많은 감정이 넘어가기도 전, 방 밖에서 전화벨이 요란하게 울렸다.

Rrrrr. Rrrrr.

허공을 가르는 날카로운 전화벨은 길지 않았다. 애초에 받을 사람이 없다는 것을 알았다는 것처럼 곧장 메시지로 넘어갔다.

-선생님, 정세영입니다. 휴대폰 안 받으셔서 자택으로 연락드립니다. 오후에 TA(교통사고)로 들어온 최희선 환자 수술 끝났다고 연락 왔습니다. 호흡이나 혈압 모두 안정적이라니 편히 계셔도 될 것 같습니다. 아, 따로 연락은 안 주셔도 된다고 하십니다. 그럼 편히 쉬십시오.

메시지는 그것이 전부였고 금세 적막이 찾아왔다. 갈피를 잡을 수 없는 난감함 속에서 마침내 상대가 입을 열었다.

"…윤도경?"

봄이었다.

"어디 가요?"

슈퍼를 가기 위해 집 밖으로 나서던 봄에게 누군가 말을 걸었다. 옆을 보자 말끔한 인상의 남자가 화사한 미소를 짓고 있었다. 봄은 나가면서 쓰려던 모자를 마저 머리에 덮으며 답했다.

"밖이요."

"밖 어디?"

"그냥 밖이요."

성의 없는 대답에 민망할 법도 한데 남자는 개의치 않았다.

"슈퍼 가는 것 같은데 집 앞에 가지 말고 5분만 걸어서 언덕 밑에 대형 마트로 가세요. 거기가 훨씬 싸요."

친근함으로 무장된 말투와 표정에 이런 말 하기는 뭐하지만.

'과해.'

아무리 생각해도 과한 친절이었다. 남자는 봄이 이사를 온 집의 옆집 사람이었다. 이삿짐을 옮기고 밖에 있던 날, 처음 만난 그는 대뜸 이렇게 말했다.

'참 예쁘시네요.'

그것은 그들이 초면이 아니라는 전제하에 가능한 칭찬이었다. 처음 보는 사람에게 뜬금없이 평가를 듣는 게 기분 좋을 사람은 그리 많지 않을 거다. 특히나 묘한 꿍꿍이가 보이는 시선 앞에선 더욱.

  남자는 웃음을 머금고 그녀의 옆으로 다가왔다. 걸음을 빨리했지만 금방 따라잡혀 결국 엘리베이터 앞에서 나란히 서게 되었다.

  "살 거 많으시면 같이 갈까요? 짐 들어 줄게요."

  누가 봐도 친절하고 또 호감을 표현하는 상냥함이었지만 봄은 불편할 수밖에 없었다.

  "오늘도 참 예쁘시다."

  짜증도 난다.

  "근데 모자가 잘 안 어울리는 것 같아요. 치마는 안 입어요? 항상 바지만 입는 것 같던데."

  "……."

  "머리를 좀 더 길러 볼 생각은 없어요? 여기 허리까지. 지금도 긴 것 같긴 한데, 더 길면 훨씬 예쁠 것 같아."

  이마로 핏대가 서는 기분이었다. 원하지 않은 평가를 당하는 것이 좋을 사람은 없었다. 욱하는 감정이 치밀어 오르다 간신히 가라앉았다. 입을 열면 무조건 큰일이 생길 거다.

  '침착하자.'

  홀로 생활에 익숙해지기 위해 일찍 올라온 것이 문제였을까. 한 주 내내 집 주변만 다니다 보니 이 남자와 본의 아니게 자주 마주치게 되었다. 아니, 애초에 우연히 마주친 것인지도 의문이다.

  땡.

  엘리베이터가 도착하고 얼른 올라타자 남자 역시 그녀 옆에 자리했다. 얼른 떨어져 봤지만 자리가 부족했다. 계단으로 갈걸, 실수했다.

"오늘은 무슨 일 하는지 말해 줄래요?"

왠지 혼자 싱글벙글한 남자가 물었고 봄은 모자를 더욱 깊이 눌러썼다. 곧 엘리베이터에서 내린 그녀를 남자가 뒤따랐다.

"대답을 너무 아끼신다. 그래도 걱정 마세요. 저 기분 안 나빠요."

긍정도 지나치면 병이다. 이쯤 되니 의문은 의심이 되고 있었다. 매번 자신이 나올 때마다 기가 막힌 타이밍으로 동시에 나오는 것이 과연 우연일까? 점점 한계가 보이는 것 같지만 앞으로 2년은 있어야 하는 이곳에서 얼굴 붉히며 살고 싶지 않아 애써 참았다. 이 사람만 빼면 이 아파트도, 친절한 집주인도 모두 마음에 들었으니까.

'선만 안 넘으면 돼.'

이제 겨우 일주일이다. 아직 첫 출근도 하지 못했다. 이 정도 입지에 이 정도로 저렴한 월세를 가진 곳은 없다. 그렇게 스스로를 다독이며 옮기는 그녀의 걸음을 남자의 한마디가 막았다.

"그런데 배우 닮았다는 말 듣지 않아요?"

설마.

"누구더라. 진짜 예쁜 배우 있었는데."

제법 고심하던 그가 짝, 박수를 쳤다.

"윤현수!"

"……."

"혹시 윤현수 알아요? 모를 수가 없긴 하겠지만. 아무튼 남자이긴 한데 그 배우가 진짜 잘생겼거든요. 그런데 묘하게 닮았어요. 특히 눈이 닮았는데, 아! 그렇다고 남자 같다는 게 아니라 되게 여성스럽게……."

남자는, 방금 선을 넘었다.

윤현수.

데뷔 10년 차의 대한민국 대다수가 알고 있는 배우, 윤현수. 그가 바로 봄의 오빠, 온결이었다. 거기다 두 사람은 눈썰미 좋은 사람들은 금방 알아챌 정도로 닮은 편이었고, 그들은 그 말을 매우 싫어했다.

말하자면 동족 혐오랄까.

"어쩐지 처음 볼 때부터 예쁘다고 생각했던 게 이상한 게 아니었네요. 처음엔 왜 몰랐지."

혼자 즐거운 남자의 수다에 겨우 유지하고 있던 봄의 '매너'가 사라졌다. 그녀가 남자를 돌아보자 그는 맑은 눈으로 방긋 웃었고 봄은 그 웃는 얼굴에 침을 뱉었다.

"저, 그 말 싫어해요."

물론 정말 뱉은 건 아니다.

'네 오빠 닮아서 너도 참 예쁘다, 얘.'

어릴 때부터 지겹도록 들어 왔던 바로 그 말. 그때마다 봄이 외치는 말이 있었다.

'나는 우리 엄마 아빠 닮았어!'

 시끄럽게 번개 치는 봄의 속내를 알지 못하는 남자가 고개를 갸웃거렸다. 순진한 행동과 그렇지 못한 눈을 향해 봄은 일주일 내내 꾹 참고 있던 말을 입에 담고 말았다.
 "자주 들었거든요. 예쁘다, 귀엽다."
 무심한 그녀의 말에 남자가 눈을 깜빡였다. 제 입으로 '예쁘다'고 하는 것에 놀란 모양이지만 봄이 알 바는 아니었다.
 "그리고 말 몇 마디 나누면 생긴 것 믿고 우쭐한다고 하더라고요. 원래 성격이 나쁜 건데."
 모자를 벗으며 손에 쥔 그녀가 머리를 쓸어 넘기며 남자를 바라보았다. 사나운 눈동자에 남자는 화들짝 놀라며 두 손을 저었다.
 "난 그렇게 생각하지 않아요. 성격이 나쁘지도 않고 이상하지도 않아요. 자신을 그렇게 비하하지 말아요. 예전에 상처 입은 게 많은가 보군요. 지금 혼자 살고 있죠? 집에 드나드는 사람 없는 것 같은데… 만약 너무 외롭거나 힘들면 나한테 말해요. 내가 도와줄게. 나보다 어린 것 같은데, 괜찮으면 오빠라고 불러도……."
 어지간하면 잘 넘어가고 싶었으나 애초에 될 리가 없었다. 정상이었으면 이렇게 무례하지도 않았을 거다. 그녀는 더 이상 참을 이유를 찾지 못했고 그러고 싶지도 않았다. 봄이 방긋 웃었다. 이제 웃는 얼굴에 침을 뱉을 차례였다.
 "이해를 못 하셨네요."
 "예?"

"그만하라고, 이 새끼야."

 한국말은 마지막까지 들어야 하는 법. 다소 잘못된 비유 같지만 마침내 후련하게 가장 하고 싶었던 말을 뱉은 봄은 남자의 얼굴이 일그러지기 전에 휙 돌아섰다. 끝으로 본 남자의 눈에 불이 붙는 것 같았지만 알 게 뭔가.

'제대로 알아보고 구한 거냐? 주변이나 사람들.'

 온결의 걱정 아닌 걱정이 새삼 떠올랐다. 실제로 사람들과 트러블이 종종 있던 봄을 생각해서 했던 말일 터다. 슈퍼로 들어가기 전, 혹시나 하는 마음에 돌아본 그곳에선 뿌리박은 듯 서서 이쪽을 보는 남자가 있었다. 그녀는 짧게 신음했다.
"……."
 마지막 한마디는 과했을까.
'알 게 뭐야.'
 그러나 뱉은 말은 주워 담을 수 없고 딱히 담을 생각도 없었다. 봄은 제 행동과 말에 후회를 하는 성격은 아니었다. 그녀는 혀를 한 번 차곤 가게 안으로 들어갔다.

"하지 말걸."
 후회한다.

"그냥 신고나 해 버릴걸."

매우 후회한다. 그날 뱉은 한마디가 지난 일주일을 엉망으로 만들었다.

통통.

그리 두껍지 않은 벽 건너편에서 불쾌한 소리가 들렸다. 지난 일주일 동안 옆집 남자는 한 시간에 5분씩 벽을 두드리고 있었다. 무엇으로 두드리는지 몰라도 불규칙적인 소리는 봄을 끈질기게 괴롭히고 있었다.

잠이 없는 건지, 일이 없는 건지 심지어 새벽에도 이어져 그녀를 한계에 다다르게 만들었다.

"미치겠다."

생각지도 못한 보복에 신고까지 해 봤으나 옆집 남자가 직접적으로 해를 끼친 적이 없기 때문에 어떤 조치도 할 수 없다는 말만 돌아왔다. 이게 어떻게 직접적이지 않느냐며 따져 본다 한들 답이 바뀌는 일은 없었다.

한계. 정말 딱 그 선에 서 있었다. 잠을 못 자고 푸석푸석해진 얼굴에 신경쇠약 직전의 정신까지. 주말이 지나면 첫 출근을 해야 하는 그녀에겐 이보다 최악이 없었다.

쿵쿵.

이 와중에도 세상에서 가장 끔찍한 소리가 이어지고 있었다. 5분이 이렇게도 길었는지 암담함을 담아 얼굴을 쓸어내리던 봄은 결국 자리에서 일어났다.

'…안 돼.'

정말 그러고 싶지 않았지만 살고자 하니 어쩔 도리가 없었다. 그녀는 휴대폰과 지갑을 쥐고 집 밖으로 나섰다. 문밖으로 나서 엘리베이터로 향하는 사이, 옆집 문이 열리는 소리가 들렸다.

눈만 돌려 보자 문밖으로 얼굴만 빠끔히 내밀고 이쪽을 보고 있는 남자가 보였다. 그녀는 행여나 마주칠까 서둘러 아파트를 벗어나 이 먼 타지에서 그나마 믿을 수 있는 유일한 상대에게 연락을 넣었다.

-지금은 전화를 받을 수 없어 소리샘으로 연결됩니다.

예상했던 대로 온결은 전화를 받지 않았다. 아마 한창 촬영을 하고 있지 않을까 싶다. 잠시 고민하던 봄은 일단 택시를 잡았다.

"욕 한번 먹고 말지."

지금은 제 집을 벗어나 사태 수습을 하는 게 먼저였다. 오빠 집에 간 것이 3년도 더 되어 혹시나 하는 마음에 엄마에게 물으니 다행히 아직 그곳에 사는 모양이었다. 무슨 일이냐는 말에 '보고 싶어서'라 대답하자 엄마는 경악했지만 말을 아꼈다. 다 큰 딸의 홀로서기를 유난히 걱정하던 엄마를 걱정시키고 싶진 않았다.

겨우 도착한 집은 비어 있었고 식은 집 안 공기가 그녀를 반겼다. 찬바람이 부는 듯한 공기에 몸을 떤 봄은 아무도 없는 집 안으로 한 걸음 디뎠다.

"실례합니다."

어색함으로 가득한 목소리가 거실을 울렸다. 일반 아파트보다 넓긴 하지만 특별할 건 없는 집이다. 경비가 조금 삼엄했으나 사람 사는 곳이라 비밀번호만 알면 특별히 제재하는 것도 없었다. 단지 허락도 없이 온 게 찜찜할 뿐.

"언제 오고 안 온 거야."

냉골인 바닥을 발바닥으로 문지르며 중얼거린 그녀는 다시 오빠에게 연락을 넣었다. 이 사태를 해결하자면 그의 도움이 필요할 것 같아서였다. 그러나 집주인은 전화를 받지 않았다.

결국 그녀는 한숨을 쉬며 소파에 앉았다.

"…뭐 하는 꼴이야, 진짜."

욕을 먹는 건 어쩔 수 없을 것 같다. 하아. 한숨을 내쉰 봄은 지친 마음에 눈을 깜빡였다. 눈치도 없이 졸음이 오는 걸 보니 이 냉골이 제집보단 나았다.

일주일이나 제대로 잠을 못 잤으니 오죽할까. 감감무소식인 오빠의 연락을 기다려야 했지만 눈꺼풀의 무게는 더욱 무거워졌다.

"10분만."

절대 지킬 수 없는 혼잣말을 중얼거리며 눈을 감았다.

스르륵.

눈이 감김과 동시에 그녀의 몸도 옆으로 기울었다. 쓸데없이 넓고 좋은 소파는 봄의 침대보다도 포근했고 깊은 잠에 빠지는 것은 한순간이었다.

봄은 꿈도 꾸지 않고 깊은 잠에 들어 있었다. 고요한 공간에 취해 완전히 녹아 버린 그녀의 낮은 숨소리가 어느새 찾아든 어둠에 스며들 때, 문소리가 들렸다.

도어 록이 열리고 부스럭거리는 인기척도 났다. 멀리서부터 난

소리는 깊이 잠든 봄의 귀 근처를 지분거리다 침투했고 그녀의 정신을 조금씩 깨웠다.

"……."

눈을 떠도 보이는 건 어둠뿐. 완전히 깨지 못한 잠은 오히려 본능적인 욕구만 생각나게 했다.

"…추워."

안 그래도 냉골인데 자면서 내려간 체온에 몸이 시렸다. 그녀는 반쯤 감은 눈으로 오뚝이처럼 휘청거렸다. 그렇게 꾸뻑꾸뻑 앉아서 자던 봄의 몸이 천천히 세워졌다.

넓이를 떠나 대다수의 아파트는 비슷한 구조를 하고 있었다. 그리고 봄의 본능은 제 자취방이 아니라 본가를 기억했고 주방 건너편 방을 향했다. 본가에선 그곳이 그녀의 방이었다.

발소리도 없이 방으로 들어간 그녀는 어둠을 더듬어 따뜻한 이불을 발견했다. 손끝으로 퍼지는 따스함은 안 그래도 보이지 않는 눈앞을 가렸고 봄은 포근한 온기를 따라 이불 속으로 파고들었다.

조금 더, 조금 더. 따뜻함이 있는 곳으로 조금씩.

'좋다.'

온몸을 녹이는 따스함의 유혹에 그녀는 제 곁에 있는 온기를 안았다. 그것도 아주 꽉, 힘껏. 그리고 모든 것은 순식간에 벌어졌다.

"우앗!"

지독한 졸음이 순식간에 날아갈 정도로 강한 힘이 그녀를 압박하고 어둠이 가신 그곳에서 그들은 마주하고 말았다. 은은한 스탠드 불빛에 비치는 낯익은 얼굴. 까만 눈, 높은 코, 놀란 숨을 마시는 입술.

"너."

낮은 목소리에 심장을 다독이기 전, 봄의 눈이 눈앞의 사람을 빠르게 인지했다. 소리가 막힌 목구멍으로 숨이 파고들었고 익숙함이 찾아왔다. 커다랗게 변한 두 눈에 담긴 건 그녀가 아는 사람이었다.

"…윤도경?"

그것도 아주 잘 아는 사람.

"온봄."

내, 첫사랑.

매년 찾아오는 겨울의 끝자락, 2월.

혹독한 추위가 예상된다던 일기예보가 오랜만에 맞았다. 밀가루 대신 눈발이 날리고 꽃다발 대신 우박도 가끔 떨어졌다. 입김이 쉴 새 없이 나올 만큼 무지막지하게 추운 날, 문하고등학교의 졸업식이 마무리되고 있었다.

"자, 그럼 지난 3년 동안 우리 문하를 지켜 준 졸업생들에게 앞으로의 3년을 책임져 줄 올해의 신입생들이 꽃을 전달하겠습니다."

교장 선생님의 말에 준비하고 있던 신입생들이 자신들의 자리를 찾았다. 벌써 두 시간 넘게 운동장에서 리허설을 하고 대기했던 타라 밖에 나온 여린 살은 다 빨갛게 얼어 있었다.

"차례차례 움직여!"

올해 졸업생에게 올해 신입생이 꽃을 전달하는 것은 졸업식의 전통이었다. 각자의 새로운 시작을 축하하자는 의미라 이 추운 날에도 어김없이 돌아왔다.

하나둘씩 졸업생들 앞에 신입생들이 꽃다발을 들고 섰다. 학생들은 이 낯선 상황에 풋풋하고 수줍은 표정들을 하고 있었다. 딱 한 사람, 유난히 큰 키에 서늘한 인상을 가진 졸업생만 빼고.

졸업생 대표로 선서를 했고 최우수 학생으로 선발되었던 문하고등학교 개교 이래 가장 특출나단 소리를 듣는 졸업생, 윤도경.

3년 내내 일 등을 놓쳐 본 적 없는 엘리트 중의 엘리트. 추운 겨울과 유난히 잘 어울리는 냉바람 가득한 도경의 앞에도 신입생이 찾아왔고 그의 입가에 미소가 번진 것도 그때였다.

"멋 부렸네, 온봄."

도경의 목소리에 담긴 반가움에 신입생은 코끝을 찡긋했다.

"말 걸지 마. 안 그래도 추워 죽겠어."

반말로 시작한 말에는 퉁명스러움과 친근함이 가득 담겨 있었다. 그들의 주변에 있던 이들이 자지러지듯 놀라는 건 당연했다. 워낙에 개인행동이 잦았던 윤도경이 먼저 말을 걸고 웃어 준다? 누구도 예상하지 못한 일이었으나 두 사람은 아랑곳 않고 서로에게 집중했다.

"으으, 내복 입을걸. 너무 춥다."

입담이 무색하게 여린 아이다. 작은 키에 빨간 얼굴, 장갑도 끼지 않고 꽃다발을 쥐느라 잔뜩 얼어 웅크린 손. 딱 얼어 죽기 직전

이었다.

"후아, 후후."

뽀얀 입김으로 손을 데우며 발을 동동 구르는 봄을 보며 도경이 한 소리를 했다.

"언제 클래."

온봄. 십년지기의 동생이자, 제 친구와도 다름없는 녀석. 남녀 구분 없이 모여 뛰어놀던 것이 엊그제 같은데 어느덧 시간이 이렇게 지났다. 괜한 한마디에 봄이 뾰족하게 대꾸했다.

"다 컸어. 너만 몰라."

왠지 억울하게 느껴지는 말투에도 도경은 웃기만 했다. 콧물 닦느라 붉은 인중과 살짝 튼 입술이 봄을 안쓰럽게 만들었다. 교복만 달랑 입기에는 유난히 추운 날씨였다.

따뜻하게 좀 입을 것이지. 티를 내지 않으려 노력하지만 오들오들 떨리는 몸과 빨간 얼굴과 손이 추위를 대변했다. 도경이 생각했을 때, 춥고 차가운 것은 봄에게 어울리지 않았다.

부드러우며 화사한 것. 그 이름, 봄처럼 따스한 것만 봄의 곁에 머물렀으면 했다. 그리고 도경이 움직였다.

"어."

바람처럼 풀린 목도리가 순식간에 봄의 목에 휘감겼다. 그의 체온이 묻은 목도리에 시린 바람이 가려지고 봄의 두 눈이 동그랗게 커졌다. 놀란 눈을 향해 도경은 무심히 한마디를 더했다.

"온결 거야. 가져다줘."

"말도 안 돼."

봄의 오빠, 결에게는 결코 이런 좋은 목도리가 없다. 있다 해도 절대 남에게 빌려줄 성격이 아니다. 아마 제 아버지에게 받았을 거다. 그분은 정작 중요한 건 해 주지 않더라도 이런 물질적인 선물들은 제법 해 주시는 모양이니까.

"가져가."

그래도 고맙고 두근거리는 것은 어쩔 수 없었다. 어쩌면 이것은 10여 년을 함께해 온 봄에게도 부끄러운 다정함. 마음을 흔드는 아슬아슬한 손길에 봄의 눈이 잠시 도경을 향하던 그때, 운동장으로 교장의 목소리가 울렸다.

"마지막으로 신입생들의 꽃 전달이 있겠습니다."

결국 입 안에 담았던 말을 꺼내지 못한 봄은 대신 꽃다발을 바로 쥐었다.

"전달!"

품에 안았던 꽃다발이 신입생들의 품에서 졸업생들에게로 전달되었다. 날은 춥고 훈화는 길었지만 꽃은 예뻤다. 주고받는 사람들 모두 웃을 수 있는 시간.

"어, 그러니까."

왠지 조금 머뭇거리던 봄이 목도리에 가려진 입가로 씁쓸함을 담으며 말을 이었다.

"졸업 축하드립니다."

낯선 존댓말에 도경은 헛웃음을 흘리다 손을 뻗었다. 얼음장같이 차가운 도경의 손이 봄의 손을 살짝 스쳤다. 겨울바람에 언 봄의 손보다 더욱 차가운 도경의 손이었다. 봄은 차가운 그의 손에 놀란 듯 올려다보았다. 눈이 마주쳤고 머쓱한 시선 속에서 봄이 말했다.

"잘 가."

오늘 그는 이곳을 떠난다. 항상 '내일'이 있었던 만남이 오늘로서 마지막이라는 것을 이미 알고 있었지만 그래도 섭섭하고 서운했다. 비록 성격이 둥글지 못해 그것을 티 낼 봄도, 도경도 아니었다.

바스락.

그녀가 건네는 꽃다발을 받으며 도경은 이 시간이 끝나는 게 아쉽다고 생각했다. 왠지 지금 이 순간이 사진처럼 남아 사라지지 않을 것 같아서 제 목소리를 덧대었다.

"고맙다."

봄은 처음보다 한결 차분해진 얼굴로 그를 바라보았다. 익숙한 얼굴, 익숙한 마주함 그리고 낯선 공기. 떠날 시간이었다. 이제 돌아서 가면 될 일만 남아, 늘 그랬듯이 먼저 돌아서던 도경의 발끝이 옆으로 움직였다. 그대로 떠나면 될 일, 그는 저도 모르게 입을 열었다.

"온봄."

"응?"

나지막한 부름에 봄이 고개를 갸웃댔고 도경이 말했다.

"다음에 보자."

어색하고 이상한 말. 평소라면 절대 하지 않을 그 말을 이번엔 꼭 해야 할 것 같았다. 우두커니 서서 도경을 보고 있던 봄의 눈이 동그랗게 뜨였다. 의외라는 듯이 놀라 깜빡이던 눈이 어느새 호선을 그렸다.

봄의 얼굴로 화사한 꽃이 피었다.

"응."

얼음장 같은 차가운 손에 닿았던 잠깐의 따뜻한 체온이 온몸을 채우는 것 같았다. 분명 이미 사라졌을 체온인데 자꾸 손끝에 남아 있었다.

환한 미소가 봄처럼 따사로웠다. 단단한 가슴의 어딘가에 실금을 만들고 훈풍을 불어 넣기에 충분한 따스함 속에서 봄의 첫사랑이 끝났다.

십수 년의 시간이 지난 지금, 이 재회에 기가 막히지 않은 사람은 없었다. 그것도 어두운 밤, 주인 없는 집, 서로의 몸이 겹쳐진 침대 위에서. 어쩐지 이상야릇한 묘사에서 두 사람이 빠져나오는 건 생각보다 쉽지 않았다.

당장 일어나야 했다. 이성과 몸이 겹쳐진 이런 상황에서 소리를 지르며 서로를 밀쳐 내도 이상하지 않을 일이었다. 그러나 그들은 그러지 못했다. 윤도경과 온봄이라는 이유 하나만으로.

"……."

하체는 물론 배 아래까지 지그시 누르고 있는 타인의 무게에 봄의 몸에도 힘이 들어갔다. 분명 무거운데, 숨을 쉬기 조금 벅찬데도 불구하고 그녀는 밀어내는 대신 도경의 팔을 쥐고 말았다.

밀어야지. 그래야 하는데.

봄은 저도 모르게 숨을 참고 입술을 물었다. 너무도 오랜만에 끝나 버린 첫사랑과 마주 보는 순간, 잊었던 감정의 앙금이 멋대로 꿈틀댔다. 그리고 그것은 도경도 마찬가지였다.

완벽하게 보이지 않아도 스치는 살결이 분명하게 느껴졌다. 자신의 팔에 닿은 손바닥의 체온이 느리지만 분명하게 그의 안으로 파고들었고 순간 몸 어딘가가 경직되는 것이 느껴졌다.

위험하다. 어떤 종류의 것이건 지금 이 상황은 여러 가지로 위험했다. 결국 도경이 먼저 제 몸을 떼어 냈다. 그렇지 않으면 무언가 잘못될 것 같아서였다.

"…후아."

그제야 봄의 입에서 긴 숨이 터져 나왔고 팽팽했던 긴장감은 간신히 느슨해졌다. 정말, 간신히.

"어떻게 된 거야."

가까스로 정리가 된 상황에 먼저 말문을 연 건 도경이었다. 좀 전의 무섭게 압박하던 모습은 온데간데없이, 봄이 기억하는 모습으로.

윤도경, 어른스럽지만 짓궂던 바로 그 사람이다.

"온 봄."

잊지도 않고 부르는 제 이름에 마음속이 살짝 싱숭생숭했다. 빚은 듯이 깨끗한 얼굴을 보고 있으니 본의 아니게 옛날 생각이 나며 뜬금없이 살랑살랑 봄바람이 부는 것 같았다. 봄은 괜스레 말라 가는 목을 축이기 위해 앞에 놓인 물을 마셨다.

아직 찬 공기가 도는 주방 식탁에 마주 앉아 물 한 컵을 모두 비우고 나서야 그녀의 입이 열렸다.

"나부터 들어도 돼요? 윤도경 씨는 왜 여기에 있어요?"

낯선 호칭으로 시작한 질문은 충분히 나올 만한 것이었다. 도경도 이해한 듯 제 질문은 덮어 두고 먼저 대답했다.

"일 년 정도 전부터 같이 지내고 있어. 전세 계약이 끝나서 집을 구하고 있었는데 온결이 본인 집을 사용하라고 했고. 같이 지낸다고 하기엔 워낙 잘 오지 않으니까 집을 빌리는 형태라고 보면 될 것 같은데."

상세한 설명이었지만 더더욱 의문이 생겼다.

"온결이랑은 언제부터 연락을 하고 있었던 거예요?"

도대체 왜, 언제부터 두 사람이 연락을 했던가. 가장 근본을 묻는 질문에 그는 떨떠름하니 대답했다.

"끊긴 적이 없어서."

"연락하고 있다는 말은 들은 적 없는데요."

어쩌다 보니 취조하는 듯이 물었지만 도경은 피식 웃으며 제 앞의 물컵을 들었다. 좀 더 여유로워진 표정이 정확하게 한 가지를 꼬집었다.

"물어본 적이 없었을 것 같은데."

"…그러네요."

정답.

말해 줄 사람도 아니고 시시콜콜 대화 나누는 남매도 아니다. 유년과 학창 시절을 함께했던 인연이었다. 때로는 진짜 남매보다 더 남매처럼, 친구처럼 지내 왔고 모르는 사람들은 그들이 삼 남매라고 생각했을 만큼 절친했었다.

그 연이 끊어진 건 그녀가 열일곱, 그가 스무 살이 되던 해였다. 도경이 아버지가 계시는 서울로 올라가고 두 사람은 만나지 못했다.

'굳이 따지자면 안 만난 거지만.'

그는 서울로 올라간 후에도 몇 년간은 종종 내려왔었다. 도경의 할머니가 계셨기 때문이었다. 그러나 봄은 일부러 그를 피했다. 이유는 딱 하나.

'고백할까 봐.'

봄은 윤도경이라는 사람을 아주 좋아했다. 왜 좋아했느냐 하면, 시나브로.

늘 곁에 있던 사람이었고 동경할 수밖에 없는 완벽한 사람이라 자연스럽게. 너무 오랜 시간이 지나 왜 좋아하게 되었는지는 잘 기억이 나지 않지만 분명히 기억하고 있었다.

그래서 행여나 넘치는 감정에 고백이라도 할까 봐 피했었다. 만약 제 감정이 그에게 부담이 되거나 불편함을 주면 단순히 자신과의 관계뿐만이 아니라 연결되어 있는 많은 가족들의 관계까지 흐려질까 봐.

1년, 2년이 지나 어느덧 10년도 더 되었다. 도경의 할머니가 돌아가신 후 그도 더 이상 오지 않았고 그렇게 잊힌 인연이라고 생각했다. 그런데 설마 이런 식으로 다시 만나게 될 줄이야.

'최악이야.'

차마 입 밖으로 내지 못할 지금의 감정을 꽉꽉 누르며 한숨을 쉬던 봄의 머리로 한 가지 가설이 스쳤다.

혹시? 그녀는 잠시 고민하다 조심스레 운을 뗐다.

"그러니까 온결이랑은 계속 연락을 한 거잖아요. 그러다가 같이 살기도 하고… 온결은 그걸 숨기고 있었고."

"정리하자면."

봄의 눈이 깜빡 움직이며 불순하게 물들었다.

"…어, 혹시."

"아니야."

눈치 좋은 도경이 질문이 나오기도 전에 차단했다.

"절대."

거듭된 부정에 머쓱해진다. 불쾌함을 넘어 진저리를 치는 시선은 진심이 120퍼센트는 담겨 있었다. 아마 상대가 온결이라는 것 자체가 넌더리가 난 것 같았다. 이 또한 충분히 이해할 수 있는 반응이었다.

먼저 봄의 궁금증을 해결해 준 도경이 들었던 컵을 놓았다.

"그러는 넌 어떻게 된 거야. 너 온다는 얘기는 못 들었어."

"네, 제가 여기 있는 거 모를 거예요."

당당한 말에 도경의 미간이 좁아졌다. 기분이 나빠서가 아니라 '참 너답다' 하는 표정이다.

"갑자기 온 이유가 있을 것 같은데."

알맞게 짚어 오는 질문에 봄은 잠시 고민했다. 사실대로 말을 할까? 그러다 곧 생각을 접었다. 괜히 도와 달라는 것처럼 들릴 것도 같았고 어차피 제 선에서도 해결이 가능한 일이었다. 그녀는 어깨를 으쓱 올렸다.

"오랜만에 오빠 좀 보려고요. 보고 싶어서."

가족이라는 게 이렇게 좋은 이유가 될 수도 있다. 뭔가 말을 하려던 도경이 다시 입을 다물고 봄은 머쓱하게 머리를 긁적였다.

"그럼, 오빠는 당분간 집에 없나요?"

"얼마 전부터 촬영이 들어가서 적어도 한 달은. 그리고 지금 한국에 없어."

이건 또 금시초문이다. 해외에 나갔을 줄이야.

"아, 그래서 계속 전화 연결이 안 됐구나."

"요즘 좀 바쁜 것 같더라."

"안 바빠도 연락한 적이 없어서."

도무지 정보를 나눌 생각은 눈곱만큼도 없는 혈육을 향한 평가와 함께 봄은 이미 했지만 다시 해야 할 것 같은 사과를 건넸다.

"정말 죄송해요. 많이 놀라셨을 거 생각하면 따로 식사 대접이라도 해야 할 것 같은데."

입에 침도 바르지 않은 입바른 소리에 도경이 헛웃음을 흘렸다.

"마음에 없는 말 잘하는 건 여전하네."

"사과는 진심입니다."

정말로, 진짜. 엄연히 따지자면 이 집의 불청객은 그녀 자신이었다. 주인의 허락도 없이 무단 침입을 해서 방주인을 기겁하게 만들었으니까. 거기다 먼저 허리를 끌어안고 비비적댄 것까지 생각하면… 신고당하지 않아서 천만다행이다.

겨우 한숨을 삼키는 봄을 도경은 가만히 지켜보았다. 10여 년 전과 그녀는 크게 달라진 것이 없었다. 체구도 얼굴도, 머리카락의 길이도 비슷했다. 물론 아이와 어른의 차이는 있겠지만 적어도 그의 눈에는 그렇게 보였다.

'온봄.'

제 가장 친한 친구의 동생이자 제 동생과도 같았던 아이. 아니, 아이였던 여자. 그래서 눈치를 보며 경계하는 그녀의 모습에 조금 서운함이 들었던 것 같다.

"그렇게 어색한가."

이렇게 한마디 하고 보는 걸 보면. 넌지시 던져진 도경의 말에 뒤늦게 산발의 머리를 정리하던 봄이 눈동자를 굴렸다. 어색해하는 게 밖으로 보였던 모양이다. 그녀는 솔직해지기로 했다.

"아무래도 10년도 더 되었으니까……."

대놓고 어색하다는 봄의 말을 도경이 끊었다.

"난 반가운데."

"예?"

"반갑다고."

그의 한쪽 입꼬리가 얄궂게 올라가 있었다.

"그러면 안 돼?"

1.

 아니, 안 될 건 없지. 봄은 친구의 동생이기도 하지만 그의 친구이기도 했다. 그러니 안 될 거야 없는데.
 '이상하잖아.'
 확실하게 이유를 설명할 수 없어도 어쩐지 마음이 싱숭생숭하다. 첫사랑을 만나면 다 이렇게 되는 걸까. 그래, 첫사랑이라는 부분이 그녀에겐 제법 중요했던 모양이다.
 사랑. 사랑… 앗, 혹시. 그러다 문득 뇌리를 스치는 질문에 황급히 입을 열었다.
 "윤도경 씨 애인 있어요?"
 도경은 의아해하며 고개를 저었다.
 "없어."

순간 정수리까지 올라왔던 불안감이 쭉 내려가며 안도감이 찾아왔다.

"다행이다. 없는 윤도경 씨 애인한테 미안할 뻔했어."

말 그대로였다. 만약 그에게 애인이 있었다면 그녀가 한 행동들이나 지금의 대화가 얼마나 실례였을까. 그러니 정말로 다행이다. 봄의 지나친 걱정에 그는 조금 더 어이가 없어졌으나 그보다 더 거슬리는 게 하나 있었다. 처음부터 그랬지만 지금 더욱 걸리는 것.

"왜 그런 식으로 부르는 거야."

"어떤 거요?"

"윤도경 씨."

또박또박 호칭까지 붙여 부르는 제 이름. 그는 손가락으로 식탁을 두드리며 불만을 드러냈다.

"존댓말도 그렇고."

아주 오래전의 일이지만 봄은 그에게 존댓말을 해 본 적이 없다. 심지어 어느 때부턴가 '오빠'라고도 부르지 않았다. 당시엔 비슷한 또래이니 존대를 하는 것 자체가 우스웠지만 이름까지도 그랬다.

그랬던 사람이 '씨'를 붙이고 존댓말을 한다. 꼭 세월이 많이 지나갔다는 것을 방증하는 것 같다. 봄은 대수롭지 않게 어깨를 으쓱였다.

"어릴 때도 아니고 이름을 부를 순 없잖아요. 저보다 세 살이나 많으신데."

한 서른 살쯤 많은 것처럼 대하는 듯해 도경은 콕 짚어 말을 이었다.

"서운해."

봄은 황급히 선을 그었다.

"서운해하지 마세요. 서운하기엔 우리 공백이 굉장히 넓어서."

"이제 그럴 사이는 아니다."

"굳이 따지자면요."

가감 없는 솔직함에 도경은 웃음이 나올 뻔했다. 다른 건 몰라도 저 직설적인 성격은 변하지 않았다. 대강의 상황 파악을 끝내고 나서야 평범한 인사말이 오갔다.

"잘 지냈고."

"네. 잘 지내셨죠."

"나도 그럭저럭. 얘기는 종종 들었어."

"설마요. 그 양반이 제 얘기를 할 리 없어요."

단호한 말에 도경은 부정할 수가 없었다.

"미안."

"괜찮아요. 저도 윤도경 씨 얘기 한 번도 못 들었거든요."

"그런 녀석이지."

"그런데 윤도경 씨는……."

슬그머니 말을 줄인 봄은 당사자가 눈치채지 못하게끔 그를 살폈다. 달라진 것이 없긴 한데 그래서 더 기가 막히다. 그녀는 진심으로 의아한 듯 물었다.

"왜 여태 연예인 안 했어요. 우리 부모님 아들도 감히 배우를 하고 있는데."

저 피지컬을 가지고 아직도 대중화를 시키지 않은 것이 개탄스

럽다. 그러나 도경은 칭찬인지 뭔지 모를 말에 여유롭게 대꾸했다.
"'윤현수'는 끼가 있으니까."
"세상에, 이름 너무 오그라든다."
 언제 들어도 어색한 온결의 가명에 몸을 부르르 떨던 봄의 머리로 무언가가 스쳐 지나갔다. 하필 정한 성이 '윤'이다? 이것이 우연일까? 혹시?
"혹시 앞에 성 '윤'으로 한 것도 윤도경 씨랑 같이 정한 건가요?"
 합리적인 의심에 도경이 고개를 끄덕였다.
"아마도. 그걸 진짜로 할 줄은 몰랐어. 술 마시다 대충 말했던 걸 그대로 하더라고."
"혹시 그 술집 이름이 '현수포차' 같은 거였다든가."
"들었어?"
 이런, 젠장. 이 두 사람이 왜 지금까지 친구인지 이제 알겠다. 데뷔 10년 만에 밝혀진 온결 가명의 진실에 뒷골이 땡겨 왔다. 그러다 다시금 올라오는 의구심을 감추지 못하고 조심스럽게 운을 떼 보았다.
"진짜로 두 분이 무슨 사이라고 해도 저는."
 거듭된 의심에 그는 아무런 말도 하지 않고 지그시 웃어 보였다. 그것이 전부였는데 봄은 말을 아끼기로 마음먹었다. 조금만 더 하면 화를 낼 수도 있겠다.
 자정에 가까워진 시간, 더 있는 것도 민폐였다. 그녀는 천천히 자리에서 일어났다.
"아무튼 정말 죄송했어요. 본의 아니게 이런 일이 벌어졌지만 절대 고의는 아니었다는 거 알아주시면 감사하겠습니다."

정중한 인사와 거듭된 사과를 마친 봄은 몇 안 되는 제 짐을 챙겼다.

"그럼 가 보겠습니다."

더 늦기 전에 가야 앞으로의 상황을 타개할 수 있을 것 같았다. 갑자기 불똥이라도 튄 듯 자리를 벗어나는 그녀에 도경은 얼른 몸을 세웠다.

"잠깐."

금세 현관까지 간 봄에 그는 반사적으로 손을 뻗었다.

"아."

따뜻한 팔목에 차가운 손이 닿았다. 얼음장 같은 손끝에 놀란 봄이 눈을 휘둥그레 떴고 그 역시 제 냉기 가득한 손을 기억해 내곤 잡은 팔목을 놓았다. 그리고 침묵이 덮치기 전에 말했다.

"데려다줄게."

당연하게 베푸는 친절에 봄은 또다시 마음이 살랑대는 기분이었다. 옆집 사이코만 보다 정상적인 사람을 보니 치유도 되는 듯하다. 그래서인지 그녀는 흔치 않게 방긋 웃었다.

"아니에요. 가까워요. 신경 쓰지 마세요."

"집 근처까지라도. 많이 늦었어."

"얼마나 더 미안하게 하려고요."

반달처럼 휘는 눈과 예쁘게 올라가는 입꼬리. 온결의 것과 닮았지만 도경이 늘 '가식'이라고 비웃던 것과는 차원이 달랐다. 그녀는 왠지 멈춰 버린 그를 향해 인사했다.

"오랜만에 반가웠어요. 쉬세요."

 진심으로 반가웠고, 짧지만 즐거운 시간이었다. 그가 자신을 확실하게 기억하는 것도 나쁘지 않은 기분이었다.

 도경의 인사를 듣기 전에 문밖으로 나선 봄은 새까만 밤하늘을 보며 길게 기지개를 켰다. 아직 완전한 봄이 오기 전의 날씨는 서늘하고 시렸지만 상쾌함을 머금고 있었다. 그녀는 어깨를 한번 들었다 놓으며 제 가슴을 툭 쳤다.

"반사 작용."

 여전히 멋지고 잘생긴 오빠 친구. 그리고 여전히 뛰고 있던 심장. 그녀는 그것이 오래된 감정의 앙금이라고 여길 뿐이었다.

 결국 다시 도착한 제 집 앞에서 봄은 조금 머뭇거렸다.

"하아."

 잠시나마 현실에서 벗어날 수 있었던 게 꿈인 것 같았다. 복도식 아파트라 엘리베이터에서 내리면 바로 그녀의 집이 보인다. 즉, 옆집도 보인다는 뜻이었다. 아직도 벽을 두드리고 있으려나. 아니면 사람이 없는 걸 확인하고 자고 있을까. 후자였으면 좋겠지만 아닐 확률도 높았다.

"…설마 자겠지."

 혹시나 어디선가 자신을 보고 있을까, 그런 무서운 망상을 하다가 얼른 머리를 흔들던 그녀는 걸음을 옮겼다. 이렇게 시간을 보내느니 서둘러 집에 가는 게 가장 안전했다. 봄은 더욱 싸늘해진 공기에 옷을 여몄다. 집에 가자, 집에.

꼼꼼히 경계를 하며 엘리베이터에서 내렸으나 다행히 사람은 없었다. 안도하며 서둘러 집 앞까지 온 봄은 재빨리 도어 록의 커버를 열었다. 그리고 막 번호를 누르려던 차, 어느새 지척에서 느껴지는 인기척에 몸이 굳었다.

"눈치 좋네."

어두운 목소리에 봄의 고개가 휙 돌아갔다.

"어디 다녀와요?"

까만 어둠에 녹아들기 충분한 검은 옷을 입은 옆집 남자가 환히 웃고 있었다.

'…미친.'

그 웃음에 봄의 온몸으로 소름이 돋아났다. 비상구에 있었을까. 어쨌건 숨어 있던 게 분명한 그는 친근하게 다가왔다.

"이 밤에 어딜 그렇게 다녀요."

대꾸할 필요가 없기에 황급히 비밀번호를 누르려던 그녀는 재차 손을 멈췄다. 보지 않아도 남자가 제 손을 바라보고 있다는 것을 알 수 있었다. 집 비밀번호를 보고 있는 거다. 겁이 많은 편은 아니지만 이번엔 좀 식겁했다. 등줄기로 흐르는 식은땀에 침을 삼킨 봄은 날카로운 눈으로 물었다.

"안 들어가세요?"

"복도까지 본인 집은 아니잖아요. 상관 말아요."

반박할 수 없는 대꾸가 돌아왔고 남자는 나른한 표정으로 턱짓했다.

"안 들어가요?"

어디 한번 눌러 보라는 듯이. 기괴할 정도로 뒤틀린 상황에 입술을 깨문 그녀에게 살며시 다가온 그가 눈웃음을 지었다.

"무서워요?"

"그만하시죠."

"내가 뭘 했다고 그래요. 사람 자꾸 범죄자 취급하네. 저번에 경찰도 불렀잖아."

실제로 불렀고 그들이 와서 한 것은 '이웃끼리 잘 지내 보세요.'였다. 이해는 했지만 욕이 나올 뻔했다.

"그건 그쪽이 도를 넘었으니까."

"그러니까 내가 뭘 했는데!"

순간 화를 내듯 목소리 끝을 높이던 남자가 크게 숨을 내쉬었다. 그러곤 금방 자제력을 발휘하며 성큼 다가왔다. 당연히 밀려나듯 물러서는 봄을 대놓고 훑어보던 그가 혀끝으로 입술을 쓸었다. 그제야 짙은 술 냄새가 났고 그것을 눈치채기 전, 남자가 봄의 팔을 잡았다.

"……!"

"아니면, 진짜 뭐 좀 해 볼까?"

살아오면서 이만큼 끔찍한 순간은 처음이었다. 잡힌 팔을 빼기 위해 힘을 줬으나 체급의 차이는 이겨 낼 수 없었다. 사람이 너무 놀라면 소리가 나오지 않는다는 걸 처음 알았으나 도움이 되는 깨달음은 아니었다.

"당장 놓……."

"귀엽네."

남자는 알 수 없는 우쭐한 표정을 짓고 있었다. 그리고 봄을 향해 다가오더니 나긋나긋 속삭였다.

"어디 얼굴만큼 다른 데도 반반한지 내가… 악."

…속삭이다, 고꾸라졌다.

음습하기 짝이 없던 속삭임은 순식간에 막히고 그대로 짓눌렸다. 그것을 막은 건 그녀의 바로 뒤에서 뻗어진 손이었고 손은 그대로 옆집 남자의 멱살을 움켜쥐며 밀쳐 냈다. 그와 동시에 남은 손이 봄을 당겨 안았다.

"……!"

어쩌할 틈도 없이 남자의 가슴에 안긴 봄의 코끝으로 낯익은 향이 파고들었다. 모든 것은 순식간에 벌어졌지만 이 순간만큼은 꼭 늘어진 테이프처럼 느리고 섬세하게 느껴졌다.

"이런 미친!"

그사이 정신을 차린 옆집 남자가 눈을 뒤집고 다가오자 다시 한번 팔을 휘둘렀다.

"악! 와악, 어억!"

옆집 남자는 부러진 허수아비처럼 꺾여 난간에 짓눌렸다. 어디 제대로 잡힌 것인지 일어나지도 못하고 정신없이 버둥거렸으나 상황은 달라지지 않았다.

"아파요, 아프다고!"

제압한 손아귀의 힘이 얼마나 센지 몰라도 손아귀에서 벗어나지 못하던 그는 머리로 휘, 흐르는 찬 바람에 기겁하며 발버둥을 쳤다.

"잠깐, 억! 어억!"

"이 미친 새끼가."

나지막이 흐르는 욕설과 함께 온몸으로 분노를 표출하고 있는 사람은 조금 전 인사를 나누고 왔던 바로 그 사람.

"…여, 여긴 어떻게?"

윤도경이다.

자신을 안고, 보호하고 있는 사람은 분명 그였다. 그때부터 심장이 다르게 뛰기 시작했다. 위협을 받았을 때와는 확연하게 다른 속도와 두근거림이었다.

침실에서 닿았던 것과는 또 다른 간지러움. 주변의 공기마저 흔들리는 듯한 훈기에 마른 입술이 달싹거린다. 봄은, 이 두근거림이 무엇인지 알고 있었다.

이것은, 그러니까 이 감정과 떨림은…….

"이상하잖아."

아주 깊은 곳에 숨은 기억을 끄집어내려던 찰나, 그가 말을 이었다.

"네가 온결을 보고 싶어 할 리가 없는데."

"……."

어처구니없는 이유지만 더 어처구니없는 건, 저것이 틀린 말이 아니라는 사실이었다.

작은 아파트 단지에 경찰차가 도착했다. 요란한 소리에 늦은 시간임에도 꽤 많은 사람들이 구경을 나왔고 경찰들은 곧 한 남자를 인계해 돌아갔다.

"무슨 일이야?"

"경찰들이 갑자기 왜 왔대?"

"누구 죽었어?"

"어머어머, 혹시 14층에 부부싸움 잦은 집 일인가?"

저마다의 추측으로 별별 소리가 다 들리는 가운데 최대한 제삼자의 흉내를 내고 있던 봄에게 도경이 다가왔다.

"괜찮아?"

가장 먼저 건넨 걱정에 괜스레 안도가 되었다. 이미 들은 말이지만 또 들으니 마음이 풀리다가 번쩍 정신이 들었다.

'정신 차려라, 온봄.'

누군가에게 기댈 생각에 안도하다니. 홀로서기의 근본이 잘못되었다. 상대방은 알 수 없게 자신을 탓하며 한숨을 삼킨 그녀는 고개를 끄덕였다. 최대한 편한 표정, 여유 있는 얼굴이었다.

"네. 무슨 일이 생기기 전이었거든요."

만약 무슨 일이 생겼다면 저 경찰차에 타는 건 저 남자가 아니라 자신이었을지도 모른다.

사실 그녀는 제법 강했다. 멘탈이 아니라 실제 육체적으로도. 소위 말하는 '예쁜' 얼굴 덕에 귀찮은 일에 휘말린 적이 여러 번이어서 미리 운동을 해 둔 덕분이었다. 그렇다고 방금 전이 위험하지 않았던 건 아니지만.

"별일이 다 있네요."

허무하게 중얼거리는 말에 도경은 혀를 찼다. 본인은 모르는 것 같지만 멍하니 서 있는 봄의 몸이 아주 잘게 떨리고 있었다. 놀랐을 거고, 겁을 먹었을 거다. 도경의 시선을 알지 못한 봄은 멀어지는 경찰차를 보며 머리를 쓸어 넘겼다.

"그래도 이번에는 잡아가니까 다행이죠."

나지막한 말에 그가 눈살을 찌푸렸다.

"경찰까지 불렀었던 일이야?"

"뭐, 민중의 지팡이니까."

시답잖은 소리는 누가 봐도 회피였다. 어쨌건 지난번과 다른 게 있다면 이번엔 '목격자'가 있다는 거다.

'처음부터 상황이 정리되었으면 이런 일도 없었을 거 아니야.'

그저 아쉬워할 수밖에 없어 발끝으로 땅바닥을 툭툭 친 그녀는 든든하게 선 도경에게 말했다.

"윤도경 씨 아니었으면 정말 큰일이 났을 거예요. 근데 어떻게 여기까지 온 거예요?"

"택시 타는 거 보고. 아래에서 보니까 복도에 있는 게 보여서."

아무리 생각해도 제 오빠를 보고 싶어서 왔다는 봄의 말이 그렇게 어색할 수가 없었다. 분명 그가 아는 온 씨 남매는 그렇게 다정다감한 관계가 아니었다.

긴 시간 보지 못했으나 혹시나 하는 의심에 따라나섰고 봄이 탄 택시까지 따라가게 되어 스토커가 된 기분이었지만 그의 선택은 틀리지 않았다.

"따라온 건 미안한데 후회는 안 해."

"미안해할 필요 없어요."

도경의 정확한 판단에 봄은 어쩐지 창피해졌다. 읽혀도 아주 제대로 읽혔다. 왠지 그녀의 몸이 부끄러움에 살짝 움츠러들었다.

"…정말로 온결 얘기 때문에 의심한 거라는 거죠."

"확신."

조금의 망설임도 없는 대답에 더욱 할 말이 없었다. 보인 적 없는 속을 다 들킨 것 같아 붉어진 얼굴을 가린 봄이 중얼거렸다.

"온결이랑 저랑 그렇게 닮았어요? 너무 잘 알고 있네."

아무리 남매라지만 성격까지 닮았을까? 모르겠지만 도경이 자신을 지나치게 잘 알고 있어 한 말이었다. 민망함에 혼잣말처럼 흘리며 고개를 들자 자신을 빤히 보고 있는 도경과 눈이 마주쳤다. 한쪽 입꼬리가 부드럽게 말려 올라간 그의 얼굴은 꼭 그림 같았다. 여유롭고 어른스러운 그 모습이 예전을 떠오르게 했다.

'이 미친 새끼가.'

아니, 조금은 달라진 게 있는 것 같기도 하고. 어쨌건 내보인 적 없는 패와 속내를 고스란히 들킨 것 같아 한 말에 도경은 이번에도 덤덤히 제 할 말을 할 뿐이었다.

"비슷한데 달라."

그저 그 조용한 말이.

"그냥 너라서 알지."

"……."

"온봄인데."

사람 속을 시끄럽게 만들 뿐. 보지 못했던 긴 시간이 무색하게 자연스러운 부름이었다. 아까부터 느낀 것이지만 이름 하나에 마음이 편하지가 않다.

'예나 지금이나 정말.'

아무리 생각해도 신기한 사람이다. 좋은 목소리 탓인지 상황 탓인지, 그것도 아니면 마음이 약해져 있는 것인지 몰라도 듣는 순간 이 시간이 제 이름처럼 봄 같다. 그는 아무 말 없는 봄에게 손을 뻗었다.

"가자."

어쨌든 조서를 쓰기 위해 경찰서를 가야 하는 건 그녀도 마찬가지였다. 잠시 고민하던 봄이 슬그머니 물었다.

"같이 가 주시게요?"

"그럼?"

내가 안 가면 누가? 그의 눈이 그렇게 말하고 있었다.

결론부터 말하자면 남자는 훈방될 거라고 했다. 아니꼽고 열받지만 그가 봄에게 직접적인 상해를 입힌 적이 없다는 게 이유였다. 그럼 어디 맞기라도 했어야 하는 걸까. 기가 찰 노릇이었다.

심지어 옆집 놈은 도경에게 삿대질하며 자신이 상해를 입었다고 고래고래 소리까지 질러 댔다. 안타깝다. 경찰서에 간 김에 신나게 패 주고 유치장에 들어갈걸. 시시콜콜한 후회 속에서 그들이 할 수 있는 건 거기까지였다.

그래도 이쪽에서 지속적으로 불편을 겪었다는 것이 증명되어 조서를 좀 더 길게 쓴다던가, 뭐라던가. 그나마 다행이라면 집주인의 빠른 후속 조치였다.

"아니, 옆집 총각 그렇게 안 봤는데 아주 나쁜 사람이었네. 좋은 사람인 줄 알았더니! 사람 얼굴 보고 판단하면 안 된다더니."

늦은 시간임에도 어디서 소식을 들었는지 한달음에 달려온 집주인은 한껏 고양된 목소리로 씩씩댔다. 한참 열을 내던 집주인은 가타부타 말할 것도 없이 먼저 방을 빼 주겠다는 말을 했다. 그야 옆집 남자와 또 이웃사촌이 될 생각이 없었으나 이렇게 쉽게 빼 줄 줄은 몰랐다.

"얼마나 고생했겠어. 더 큰일이 나기 전이라 천만다행이지."

처음 봤을 때부터 딸 같다는 말을 종종 하더니 그녀로선 감사한 일이었다. 그러나 이어지는 말은 봄의 머릿속을 복잡하게 만들었다.

"근데 우리도 너무 갑작스러워서 지금 바로 보증금을 주는 건 좀 힘들 것 같은데… 어쩌죠?"

이해할 수밖에 없는 상황에 다시 머리가 아파 왔다. 그녀가 이번에 구한 집은 방이 두 개인 아파트였다. 집을 가장 중요하게 여기는 만큼 나름대로 고심해서 고른 곳이었고 그만큼 보증금이 센 곳이기도 했다. 그렇다고 '당장 빼 주세요' 하기도 어려웠다.

"저야 이렇게 신경 써 주시는 것만 해도 감사한걸요."

애초에 집에 문제가 있는 것이 아니니 집주인의 호의를 두고 억지를 부릴 수도 없는 노릇이었다. 집주인도 손해를 감수하고 되돌려주려는 것일 테니까. 결국 보증금을 돌려받기 전까지 집에서 지내거나 임시 거처를 구하는 수밖에 없었다. 봄은 복잡한 머릿속은 뒤로하고 애써 웃었다.

"상황 되시면 부탁드릴게요."

"나야말로 그렇게 생각해 주니까 고맙고. 정말 이게 무슨 일이야. 사람이 어떻게 저럴 수가 있어. 경찰들도 그래. 어떻게 그런 사람을 또 풀어 준다고 그러나 몰라. 어휴, 부녀회장한테 말해서 아주 조져 놔야지."

공권력보다 무섭다는 주(住)권력이다. 집주인의 열정적인 분노가 정말 고맙게 느껴졌다. 완벽한 타지에서 잠시나마 한 사람이라도 제 편이 있다는 게 얼마나 고마운지 모른다. 아니, 한 사람이 아니지.

금방 깨달은 사실을 입에 담기 전에 집주인이 속삭였다.

"그래도 다행이다. 일 있다고 금방 와 주는 남자 친구도 있고."

"예?"

"아까 깜짝 놀랐잖아요. 얼마나 잘생겼는지, 조명도 없는데 번쩍번쩍해. 말도 어찌나 잘하는지 몰라."

얼토당토않은 소리에 넋이 나간 그녀를 보며 집주인은 까르르 웃었다.

"부끄러워하기는."

지나친 오해를 하며 어깨를 토닥토닥. 미처 부정하지 못하고 입만 벙긋대고 있는 그녀에게 집주인이 말했다.

"그럼 최대한 빨리 연락 줄게요."

뒤늦게 아차 싶던 봄이 손을 휘저었다.

"아니, 저기는 남자 친구가 아니라."

"너무 늦었다. 그럼 수고해요."

"아니요! 저기!"

그녀의 부인을 듣기도 전에 집주인은 갑작스레 울린 전화를 받으며 순식간에 멀어졌다. 그 와중에 손까지 흔들며 사라지는 집주인을 어찌 잡을 수 있을까. 빠르게 사라진 집주인을 멍하니 보던 봄은 황급히 뒤를 돌아보았다. 태연히 서서 이쪽을 보고 있는 도경이 보였다.

'들었나? 못 들었겠지.'

그리 큰 목소리도 아니었으니까. 괜히 민망해지는 건 딱 질색이다. 다행히 그는 별다른 기색이 없어 보였다. 그녀는 낮게 목을 가다듬고 그에게 다가갔다.

"윤도경 씨."

살며시 이름을 부르고 다가선 봄은 얌전하고 공손하게 말을 이었다.

"저, 그럼 너무 늦었으니까 이만 가셔서 쉬셔도 돼요. 전 이제 괜찮아요."

하룻밤이 지나기도 전에 사과와 감사 인사를 몇 번이나 했는지 다 세어지지도 않았다. 그녀는 더한 민폐를 끼치지 않기 위해 매우 대외적인 미소를 지었다. 이름하야 자본주의의 미소.

 방긋.

 그러나 도경은 어떤 반응도 없이 봄의 미소를 빤히 바라보다 물었다.

 "집으로 돌아가려고?"

 "아니요. 근처에 찜질방이 있어요. 전에 가 봤는데 괜찮았어요. 차 가지고 온 거죠?"

 가볍게 대꾸하며 도경의 차를 찾았다. 경찰서를 가면서 탔던 차는 짙은 파란색의 SUV였다. 금방 눈에 띈 차를 가리키며 올려다보자 봄을 향한 그의 시선이 떨어지지 않고 있었다. 빤히 보는 눈에 할 말이 없어진 그녀가 마른 입술을 축였다.

 "왜, 그렇게 보세요?"

 그녀의 복잡한 표정을 보며 도경은 제 목덜미를 쓸었다.

 "고민 중이야."

 나지막한 말에 봄의 고개가 옆으로 기울었다.

 "갑자기 무슨 고민이요?"

 "어떤 말을 해야 할까."

 "예?"

 "무슨 말을 해야 의심하지 않고 따라올까."

 혼잣말인 양 하는 덤덤한 중얼거림에 눈동자를 굴리다 되물었다.

 "설마, 저요?"

 "두고 가면 후회할 것 같거든."

 두 눈이 깜빡 감겼다 뜨였다. 왜? 조금 당황스러운 궁금증을 갖고 침묵하는 그녀에게 도경은 흘러가듯 말을 이었다.

"사흘 동안 다섯 시간도 못 잤어."

"어… 네."

"오늘도 사흘 만에 집에 돌아온 거고."

"……."

"지금 당장이라도 가서 쉬고 싶어."

갑자기 이게 웬 하소연인가. 본인을 쉬지 못하게 만든 것에 대한 사과가 필요한 걸까. 짧은 찰나 많은 고민에 빠진 봄을 그는 알 수 없는 표정으로 느긋하게 바라보았다.

쉽게 정답을 알아채지 못하는 그녀였고 도경은 봄이 좁히지 못한 거리를 좁히며 다가와 눈을 맞췄다. 그리고 말했다.

"그래도 널 두고 못 갈 것 같아."

아무렇지도 않게, 담백하게 사람의 심장에 콩, 파문을 일으킨다.

아, 기억났다. 항상 곁에 있어서 매일같이 마주쳤던 시선. 속을 알 수 없던 이 짙은 검은색 눈동자는 온봄이 윤도경을 좋아했던 가장 첫 번째 이유였다.

단순히 같이 가자는 말보다도 더욱 강력했던 말에 봄은 더 할 말을 찾지 못했다.

절대 말 못 하는 성격도 아니고 대단한 오빠 밑에서 자라느라 깨우친 생존 방식이 있음에도 아무런 대꾸도 하지 못했다. 두고 가지 못하겠다는 도경의 말에 그녀가 한 말은 딱 한마디였다.

'네.'

네, 는 무슨 네.

올해 들어 한 말 중에 가장 멍청한 대답이었다고 자부할 수 있다.

"어?"

약 반나절을 돌아 다시 돌아온 온결의 집은 처음 왔을 때보다 훨씬 훈기가 돌았다. 발을 딛자마자 느껴지는 따뜻함에 잠시 멍해졌던 봄에게 뒤따라 들어오던 도경이 말했다.

"나가면서 보일러를 켰거든."

봄이 따뜻함에 멈춘 것을 아는 듯 말한 도경은 그녀를 지나쳐 거실로 들어갔다. 그리고 바로 제 방으로 향했다. 여타 다른 말도 없이 방으로 들어갔던 도경은 곧 가방과 재킷을 들고 나왔다.

"방은 아무거나 써도 될 거야. 불편해하지 말고 있어."

서론도 없이 결론부터 나온 말이었지만 충분히 이해했다. 봄의 눈이 휘둥그레지며 당황으로 물들었다. 딱 봐도 나가려는 차림이었고 그녀는 당황하며 그의 앞을 막았다.

"어디 가려고요?"

도경이 가볍게 제 가방을 들어 보였다.

"병원."

"어디 아파요?"

"거기서 일해."

"무슨… 아."

그러고 보니 전화 메시지로 '환자'라든가 '선생님' 같은 말들을 들었던 것 같다.

"의사였구나."

주변에 의사는 처음이라 괜히 신기해진 봄이 중얼거렸다.

"공부 잘하더니… 대단하다. 아, 아니, 지금은 이게 중요한 게 아니라."

뒤늦게 알아챈 도경의 직업이었지만 그것보다 중요한 건 이 새벽에 나가려는 그였다. 봄은 그의 앞을 더욱 꼼꼼히 막고서 두 눈에 힘을 주었다.

"지금 출근을 하는 건 아닐 테고, 설마 집을 나가려는 건 아니죠?"

"미리 출근을 하는 건 맞아."

"사흘 넘게 잠도 못 자고 집에도 못 들어왔다면서요. 그래서 쉬고 싶다고 가자고 한 사람이 누군데. 이렇게 될 거면 안 왔지."

"어디서 쉬겠다고 말한 적은 없다만."

"저랑 말장난하자는 거예요?"

나름대로 예의를 갖추고 잇던 대화는 슬슬 고삐가 풀려 가고 있었다. 어쩐지 옛날 생각이 나는 대화였다.

봄과 도경 그리고 온결까지 세 사람은 죽마고우처럼 죽이 맞아 놀았다. 특히나 세 사람이 각자 전투를 하듯 떠들어 대며 자라 온 탓인지 말솜씨가 좋았고 그것은 도경이 서울로 올라가기 전까지 늘 하던 대화 방법이었다.

'이 사람이 그걸 특히 잘했지.'

그리고 말장난 같은 말솜씨의 으뜸은 윤도경이었다. 놀라운 건 그렇게 말다툼 비슷한 대화를 하면서도 몸으로 싸운 적은 없다는 거다. 아, 아니, 물론 봄과 결은 초등학교 시절 피 터지게 싸운 적이 있긴 하다. 비유가 아니라 진짜 피 터지게.
 본의 아니게 옛 생각이 나게 만들어서 잠시 말을 멈춘 그녀를 대신해 그가 말했다.
 "여기 있어. 당장 집 문제도 그렇고 내가 나가는 게 맞아."
 "오늘 하루 나가겠다는 말로 들리지 않는데요."
 "하루 이틀로 될 일이 아니니까."
 봄의 표정이 빠르게 일그러졌다. 하루 이틀로 될 일이 아니라는 걸 아는 건, 집주인과의 대화를 들었다는 뜻이었다.
 "…들었어요?"
 "들었어."
 그렇다는 건.

'그래도 다행이다. 일 있다고 금방 와 주는 남자 친구도 있고.'

 집주인의 황당한 그 말도 들었다는 뜻이었다. 봄의 눈으로 난감함과 창피함이 스쳤다. 그녀는 얼굴을 한 번 쓸어내리며 중얼거렸다.
 "다음에 만나면 꼭 정정할게요."
 "필요하면 써먹어."
 "정중히 거절할게요."
 농담인지 진담인지 도무지 모르겠다. 봄은 머리를 흔들고 뒤틀린 대화의 궤도를 바로 했다.
 "어쨌든 주객전도도 아니고, 있던 사람 내쫓으면서 있고 싶은 마음은 없어요."

"네 오빠 집이야."

"'내 오빠' 집이 아니라, 온결 집이에요."

그들이 아는 온결이라면 동생이고 뭐고 가장 이성적인 판단을 내릴 게 분명했다. 어차피 연락도 닿지 않는 사람에게 말할 수 있는 문제도 아니고. 봄은 팔짱을 끼며 단호히 선을 그었다.

"쉬지 못했다고 해서 온 거예요. 쫓아내려고 온 게 아니라고요."

"그런 것까지 신경 쓸 필요 없어."

"윤도경 씨 은근히 질기네요. 우리 엄마가 질겨서 좋은 건 팬티 고무줄뿐이라고 그랬는데."

"아, 어머니 잘 계시지? 아버님도."

"예? 어… 네, 그렇죠. 건강히 잘 계세요. 종종 윤도경 씨 얘기도 하시고요. 언제부턴가 아예 안 내려온다고 서운하다고 하셨는데. 최근에도 얘기하셨고요."

"죄송하네. 언제 한번 찾아봬야겠다."

"그러면 두 분 다 좋아하실 거예요."

"그래, 안부 좀 대신 전해 드리고 난 이만 가 볼게."

"네, 그러… 아니, 이게 아니라!"

너무 자연스러워서 저도 모르게 휘말려들 뻔했다. 아니, 이미 휘말렸다가 간신히 빠져나왔다. 뭔가 엄청난 소용돌이에 빠졌던 듯한 기분에 괜히 가슴을 들썩이자 도경이 피식 웃었다.

"많이 컸네."

'이제 이런 것도 안 통하고.'라고 말하는 듯한 표정이었다.

이십 대를 넘긴 사람에게 할 말은 아닌데, 그게 기분 나쁘지 않다는 게 황당할 따름이다. 나름대로 골몰하는 그녀를 두고서 도경은 재차 움직였다.

"일단 오늘은 있어. 내일 다시 얘기하자."

거짓말이다. 명확한 근거를 댈 수는 없지만 확신할 수 있었다. 지금 저 사람이 나가면 자신은 그를 쫓아낸 것밖에 되지 않는다. 봄이 고개를 저었다.

"안 돼요."

그녀의 말에도 도경은 별다른 대답 없이 현관으로 향했다. 말로 잡아 보려던 봄은 입을 다물었다.

'어차피 말로는 못 이겨.'

몇 마디 섞었을 때 알았다. 적어도 이 이유나 상황으로는 절대 이길 수 없다. 그렇다면 방법은 하나였다.

철컥.

봄은 어느새 현관에 도착해 문고리를 잡는 도경의 앞을 막았다. 그 거리가 딱 그의 팔 하나일 만큼 가까웠다. 너무 가까워서 잠시 당황했지만 그녀는 티 내지 않으며 말을 이었다.

"가지 마요."

그리고 그것은 도경의 가슴에서 가장 선명한 과거를 꺼내게 만들었다. 아마도 그것은 꽤 오래전의 한겨울.

'가지 마.'

그가 다시 아버지에게 가려던 열일곱 때의 어느 날이었을 거다.

그때에도 봄은 지금 같은 표정과 말투, 목소리로 말했었다.

'우리랑 있어.'

'여전히.'
늘 그래 왔던 그대로. 그녀는 지금까지의 공백이 무색하게 바로 어제의 일처럼 떠오르게 했다. 그때의 도경은 결국 봄의 이 말에 그곳에 남았다. 남아서 다시 웃게 되었고 편해질 수 있게 되었다. 그리고 대답하지 못했지만 답은 이미 나와 있었다.
'이번에도.'
같다. 문고리를 잡았던 손이 놓이고 그는 몇 걸음 물러났다. 봄은 덕분에 난 기회를 놓치지 않았다. 이 틈을 타 떠오르는 많은 생각들을 빠르게 정리했다. 한번 정리가 되기 시작한 머릿속은 생각보다 훨씬 정돈되었다.
봄이 말했다.
"이렇게 된 거, 차라리 둘 다 나가죠. 집주인도 없는데 이러는 것 자체가 무의미해."
더 이상의 타협점은 없다는 듯 그녀는 꿋꿋했다. 혈육의 문제는 지금 여기에서 들먹일 일이 아니다. 이 집은 온결의 것이고 그가 도경이 이 집에서 살 수 있도록 허락했다. 자신의 위치는 분명하게 불청객이다. 굴러 온 돌이 박힌 돌 빼는 상황이 되는 건 절대 바라지 않는다.
"아무리 생각해도 윤도경 씨가 나가는 건 아니에요."

"네가 나가는 것도 안 돼. 아무리 온결이라도 그건 용납 안 할 거다."

"윤도경 씨 나가는 것도 절대 용납 안 할걸요."

어쩌다 보니 대화의 대부분이 '온결'로 집합되고 있지만 틀린 말은 아니다. 도무지 결론이 나지 않는 창과 방패의 싸움이었다.

"절대 안 돼."

봄은 재차 강조했다. 거듭된 반대 속에 도경은 제 앞을 막고 선 봄을 가만히 내려다보았다. 뿌리라도 박은 것처럼 굳게 선 그녀를 밀어 내고 나가는 건 일도 아니지만 왠지 그럴 수가 없었다. 사실 '말'로 상대하자면 절대 지지 않을 것 같으나 그것이 쉽지 않았다.

이 상황이 문득 오래전의 기억이 떠올리게 만들었다. 겨울의 끄트머리, 칼바람이 불던 운동장에 나란히 서서 건네던 꽃다발. 농담을 건네다 눈을 흘기던 모습. 잊은 줄 알았던 모든 것이 거짓말처럼 떠올랐다.

회귀하는 그의 머릿속을 알 리 없는 봄은 크게 숨을 한 번 내쉬고 가슴을 부풀렸다. 그리고 빳빳하게 고개를 들어 도경을 올려다보며 말했다.

"다른 방법 없으면 내 뜻대로 해요."

오래전 기억을 떠올리느라 보인 틈으로 그녀가 스며든다.

"뜻?"

"네."

의아함으로 물든 눈에 말을 할까, 말까 고민하던 그녀는 결국 입에 담았다.

"같이."

이게 맞는 말일까, 아닐까.

"집주인은 무조건 윤도경 씨가 있길 바랄 거예요. 저도 그게 맞는다고 생각되고요. 하지만 윤도경 씨가 그걸 바라지 않으니까, 절충해서."

빙빙 둘러 하는 말이지만 도경은 금세 눈치를 챘다.

"잠깐."

에라, 모르겠다.

"같이 지내요."

봄은 거침없었다.

"이렇게 되어서 정말, 진심으로 죄송하게 생각해요. 아닌 밤중에 날벼락 같으시죠. 충분히 이해해요. 하지만 그래도 둘 다 나가거나, 안 나가거나의 선택이라면 후자를 선택하는 게 맞죠. 호텔이건 모텔이건 멀쩡히 비어 있는 집 두고 돈 쓰는 것도 말이 안 돼요. 그러니까 제 상황이 정리될 때까지만 지내요. 길게 잡아서 한 달. 보증금 들어오기 전까지만 있을게요. 물론 온결이 알아서 좋을 건 없으니까 일단 덮어 두고요."

우수수.

마치 이미 준비했던 것처럼 그녀는 끊김 하나 없이 시원하게 속사포처럼 말을 쏟아 냈다. 그러면서 점점 제 의견에 힘을 얻었는지 조금이나마 흔들리던 눈동자도 분명하게 반짝였다.

"다른 의견 안 받습니다."

아무리 생각해도 이것보다 좋은 방법은 없었다. 독불장군이나 다름없이 이미 난 결론을 통보하는 봄이었고 처음으로 그의 말문이 막혔다.

"하아."

저절로 나오는 한숨에 할 말을 잃었다. 이러쿵저러쿵해도 봄의 말이 가장 최선의 방법이었다. 특히나 봄이 절대 보내 주지 않을 것 같았다. 그녀의 고집은 도경도 이미 잘 알고 있었다.

그가 이 집을 나간다면 봄도 절대 이곳에 있지 않을 거다. 자신은 둘째 치고 봄이 다시 제 집으로 돌아가는 것은 '오빠 친구'로서 용납할 수 없었다. '너무' 잘 알아서 더 듣지 않아도 알 수 있는 미래였다. 이 말도 안 되는 상황에 잠시 입술을 물던 도경이 물었다.

"괜찮겠어?"

"뭐가요?"

"그렇게 좋은 사람 아닌데."

여러 가지 뜻이 담긴 말이었다. 해석하기에 달라질 수 있는 것이었고 어쩌면 마지막 경고일지도 몰랐다. 봄 역시 그것을 알아듣고 짧게 침묵하다 손가락으로 저를 쿡 가리켰다.

"내가 여자로 보여요?"

가장 예민할 수 있는 문제의 핵심. 그렇게 물어 놓고 도리어 살짝 긴장하고 있던 봄을 도경은 꽤 오랫동안 바라보았다. 생각을 읽을 수 없는 눈동자가 그녀를 담다 손을 들어 올렸다.

큰 손이 봄의 머리 위로 오르다 천천히, 아주 천천히 선을 따라 내려갔다. 닿지도 않은 손길인데 그녀는 그의 움직임을 피할 수 없었다. 닿을 듯 말 듯 지척에서 흐르던 손이 멈췄다. 그리고 돌아온 건 대답이 아니었다.

"너는?"

닿지 않은 손길에 치우쳤던 정신이 번뜩 깨었다. 전혀 생각하지 못했던 반문에 말문이 막혀 조금 전과는 다른 의미로 얼어붙고 머릿속이 새하얗게 변했다.

온봄과 윤도경.

여자 혹은 남자.

'당연히.'

당연히… 당연히. 혼란스러웠다. 분명 정해진 답이 있는데 그것이 입 안에서 나오지 않았다. 도경도 봄도 모두가 각자의 질문에 대답을 하지 않았고 이 침묵은 서로의 대답이 되었다.

여자도, 남자도 아닌 것으로.

'그럼 그렇지.'

도경은 그 옛날부터 자신을 동생으로밖에 보지 않았던 사람이니까. 고백을 하지 않았던 건 정말 잘한 일이었다. 어쨌든 더 이상의 이의는 없을 것 같았고 그녀는 박수를 한 번 짝, 쳤다. 그의 시선이 자신에게 닿자 봄은 공손하게 두 손을 모으며 허리를 숙였다.

"그럼 결론이 난 걸로 하고, 갑작스러우시겠지만 이해해 주셔서 감사합니다. 한동안 잘 부탁드립니다."

번갯불에 콩을 구워 먹듯 두 사람의 대책 없는 한집살이가 결정되는 순간이었다. 사실 미친놈을 옆집에 두고 지내느니 도경과 한 지붕 아래에서 지내는 게 비교도 못 할 만큼 안전하다. 그렇게까지 생각이 마무리되니 한결 후련해진 봄은 노곤하게 밀려오는 피로를 품고 말했다.

"염치없지만 욕실 좀 쓸게요."

세수라도 하고 당장 잠을 자고 싶은 마음뿐이었다. 별다른 말없이 도경이 고개를 끄덕이자 봄은 후다닥 욕실로 향했다. 작은 방을 욕실로 착각하긴 했지만 금방 바로 찾아 들어갔고 곧 물을 트는 소리가 났다.

"후."

이내 도경의 입에서 낮은 신음이 흘렀다.

쏴아아.

물소리가 들리고 그는 제 얼굴을 쓸어내렸다.

'내가 여자로 보여요?'

당돌하고 대범한 질문에 도경의 눈이 감겼다 뜨였다. 그의 눈동자에는 봄을 향하던 때의 여유는 없었다.

온봄.

이십 년 지기의 동생.

한때는 친구와 함께 가장 친했던 친구이자 가족과 같았던 사이.

그리고 또 한때는.

"……."

왜 이렇게 죄를 짓는 기분이 들까.

2.

잠으로 하루를 통째로 날려 본 적 있는가.

그녀는 있다. 30년을 살면서 처음으로 그 경험을 했다.

"…미쳤다."

중간중간 깨어나 화장실을 갔던 것은 기억이 나는데 생산적인 행동을 한 기억이 나질 않는다. 얼핏 주방에 있던 도경과 몇 마디를 나눈 것도 같은데 모르겠다. 그렇게 좋아하는 밥까지 놓칠 정도로 잠만 잤다.

실컷 자고 깨어나 시간을 확인하니 꼬박 하루가 지나 새로운 한 주가 시작되는 새벽녘이었다. 아무리 잠을 못 잤기로서니 겨울잠 자는 동물처럼 잤다. 그나마 다행인 건 출근에 맞춰 잘 깨어났다는 것 정도.

머리를 흔들어 마지막 남은 잠기운마저 털어 낸 봄은 새로운 침실이 된 침대에서 몸을 세웠다.

"으윽."

우드득우드득.

굳어 버린 몸이 정신없이 삐걱대며 소리를 내고 있었다. 나사를 조이듯 팔과 다리를 이리저리 흔든 그녀는 해야 할 일들을 가늠했다.

"짐도 없고, 아무것도 없으니까."

대책 없이 이 집으로 와서 잠부터 자느라 있는 물건이 하나도 없었다. 가구들은 대부분 옵션이라 괜찮지만 당장 써야 할 생필품들이 필요했다. 예를 들면 옷이나 속옷 같은 것들.

"잠이 원수지."

자신의 불찰을 잠에게 돌리며 방 밖으로 나선 봄은 이리저리 주변을 살폈다. 조용한 사위에 그녀는 볼을 긁적였다.

'…출근했나?'

그러기엔 너무 이른 시간이었지만 알 수 없는 일이었다. 오랜만에 숙면을 취한 덕분에 완전히 동이 트기 전임에도 정신이 맑았다. 그래서 거실 소파 옆의 낯익은 가방들을 금방 발견할 수 있었다.

"어? 저게 왜."

가방은 봄이 올라오면서 가져온 것이었다. 얼른 다가가 가방을 열자 안에는 옷 두어 벌과 화장품이 든 파우치, 속옷들이 들어 있었다.

'진짜 이게 왜 여기에 있어?'

이것들이 주인 찾아 제 발로 왔을 리도 없고 잠결에 다녀왔을 리도 없었다. 거기까지 생각했을 때였다.

"…아!"

아무리 생각해도 오리무중일 때, 바로 어제 잠시 깨어났을 무렵 도경과 나눴던 대화가 떠올랐다.

'어디 아픈 거 아니야? 계속 그렇게 자는 것도 좋은 건 아니야.'
'졸려요. 자야 돼. 자야 살아……'

맥없이 대꾸하며 거의 감은 눈으로 물만 마시는 봄에게 그가 물었었다.

'집도 없잖아. 가져와야 할 텐데.'
'어어… 가져와야죠. 가져와야 하는데, 누가 가져다줬으면 좋겠다.'

정말 잠결에 넋두리처럼 중얼거린 말이었다. 부탁 같은 것이 아니라 정말 혼잣말. 그러나 듣는 입장에선 다르게 들렸을 수도 있다.

'괜찮으면 가져다줄게.'

거기까지 했어야 하는데, 제정신이 아니었던 봄은 염치도 없이 다 죽어 가는 목소리로 아파트 비밀번호를 알려 줬더랬다.

"악."

자신이 생각해도 지나친 뻔뻔함에 봄은 소파에 머리를 박았다. 여러 가지 의미로 이 집을 나가고 싶은 마음이 10퍼센트쯤 상승했다.

'속옷도 봤다는 거 아니야.'

어쩌다 속옷 심부름까지 시켰을까. 그렇다고 진짜 가져오는 건 또 뭐람. 센스가 있는 건지 뭔지 모르겠다. 어쩌면 여자로 보지 않으니 그럴 수도 있겠다.

"젠장."

아무리 생각해도 그건 썩 좋은 기분은 아니다. 거듭된 혼잣말로 한탄하며 자책하길 한참, 그녀는 슬그머니 몸을 세웠다. 허송세월할 시간에 출근 준비를 하는 게 나았다. 보기만 해도 부끄러운 가방을 방으로 가져가 몇 가지 옷을 챙겨 나선 봄은 기억하는 욕실로 향했다.

설마 없겠지. 그런 엄청나게 섹시한 일은 없을 거야. 이유 모를 확신을 가지고 욕실 문을 반쯤 열었을 때, 그녀는 저도 모르게 눈을 한 번 질끈 감았다.

"…음."

살그머니 실눈을 떴을 땐, 아무것도 없는 넓은 욕실이 보였다. 엊그제도 느꼈지만 고급스러운 자재로 만들어진 넓은 욕실은 감탄이 날 정도였고 아무도 없었다.

활짝.

봄은 불순한 생각을 한 제 머리를 머쓱하게 쓸고 문을 완전히 열었다. 누군가 사용한 흔적도 없는 욕실에 그녀는 왠지 붉어진 얼굴로 상의 단추를 풀었다.

"옷 거는 데도 없어. 비싼 아파트도 별거 없네."

트집을 잡으며 투덜대는 건 절대 민망해서가 아니다. 그저 활용도에 대해 생각하는 것일 뿐. 그렇게 막 세 번째 단추까지 풀며 세면대 앞에 선 봄은 그대로 굳어 버렸다.

"……."

거울 속에 그녀는 혼자가 아니었다. 공포 영화를 말하는 게 아니다. 아니, 어쩌면 공포만큼 혼을 뺄 일일지도 모르겠다. 왜 자꾸 이런 일이 생기는 거지? 차마 입 밖으로 낼 수 없는 넋 나간 헛숨을 입 안에 담았다 겨우 뱉어 냈다.

"안녕히, 주무셨죠?"

어설픈 극존칭의 인사에 손으로 이마와 눈을 가린 도경이 남은 손을 들었다.

"그래."

이상할 것 없는 아침 인사였다. 여자는 앞섶을 드러내고 남자는 상의를 벗고 있다는 것만 빼고. 골이 아프다는 듯, 볼 수 없는 것을 앞에 둔 듯 선 그가 나타난 곳은 욕실 문 뒤에서였다. 그러니까 봄이 문을 열면서 생긴 사각지대, 옷을 거는 거치대가 있는 구석.

온 세상 난감함을 모두 안은 듯 침음하며 선 그에게 그녀가 물었다.

"왜, 거기 있어요?"

너무 얼이 빠지니 오히려 침착해졌다. 끔뻑끔뻑 둥그렇게 뜨였다 감기는 눈에 선명히 담긴 도경은 무척 피곤한 안색으로 답했다.

"그러게."

그조차도 기가 차 그런 대답밖에 나오지 않았던 모양이다. 봄은 헐벗은 그의 모습에 힘껏 두 손으로 눈을 가렸다.

"저 안 봤어요! 안 봤습니다!"

미안해요! 다 봤어요!

늦어도 한참 늦은 외침이었다. 마치 관음이라도 한 범죄자처럼 결백을 주장하는 그녀의 머릿속은 요란하게 엉망이 되었다. 겉으로도 보였던 굉장하고 대단한 남자의 몸은 그녀의 입을 틀어막게 하기에 충분했다. 정말로 입을 막는 짓은 하지 않았지만.

'왜 이렇게 일이 꼬이지.'

심장은 콩닥콩닥, 비지땀은 쭉쭉. 차마 먼저 움직이지 못하는 봄을 알았던지 눈가를 가렸던 도경의 손이 내려왔다. 그리고 그녀가 보지 못한, 문 뒤편의 옷걸이에서 커다란 수건을 꺼내 봄의 어깨에 걸쳤다.

얼떨결에 그것을 안으면서 아직 벌어진 앞섶을 가릴 수 있게 된 봄에게 도경이 말했다.

"왜 자꾸 이런 일이 생기는지 모르겠지만, 어디를 가건 앞으론 노크부터."

그 어릴 적 공부를 가르쳐 주던 때와 같은 말투로. 지금 그녀가 할 수 있는 대답은 하나였다.

"…네."

멋진 아침이었다.

준비를 마치고 나선 봄의 코끝으로 고소한 냄새가 들어왔다. 냄새는 주방에서 나고 있었고 눈을 빛내며 가려던 그녀는 주방 모퉁이에서 멈춰 고개만 빠끔히 내밀었다. 그리고 의미 없이 벽을 툭툭 쳤다.

"실례합니다."

상황과 맞지 않는 황당한 노크였지만 가스레인지 앞에 서 있던 도경은 감사히 받아 주었다.

"들어와."

오픈된 주방에 노크할 것이 뭐 있냐마는, 욕실에서의 조언을 지키기 위함이었다. 얼른 주방으로 들어간 봄은 등 뒤로 손을 모아 잡으며 머쓱하게 말했다.

"나중에 빚 다 갚을게요."

"무슨 빚?"

"집이건, 옷이건… 뭐, 그 외의 것도."

예를 들면 여러모로 침범하고 만 살결의 영역이라든가. 입에 담지 못한 것들을 혀끝에 담아 입술을 적시자 도경은 피식 웃으며 맞장구를 쳤다.

"기대할게."

워낙 표정을 읽기 어려운 사람이라 저 여유가 진짜인지 모르겠지만 목소리에 불편함은 없어 보였다. 안도하며 물이나 한 잔 마시려는 그녀에게 그가 한쪽을 가리켰다.

"밥 먹고 가. 제대로 차린 건 아니지만."

도경이 가리킨 곳은 정갈한 식사가 마련된 식탁이었다. 쌀밥에 계란국. 밑반찬에 계란말이가 놓인 깔끔한 아침 식사였다. 눈을 동그랗게 뜬 봄이 진심으로 감탄했다.

"우와."

거창하게 차려진 식사도 아닌데 반응이 남달랐다. 그녀는 식탁에 손을 얹고 눈을 반짝이며 물었다.

"제 것까지 준비한 거예요?"

목소리만 들어도 신이 난 모양새에 도경은 괜히 짓궂은 마음이 들었다. 봄은 늘 놀리기 좋은 동생이었다. 지지 않고 바락바락 달려드는 게 얼마나 재미있었는지, 10여 년이 지난 지금도 그에게 장난기가 남아 있었나 보다.

"동거인끼리 이 정도는 해야지."

누구에게도 먼저 건네지 않는 농담. 그러나 그녀에겐 너무나 익숙한 장난. 봄은 놀리려는 것이 빤히 보이는 도경의 마음에 눈을 흘기다 감동받은 표정을 지었다.

"저 아침 집에서 제대로 먹는 거 거의 2주, 아니 3주 만이에요. 여기 올라오고 처음."

심지어 어제는 꼬박 하루를 날려 이틀 만의 첫 끼다. 느끼지 못했던 배고픔이 이제야 올라오는 것 같았다. 이 진지한 모습을 도경은 가볍게 받아들였다.

"겨우 이 정도 가지고."

"겨우라니? 제가 이거 계란말이 시도하다가 버린 계란만 열두 판은 될걸요."

봄은 매우 진지했고 도경은 다시 기억을 더듬었다. 그러고 보니 봄은 유난히 손재주가 없었다. 머리 회전도 빠르고 굼뜨지도 않은데 손으로 하는 건 늘 어려워했다.

그러다 문득 그녀의 직장이 떠올랐다. 경찰서에서 조서를 쓸 때 봄의 직장을 들었던 기억이 있었다.

"레스토랑에서 일한다고 하지 않았어?"

"네. 요리를 좋아했거든요. 요리사는 아니고, 소속이 본사예요. 일은 레스토랑에서 해도 실무를 보고 있어서."

"흔치 않은 케이스네. 보통 요리를 좋아하면 요리사가 되는 것 같았는데."

"계란프라이도 못하는데 요리사는 꿈도 못 꾸죠. 그냥 우회해서 돌아갔다고 해야 하나. 레스토랑 들어가면 맛있는 거 많이 줄 것 같아서요. 노선을 다르게 잡은 거죠."

농담 같지만 진심, 말 그대로였다. 그녀에게 '밥'은 매우 중요했다. 요리 솜씨가 전혀 없는 봄에게 끼니란 항상 전쟁 같은 일이었고 필사적으로 공부를 해서 진로를 잡았다. 남들은 비웃을지 몰라도 진심이었다. 그 노력 덕분에 미성 그룹에 덜컥 채용까지 되었고.

들어 본 적 있는 큰 기업의 이름을 생각하며 도경은 무심코 물었다.

"만족해?"

"아니요."

뜸도 들이지 않고 대답한 그녀는 억울한 표정으로 중얼거렸다.

"밥을… 공짜로 안 주더라고요."

세상을 잃은 표정에 도경은 이해할 수 없다는 듯 고개를 갸웃거렸다.

"사 먹으면 되잖아."

"무지 비싸요. 엄청."

너무도 현실적인 이유였다. 파인 다이닝은 가격대가 꽤 있는 레스토랑이니까. 살짝 동정심이 든 도경은 먹으라는 듯 손짓했고 봄은 진심으로 감격하며 숟가락을 들었다.

"아, 진짜 맛있겠다."

온결의 동생으로 태어나 좋은 것, 맛있는 것을 지키기 위해 살아온 유년, 청소년기. 전쟁 같았던 그날들의 결과물로 먹는 것을 신성시하게 된 봄은 부푼 감정으로 속에 든 말을 그대로 꺼냈다.

"이러니까 내가 좋아했지."

그것은 꽤 크고 선명하게 뻗어 나갔고 막, 맞은편에 앉던 도경에게도 꽂혀 들었다.

"뭐?"

아무 생각 없이, 가슴에서 우러나온 말.

들어 올린 숟가락이 허공에서 굳었고 그녀의 멍한 눈이 그에게 향했다. 도경은 자신이 무얼 들은 것인가 혼란스러운 표정이었다. 그리고 봄은 몇 번 입술을 달싹이다 중요한 사실 하나를 깨달았다.

'…상관없나?'

10년도 더 된 감정이었다. 옛날 TV 프로그램에서 연예인들이 한참 지난 첫사랑을 찾던 그런 것과 비슷한 맥락이다.

과거, 추억, 기억.

현재가 아닌 것. 한없이 가벼운 그런 감정들. 그녀는 제 감정을 그렇게 치부하며 아무렇지도 않게 말을 이었다.

"몰랐어요? 나 윤도경 씨 좋아했었어요."

"……."

"아, 지금은 절대 아니니까 신경 쓰지 마세요. 지금도 그러면 저 여기 못 있었죠. 이제 아무것도 아니에요. 옛날 일, 옛날 일."

환하게 웃으며 손을 흔든 봄은 어깨를 한 번 으쓱였다. 여전히 그의 표정에는 아무런 변화가 없었고 그녀는 숟가락을 마저 움직였다.

"그럼 잘 먹겠습니다."

푹, 밥그릇에 담긴 숟가락으로 밥알을 떴다. 고슬고슬 예쁘게 뜨인 밥을 입에 넣고 '너무 맛있어.'를 연발하며 감탄하는 봄의 앞, 도경의 손에 있던 젓가락이 기울었다.

삐끗.

지난 며칠은 꽤 많은 일을 경험하며 살아왔던 도경에게도 특별한 일로 가득했던 날들이었다. 다른 것은 다 차치하고 친구 동생과 같은 집에서 살게 된 것만으로도 그랬다. 그것도 친구의 집에서.

"……."

신의 농간이 있는 건 아닐까 싶을 만큼 급속도로 진행된 일들에 늘 여유롭고 침착한 그도 조금은 혼란스러웠다. 그런 와중에 밥상을 앞에 둔 봄의 말은 도경의 입맛을 뚝 떨어트리기에 충분했다. 불쾌해서가 아니었다.

'좋아했었어요.'

내용 그 자체만의 충격. 그것은 분명 고백이었다. 정확히 말해 '때가 지나간' 고백. 현재진행형이 아닌 과거형. 도경은 아직 출발하지 못한 차 안에 앉아 까딱이는 손가락으로 입술을 건드렸다.

'아무것도 아니에요.'
'옛날 일.'

태연하게 대꾸하며 숟가락을 들던 모습이 선명했다. 자신이 무슨 말을 했는지, 그것이 어떤 여파를 끼쳤는지 조금도 관심이 없어 보였다. 아무것도 아닌 일. 그녀는 정말로 그렇게 생각하는 듯했다. 정작 들은 당사자는 아무렇지 않은 일이 아니게 되어 버렸는데.

토독토독. 핸들에 얹었던 남은 손가락을 움직이며 도경이 중얼거렸다.

"지나간."

넌지시 혼잣말로.

"일."

아마 혼자 정리했고 혼자 끝내 버린 일. 그전에 '일'로 치부되어 버린 감정. 도대체 언제부터 언제까지인지 몰라도 그녀는 이제 와 안 것들로 변하는 것이 없을 거라고 말했다. 그것엔 그 또한 동의한다.

같았으니까. 잊고 있었지만 분명, 같았다. 추억이 되었고 과거가 되어 버린 것에 불과한데 왜 이렇게.

'신경 쓰지 마세요.'

신경이 쓰이지.
결국 도경은 완벽한 결론을 내지 못했다. 핸들을 두드리던 손이 시동을 걸었고 한참 주차장에 서 있던 차가 움직였다. 어쨌건 움직여야 했고 목적지는 정해져 있었다.
멈춰 있던 차가 떠난다. 그리고 직진.

"여기는 오늘부터 함께하실 온봄 실장."
레스토랑 전반을 책임지고 있는 총지배인의 소개에 봄은 짤막하게 인사했다.
"온봄입니다."
고저 없이 깔끔한 인사를 건네자 가장 먼저 부주방장이 악수를 건넸다.
"만나서 반갑습니다, 서경찬입니다. 성함이 굉장히 특별하십니다."
"네, 많이 듣습니다."
악수를 받으며 담담히 대답했다. 실제로 정말 많이 듣는 말이었다. 이어서 몇몇과 인사를 나누자 부주방장이 한마디를 더 했다.
"셰프님은 조금 뒤에 오실 겁니다."
"예, 괜찮습니다."
무심히 대꾸하고 난 그녀는 제 책상을 보았다. 책상 가득 쌓인 서류들은 그간의 실적이나 업무 동향, 인적 사항이 빼곡한 자료였다.

"확인할 건 저 정도인가요?"

"아, 네. 더 필요하신 건 여기 은정 씨한테 말해서 찾으시면 됩니다."

총지배인의 말에 사무 보조 은정이 고개를 끄덕였다. 봄도 딱히 어려워하지 않고 열었던 서류를 덮었다.

'뭐, 특별할 건 없겠지만.'

첫 출근이지만 일하는 장소와 만나는 사람이 다를 뿐 하는 일은 같아서 크게 신경 쓸 건 없었다. 레벤은 미성 그룹의 고급화를 위해 시작된 곳이었다. 오로지 직영 시스템으로 본사 직원이 영업과 실무를 담당하는 파인 다이닝으로 그녀는 꽤 능력 있는 실무자였다.

그러니 입사 7년, 실무 5년 만에 매년 매출 5순위에 드는 지점에 발령 나지. 봄은 자신에게 쏠린 시선들을 향해 말했다.

"그럼 제대로 된 인사는 오후에 하겠습니다. 좋은……."

벌컥. 말을 다 끝내기도 전, 노크도 없이 사무실 문이 열렸다. 놀란 사람들이 활짝 열린 문으로 돌아보았고 봄도 마찬가지였다. 열린 문 앞, 예민함을 온몸에 두른 남자가 그녀를 보고 있었고 봄은 못다 한 말을 이었다.

"…좋은 자리에 오게 되어 기쁘게 생각하고 있습니다."

이어서 대외적인 미소 한 번. 갑작스레 난입한 남자는 꽤 싱그러운 미소를 보며 성큼성큼 다가왔다. 그리고 딱 한 걸음만큼 거리를 두고 대뜸 입을 열었다.

"그 좋은 자리가 왜 갑자기 났는지 압니까?"

"셰, 셰프님."

왠지 당황한 부주방장이 그를 말렸지만 남자는 아랑곳하지 않았다.

"내가 개 같아서 그럽니다."

남자의, 그러니까 셰프라는 사내의 시원한 개소리에 봄은 눈을 깜빡였다. 별다른 생각도 나지 않았다. 다만 그 말에 대꾸는 할 수 있었다.

"제가 어떻게 이 좋은 자리에 올 수 있었는지 아세요?"

여전히 높낮이 없는 목소리로 운을 뗀 그녀는 책상에 놓인 서류에 손을 올렸다.

"합법적으로 목줄 다루는 방법을 알거든요."

"……."

"어디, 앞으로 좋은 사이가 되기 위한 규칙을 정해 볼까요?"

그 순간 사무실에 모인 모든 사람이 깨달았다. 한동안 '좋은 사이'가 될 수 없다는 사실을.

유레카!

"그래, 규칙!"

봄은 물기가 뚝뚝 흐르는 얼굴로 외쳤다. 그녀는 수건으로 얼굴을 닦으면서도 중얼거렸다.

"그것부터 정했어야지."

공동생활을 하기 위해 반드시 가져야 할 가장 첫 번째, 규칙. 아주 기본적인 것도 정하지 않았으니 두 번이나 그런 대형 사고가 난 거다.

'자느라 넘어간 거지만.'

어쨌든 반드시 필요한 것을 생각해 낸 그녀는 서둘러 욕실을 나섰다. 그와 동시에 비밀번호 눌리는 소리가 났다. 봄은 휘파람을 한 번 불고 웃었다.

"양반 아닌가 봐."

때맞춰 들어오는 동거인에게 향한 그녀는 문이 열리기가 무섭게 인사부터 했다.

"다녀오셨어요."

좋은 생각을 떠올린 자신에 대한 뿌듯함과 세수 후의 개운함이 담긴 맑은 인사였다. 덕분에 생각지도 못한 마중과 인사, 해맑은 미소를 마주하게 된 도경은 미간부터 꽉 구겼다.

"……"

전혀, 너무, 지나치게 아무렇지 않다. 하루 종일 봄의 대형 폭탄에 실수까지 했던 그로서는 억울할 따름이었다. 도경은 뻐딱하게 서서 얄밉게 반짝이는 그녀에게 말했다.

"좋아했던 사람에 대한 예의인가?"

다분히 일부러 꺼내 든 화두에 봄은 충격을 받았다. 그녀는 손에 쥔 수건을 흔들었다.

"10년도 더 지난 일이라니까요. 생각보다 속이 좁으시네."

"난 오늘 알았으니까 12시간밖에 안 지난 일이야."

"뭐야. 그럼 이제 와 거절이라도 하게요?"

당연히 거절할 거라고 생각하는 듯 봄은 허리에 손을 올리며 투덜댔다. 저 당연함에 도경은 비스듬히 고개를 기울였다.

"받아 주면."

짤막한 말에 허리춤에 올랐던 그녀의 손이 조금 미끄러졌다. 이리저리, 아침의 도경처럼 잠시 생각에 빠졌던 봄은 어깨를 으쓱였다.

"그럴 리가 없지."

조금의 의심도 없는 대답이었다. 도경은 목구멍에서 올라오는 헛웃음을 낮게 흘리고 안으로 들어섰다. 지금의 자신은 전혀 그답지 않았다. 긁어 부스럼을 만들 생각은 없었다. 봄은 도경의 뒤를 조르르 따르며 말했다.

"그보다 윤도경 씨, 우리 규칙이 필요할 것 같아요."

"무슨 규칙."

"동거인으로서 지켜야 할 규칙이요."

매번 이렇게 걸음 멈추게 하는 말만 한다. 그는 습관처럼 넥타이를 느슨하게 빼고 목까지 채운 단추를 풀었다.

'손이 예쁘네. 엄청 길고 예쁘… 아니, 무슨 생각을 하는 거야.'

저도 모르게 지득하게 그 손을 보던 봄은 얼른 시선을 위로 올렸다. 위험한 손동작이었다. 어쩌면 자신은 관음증이 맞을지도 모른다. 다행히 그는 그녀의 시선을 알아채지 못했다.

"길어 봐야 한 달 있을 거 아니야?"

세상에, 한 달이나 이 남자의 위험한 손짓을 봐야 하는 거야?

"하, 한 달 꽤 길어요."

"왜 말을 더듬어."

"제가요? 아닌데."

얼른 모르쇠를 한 봄은 도경을 앞질러 섰다.

"세세한 건 둘째 치고 관리비라든가, 물건 위치, 생활 방식이나 아! 생활비도요."

"한 달 살면서 뭘 돈까지 내."

"하루만 살아도 돈이 드는데."

"괜찮다니까."

"얼른요. 저 빚지는 거 싫어해요."

제법 깐깐하게 도리를 지키는 것이 대견하면서도 서운한 건 왜일까. 봄은 과하게 그를 믿는 것 같으면서도 일정 선은 절대 넘지 않는다. 도경은 어디서 메모지까지 가져와 준비하는 그녀에게 다가섰다. 말똥말똥한 눈이 준비되었다는 듯 반짝였다. 볼펜을 그러쥔 손을 내려다보던 그는 팔짱을 끼며 넌지시 말했다.

"그럼 많이 내."

"네?"

이윽고 도경의 입에서 아파트의 관리비가 나왔다. 전기, 가스비가 포함된 관리비 금액을 들은 봄의 표정이 삽시간에 일그러졌다. 잠시 잊고 있던 사실이 떠올랐다. 이 집이 온결의 집이고 그 온결은 대한민국에서 가장 유명한 배우 중 하나, 윤현수라는 사실을.

"……"

순간 말문이 막힌 봄의 이마로 땀방울이 흘렀다. 그녀는 손에 쥔 메모지가 구겨진 것도 모르고 한참 고민하다 조심스럽게 입을 열었다.

"저, 그냥 단기 월세방을 하나 알아보는 걸로."

"큭, 크큭."

결국 도경의 입에서 웃음이 터지고 말았다. 하루 종일 단 한 번도 웃지 않았던 그에겐 첫 웃음이었다. 어쩐지 기분이 좋아진 도경은 더 놀릴 생각도 못 하고 사실을 말해 주었다.

"그게 여기 관리비인 건 맞는데 온결이 내고 있어. 생활비 정도만 정하면 되겠다."

그 말을 듣는 순간 봄의 긴장이 확 풀렸다. 그녀는 이렇게까지 오빠의 존재에 감사한 적이 없었다. 그러다 퍼뜩 정신을 차리며 가장 중요한 것을 덧붙였다.

"욕실 사용하는 것도요."

콕 짚어 가리킨 욕실에 도경의 눈이 가늘어졌다. 그의 입가가 슬그머니 올라갔다. 이렇게 틈을 보이니, 놀리고 싶을 수밖에.

"봤구나."

뜨끔. 눈에 보일 정도로 굳은 봄이 눈동자를 굴렸다.

"…뭘요?"

나름대로 시치미를 떼 보지만 도경의 눈에는 보였다.

"아침에."

"모, 못 봤을걸요."

"걸, 요?"

"아마도."

"봤네."

"안 봤다니까요?"

"뭘 봤다고는 말 안 했는데."

이익. 이이익.

분명하게 놀리고 있고 자신은 그것에 당해 버렸다. 일부러 본 것도 아니거늘! 그녀는 제 앞섶을 꽉 부여잡았다. 부리부리해진 눈이 호락호락하게 당하지 않겠다는 것을 어필했다.

"보여 줄까요?"

지지 않아! 강렬한 의지가 담긴 두 손에 그는 아무 말 없이 느슨하게 만들었던 넥타이를 완전히 당겼다. 완전히 벗은 넥타이에 저절로 시선을 빼앗겼던 봄은 아차 하며 고개를 들었고 어느새 가늘어진 시선은 그녀를 향해 있었다.

"그럴까?"

여유가 가득한 되받아침에 얼굴이 붉어진 건 봄이었다. 그녀는 단추도 없는 셔츠 앞을 확 움켜쥐고 중얼거렸다.

"진짜, 누가 온결 친구 아니랄까 봐."

왠지 이 얼토당토않은 작은 전쟁들이 계속될 것 같은 예감이 들던 찰나, 멀지 않은 방에서 노랫소리가 울렸다. 봄의 휴대폰이었다.

"잠깐 휴전이요."

아니, 더 하려고? 황당해진 도경을 뒤로하고 서둘러 방으로 간 그녀는 액정에 뜬 이름에 눈을 동그랗게 떴다.

"어라?"

집주인 아주머니였다.

"아주머니?"

액정에 뜬 이름을 중얼거리는 사이 전화가 끊겼다. 멋쩍게 볼을 긁으며 방 밖으로 나서자 도경이 다가왔다.

"표정이 나쁜데."

무슨 일이 있느냐는 시선에 그녀는 고개를 저었다.

"전화를 못 받아서 이유는 몰라요."

끝말을 늘인 봄은 휴대폰을 만지작거리며 말을 이었다.

"집주인 아주머니예요."

생각지도 못했던 전화 상대에 눈을 키우던 도경이 식탁 의자에 몸을 기댔다.

"규칙 같은 거 정할 필요가 없을 수도 있겠네."

"그럴까요?"

"어쩌면."

정말 그럴 수도 있다. 집주인이 봄에게 전화를 걸 이유는 하나뿐이니까.

"보증금 마련하려면 시간이 좀 걸린다고 하셨는데."

도경은 더 묻지 않고 손짓했다.

"일단 전화드려."

어떤 것이든 봄에겐 중요할 내용인 게 분명했다. 고개를 끄덕이며 다시 전화를 거는 그녀에게 그는 담담히 한마디를 더 했다.

"다행이네."

다행이라. 별것 아닌 말이 왠지 찝찝하게 들렸다. 마음의 준비를 단단히 한 상태에서 여러 고비를 넘겨 '규칙'까지 정해 놓았는데, 그게 아무것도 아니게 된다고?

'…왜 억울하지.'

이리저리 머리 쓴 것이 억울한 건가. 설명하기 찝찝한 이 감정이

대체 뭔지 봄은 잘 알 수 없었다. 그녀는 더 복잡해지기 전에 통화 버튼을 눌렀다. 몇 번의 신호음 끝에, 아주머니의 쾌활한 목소리가 들려왔다.

-늦은 시간에 미안해요!

며칠 전에 봤을 때보다 더욱 기운 넘치는 목소리에 듣는 귀가 즐거웠다.

"아니에요. 그런데 무슨 일이세요?"

왜 긴장하는지 모르겠지만 아무튼 긴장하면서 묻는 봄의 눈이 슬쩍, 도경을 향했다. 그는 어느새 제 방으로 들어가는 중이었다. 이 상황이 그리 궁금하지 않은 모양이다. 잠시 도경에게 시선을 두는 사이 아주머니가 말했다.

-어, 다른 건 아니고. 옆집 남자 때문에 연락했어요.

"옆집 사람이요?"

그 사람이 갑자기 왜 나와? 얼굴에 저절로 불쾌감이 서렸다.

-응. 아가씨 연락처를 모른다고 나한테 대신 좀 전해 달라고 해서.

"…그 사람이 절 왜요?"

또 무슨 괴상한 짓을 하려고? 그러나 다행인지 뭔지 그녀의 예상은 빗나갔다.

-사과를 하고 싶대.

"예?"

-어이없지? 나도 그래요. 근데 사과를 하고 싶다고 그러네? 자기가 다 잘못했다고.

봄의 황당하다는 대꾸를 이해한다는 듯 아주머니는 몇 번이고 혀를 찼다. 그리고 봄의 속을 풀어 주려는 듯 옆집 남자를 욕하다 물었다.

-어떻게 할래요?

답은 이미 정해져 있었다.

"아니요, 저는 딱히 사과를 받을 생각이……."

-이웃끼리 계속 못마땅하게 살기도 뭐하고. 그 집 이사 갈 것 같지도 않아서… 나쁜 인상 가지면 조금 곤란하긴 해요.

"……."

-아가씨는 이사를 가면 되긴 하지만… 괜찮으면 서로서로 도와줬으면 해서.

이제야 집주인의 말이 무슨 뜻인지 알 것 같았다. 그러니까, 봄은 이사를 가면 그만이지만 그 집을 계속해서 세를 놔야 하는 집주인으로서는 꽤나 난감한 상황일 거다. 옆집 남자가 이사를 가지 않는 한 '잘 해결됐어요.'라는 말은 할 수 없을 테니까.

말인즉, 본인도 자신을 이해해 집을 빼 주니 봄도 자신을 이해해 달라는.

'압박이군.'

이해와 난감함이 함께 섞인, 아주 불편한 상황이었다. 꼬이면 보증금을 계약이 끝나 갈 무렵에야 받을지도 모를 일이다.

-나도 최대한 서둘러서 보증금 마련해 볼게.

집주인의 마지막 말은 어쩐지 협상처럼 들려왔다. 역시 타지 생활에 쉬운 일도, 믿을 사람도 없다. 순진하게 집주인을 좋은 사람이라고 결론지었던 모양이다. 이렇게 묘한 배신감이 느껴지는 것을 보면 말이다.

 본의 아니게 뾰루퉁해진 그녀의 표정을 아는 듯 집주인은 이러쿵저러쿵 몇 마디를 더 했다.

 -걱정되는 거야 알지, 이해하지. 무서울 거야. 이걸 어쩌나. 내가 같이 가 줄까? 그것도 좋겠다.

 그다지 도움 되지 않는 말에 단호히 거절하려던 찰나에 집주인이 말했다.

 -그래! 아가씨, 남자 친구랑 같이 오자. 그러면 되겠다!

 난데없는 소리에 봄의 표정이 좀 전보다 더욱 구겨졌다. 설마 아직도 그 오해가 이어지고 있을 줄은 몰랐다. 그녀는 없는 상대를 향해 손까지 흔들며 부정했다.

 "글쎄, 그 사람은 제 남자 친구가!"

 아니라니까. 그런데 왜 '남자 친구'라는 말에 자연스레 눈이 도경에게 향했을까. 거기다 저 사람은 언제 나와 있던 걸까.

 엄밀히 따져 봄은 사과를 받기 위해 나온 게 아니다. 첫째, 집주인과 괜한 트러블을 만들고 싶지 않았고 둘째, 무슨 꿍꿍이인지 조금 궁금하긴 했다. 그리고 마지막 세 번째.

 "가죠, 남자 친구."

 든든한 방패막이가 있으니 안심하고 나왔을 뿐이다. 주차를 마치고 나온 도경의 심드렁한 표정에 봄은 당당히 덧붙였다.

"필요하면 쓰라던 건 윤도경 씨니까."

이것은 엄연히 합법적인 루트다. 당당하게 자신의 권리를 주장하던 봄은 넌지시 말했다.

"나중에 우리 레스토랑 오세요. 맛있는 거 대접해 드리겠습니다."

물론 양심도 있다. 바쁜 와중에 시간을 내 와 준 것은 매우 고마운 일이다.

"그러니까 제가 그 새끼 보자마자 주먹 날리기 전에 꼭 막아 줘야 해요."

더불어 아직 이성도 남아 있었다. 무의식중에 감정을 드러냈던 봄이 혹시나 하며 물었다.

"나 욕했나요?"

살짝 찡그린 이마에 '설마' 하는 의심이 서려 있었다. 도경은 어깨를 으쓱였다.

"아니."

가벼운 대답과 함께 그는 그녀를 앞서 지나갔다. 도경이 방패막이인 것은 맞다. 정확히 말해 옆집 남자의 방패막이. 얼굴을 보자마자 역겨움을 참지 못하고 뒤집어 버릴지 누가 알겠는가. 경찰서는 사양이다.

약속 시간에 맞춰 도착한 카페에서 옆집 남자를 찾는 건 그리 어렵지 않았다.

"저 개새끼."

저도 모르게 중얼거리며 성큼 내딛는 그녀의 귀로 도경의 목소리가 들려왔다.

"사과주스?"

아마 몸을 조금 숙여 귀에 가깝게 흘린 말일 거다. 그렇지 않고서야 이렇게 가깝게, 확실하게 들릴 수는 없었다. 덕분에 순식간에 정수리까지 올라왔던 분노가 발끝까지 내려갔다. 두 눈을 깜빡, 눈동자를 굴린 봄이 고개를 갸웃거렸다.

"네. 근데 사과주스인 건 어떻게 알았어요?"

"사과 좋아하잖아."

"기억력 진짜 좋다."

괜히 의사가 된 게 아닌 모양이다. 어쨌든 덕분에 분노를 조절할 수 있었던 그녀는 그가 주문대로 간 사이 자리로 향했다. 그는 봄을 보자마자 자리에서 일어나 있었다.

"와 주셔서 정말 감사합니다."

이해할 수 없는 극존칭과 극도의 저자세에 다시 올라오던 화가 가라앉았다. 남자는 며칠 사이 완전히 다른 사람이 되어 버린 듯 고개를 숙이고 눈도 맞추지 못했다.

물론 그게 봄과 상관이 있는 건 아니지만. 그녀는 자리에 앉으며 다리를 꼬았다.

"딱히 사과를 받을 생각은 없는데 상황상 와 봤어요."

시작부터 제 의도를 밝힌 봄이 고개를 삐딱하게 기울였다.

"갑자기 무슨 바람이에요?"

이 자리에 나온 것만으로도 그녀는 굉장한 인내심을 발휘 중이다. '잘 해결됐어요'가 되게 할 마음은 없었다. 제 말에 남자가 한 번쯤 울컥할 수도 있을 거라 생각했다. 어차피 상식적으로 생각할 놈이 아니었으니까. 그러나 그는 괴상한 말만 중얼거렸다.

"두뇌와 지성이 있는 성인이라면 사과를 할 줄 알아야 사람이라고 할 수 있으니까, 꼭 사과를 드리고 싶어서… 정말 죄송합니다. 앞으론 절대 그런 일 없을 거예요. 정말입니다."

듣자마자 해괴하고 이질적인 말에 봄의 눈썹이 휘었다.

"무슨 대본 읽어요?"

도통 알 수 없는 남자의 말이 황당한 것도 맞지만 더욱 웃긴 건 저 사과가 매우 진심으로 들린다는 것이었다. 하얗게 질린 얼굴로 안절부절못하며 눈치만 보던 그는 재차 사과했다.

"이런 사과로 마음이 풀리시진 않겠지만, 정말 죄송합니다."

몇 번이고 반복해서 사과를 하고 또 하던 남자는 꿀꺽 침을 삼키곤 작고 은밀하게 속삭였다.

"그러니까 그, 남자 친구분한테는, 꼭 잘 말해 주시면."

얼씨구?

"누가 남자 친구예요."

"옆집, 주인아주머니가 남자 친구라고."

"그러니까 누구요."

"지금 같이 오신."

"키 크고 잘생긴 사람."

"예, 무섭게 생기신 그분."

키 크고 잘생겼는데 무섭게 생긴 사람이자 그녀와 함께 온 사람.

"정말로, 진심으로 죄송합니다."

조금 있으면 테이블에 이마를 박을 것 같은 남자에겐 더 이상 화가 나지 않았다. 연거푸 사과를 잇던 그가 파리한 낯빛으로 제 뒤를 보았다. 그녀 역시 슬그머니 뒤를 보았다.

아예 메뉴를 가지고 오려는 듯 아직 주문대에 서 있는 도경이 있었다. 봄의 표정이 미묘하게 변했다.

시원한 사과주스가 목구멍을 타고 내려갔다. 봄은 비어 있는 앞자리 대신 옆으로 고개를 돌렸다. 그녀의 옆, 우아하게 커피를 마시고 있던 도경과 눈이 마주쳤다.

왜?

태연한 표정이 물었고 봄의 눈이 가늘어졌다.

"내 옷 대신 가지러 와 줬을 때 만난 거죠?"

"글쎄."

긍정도 부정도 안 하는 걸 보면 답이 뻔했다. 그녀는 가늘어진 눈을 여전히 그대로 두고 추궁 아닌 추궁을 이어 나갔다.

"뭐 했어요?"

"뭘?"

"딱 봐도 겁먹었잖아."

조금 전 도경이 음료를 가지고 오자마자 사색이 되었던 얼굴만 봐도 답은 나왔다. 사과하라고 한 건가? 아니, 그런 것치곤 너무 무서워했다.

"뭘 했을까."

"궁금해?"

"엄청."

꼭 말해 줬으면 하는 바람을 담아 말하자 그의 몸이 뒤로 기울었다. 넉넉한 소파 등받이에 편히 등을 기대앉은 도경은 보기만 해도 그림 같았다. 이내 그의 눈으로 달콤한 미소가 번졌다.

"다시 보게 되면, 반드시 피를 볼 거라고 한 것 정도."

아무렇지도 않게 웃어넘기는 말에 봄이 혼잣말처럼 중얼거렸다.

"…의사니까?"

"의사니까."

산뜻한 맞장구에 부조리한 상황에 빠졌을 남자의 모습이 눈에 보였다. 무표정한 얼굴. 차가운 눈매. 학창 시절, 그가 고백 한번 받아 보지 못한 건 다른 이유가 아니었다. 윤도경은 무섭다. 온결 빰치게 잘생겼지만 그것과 별개로 무섭다. 범접할 수 없는 싸늘한 기운에 그는 불가침 구역이었다.

"이 집 커피 잘하네."

여유롭게 커피 품평을 한 그는 다시 잔을 들었다. 길고 예쁜 손가락을 보던 봄은 결국 헛웃음을 지을 수밖에 없었다.

"너무 잘해 준다."

다시 만났던 그날 밤부터 지금까지. 정말 맛있는 밥을 사 줘야 할 것 같다. 나쁘지 않은 기분에 저도 모르게 흐른 봄의 미소가 도경의 시선에 닿았다. 주스 잔을 든 손끝부터 오물대는 입술까지. 그는 웃음기 없는 표정을 커피 잔으로 가리며 말했다.

"오빠 대신."

우스운 소리에 정말 웃음이 터진 봄이 도경의 팔을 가볍게 두드렸다.

"농담이죠? 우리 오빠 절대 이렇게 안 해요."
무심결에 건드린 손끝은 따뜻했고 그는 느리게 커피 잔을 기울였다.
"그럼, 오빠가 아닌가 보지."
톡.
가볍게 토닥이던 봄의 손이 도경의 팔에 닿은 채 멈췄다.
두근.
어라?
너, 왜 뛰어?

3.

　봄과 결의 고향이자 도경에게는 제2의 고향이 된 강성은 도시도, 시골도 아닌 애매모호한 동네였다.
　있을 건 다 있지만 그렇다고 특별할 것도 없는 평범한 곳으로 어른과 아이가 적당히 모여 있어 나가는 사람도, 들어오는 사람도 많지 않았다.
　도경이 강성으로 내려온 것은 초목이 막 씨앗을 틔우고 푸른빛을 머금기 시작한 계절이었다. 그러니까, 대다수의 사람들이 좋아하는 바로 그 계절.
"아이고, 이제 봄이 왔네."
　지나가던 누군가의 말에 도경이 고개를 들었다. 이내 가만히 들어 올린 손바닥에 따뜻하고 포근한 공기가 담겼다.

"봄."

 봄이 왔다. 새 학년, 새 학기가 시작되는 출발선이었다. 도경에게 이번 봄은 더욱 특별했다. 부모님이 이혼하고 서툰 아버지 대신 할머니의 집으로 내려온 지 겨우 일주일이었다.

"후우."

 도경은 아이답지 않은 한숨을 쉬고 다시 걸음을 옮겼다. 모든 것이 변해 긴장이 될 만도 한데 딱히 걱정하는 눈치는 아니었다.

 사실 도경은 늘 그랬다. 부모님이 다툼 한번 없이 이혼을 결정했을 때에도 놀라지 않았다. 열 살 어린애가 보기에도 그들에겐 사랑이 없었다. 나이답지 않은 무심한 헛바람을 뱉으며 몇 걸음 옮길 때였다.

 철퍼덕.

 정말로 그런 소리가 났다. 그것도 바로 옆에서.

"……."

 어디서 미끄러진 건지 슈퍼맨 자세로 엎어진 건 셔츠에 청바지를 입은 어린아이였다. 도경보다 더 어려 보이는 여자아이. 거기다 엎어지면서 놓쳤는지 주머니에서 빠진 구슬 같은 것이 길바닥으로 흩뿌려져 버렸다. 바닥에 버려진 주머니에는 '강성초등학교 병설 유치원 온봄'이라고 적힌 이름표가 붙어 있었다.

'강성초등학교.'

 앞으로 도경이 다닐 학교 이름이었다.

 스르르.

 엎어져 있던 아이, 봄이 몸을 세웠다. 봄은 우는 소리 하나 없이 제 손바닥을 보며 중얼거렸다.

"아파."

그래도 아프긴 아픈 모양이다. 침착하게 제 손을 털어 낸 봄은 뒤늦게 바닥을 점령한 구슬들을 발견했다. 그제야 얼굴로 심각함이 깃들었다.

"아씨."

먼저 주머니부터 쥐어 든 봄이 바닥에 뿌려진 구슬들을 줍기 시작했다. 유치원 딱지를 붙이고 있는 걸 보면 최대 일곱 살. 울어도 이상할 게 없는 아이는 꿋꿋하게 제 할 일을 이어 나갔다.

"……."

도경은 그리 정이 많은 편이 아니다. 무뚝뚝하던 부모님 탓인지 몰라도 정이 없단 소리를 곧잘 들어 왔다. 때문에 원래대로라면 무시하고 제 갈 길을 갔을 게 분명했다. 하지만 도경은 그러지 못했다. 그냥, 그러기 어려웠다. 동생 같아서였을지도 모르지.

"그거 내 건데."

주섬주섬 구슬을 줍는 도경에게 봄이 말했다. 동그란 눈에 경계와 의심이 잔뜩 서려 있었다. 도경은 더 오해받기 전에 주워 든 구슬을 주머니에 넣어 주었다.

"도와주는 거야."

"왜 도와줘?"

이 습관성 경계는 무엇일까. 마치 육식 동물 앞에서 가시를 세우는 고슴도치처럼. 꼭 빼앗기는 것이 익숙한 듯 날이 선 모습에 도경은 마저 구슬을 넣으며 말했다.

"그냥."

이것 말고는 해 줄 말이 없었다. 대체 어떤 생활을 하는 것인지 몰라도 봄은 긴장을 늦추지 않았다.

"나 알아?"

"몰라."

"근데 왜 도와줘?"

"너 곤란해 보여서."

"곤란이 뭐야."

"…도와줘야 할 것 같아서."

"엄마가 모르는 사람이 도와주면 도망가라고 했는데."

"…그건 모르는 사람이 어디 가자고 하면 그러는 거고."

"아하."

이 와중에 깨달음을 얻은 듯 열심히 고개를 주억거리는 봄이었다. 어쩐지 웃음이 날 것 같았다. 아주 오랫동안 웃어 본 적 없던 도경은 어색한 제 입매를 만지며 말을 이었다.

"아무튼 내가 더 빨리 주울 수 있어서 그러는 거야."

여기서 이야기가 끝났으면 했건만 봄은 고개를 갸웃거리며 물었다.

"왜 나보다 잘해?"

바보인가. 다소 무례한 생각을 하던 도경이 눈동자를 굴렸다. 왜 더 잘하느냐고? 잠시 고민하던 아직 어린 머리로는 단순한 답이 나왔다.

"너보다 나이가 많아서 그런가 보지."

"나보다 나이가 많은 줄 어떻게 알아."

말을 마친 봄이 자리에서 일어나 허리에 손을 올렸다.

"나 일곱 살이거든?"

이유 모를 당당함에 도경은 뭔가 울컥 올라왔다. 지고 싶지 않다는 이상한 감정이었다. 지금 이 자리에 있는 건 '정 없다', '나이답지 않다' 이런 소리만 들어 오던 윤도경이 아니었다.

"내가 오빠네."

열 살짜리 윤도경이었다.

'동생 같기는 무슨.'

그리고 그렇게 만들어 준 것은 눈앞의 일곱 살 꼬마였다. 봄은 가슴까지 크게 부풀리며 난호히 말했다.

"아닌데. 나 오빠 한 마리야."

"야, 사람은 명으로 세는 거야."

"아닌데? 우리 오빠도 나 부를 때 동생 한 마리라고 하거든?"

"네 오빠 진짜 멍청하다."

"나도 알거든?"

온봄, 일곱살.

윤도경 열 살.

푸르른 봄날, 그들의 첫 만남이었다.

저녁 오픈을 한 시간 정도 앞둔 시간. 대다수의 직원들이 휴식을 취하는 이 시간에, 실무를 보는 봄과 사무 보조 은정은 어느 때보다 바빴다. 특히나 홀과 주방이 함께 회의를 할 수 있는 시간은 지금뿐이었다.

똑똑.

노크 소리에 오늘 회의에 필요한 자료를 확인하던 봄이 고개를 들었다. 곧 문이 열리고 총지배인과 주방 유니폼을 입은 여자가 안으로 들어섰다.

"고생 많으십니다."

"네. 들어오세요."

여유롭게 인사를 하며 들어온 총지배인과 달리 우물쭈물 들어선 여자는 봄도 아는 얼굴이었다. 첫 출근 후 돌아가며 인사를 나눌 때 봤던 주방 막내, 한진영이었다.

쭈뼛쭈뼛 괜히 눈치를 보며 들어서는 그녀에게 봄이 물었다.

"진영 씨, 셰프님은 어디 가셨나요?"

"에? 제 이름을 기억… 아니, 그러니까 네? 아니, 어… 그게."

뭐가 그렇게 당황스러운지 어쩔 줄을 모르던 진영은 이마에 땀방울까지 맺혔다.

"그게, 그러니까."

"바쁘신 거지! 바쁘신 거. 저녁 준비를 해야 하니까. 마, 맞지?"

어쩔 줄 몰라 하는 진영을 대신해 총지배인이 나서 말하자 진영은 가까스로 고개를 끄덕였다.

"…예에."

듣지 않고 보지 않아도 뻔한 일이었다. 이 바닥에서 기 싸움은 필수불가결이다. 특히나 '결정권자'가 여럿인 경우에는 더욱 심하다. 말하자면 주도권 싸움. 다행히 총지배인은 실리를 알았고 굳이 본사 직원과 트러블을 만들고 싶어 하지 않았다.

문제는 셰프, 유재완이었다. 중요 회의에 일부러 막내를 보내는 것만 봐도 알 수 있었다. 유치하지만 분명한 의도가 담긴 것.

'흐음.'

봄은 추려 놓은 자료들을 들다 진영과 눈이 마주쳤다. 그녀는 꼭 자신이 잘못한 것처럼 기가 죽어 있었다. 봄이 생긋 웃었다.

"그럼 시작할까요?"

셰프가 오건 말건 회의를 시작하려는 그녀에 총지배인이 진영에게 눈짓했다. 그녀가 사무실을 나가려 하자 봄은 빠르게 막았다.

"아닙니다."

진영은 가는 길을 막는 봄에 금방 울상이 되었다. 그녀는 고래 싸움에 새우 등 터지는 괴로움을 느끼는 중이었다. 그러나 봄은 진영을 새우로 만들 생각이 없었다.

"진영 씨는 셰프님의 대리로 왔으니 계셔도 좋습니다."

철저하게 고래로 대우할 예정이었다. 뜻밖의 말에 당황한 진영이 눈치를 보며 말했다.

"저는… 들어도 아무것도, 모를 텐데요."

"당연하죠. 이 일은 진영 씨의 일이 아니니까요. 당연한 일에 그렇게 주눅들 필요 없어요. 괴롭히거나 못살게 굴려고 일부러 그러는 게 아닙니다. 농담이 아니라 이 자리에서 진영 씨는 셰프님과 같은 직급이니까요."

"헉!"

봄의 말이 끝나기가 무섭게 진영이 입을 틀어막았다. 기겁하는 것이 보이는 그녀를 보며 봄은 어깨를 으쓱이다 입을 열었다.

"참, 혹시 셰프가 무슨 대화를 했냐고 물으면 이렇게 전해 주세요."

"…예?"

봄의 미소가 부드럽게 퍼져 나갔다.

"정말 안 가 보셔도 됩니까?"

부주방장, 경찬의 걱정에 감겨 있던 재완의 눈이 뜨였다. 다음 달 내놓을 레시피를 구상하던 그의 머릿속을 치고 들어온 경찬이 말을 이었다.

"솔직히 유치하셨습니다. 굳이 막내를 보내실 건 뭡니까."

학교 선후배이자 절친한 사이라서 할 수 있는 조언이었다. 유재완. 레스토랑 레벤의 2년 차 셰프이자 지난 실무자들을 석 달, 두 달, 심지어 보름 만에 갈아치운 전적이 있는 사내.

분명 성격은 더럽고 개같지만 저 하는 일만큼은 나무랄 데가 없는 사람이 그였다. 바로 그런 사람이 대놓고 본사 사람, 온봄 실장에게 시비를 걸고 있었다.

"또 시작하는 건 아니시죠."

이상할 것도 없는 기 싸움의 중간에 낀 부주방장은 한숨을 푹 쉬었다. 다행히 주방은 본사라 해도 절대 건드리지 않는 구역이라는 거다. 덕분에 해고를 당할 위기는 없으나 마음이 편할 리는 없었다. 연거푸 푹푹 한숨을 쉬는 경찬을 보면서도 재완은 코웃음조차 치지 않았다. 대신 뻔뻔했던 실장의 말을 떠올렸다.

'목줄 다루는 방법을 알거든요.'

감히. 그는 쥐고 있던 펜을 던지듯 놓으며 다리를 꼬았다. 오만한 기세 가득히 턱 끝을 올린 재완은 태연히 말했다.
"목줄을 잘 다룬다잖아."
"…셰프님."
"그러니 본인이 쥐고 있는 목줄이 어느 강아지 목에 걸려 있는지는 알아야지."

어디 건방지게 내 목에 목줄을 걸려고. 그 여자에게는 하룻강아지 목줄이 딱 어울린다. 제어 불가능한 재완을 보며 경찬이 고개를 내젓고 있을 무렵, 똑똑 노크가 들렸다. 이 시간에 올 사람은 하나뿐이었다.
"들어와."

재완의 허락에 살며시 문을 열고 들어온 건 예상했던 대로 막내인 진영이었다. 그녀는 긴장한 눈을 깜빡이며 들어와 허리부터 숙였다.
"다녀왔습니다!"
"고생했다."
"아닙니다!"

우렁찬 목소리가 제법 마음에 들었던 재완이 낮게 웃었다. 의외로 그는 막내에게는 '그럭저럭' 상냥한 편이었다. 재완은 본론부터 꺼내 들었다.

"뭐라고 하던."

"어, 그게."

"또박또박 말해. 안 잡아먹으니까."

과연 그 여자가 무슨 말을 전했을까. 아니, 어떤 행동을 보였을까. 궁금증에 찬 그를 보며 진영은 이마를 한번 닦았다. 그리고 꿀꺽 침을 삼키고 천천히 입을 열었다.

"아……."

"아?"

"아안……."

"안?"

답답하지만 침착하게 기다리던 끝에 마침내 대답을 들었다.

"안 알려 줌."

여유롭던 얼굴에 실금이 갔다.

"…뭐?"

아니, 표정이 무너졌다.

"라고 전해 드리라고 하셨습니다."

완전히.

"어? 선생님, 아직도 퇴근 안 하셨어요?"

사무실로 들어서던 전공의 4년 차 영호가 놀라서 외쳤다. 그가 보며 놀란 건 사무용 컴퓨터 앞에 앉아 차트를 확인 중인 도경 때문이었다.

"선생님 그러다 쓰러지세요. 저번에도 사흘 내내 계셨잖아요. 무슨 전공의도 아니시고……."

진짜 전공의인 자신이 민망해질 정도의 근무 시간이다. 현종병원 1년 차 펠로우 윤도경. 단언컨대 현종의 뿌리 깊은 나무가 될 이 능력 있고 재능 충만한 의사는 응급의학과의 꽃.

서늘한 인상의 남자에게 꽃이라는 말이 어울릴까 싶지만 잘생긴 외모에서도, 환자들을 대할 때의 상냥함에서도 충분한 별칭이었다. 물론 환자들에게만 통용되는 표현이지만. 도경은 영호를 돌아보지 않고 말했다.

"서태연 환자 왜 PS(성형외과)에는 노티 안 했어."

묻는 말엔 대꾸도 없었지만 영호는 서둘러 화면 속 차트를 확인했다. 얼마 전 낙상으로 들어온 환자였다.

"그게, 환자분이 진료를 원하지 않으셔서요. 별로 신경 쓰이는 것 없다고."

영호의 대답에 도경은 차트에 적힌 환자의 환부를 떠올리며 지적했다.

"15센티는 넘게 남을 거야. 자상도 아니고 뜯긴 수준이었어. 이거 무조건 문제 생긴다. 다시 체크해서 확실하게 말씀드려."

이미 응급실을 떠나 신경외과로 가 있는 환자지만 이 정도라면 초기 진료에 잘못이 있었다고 말이 나올 수도 있었다. 과잉 진료만큼 무서운 게 필요한 진료를 권유하지 않고 보내는 거다. 어쩌면 전자보다 더.

"선생님……"

영호는 촉촉해진 감성으로 그를 불렀다. 이런 세세한 부분들은 지나치게 바쁘고 정신이 없는 전공의들이 체크하기 어려웠다. 그렇다고 교수들이 나서서 해 줄 리도 없었고. 사람과 사람이 상대하는 일에 이런 부분들은 깔끔한 게 제일이었다.

벌써 몇 번이나 도움을 받았던 영호는 두 손을 모아 찬양했다.

"선생님, 영원히 현종에 계셔야 해요. 뼈를 묻어 주세요."

아니, 부탁일지도 모르겠다. 간절함이 가득 담긴 말이었지만 도경은 깨끗하게 무시했다. 늘 그랬듯 내 동료에겐 냉정하지만 환자에게는 따뜻한 것이 그의 매력이었다. 퇴근 시간을 한참 넘긴 도경이 가운을 벗었다.

"문제 생기면 바로 연락해."

정말로 일을 사랑해서인지 유난히 환자들에겐 정성인 그였다.(라포르는 아닐 거다. 절대.) 비로소 퇴근을 하려는 도경을 향해 영호가 성심성의껏 인사를 하려는 찰나, 사무실 문이 열렸다.

"NS(신경외과) 최희선 환자 때문에 왔는데요, 윤도경 선생님 계신가요?"

어쨌든 도경은 일복이 터진 게 분명했다.

이틀을 병원에서 보냈다. 전공의 시절이야 강제적이라지만 펠로우까지 된 마당에 나서서 병원 잠을 청하는 그를 이해하지 못하는 사람이 많았다. 일에 미친 사람이라 취급하기도 했고 훗날 스테프가 되기 위한 밑밥이라 폄하하기도 했다.

그래도 그의 행동에 변화는 없었다. 어쩌면 정말 현종의 최연소 스태프가 될지도 모를 일이었다. 물론, 당사자는 오늘도 어김없이 피곤에 찌들어 차 안에서 잠들기 직전이었지만.

"…후우."

기시감이 느껴지는 피곤함이 온몸을 휘감았다. 익숙하지만 결코 익숙해질 수 없는 음습한 것. 무겁고 축축한 것들이 온몸을 무수하게 짓누르고 결국 그는 다시 꿈을 꿀 것이다. 가장 어둡고 가장 밝았으며 잊을 수 없는 과거. 그는 그것을 '악몽'이라고 불렀다.

악몽. 나쁜 꿈. 어둠 속에선 반드시 찾아오는 그런 지독한 손길.

"……."

그러다 문득 인지하지 못했던 사실 하나를 깨달았다. 지난 며칠 동안 자신이 단 한 번도 꿈을 꾸지 않았다는 사실 말이다.

'왜?'

무엇이 변했기에. 머릿속을 맴돈 질문의 답은 쉽게 나왔다.

'좋아했었어요.'

변화 없던 그의 생활에 변수가 생긴 것. 병원에서의 정신없는 생활로도 비우지 못했던 머릿속을 뒤바꾼 사람이 있다.

"하."

기가 찬 웃음이 저절로 나왔다.

"온봄."

꿈을 꾸지 않은 며칠 속에는 봄이 있었다. 어느 날 갑자기 나타나 제 곁을 침범한 불청객. 도경의 눈이 차 밖을 벗어나 아파트 건물로 향했다. 불이 켜진 수많은 집 중 하나가 그가 사는 곳이다. 봄이 없었으면 켜져 있을 리 없는 집.

어느새 도경의 몸이 차 밖으로 나서고 있었다. 그리고 차 문을 다 닫기도 전에 우렁찬 목소리가 그를 잡았다.

"윤도경!"

시원하게 외친 이름이 아파트 단지를 울렸다. 쩌렁쩌렁. 간만에 놀란 도경이 얼른 그녀에게 다가갔다.

"너, 인마."

뭐라고 하기도 전에 이미 제 입을 막은 그녀는 작게 소곤댔다.

"시, 실수."

늦은 시간이라는 것도 잊을 만큼 나름대로 다급했던 모양이었지만 봄은 금세 뚱한 표정이 되었다. 어느새 도경의 곳곳을 살피던 그녀가 퉁명스럽게 입을 비죽였다.

"살아 있었네요?"

불만이 가득 서린 말투는 왠지 서운함과 섭섭함이 담겨 있었고 도경의 표정에도 변화가 생겼다.

"며칠씩 안 들어오기에 따로 집 구해서 나갔나 했어요."

충분히 그럴 수 있는 오해와 결론이었다. 봄은 팔짱을 끼며 흥, 콧방귀를 뀌었다.

"오늘까지 기다려 보고 안 오면 나도 나가려고 했거든."

"그건 안 돼."

단호한 말에 그녀는 헛웃음을 지었다.

"안 되는 사람이 연락도 없이 안 들어오나."

딱히 변명할 여지가 없었다. 애초에 '매일' 같이 있는 누군가와 사는 것이 오랜만이라 생활을 제대로 파악하지도 못했던 것 같다. 굳이 연락할 필요도 없지만, 하면 더 좋은 것도 있었다.

"앞으로 늦으면 연락 주세요. 괜히 사람 기다리게 하지 말고."

"기다렸어?"

"그럼 안 기다려요? 한집에서 사는데?"

기다린다. 아무것도 아닌, 별것 아닌 소소한 말이 스며들었다. 도경의 입가로 의식하지 못한 미소가 걸렸다. 항상 차가운 손끝, 발끝이 이상하게 따뜻한 것 같다.

"매일 할게."

바쁜 일상과 업무로 무거웠던 몸이 느껴지지 않았다.

"…어, 매일 할 것까지는 없는데."

머쓱하게 머리를 긁적이는 모습조차 그의 미소를 자아냈다. 한 걸음 물러선 봄이 고개를 갸웃거리며 중얼거렸다.

"나이가 들어서 성격이 유해진 건가."

"그럴지도."

도경은 순순히 수긍했다.

"나이 들었다고 해도 기분 나빠하질 않네."

"나빠할 이유 없잖아."

어느새 두 사람은 나란히 걷고 있었다. 자연스레 대화를 나누며 집으로 향하는 걸음의 속도는 빠르지도, 느리지도 않았다. 서로가 서로에게 맞추듯 같은 속도로 같은 곳을 향했다. 도경은 의아한 듯 자신을 올려다보는 그녀에게 말을 이었다.

"나이가 들면 허락받지 않아도 할 수 있는 일이 늘어나니까. 예를 들면."

사람이 사람에게 감정을 품는 것. 언제나 의뭉스럽게 끝나는 그와의 대화가 만족스럽진 않았지만 봄은 대답을 더 고집하진 않았다. 대신 쭉 궁금했던 것을 물었다.

"병원이 멀어요? 저번에도 며칠씩 있었다더니 이번에도 그러네."

"20분 정도. 현종병원."

그녀도 들어 본 적 있는 병원 이름이었다. 봄이 박수를 치며 알은체를 했다.

"거기 알아요. 엄청 큰 병원이잖아. 그쪽 우리 레스토랑에서 가까운데."

"그래?"

"네. 안 그래도 연계 맺은 병원이랑 계약 끝나 가서 다른 곳 알아봐야 하는데… 거기 괜찮아요?"

"나쁘진 않은데 잘 알아보고 결정해."

"그건 당연한 거고. 그럼 무슨 과?"

무심코 물어본 말에 도경은 엘리베이터 버튼을 누르며 말했다.

"응급의학과."

"아, 그럼 응급실에서……."

정말로 아무 생각 없이 흘러가듯 잇던 봄의 말이 끊겼다. 그녀의 멈춰진 움직임에 도경의 시선이 움직였다. 그는 금세 열린 문

안으로 봄을 밀었다.

"뭐 사 가지고 온 거야?"

고맙게도 이번엔 도경이 화제를 바꿔 주었다. 그녀는 어색해진 표정을 풀고 손에 쥔 봉지를 들어 올렸다.

"맥주요. 오늘은 한잔하고 자려고."

"잘됐네, 목말랐는데."

말을 마치기도 전에 도경이 봉지를 가져갔고 눈앞에서 맥주를 뺏긴 봄은 입을 벙긋댔다. 매우 안 좋은 사이가 되어 가고 있는 유재완 때문에 스트레스가 쌓여 산 맥주 세 캔을 눈앞에서 갈취당했다.

'세상에 서울은 눈 뜨고 코 베어 간다더니!'

고릿적에나 쓸 법한 옛말을 떠올린 그녀는 씩씩대다 손가락을 들었다.

"한 캔만이에요. 그 이상은 안 돼."

꼿꼿하게 선 검지를 힐끗 본 도경이 입꼬리를 올렸다.

"돼."

시원한 대답에 그녀는 말하지 않을 수 없었다.

"양아치세요?"

햇살이 아름답게 비추는 바닷가. 반짝이는 백사장의 모래알과 바다 특유의 냄새를 품었지만 결코 비리지 않은 그곳에 한 남자가 있었다. 정확히는 백사장에서 조금 떨어진 야외 카페에서지만.

남자는 의자에 앉아 있는 것만으로도 그림 같았다. 큰 키에 살짝 마른 듯해도 결코 부족함이 없는 맵시. 선글라스에 가려졌지만 충분히 알 수 있는 눈부신 외모까지 모든 게 완벽해 보였다.

지나가는 사람들도 몇 번씩 돌아보게 만드는 사내의 곁으로 덩치 좋은 남자가 다가갔다. 그리고 대뜸 주머니에서 뭔가를 꺼내 내밀었다.

총?

"형님, 찾아왔습니다."

휴대폰이었다. 일주일 전, 바닷가에 떨어트려 고장이 났던 휴대폰이었다. 덩치 좋은 남자, 정인태가 따사로운 햇살을 만끽하며 말을 이었다.

"한국에선 길어야 반나절이면 될 걸 여기는 일주일이 넘게 걸리네요. 얼른 한국 돌아가고 싶어요. 입맛도 안 맞고 죽겠네요. 하필 올 로케야."

홀로 열심히 떠들고 있는 것이 다른 사람이 보기엔 안쓰러워 보이겠지만 그들에겐 익숙한 일이었다. 인태는 늦지 않게 덧붙였다.

"아, 부재중 통화는 여러 번 와 있었습니다."

안 그래도 휴대폰을 확인하던 남자는 액정에 뜬 이름에 눈을 가늘게 떴다.

[부재중 통화 5건]
[한 마리]

절대 이럴 리 없는 사람이 전화를 다섯 번이나 걸었다. 심지어 부재중 통화가 되었음에도 몇 번이나 걸었다는 것이 그의 심기를 거스르게 만들었다.

심각한 일이 있었다면 고장 나지 않은 업무용 휴대폰 혹은 소속사에 연락을 했을 거다. 그게 아니라는 건 심각하진 않지만 급한 일이 있었다는 뜻이다.

'그러고 보니.'

지금쯤이면 서울로 올라왔으려나. 절대 안부 인사는 아닐 텐데. 그는 나지막한 소리를 내다 인태에게 물었다.

"지금 한국이 몇 시지?"

"어, 아침 6시 조금 넘었을 겁니다."

얼른 시간을 확인한 인태가 대답하자 남자는 긴 다리를 꼬았다. 그것만으로도 흘러넘치는 도도함이다.

"흐응."

아직은 조금 이른 시간이다. 한 번 더 콧소리를 낸 그가 꼰 다리 끝을 까딱까딱 움직였다. 인태는 긴장한 눈으로 소속사의 밥줄이자 자신의 담당 배우인 사내를 지켜보았다.

몇 년을 함께했으나 여전히 속을 알 수 없는 배우. 최상위 포식자.

"현수 형님?"

윤현수.

지난 10여 년간 본명보다 더 많이 들어 왔던 이름이 불린 그는 쓰고 있던 선글라스를 벗었다. 선글라스를 벗자마자 더욱 빛을 발하는 미모를 자랑하며 그, 온결이 말했다.

"한국 가는 비행기 좀 알아봐."

"고마워요. 아가씨 덕분에 우리도 창우 씨랑 얘기 잘했어요. 사람은 완전 나쁜 사람이 아니야. 그냥 집안에 우환이 좀 있는 모양이더라고. 그게 좀 실수를 했던 모양이야. 그러니까 아가씨도 이제 편히 있어."

'실수라.'

"그러네요."

왠지 이제는 '아주머니'라고 친근하게 부르고 싶지 않은 집주인의 말이었다. 집주인이 말하는 창우 씨라는 건 봄과 이웃사촌이 될 뻔했던 옆집 놈의 이름이었다.

"많이 친해지셨나 봐요."

"으응?"

"통성명도 하시고, 왠지 저보다 더 친한 것 같아서 서운해서요."

은근히, 아주 은근히 비꼬는 말에 아주머니는 의아해하다 금방 깔깔 웃었다.

"어머어머. 아가씨, 말 잘한다. 나야 당연히 아가씨랑 더 친하지. 아무렴 이제 막 안 사람이랑 친하려고. 다른 건 몰라도 우린 돈 거래까지 했잖아요."

"처음 봤을 때부터 인상이 좋으셔서 믿고 한 거였죠."

집주인의 말이 봄에겐 부조리하게 느껴지더라도 아직까진 좋은 사이로 지낼 수밖에 없었다.

'보증금.'

절대적 약자인 지금은 최대한 비위를 맞추는 수밖에 없었다. 그러니 진짜 실수를 하는 집주인의 말에도 방긋 웃는 수밖에. 집주인은 우스갯소리를 들은 듯, 하지만 기분 좋게 손을 저을 뿐이었다.

"농담도 참 잘해. 젊은 사람이 어쩜 말을 이렇게 예쁘게 해? 내가 이러니까 뭐라도 편의를 봐주고 싶은 거지. 사실 나도 그렇게 편한 사람은 아니야. 근데 아가씨가 워낙 싹싹하니까 도우려고 그랬지."

하하, 호호.

보기 좋은 미소들로 치장하며 나눈 몇 마디의 대화를 끝내고 주제는 제자리로 돌아왔다.

"그래서 오늘 보자고 한 것도 말이야."

"네, 말씀하세요."

"예상했겠지만, 보증금 때문이에요."

돌고 돌아 겨우 돌아온 본론에 봄도 살짝 긴장이 되었다. 퇴근을 하자마자 식사까지 하면서 이 늦은 시간까지 기다린 말이 바로 이것이었다. 그리고 집주인은 앞에 놓인 음료를 시원하게 마시고 말했다.

"좀 걸릴 것 같아요."

예상했던 대로의 말이었다. 갑자기 연락을 해 만나자고 했을 때부터 추측은 했었다. 다만, 그러지 않길 바랐을 뿐이지.

"내가 석 달 안에는 꼭 정리해 줄게요."

이런. 생각했던 것보다 좀 더 길어졌지만 채근할 수 있는 입장은 아니었다. 아닌 말로 집주인은 무례한 것을 빼면 복잡한 일을 대신 해 주고 있는 것이니까. 어쩌면 더 큰일이 벌어지기 전에 정리하려는 것일 수도 있지만, 어쨌든.

 도경에게 '한 달'을 외치던 자신을 떠올리며 봄은 애써 웃어 보였다. 젠장, 이제 뭐라고 말한담. 정말로 단기 월세방을 구해야 할지도 모르겠다.

 "네… 부탁, 드리겠습니다."

 한참은 더 있어야 할 것 같다고 어떻게 말을 할지, 그보다 그 전에 온결이라도 돌아오면 어떻게 해야 할지 막막할 따름이었다. 답답해진 속을 찬물로 달래며 겨우 앓는 소리를 삼키던 그녀에게 집주인이 물었다.

 "남자 친구랑 잘 지내지?"

 맙소사, 그 남자 친구는 현재진행형이었단 말인가. 이번에야말로 제대로 정정을 해 줄 때였다.

 "오해세요. 그 사람은 제 남자 친구가 아니라 친구예요."

 "아니야?"

 "네. 친구요."

 "존댓말하지 않았어?"

 뭐, 그런 것까지 다 기억하고 계신담.

 "저보다 나이가 많아서요. 연고지도 아니고 아는 사람도 없어서 부득이하게 같이 있어 준 거예요. 절대 남자 친구가 아니에요."

 몇 번씩 강조해서 '아니다'라고 말하면서도 어쩐지 씁쓸한 기분이었다. 이렇게까지 부정할 이유가 있나, 싶지만 왠지 이런 오해는 받고 싶지 않았다.

'그냥, 좀 그렇잖아.'

괜찮다곤 했지만 도경도 썩 좋은 기분은 아닐 거다. 특히나 좋아했었다고 들킨 마당에 더더욱.

'미련 남은 것도 아니고.'

거듭하여 진실을 바로잡고 '아시겠죠?' 하는 눈으로 바라보자 집주인은 가느다란 콧소리를 냈다.

"그랬구나. 난 또 오빠처럼 열심히 돕기에 당연히 그런 줄 알았지."

"네네, 어릴 때부터 알던 사이라서요. 아무튼 아닙니다."

"그래… 아, 그렇지! 그럼 내가 사람 좀 소개시켜 줄까? 만나는 사람 없으면 내가 꼭 중매 서고 싶은데."

기다렸다는 듯 중매를 하려는 집주인에 봄은 앓는 소리를 낼 뻔했다. 그녀는 이번에야말로 분명하고 확실하게 거절했다.

"말씀만 감사히 받을게요. 이제 막 올라온 상태라 누구를 만나고 할 생각은 없어서요."

"으응?"

"말씀만 감사히 받을게요."

최대한 정중히 거절했다고 생각했는데 집주인의 표정이 이상했다. 눈을 깜빡이며 이리저리 갸웃거리던 그녀는 이내 박수를 치며 깔깔 웃었다.

"어머! 아하하, 오해했구나? 하긴, 내가 말을 좀 오해하게 했네.

아가씨 말고 아가씨 남자 친구, 아니 그때 왔던 그 사람 말이야!"

집주인은 호쾌한 웃음으로 봄의 말을 정정했다. 물론 봄의 마음은 좀 전보다 더욱 일그러졌지만. 봄이 그러거나 말거나 몸을 앞으로 기울인 집주인이 말을 이었다.

"그 사람 직업이 뭐야? 워낙에 인물이 좋아서 직업은 좀 모자라도 어디든 상관없을 것 같은데. 내가 잘 아는 건축회사 소장이 있는데 거기 딸이 그렇게 어리고 예뻐. 맞다, 나이는 몇이야? 아가씨보다 많으면 서른은 넘었을 거고, 서른셋? 넷?"

본격적으로 궁금증을 해소하려는 목소리가 조금씩 아득해졌다. 집주인이 말하는 사람은 당연히 한 사람뿐. 그러니까.

"이름은 뭐고?"

윤도경?

왠지 모르겠지만 순식간에 밀려든 불쾌감에 봄은 확 미간을 좁혔다. 그것을 집주인이 볼까 얼른 고개를 내려 찻잔을 들었지만 불편한 마음은 쉽게 가시지 않았다.

"아가씨?"

왜 갑자기 도경의 얼굴이 떠올랐을까. 아니, 그의 이야기를 하는 중이니 생각나는 건 당연한데 왜 하필 그 순간이 떠오를까.

'오빠가 아닌가 보지.'

아무것도 아닌 그 말이 왜 굳이 지금 떠오른 것인지 모르겠다. 그때의 얼굴, 표정, 말투, 목소리, 분위기. 모든 것이 선명해서 봄은 제일 이성적이어야 할 순간에 가장 감성적이 되고 말았다.

"백수에 마흔둘이요."

정말, 왜 그랬을까.

미련은 아닐 거다.

꽤 오래 걸리긴 했지만 봄은 윤도경이라는 사람을 갈무리했다. 보고 싶고 고백하고 싶고 넘치도록 부풀었던 감정이 있었지만 시간이 지나면서 그것들은 모두 차츰차츰 잊혔다.

볼 수 없다는 것이 슬펐지만 그럼에도 보지 않으려고 노력했다. 그들을 감싼 많은 관계들이 고작 감정 하나로 어그러진다는 것이 싫어서 참고 견디며 시간들을 보냈다.

시간은 정말로 훌륭한 약이었다. 그것을 '사랑'이 아니라 '첫사랑'으로 정리했고 신기하게도 세상에 단 하나뿐일 것 같던 감정은 거짓말처럼 희미해졌다. 보지 않아도 슬프지 않았고 이름을 들어도 아프지 않았다.

옛날 일. 봄에게 윤도경은 옛날이 되어 있었다.

"하아."

그런데 왜 그런 이상한 심술을 부렸을까. 어쩌면 집주인이 말한 사람이 도경의 운명의 상대일지도 모를 일인데 중간에서 잘라 버렸다.

'무슨 악당도 아니고.'

여느 드라마 속 주인공들을 훼방 놓은 엑스트라 1이 된 기분이었다. 그 찜찜함은 집에 도착하고 나서도 이어졌다.

"어?"

집으로 들어가니 현관에는 마흔둘의 백수, 아니 도경의 구두가 놓여 있었다. 성격만큼 가지런하게 놓인 구두를 보자마자 봄의 눈동자가 굴러갔다.

'이런 날엔 꼭 일찍 들어오지.'

뭔가 난감하고 민망할 땐 안 오던 사람도 눈앞에 불쑥 나타나기 마련이었다. 간접 조명만 켜진 거실에 집 안을 휘둘러보니 서재 쪽에서 불빛이 나오고 있었다.

"…말해야겠지?"

나지막이 중얼거린 그녀는 머리를 긁적였다. 백수에 마흔둘이라는 말에 기겁하던 집주인의 중매는 고사하고 한 달이 아니라 석 달은 있어야 할 것 같다는 말.

한 달도 긴 시간이라며 규칙을 정하니, 마니 했건만 어쩐지 민망할 따름이었다.

'늦장 부리면 뭐 하리.'

어차피 이렇게 된 것, 온결의 문제도 있으니 솔직히 말하는 게 좋을 것 같았다. 서재 앞에 선 봄은 목을 한 번 가다듬었다. 그리고 천천히 노크부터 했다.

똑똑.

이 집 안 규칙 첫 번째, 무조건 노크하기. 사람이 없는 것 같아도 반드시 세 번 이상. 그러나 안쪽에선 인기척이 들리지 않았고 봄은 한 번 더 노크를 했다. 똑똑. 역시나 대답은 없었다.

"없나?"

분명 구두도 있었고 서재에서 빛이 나오고 있었다. 퇴근하면 늘 서재로 가는 걸 생각하면 여기에 있을 거다. 마지막으로 한 번만 더 노크를 하던 손이 막, 문에 닿을 때였다.

똑.

인기척이 문 안쪽에서 들렸다. 잘못 들은 것인가 잠시 머뭇거리는 사이에도. 노크를 해도 나오지 않는다는 건 잠이 들었다는 것. 그렇다면 이 소리의 이유는 하나였다. 봄은 망설이지 않고 문을 열었다.

"……."

활짝 열어젖힌 서재는 서재라기보단 어느 사업장의 사무실 같았다. 중앙에 놓인 소파나 탕비 기구, 그간 온결이 받았을 법한 상패와 트로피까지. 가장 잘 꾸며진 곳이었지만 지금 봄에게 보이는 건 하나였다.

"무단 침입 미안합니다."

도경은 듣지 못할 사과를 하고 성큼성큼 들어간 그녀는 소파에 앉아 잠든 그에게로 향했다.

주변에 놓인 책들과 노트북 사이에 박힌 도경은 봄이 오는 것도 모르고 잠들어 있었다. 그것도 아주 괴로운 듯 힘든 표정이었다. 그리고 그녀는 이 사람의 이런 모습을 알고 있다.

쓸데없이 넓은 서재를 가로질러 소파 앞에 선 그녀는 끝없이 흔들리는 덮인 눈꺼풀을 보았다.

10년도 더 된 일. 너무 오래된 일이라 이제는 사라졌을 거라고 생각했던 것. 그래서 조금도 생각하지 못했던 부분이 여전히 그를 잡고 있었던 모양이다.

"윤도경."

한 차례 불러 보았지만 도경은 정신을 차리지 못하고 있었다. 그녀는 망설이지 않고 그대로 그의 두 뺨에 손을 얹었다. 따뜻한 손이 얼음장 같은 뺨에 닿았다. 확, 스며들어 섞이는 체온 속에서 봄은 손을 뗐다가 힘껏 두 뺨을 잡았다.

찰싹.

시원한 소리가 울리고 마구 흔들리던 도경의 눈꺼풀이 멈췄다. 그녀는 마치 주문처럼 힘껏 외쳤다.

"눈, 떠!"

주문은 통했고 굳게 닫혀 있던 눈이 비로소 뜨였다. 천천히, 느리게 뜨인 눈이 평소와 달리 넋을 놓은 듯 멍하니 봄을 바라보았다.

그녀는 단호하게 말했다.

"그거 윤도희 아니야."

온봄, 온결, 윤도경 그리고 윤도희.

그들은 넷이었다.

4.

정신없이 움직이는 그곳에서 움직이지 않는 건 도경뿐이었다.
'혈압 체크해 주세요. 바이탈은요?'
아무 생각도, 움직임도 보일 수 없었다.
'인투베이션 하겠습니다. 준비해 주세요.'
'튜브 가져와!'
'선생님, 환자 입이 작아서 자리를 바로 마련하셔야.'
사람들의 소리가 잘 들리지 않았다. 그런데도 벽시계의 소리는 더 잘 들렸다. 아니, 제 심장 소리인 것 같기도 하다. 많은 사람들이 도경을 스쳐 지나갔다. 하얀 가운, 지독한 약품 냄새, 들썩이는 침대와 날카로운 바늘들.
무슨 일이 벌어지고 있는 것인지 알고 있었기에 더욱 무서웠다. 모든 순간이 거짓말처럼 흘러 지나간다. 꿈과 현실의 경계가 모호해 당장 그 자리에서 주저앉을 뻔했다. 그리고 숨이 멎을 것만 같은 기계들 속에서 누군가가 말했다.

'보호자는?'

바늘 같은 시선들이 도경을 바라보았다. 손발 끝이 차게 얼어붙어 갔고 그는 숨을 멈췄다.

'아파.'

진짜일 리 없는 목소리가 귓가에 울렸고 도경은 귀를 막았다. 그렇다고 머릿속의 울림이 사라질 리 없었다.

'너무너무, 아파.'

선명한 목소리가 끊임없이 속삭였다.

'오빠.'

익숙하지만 낯선 목소리가 도경을 불렀다. 머릿속에서 들리는 이 소리는 진짜가 아니었음에도 가짜라고 부정하지 못했다. 이 목소리가 진짜건 아니건.

'살려 줘.'

도희는 매일 그렇게 아파했으니까. 차게 식은 몸이 점점 굳어 가는 게 느껴졌다. 자리에 뿌리를 박은 것처럼 움직일 수가 없었다. 더욱이 이것이 꿈이라는 것을 알면서도 깨어날 수 없다는 거다.

악몽이다.

도대체 언제부터 도희 목소리가 들리는 꿈이 악몽이 되었을까. 이 것을 악몽이라 여기는 스스로에게 환멸이 느껴지면서부터 공간은 변질되어 갔다.

눈앞이 새하얗게 얼어붙는다. 안 그래도 차가웠던 몸은 더더욱 시려 오고 겨울 속 깊은 수렁에 파묻혔다. 홀로 잠들었던 죗값을 치르는 듯 저 먼 밑바닥으로.

"눈, 떠!"

누군가 외치기 전까지. 끝도 없는 곳으로 향하던 도경의 멱살이 당겨졌다. 눈이 뜨인 것도 그때였다.

"…헉!"

참았던 숨을 터트리자마자 혼자서는 깨어날 수 없는 꿈이 깨졌다. 타인의 체온이 느껴진 것도 꿈이 부서지기 시작할 때부터였다. 온기는 순식간에 온몸으로 퍼지며 눈을 뜨게 만들었다.

"……."

하지만 그답지 않게 멍한 시선은 백 퍼센트 완벽한 정신이 아님을 대변했다. 봄은 도경의 뺨을 더욱 세게 눌렀다.

"무례해도 이해해요."

선(先)사과를 하고 아프도록 힘을 주니 비로소 눈동자에 생기가 돌았다. 이 와중에 붕어 입이 된 입술이 웃기지 않은 게 신기했다. 어느새 도경의 두 눈이 본래의 색을 찾았고 그제야 그녀의 눈으로도 안도가 번졌다.

"다행이다."

봄은 어떻게든 그가 빨리 깨어났으면 했다. 한때 도경은 잠드는 공포에 잠들지 못했을 정도였다. 겨우 깨어난 그를 보며 봄이 방긋 웃었다.

"송장 치워야 하는 줄 알았잖아요."

하는 말은 조금 무섭지만. 마주한 시선에 꽤 여러 감정들이 섞여 있을 무렵, 한참 말이 없던 도경이 붕어 같은 입술을 움직였다.

"봄."

짤막하게 부르는 제 이름에 그녀의 눈이 살짝 커졌다.

콩, 닥.

성도 없이 부른 이름에 괜스레 마음이 말랑대는 기분이었다. 평소보다 잠긴 목소리 때문인지, 아니면 잠이 덜 깨어서인지. 싱숭생숭한 마음을 가지고 봄이 대답했다.

"말해요."

이 상황이 뭐라고 왜 갑자기 긴장이 되는 건지 모르겠다. 꼴깍, 침을 삼키며 저와 마주한 까만 눈을 바라보자 도경이 손을 들었다. 그리고 제 뺨에 닿은 봄의 손등을 가리켰다.

콕.

그제야 그녀는 그의 말을 제대로 알아들었다.

"아."

'봄'이 아니라 '볼'이었던 모양이다. 잡힌 볼로 인해 뭉개진 발음이 봄으로 들렸나 보다. 봄은 실금처럼 가늘어진 눈으로 생각했다.

'못 알아들은 척 한 대쯤 더 쳐 볼까.'

진지하게 고민했지만 실리를 찾기로 했다. 그의 뺨에서 손을 뗀 그녀는 무언가를 물으려다 입을 다물었다. 봄은 도경의 꿈이 무엇이고 왜 이렇게까지 괴로워하는지 알고 있다. 아주 오래전, 그의 악몽이 시작되었을 때부터 함께했고 묻지 않아도 알 수 있을 만큼 가까웠다.

그러나 시간은 흘렀고 그녀에겐 더 이상 그럴 자격이 없었다.

'서운해하지 마세요. 서운하기엔 우리 공백이 굉장히 넓어서.'
'이제 그럴 사이는 아니다.'
'굳이 따지자면요.'

관계를 결론지은 건 그녀 자신이었다.
'계속 이렇게 못 잔 거예요?'
이제 봄에겐 도경의 사적인 부분을 물을 자격이 없었다. 모두 알지만 알은체하기 어려운 애매모호한 관계. 그러면서 동거는 하고 있는 괴상망측한 관계. 그녀는 쓴맛이 나는 것을 느끼며 움직였다.
"물 좀 가져올게요. 잠깐……."
그 순간 도경의 손이 봄의 팔을 잡았다. 가지 못한 그녀가 돌아보자 고개를 들어 눈을 맞춘 그가 말했다.
"잠깐만."
잡은 손끝의 힘은 그리 강하지 않았다. 그렇다고 약한 것도 아니었다. 분명히 자신을 필요로 하는 손길. 다시 어딘가가 지그시 눌리는 것 같다.
"잠깐만 있어."
배 아래쪽에서부터 뭉글뭉글하게 올라오는 것이 있었다. 봄은 이것이 무엇인지 안다. 아주 오래전 경험했었고 잃었던 것.
'안 반가워.'

그때의 상실감을 알기에 그녀는 이것이 썩 반갑지 않았다. 그때도 하지 못했던 것을 이제 와 하고 싶은 마음은 없으니까.

"……."

그러면서도 손을 빼내지 못하는 건.

"3개월만 더 같이 삽시다."

바라는 게 있어서겠지. 그게 전부야. 한 가지 알 수 있던 것은, 그의 손이 아주 조금 온기를 머금은 것 같다는 느낌이었다.

세수를 마친 도경은 잠시 제 손을 내려다보았다. 저도 모르게 잡은 팔이었다. 얇은 팔목이 안정이라도 줄 것이라 믿는 것처럼 쥐었다. 어린애도 아니고 어리광을 부리듯이. 그리고 정말로 봄의 온기는 차가운 손끝을 녹였다.

그는 세면대에 팔을 얹어 몸을 기대며 물기 어린 얼굴을 쓸어내렸다. 누구에게도 보여 주지 못한 얼굴에는 혼란과 흔들림이 서려 있었다.

달칵. 정돈되지 못한 마음으로 욕실 밖으로 나선 그에게 봄이 수건을 내밀었다.

"욕실에 수건 없었거든요."

전에 없던 배려에 수건을 받아 들자 그녀가 눈을 반짝였다.

"이왕 이렇게 된 거 좀 더 열심히, 열정적으로 잘 부탁드립니다."

건네준 수건이 뇌물인 모양이다. 세상에서 가장 소소한 뇌물인 것 같다.

도경이 말했다.

"한 달이건, 두 달이건 어차피 크게 달라질 건 없을 것 같은데 시간이 길어지면 온결이 올 수도 있어."

그의 말대로 가장 문제는 온결이었다. 한 달이야 어떻게든 비벼 볼 만한 시간이지만 석 달은 다르다. 아무리 촬영이 길어져도 중간에 한 번쯤은 오기 마련이었다. 봄도 그것을 생각한 듯 되물었다.

"보통 얼마 만에 한 번씩 와요?"

"작품이 없을 땐 쭉 있기도 하지만 보통 한 달에서 석 달 정도는 잠깐 들르는 정도. 해외에 있으니 후자이긴 할 거야."

"잠깐만요."

말을 멈춘 그녀가 휴대폰으로 온결을 검색했다. 검색하자마자 그에 관련한 기사가 주르륵 떴다. 불과 15분 전 기사도 있었다.

「가장 섹시한 남자 연예인 3년째 1위, 윤현수!」

'어우, 뭐야.'

못 볼 것을 본 듯 흘기며 얼른 스크롤을 내린 봄의 눈에 원하는 것이 들어왔다.

"뉴질랜드, 리버튼? 뭘 찍으러 다니는 거야. 아무튼 당분간은 안 올 거 같네요."

현재 그가 영화를 찍고 있는 국가며 동네 지명까지 모조리 담긴 기사였다. 촬영을 떠난 지 벌써 한 달이나 되었는데 이제야 알아챈 봄에 도경이 대단하다는 듯 중얼거렸다.

"정말 연락을 안 하는 모양이네."

"뭐 하러 해요. 생채기만 나도 기사가 뜨는 사람인데."

그러니까 그런 기사들을 최소 한 달간 한 번도 안 봤다는 뜻이었다. 결국 그는 고개를 저었다.

"변한 게 없어."

10여 년의 시간이 무색하게 여전히 똑같은 두 사람에 도경은 저도 모르게 안심했다. 그 안심에 봄은 확신을 얹어 주었다.

"난 안 변해요."

아무리 시간이 지나도 계절이 다시 돌아오듯이. 도경은 입가를 가렸던 수건을 내리며 어느 때보다 편하게 웃었다.

"다행이다."

오랜만에 보는 어릴 때와 닮은 미소는 봄의 마음에도 바람을 불게 만들었다. 아마 저 웃음은 누가 보아도 좋아할 거다. 누구도 무섭거나, 차갑게만 느끼진 않을 거다. 하긴, 아예 모르는 사람도 중매를 서겠다며 오지랖을 부릴 정도니까.

아뿔싸. 또 안 좋은 기억이 돌아왔고 얇디얇은 바늘 하나가 양심을 콕 찔렀다. 그녀는 조금 머뭇거리다 뜬금없이 물었다.

"혹시 여자 만날 생각 있어요?"

예고도 없는 질문에 도경의 한쪽 눈이 찌푸려졌다.

"갑자기?"

"뭐, 어느 날 갑자기 건축사무소 소장님의 예쁘고 어린 딸을 소개받을 수도 있는 거니까요."

심드렁한 봄의 말투에 그가 팔짱을 꼈다.

"예쁘고 어린 여자가 날 왜 만나."

진심으로 갖는 의아함에 봄이 황당함을 가득 담아 반문했다.

"윤도경이 어때서?"

저도 모르게 편을 들어 버린 봄이었다. 허공에 오른 손가락이 짧게 파닥파닥 움직였다. 그 손끝과 비죽인 입술을 보던 도경의 입가로 슬그머니 짓궂음이 서렸다.

"내가 어떤데?"

어느새 또 본래의 윤도경이다. 그것이 다행이라고 생각하면서도 왠지 얄미워진 봄은 새침하게 한 소리를 했다.

"백수에 마흔둘 같아 보여요."

"……."

한 방 크게 먹고 입을 다문 도경을 통쾌하게 보던 그녀는 한숨을 쉬며 재킷을 벗었다. 이래저래 정신이 없어 옷도 갈아입지 못했다. 벗은 재킷 안으로 하얀색 블라우스가 있었다. 그리고 그 안에 얼핏 비추는 캐미솔이 보고 싶지 않아도 보였다.

무방비하다. 편하고, 여유롭다. 그를 의식하지 않는 자연스러운 손짓은 온봄다웠다. 그만큼 자신에게 익숙해졌다는 것이 느껴졌지만 어쩐지 도경은 그것이 달갑지 않았다. 그래서 심술을 부린 것 같다.

"내가, 무섭진 않아?"

듣는 사람에 따라 다르게 해석할 수 있는 말에 재킷을 정리하던 봄의 손이 멈췄다. 어쩌면 불편할 수도 있는 질문에 그녀의 머릿속이 여러 생각들로 겹쳐졌다.

무섭다? 왜? 어떤 의미에서 묻는 것일까. 무섭다는 것이 그를 두

렵게 여기는 것이라면, 그건 아니다. 그러나 그 외의 가장 본질적인 것을 묻는 거라면 어떨까.

예를 들면 성별의 차이. 여자와 남자. 조금은 기만처럼 들릴 수 있는 질문에 그녀는 뜸을 들였다.

"글쎄요."

바로 정의를 내릴 수 없었지만 다른 의미로 답이 나왔다. 봄은 숨을 크게 내쉬며 말을 이었다. 도경의 말뜻이 정확히 어떤 의미인지는 모르지만, 이것만큼은 확실하게 말할 수 있었다.

"한 가지 확실한 건."

아마 누구도 부정할 수 없는 사실.

"이 동네 월세가 더 무서워요."

휘청휘청.

말 그대로 위태로운 걸음으로 간신히 움직이고 있는 인영 하나.

"어어, 어어어… 으앗."

파인 다이닝, 레벤의 주방 막내, 진영이었다. 오늘도 어김없이 새벽 6시 30분에 출근을 한 그녀가 가장 먼저 하는 일은 레스토랑 뒤편에 배달된 식자재들을 냉장창고로 옮기는 일이었다.

이것들은 재완이 따로 주문한 것으로 보통 새로운 레시피를 구상하거나 스페셜 오더가 있을 때 주문되어 온다.

"어후."

흔들리던 몸을 벽에 기대 겨우 바로 선 진영이 한숨을 쉬었다. 평소 박스 한 개 분량인 것이 오늘은 두 박스하고도 봉지까지 따로 있었다. 끙끙, 겨우 걸음을 옮기던 그녀의 입에서 저절로 한탄이 흘러나왔다.

"무거워."

입으로 내지 않으면 안 될 것 같은 무게에 꾸역꾸역 걸음을 옮기고 마침내 마지막 고비, 레스토랑 안으로 들어가는 계단 앞에 섰다.

'여기만 넘으면 돼.'

단 세 개의 계단. 이것을 넘어 복도만 지나면 주방이다. 하나씩 옮길걸, 하는 늦은 후회가 들었지만 진영의 다리는 계단을 올랐다.

"…으앗! 악!"

그리고 고꾸라졌다. 두 개의 박스 위에 있던 봉지가 미끄러지며 그녀의 이마를 쳤고 중심이 흐트러진 진영의 몸이 순식간에 무너졌다. 단발의 비명을 지르며 기울어 버리는 그녀를 도와줄 사람은 아무도…….

턱.

있었다.

"괜찮아요?"

낮진 않지만 충분한 무게감이 느껴지는 목소리. 진영이 아는 사람이었다.

"실장님!"

주방 막내인 진영에겐 하늘같이 높은 온봄 실장이었다. 들은 바에 따르면 관리자이자 감시자라나, 뭐라나. 셰프 유재완이 처음부터 날을 세우고 있는 바로 그 실무자였다.

"위험했어요."

박스 하나를 덜어 가며 봄이 말하자 진영은 어쩔 줄 모르며 고마워했다.

"괘, 괜찮은데."
"딱 맞춰서 와서 다행인 거죠. 주방까지 가면 되나요?"
"아니요! 그냥 복도까지만… 감사합니다."

다행히 진영은 호의를 받을 줄 아는 사람이었고 봄은 마음 편히 걸음을 옮겼다.

"어디 다친 곳은 없죠?"
"네! 일찍 나오셨네요."
"일이 좀 있어서요. 고생이 많네요."

이렇게 말하고 있지만 봄은 함부로 위로하거나 동정할 생각은 없었다. 주방의 일은 주방의 것이었으니까. 대신 진영은 이 상냥함에 제법 감동을 받은 표정이었다. 진영은 보는 사람도 기분 좋게 활짝 웃었다.

"아니에요! 배울 것도 많고, 다들 좋으신 분들이라."

다른 건 몰라도 사람까지 좋다는 건 의외였다. 진영이 아이처럼 웃으며 말을 이었다.

"친구들이랑 얘기해도 여기보다 좋은 곳은 없는 것 같아요. 특히 셰프님이 다른 데보다 훨씬, 훨씬 좋으세요."

그다지 궁금하지 않은 내용도 함께였다. 몇 마디 나누다 보니 어느새 주방의 앞이었고 진영은 몸을 살짝 낮췄다.

"여기까지만 해 주셔도 돼요! 감사합니다."

아침부터 쾌활한 목소리에 봄도 괜히 힘이 나는 느낌이었다. 그녀는 들고 있던 박스를 진영의 박스 위에 얹었다.

"나도 고마워요. 앞으로도 잘 부탁해요."

그리고 열심히 노력해 주는 진영이 고마워 인사를 건네던 찰나, 주방 문이 활짝 열렸다. 아주 거칠게 활짝, 벌컥.

"무슨 부탁을 합니까?"

이른 아침부터 노기를 가득 담아 물은 사람은 썩 반갑지 않은 상대였다. 봄과 진영을 번갈아 보던 그, 재완은 대뜸 진영에게 물었다.

"막내, 여기 온. 봄. 실장님이 일을 시키셨나?"

일부러 콕 짚어, 잔뜩 날이 선 질문에 진영이 기겁하며 고개를 저었다.

"아니요! 그게 아니라!"

"괜찮아요, 진영 씨."

봄은 진영의 말을 막으며 피식 웃었다. 어차피 수습은 중요하지 않았다.

지금 그들의 대화에서 오해할 거리는 없었다. 그런데도 재완이 오해를 한다는 건 그가 들리는 만큼 들었고 보고 싶은 만큼만 봤으며 믿고 싶은 대로 믿었기 때문이다.

사람들은 이것을 편견이라고 부른다.

"들어가서 볼일 봐요."

봄은 또다시 새우가 된 진영을 주방으로 밀었고 재완이 이를 드러냈다.

"명령입니까?"

"그럼 둘까요?"

난감할 수밖에 없는 막내를 생각하는 건 그도 마찬가지였다. 재완의 눈짓에 울상이 된 진영이 안으로 들어갔고 봄은 담담히 말했다.

"부하 직원을 생각하시는 모습이 좋아 보이네요. 본사에도 좋은 평가를 전해 드릴 수 있을 것 같습니다. 그럼."

일부러 더욱 사무적으로 말을 마친 그녀는 짧은 목 인사를 하고 움직였다. 진짜 사정이야 주방만 가도 진영이 말해 줄 테고 민망함은 재완의 몫이었다. 그런 봄을 잡은 건 짜증이 가득한 재완의 말이었다.

"그쪽들은 여기 올 때 감투라도 쓰고 오는 겁니까?"

논외로 벗어난 말에 그녀의 미간이 좁아졌다. 몸만 조금 돌려 보자 그가 뻐딱하게 서서 말을 이었다.

"당신네들이야 왔다가 가면 그만이니 걱정될 게 없을 겁니다. 무서울 것도요."

"……."

"하나같이 왕이라도 된 것처럼 결정하고, 평가하고 건방 떠는 게 권리인 줄 아는 건, 매번 같은 모양입니다."

재완이 말하는 건 봄을 말하는 것이 아니었다. 정확히 말하자면 '실장' 직함을 달고 들어온 이 직위를 말하는 것일 거다. 그는 주방

문을 밀고 들어가며 말했다.

"서로 담 넘지 맙시다. 그땐 본사고 나발이고 가만 안 있을 테니."

정중함을 뒤집어쓴 무례함.

소리를 지르는 것도, 사납게 쏘아붙이는 것도 아닌데 봄을 향한 적개심이 고스란히 담겨 있었다. 그것은 경고였고 '본사'라는 단어에 모든 게 확실해졌다.

"…하."

유재완이 처음부터 보였던 태도의 이유를 이제야 알 것 같다. 이 레스토랑에는 주도권을 가진 팀이 셋이다. 그중 홀과 주방은 레스토랑 소속이고 봄과 같은 실무팀은 본사 소속이다.

그러니까 그들은 이복형제 같은 것. 분명 몇몇은 이 자리를 이용하기도 했다. 마치 권력이라도 가진 것처럼 주방과 홀을 홀대하는 경우도 들었다. 하지만 봄은 단 한 번도 그런 적이 없었다. 이전의 레스토랑에서도, 이곳에서도.

"후."

상황은 이해했으나 상대는 이해하고 싶지 않았다. 재완이 들어간 주방을 보던 그녀는 입술을 한번 깨물고 돌아섰다. 짜증이 치밀었지만 아직은 대거리를 할 때가 아니었다. 봄은 마음을 다잡고 돌아섰다.

단호해진 눈빛은 전혀 기죽지 않았다. 애석하게도 이쪽도 그냥 굽히고 갈 생각은 없다.

'절대.'

얄궂게도 시간은 잘도 흘렀고 어느새 주말이었다. 토요일 아침, 소파에 앉아 리모컨만 만지작대던 봄이 시간을 확인했다. 이제 막 아침 9시를 넘긴 시간, 이 넓은 집엔 그녀 혼자였다.

"연락하기로 해 놓고."

 작게 투덜댄 봄의 손에서 리모컨이 떨어졌다. 그녀는 다리를 길게 뻗으며 누웠다.

 어제 도경이 들어오지 않았다. 물론 들어오지 않은 게 문제가 아니라 이번에도 연락이 없었다는 게 마음에 걸렸다. 넓은 소파에 아예 대자로 누워 버린 그녀는 콧방귀를 뀌었다.

"이러면 나도 노크 안 하지."

 전혀 다른 문제의 것으로 불만을 토한 봄은 눈을 감았다. 사실 이렇게까지 기분이 상하고 나쁠 이유는 없었다. 그러나 며칠째 싱숭생숭한 마음이 가시질 않았다. 감정이 붕 뜬 듯 모든 일에 예민했다. 곧 생리를 시작하는 것도 한몫할 거다.

'호르몬의 노예도 아니고.'

 이런저런 이유를 덧붙이지만 결국 스트레스를 받고 있다는 뜻이었다. 생각해 보면 안 받는 게 더 이상했다. 이사를 오자마자 미친놈이 붙어 집을 날렸고, 도경과 함께 살게 되었으며, 일터에선 쓸데없이 오해받고.

 그녀도 사람이었고 아마 그게 한계에 달했나 보다. 잠도 오지 않아 무의미하게 보내는 귀로 시계 초침 소리만 들려왔다. 꼭 놀리는 소리 같아 쿠션으로 얼굴을 꾹 누르려던 손이 멈췄다.

"…어?"

똑딱대는 소리를 뚫고 들리는 소리.

전화벨이었다.

적막을 깨는 소리에 황급히 일어난 봄은 얼른 방으로 향했다. 그리고 열심히 충전 중인 휴대폰 액정을 보고 저도 모르게 활짝 웃었다.

"윤도경이다!"

왜 이렇게 갑자기 들떴는지 모르지만, 어쨌든. 그녀는 전화가 끊길까 얼른 전화를 받았다.

"여보세요?"

저장된 그 이름 그대로, 처음으로 나누는 통화의 상대는 늘 듣던 목소리 그대로 말했다.

-혹시 자고 있었어?

진짜 윤도경이다. 도대체 이 전화가 뭐라고 이렇게 반가운지. 봄은 고개를 저으며 침대에 앉았다.

"아니에요. 일어나 있었어요. 병원인 거죠?"

-맞아. 어제 퇴근 직전에 갑자기 사고가 나서 수습하느라고 연락을 못 했네. 미안해.

예상은 했지만 직접 들으니 더욱 마음이 놓였다.

"미안할 게 뭐 있어요. 사정 있으면 그러는 거지."

-다음엔 문자라도 남길게.

"편하게 해도 돼요. 그러면 잠도 못 잤겠네요."

-아무래도 바쁘니까.

바쁘지 않더라도 자는 것 자체를 좋아하지 않는 사람이다. 어쩌면 여전히 잠이 드는 것을 기피하고 있을지도 모르겠다. 조금 머뭇거리던 봄의 눈에 제 가방이 들어왔다. 도경이 챙겨 준 짐이 들었던 가방이다. 그것을 보니 자신이 도울 거리가 있을지도 모른다는 생각이 들었다.

그녀가 말했다.

"혹시 필요한 거 없어요? 텔레비전 보면 속옷이나 갈아입을 옷 필요하던데."

-대부분 편의점에서 팔아. 전공의도 아니고, 집에 다녀올 시간도 있긴 해.

"아, 그렇구나."

대화의 소재는 금세 동이 났다. 이미 목적을 이룬 통화를 이어 나갈 거리는 없었다. 이만 끊으면 되는데 그게 쉽지가 않았다. 오늘따라 적막으로 가득할 집에 혼자 있는 게 싫었다. 나가고 싶어도 친구도, 지인도 없었다. 몇 번이나 입술을 달싹이다 포기한 봄이 통화의 마무리를 지었다.

"그럼 이만 끊을게요."

-말해도 돼.

당연히 수긍할 줄 알았던 도경이 뜻밖의 말을 더했다. 그녀가 머쓱하게 머리를 긁적였다.

"갑자기 그게 무슨 말이에요."

-할 말이 있는 것 같은데.

기가 막힌 눈치였다. 평소답지 않은 말투나 머뭇거림을 귀신같이 알아낸 모양이었다. 봄은 머리에서 내려온 손으로 목덜미를 쓸며 중얼거렸다.
"향수병인가."
이런 말 하나에 일희일비하는 것을 보면 분명 정상은 아니었다.
"좀 피곤하긴 하네요. 너무 많은 일이 있어서 그런가 봐."
옆집 남자부터 유재완까지. 솔직하게 말한 봄은 얼른 덧붙였다.
"시간 너무 뺏었죠. 미안해요. 그럼 이만……."
-여기로 와.
"네?"
이번에도 예기치 못한 말에 잠시 멍해졌다. 여전히 목덜미에 있던 손이 내려왔고 그녀는 어색하게 되물었다.
"…왜요?"
병원으로 갈 명분이 없는 봄으로서는 물을 수밖에 없었고 도경은 시원하게.
-이유 없어.
명분을 없앴다.
-보자.

-어어, 어…….
당황한 봄의 목소리에 도경은 쥐고 있던 볼펜을 손가락 사이로 굴리며 말했다.

"미안한데 갈아입을 옷을 좀 부탁해도 될까."

어떻게든 이유가 필요한 듯한 그녀를 돕기 위한 임시방편이었다. 그것이 먹혔는지 봄이 얼른 대답했다.

-네, 그럴게요! 점심시간 전까지 갈게요. 이따 봐요!

"그래. 도착 전에 연락……."

뚝.

뭐가 그렇게 급한지 전화는 바로 끊겼다.

"뭔가."

무언가 일이 있는 건 분명하다. 봄의 성격상 말을 줄이거나 머뭇거리는 경우는 흔하지 않았다. 그의 기억이 맞는다면 의기소침한 때의 봄이 그랬다. 너무 오래전이지만, 귀하게 지켜 온 동생이었으니까.

'동생.'

마음속에 떠오른 단어에 입 안이 쓰다. 어쨌건 지금은 혼자 두고 싶지 않다는 게 이유라면 이유였다. 그리고 무의식중에 흐른 웃음이 입가에 걸렸다. 덕분에 실시간으로 이 모든 것을 보고 있던 영호의 손에서도 볼펜이 굴러떨어졌다.

데구루루.

책상을 타고 굴러간 볼펜이 떨어지기 전에 잡은 영호는 저도 모르게 도경을 불렀다.

"…선생님?"

이 믿기 힘든 상황이 현실인가 가늠하기 위함인 듯했다. 방금,

살랑살랑 봄바람 같던 사람이 자신이 알던 윤도경이 맞는지 혼돈에 빠진 그에게 돌아온 건 무심한 시선뿐이었다.

감정 없는 눈동자에 윤도경은 윤도경임을 확인한 영호는 얼른 고개를 저었다.

"아, 아닙니다."

그냥 잠깐 헛것을 들었을까. 당연히 그럴 리 없지만 괜히 알은체는 하지 말자. 현명한 판단을 내린 영호가 슬그머니 고개를 돌리고 도경은 자리에서 일어났다.

"점심 이후까지 안 오니까 알아서 콘퍼런스 파일 정리해."

"예, 선생님."

방금 전 전화 상대 만나고 오시는 건가요? 라고 물어볼 용기는 없었다. 사무실에서 나간 도경이 향한 곳은 당연히 ER이었다. 근무 시간의 대다수를 차지하며 앉은 것보다 서 있는 시간이 더 많은 애증의 공간이다.

"오셨어요."

수간호사의 알은체에 도경이 짧게 고개를 숙였다.

"별다른 건 없습니까?"

"네, 오늘은 다행히."

그러면서 돌아본 주변은 평소의 응급실처럼 약간의 소란스러움만 가지고 있을 뿐이었다.

"늘 생각하지만 ER은 매시간 얼굴이 달라지는 것 같아요."

헛웃음이 서린 수간호사의 말에 도경은 쓴웃음을 지었다. 간밤 삼중 추돌로 현장에서 한 사람이 사망하고 다섯 사람이 응급실로 실려 왔다. 퇴근을 준비하던 교수들은 물론 이미 퇴근한 사람들도 내달려 들어왔다.

하룻밤이 지난 지금도 대다수의 과들이 정신없는 상태였고 그나마 응급실은 나아진 상태였다. 물론 가장 먼저 바빴고 휘몰아치던 곳도 응급실이었지만.

"윤도경 선생님."

바로 들린 제 이름에 고개를 돌리자 낯익은 얼굴 둘이 그를 보고 있었다. 화장기 없는 얼굴과 수수한 차림을 한 여성은 도경에게 웃어 보이곤 눈을 아래로 내렸다.

"희선아."

다정한 목소리가 향한 곳은 그녀의 바로 아래, 휠체어에 탄 왜소한 체격의 소녀였다. 따라서 시선을 내리던 도경도 조금 더 부드러운 표정을 지었다.

"잘 잔 것 같네요."

담담히 말하자 희선의 어머니가 고개를 끄덕였다.

"네. 어제는 깨지도 않고 잘 자더라고요. 회복도 아주 빠르고요. 산책도 두 번씩 나올 수 있어요. 최희선, 얼른 인사드려야지. 네가 오고 싶다고 했잖아."

어머니의 채근에 소녀는 뚱한 표정을 짓다 말했다.

"감사합니다."

여기저기 생채기로 가득했던 얼굴은 깨끗했고 부러졌던 팔다리도 아직 깁스를 하고 있지만 크게 문제는 없어 보였다. 한때는 출혈이 너무 심해 정말 큰일이 생기는 건 아닐까 싶었지만 다행히 빠른 회복을 보이고 있었다. 이제 겨우 열네 살, 회복력에서는 누구도 이기기 어려울 거다.

 가볍게 웃으며 짧은 대화를 나누는 그들의 뒤편으로, 이제 막 정신을 차린 인턴이 눈을 껌뻑이고 있었다. 흔하지 않은 광경에 아리송한 표정을 짓던 인턴이 데스크에 앉은 수간호사를 콕 찔렀다.

 "선생님, 선생님."

 왠지 젖살 묻어난 부름에 간만의 여유를 즐기던 수간호사가 고개를 들었다. 인턴은 누가 듣는다고 손까지 써 가며 소곤소곤 물었다.

 "누군데 펠로우 선생님이 저렇게까지 신경을 써요?"

 감히 곧게 뻗지 못한 손가락 하나가 도경을 가리켰고 수간호사는 금방 대답해 주었다.

 "아, 그 환자."

 "몇 주 전에 교통사고로 들어왔던 건 기억나는데."

 호기심 가득한 말에 수간호사가 어깨를 으쓱였다.

 "딱히 저 환자한테만 그러는 건 아니에요. 그냥 유난히 저 나이 또래 환자들한테 친절하세요. 남자애건, 여자애건."

 수간호사는 다시 차트를 펼쳤다.

 "특별한 이유는 아니에요."

 "그럼 뭔데요?"

 "동생 같으시대요."

 "…네?"

 뜬금없는 소리에 인턴의 눈이 멍해졌다.

동생? 서른을 훌쩍 넘긴 사람이 열댓 살 소녀를 보고 동생? 그의 두 눈에 의문이 가득 찼지만 답을 내려 줄 사람은 없었다.
있어도 내려 줄 리 없었지만.

약속 장소로 정한 곳은 병원 병동마다 있는 카페테리아였다. 실내와 야외가 나뉜 곳으로, 입원 환자는 물론 외래 환자까지 몰려 늘 북적북적한 곳이기도 했다. 그런 곳이 오늘은 제법 한산했다. 아마 유난히 좋은 바깥 날씨 덕분이었는지 야외 테라스에 사람이 더 많았다.

시간을 확인하니 약속했던 시간보다 10여 분이 남아 있었다. 급한 상황이 아니면 점심시간에 펠로우인 그를 찾을 일은 거의 없었고 마음속 긴장감도 한풀 꺾였다.

"……"

햇살이 따사로웠다. 카페 창밖에서 비추는 햇빛은 이제 계절, 봄이 코앞에 다가와 있음을 말해 주었다. 그 봄이 햇살을 타고 도경을 비췄다. 그러고 보면 카페에 앉아 여유를 가진 적이 없었다. 시간을 내 누군가를 기다린 적도 거의 없었던 것 같다.

비춰지기만 해도 따뜻해지는 봄의 기운에 눈이 부셨다. 가만히 눈을 감은 그는 잠시 이 순간을 즐겼다. 아무것도 하지 않아도 되는 시간의 미학.

봄을 기다리는 시간은 아깝지 않았다. 눈을 감고 있으니 다른 감각이 예민해졌고 잔잔한 노래가 흘러나오는 카페로 걸음 소리가 들렸다.

타박타박. 일정한 소리가 가까워졌고 직감적으로 그것이 봄의 것임을 알 수 있었다. 그에게 봄이 오고 있었다.

어느새 바로 앞에 도착한 그녀를 알면서도 도경은 눈을 뜨지 않았다. 이상하게 봄과 있을 때면 서른을 훌쩍 넘긴 윤도경이 아닌 아홉 살, 열 살짜리 어린애가 되는 듯했다.

"…자나?"

눈을 뜨지 않는 그를 보며 봄이 혼잣말을 했다.

"뭐야, 잠 잘 자네. 괜히 걱정했어."

어쩐지 볼멘소리를 하고 투덜거리는 것도 같았으나 그것이 끝이었다. 움직이는 소리도 없었고 다른 말도 없었다. 대신 눈을 뜨기 어려울 정도로 밝았던 햇빛이 흐려졌다.

구름?

"……"

아니, 봄.

그제야 눈을 뜬 도경의 시선 위로 하얀 손이 차양이 되어 있었다. 몸까지 조금 숙이며 햇빛을 가린 손 뒤로 그녀가 있었다. 평소와 다르게 하나로 묶은 머리에 색이 짙은 하늘색 원피스. 봄볕을 가득히 받으며 반짝인 봄의 두 눈과 눈이 마주쳤고 그녀의 고개가 옆으로 기울었다.

"깼어요?"

기울어진 머리를 따라 어깨를 타고 앞으로 흐른 포니테일이 흔들렸다. 도경은 아무런 말도 할 수가 없었다. 꿈을 꾼 것도, 졸았던 것도 아닌데 아무 말도 나오지 않았다.

"윤도경 씨."

예쁘다.

눈으로 보이는 것을 넘어 후광을 비추듯 발하는 모든 것이 예쁘다.

오래전, 잠들지 못하는 그의 곁에 기대어 잠들었던 어느 이른 아침의 그날처럼.

"…어."

흔들림 없이 자신을 바라보는 도경의 눈이 너무나 짙고 깊어서 잠시 입술을 말아 물던 봄은 테이블에 놓인 커피를 가리켰다.

"이거 마셔도 돼요?"

아직 입도 대지 않은 아이스커피였다. 왠지 끊어지지 않던 시선을 돌린 도경이 테이블 위 커피를 들어 그녀에게 건넸다.

"목말랐는데."

어쩐지 쑥스러운 마음에 중얼거린 봄이 커피를 얼른 한 모금 마셨다. 목이 마르다는 건 거짓말이 아니었다.

"아, 살 것 같다. 너무 시원해. 바깥에 해는 은근히 뜨거워요. 근데 여기는 딱 좋다."

차가운 것이 속으로 들어가자 마음은 한결 편해졌다. 봄은 잠시 뜻대로 움직이지 않던 마음을 갈무리하며 건너편에 앉았다.

"잔 거예요?"

"그냥 잠깐."

"안 잤는데 눈을 안 뜬 거야? 저 온 거 몰랐어요? 아닌데, 혼자 중얼중얼댔는데."

해가 따가운지 눈을 조금 찡그린 것 같아 손으로 차양을 해 주면서 중얼댄 목소리는 분명 작지 않았다. 도통 이해 못 할 소리에 미간을 좁히던 봄은 충격을 받으며 되물었다.

"설마 놀리려고?"

설마, 그 윤도경이? 물으면서도 믿지 못했으나 그는 머리를 쓸어 넘기며 피식 웃었다.

"그러려고 했는데."

"……"

"당한 것 같다."

아주 된통.

하얀 가운 속, 가벼운 웃음에 담긴 수많은 뜻들이 전해졌다. 그것이 무엇인지 봄은 아직 알 수 없었다. 대신 때가 아닌 깨달음을 뒤로하며 팔을 뻗어 정면으로 쏟아지는 햇빛을 가렸다. 쨍하니 맑지만 결코 불쾌한 빛은 아니었다.

"버스 타고 오는데 날이 너무 좋아서 어디 멀리 가고 싶었어요. 여기가 강성이었으면 벌써 집 뒤에 있는 산으로 올라가는 건데. 산에 작게 산책길도 생겼거든요."

"여기도 산은 있어. 가는 길 알려 줄게."

"알죠. 근데 여긴 너무 높잖아. 등산할 마음은 없거든요."

그의 호의를 단호하게 거절하는 봄이었고 도경은 헛바람을 뱉으며 블라인드를 내렸다. 가려지기 시작한 빛에 올렸던 손을 내린 그녀가 투덜댔다.

"누구는 뉴질랜드에 있다는데, 불공평해."

뜬금없이 생각난 온결에 괜히 한 번 더 불만을 토하던 봄은 가려지는 블라인드 사이로 비춘 비행기를 발견했다. 손톱보다 작게 보이는 거대한 기체가 블라인드 틈을 타고 멀어져 갔다.

'비행기.'

오싹. 보이는 것보다 훨씬 빠르게 지나가고 있는 비행기를 보던 그때, 봄의 몸이 부르르 떨렸다.

"왜 그래, 어디 안 좋아?"

짧게 흔들린 그녀를 발견한 도경이 물었다. 봄은 정말로 오돌토돌 올라온 살갗을 만지다 고개를 저었다.

"…아, 아니요. 아무것도."

설명할 수 없는 이 불쾌함은 뭘까. 그녀는 나쁜 기분을 씻어 내기 위해 다시 잔을 집어 들었다.

5.

 봄이 챙겨 온 옷은 생각보다 평범했다. 오염되기 쉬운 셔츠와 넥타이 그리고 속옷.
 "방에는 안 들어갔어요. 건조기에서 가져온 것들이에요."
 뭐라 하지도 않았는데 먼저 나서 변명한 그녀는 한마디를 덧붙였다.
 "피차 마찬가지니까."
 주어는 없었지만 도경은 충분히 이해했다. 저건 온결의 집으로 들어오면서 그가 대신 챙겨 줬던 가방을 뜻했다. 가만히 있으면 절반은 간댔다. 결국 도경이 놀렸다.
 "뭐가 그렇게 찔려서."
 "찔리긴 누가요."

"얼굴이 딱 그런데."

"말은 바로 하랬다고 나는 두 장이고 윤도경 씨는 한 장이야. 윤도경 씨가 더 이득이지."

이것이 득실을 따질 수 있는 부분인가 싶지만 중요한 건 그게 아니었다. 그는 쇼핑백을 가져오며 말했다.

"고맙다."

진심을 담은 감사 인사에 왠지 민망해진 봄은 서둘러 말을 돌렸다.

"점심 먹었어요?"

이제 이 소재에서 나가고 싶은 마음이 굴뚝이다. 다행히 도경은 쇼핑백을 제 곁으로 내리며 이야기를 끝냈다.

"아직. 먹고 갈래?"

"그럴 만한 시간이 있어요?"

정확한 지적에 시간을 확인한 그의 표정이 살짝 찌푸려졌다. 생각보다 시간이 많이 지나 있었다. 표정만으로 상황을 파악한 봄이 손가락을 들어 올렸다.

"점심 말고 저녁에 제대로 먹어요. 내가 재료 사다 놓을게. 음식 재료 보는 눈은 끝내주거든요. 아, 보조도 잘하고."

자부심이 느껴지는 그녀의 말에는 직접 '요리'를 하겠다는 말은 덧붙이지 않았다. 그만큼 봄은 자신의 손맛을 믿지 않았고 도경도 굳이 그녀에게 요리를 시킬 생각은 없었다.

"그러자. 부탁할게."

"맡겨 둬요. 근데, 오늘도 병원에서 있어야 해요?"

"아마 3시 전에는 퇴근할 거야."

"3시면… 어."

앞으로 두 시간 뒤. 그러니까 봄은 두 시간 후에 퇴근하는 사람에게 갈아입을 옷을 전해 준 거다. 오늘은 정말 어지간히 혼자 있기 싫었던 것 같다.

헛웃음을 감추는 그녀의 눈에 도경의 시선이 들어왔다. 익숙하지만 뜻을 알 수 없는 바로 그 표정.

"왜 또 그렇게 보실까."

뜻은 알 수 없지만 뭔가가 있는 것은 분명한 얼굴에 제 발이 저린 봄이 되묻자 그는 등을 기대며 말을 이었다.

"그냥."

예나 지금이나 도경은 먼저 묻는 적이 없었다. 왠지 모르지만 눈을 마주하게 되면 솔직해지게 된다. 이것이 기억인지, 학습인지 모르겠지만 봄은 눈을 가늘게 뜨며 중얼거렸다.

"나만 안 변한 게 아니라, 그쪽도 변한 게 없어."

퉁명스럽게 말하고 있지만 다행이라는 생각이 들었다. 변하지 않은 만큼 지금의 윤도경도 자신이 믿을 수 있는 사람이라는 뜻이니까. 그녀는 숨을 한 번 크게 들이쉬다 앞뒤도 없이 힘주어 말했다.

"유재완, 이 유치한 자식."

도경으로선 들은 적 없는 이름에 귀여운 험담이었다.

"내가 한 짓도 아니고 딴 놈들이 한 것까지 나한테 덤터기를 씌워? 내가 뭘 했다고. 안 그래도 머리 아파 죽겠는데 사람을 괴롭혀도 유분수지. 다른 게 텃세인 줄 알아? 그런 게 텃세지. 어차피 이렇게 된 거 진짜 확 뒤집어 버릴까 보다. 유재완 이 망할 자식. 그 자식들도 그래. 아니, 왜 거기서 쓸데없이 나서서 다음 사람까지 이 꼴이 나게 만들어? 확 씨, 누군지 알아내서 명치를……."

숨 쉴 틈 없이 쏟아 내는 봄의 하소연은 생각보다 훨씬 더 길었다. 표정 하나 변하지 않고, 목소리 하나 높아지지 않은 상태로 두 손을 모아 내면의 울분을 토했다.

줄줄 이어지는 한탄 속의 주인공은 '유재완'이었고 이어 가던 혼잣말은 장장 5분여가 지나고 나서야 끝났다.

"끝."

시원한 종료 선언과 함께 그녀는 냉수를 마셨다. 뒤끝 없고 깔끔한 뒷담화였다. 잠자코 봄의 하소연을 듣고 있던 도경은 전후 사정은 몰라도 그녀에게 실수를 한 듯한 죄인만큼은 확실하게 알 수 있었다.

하는 말 내내 박혀 있던 이름 석 자.

"유, 재완?"

낯선 이름을 부르자 봄은 한결 편해진 목소리로 말을 이었다.

"이번 레스토랑 총괄 셰프예요. 다른 사람들하고는 잘 지내는 걸 보면 이전 실장들하고 트러블이 있었던 것 같아요."

실제로 홀과 주방 모두 통틀어 재완의 평판은 굉장히 좋은 편에 속했다.

잠깐의 실수로 목숨까지 위협받을 수 있는 주방은 상하 구분이 철저하다. 군대나 다름이 없어 필수적으로 셰프들의 성격이 모나다. 그들이 그러고 싶다기보단, 그럴 수밖에 없다고 해야 할까.

매스컴 속에서 표현되는 대다수의 셰프들 성격이 나쁜 건 설정이 아니라 사실인 만큼 재완은 '좋은 셰프'로 설명이 가능했다.

'본사 직원들한테는 아닌 것 같지만.'

어쨌든 신나게 토해 내고 나니 머릿속도 맑아진 것 같았다. 혼자 끙끙 앓다 들어 주는 사람이 있는 것만으로도 마음이 편해졌다.

"아무튼 이제 후련해졌어요. 들어 줘서 고마워요."

들어 줬다곤 하지만, 일방적인 하소연이었다. 굳이 따지자면 강제 듣기를 했던 도경에게 미안하면서도 고마운 봄이었다. 다만 그는 그녀의 후련함과는 별개로 이상하게 마음 한구석이 걸렸다.

지나간 시간들은 모르지만 예전 시간들을 되짚었을 때, 봄이 이렇게까지 감정을 드러낸 대상은 흔치 않았다.

대표적으로 첫 남자 친구라며 데려왔던 여덟 살 때의 같은 반 친구. 크게 싸웠다던 태권도 학원 친구. 수학여행에서 고백을 받은 후 찼더니 제 욕을 하고 다닌다며 싸운 상대.

이것들을 떠나 속내를 잔뜩 보이며 감정이 흔들린 상대는 처음인 것 같았다. 물론 공백 기간을 생각하면 더 있을 수도 있겠으나.

"꽤 신경 쓰이는 상대인가 봐."

그 '유재완'이라는 사람이 이상하게 거슬렸다. 봄을 피곤하게 만드니 적개심이 생기는 건 당연하겠지만 말이다. 도경은 다 마시지 못한 커피를 한 모금 마시며 말을 이었다.

"그런 것치고는 평가가 후해."

오묘한 가시가 돋아난 말에 그녀의 눈이 휘둥그레졌다.

"이게요?"

도경의 속을 알 리 없는 봄은 심각한 표정을 짓다 눈동자를 굴렸다. 하긴, 멋대로 추측하고 모욕을 준 사람에게 이 정도면 후하긴 했다. 그녀는 피식 웃으며 어깨를 으쓱였다.

"뭐, 그쪽도 아직 절 모르니까 그랬다고 생각하긴 해요. 좀 더 노력해야죠."

"실수를 좀 하면 어때."

"네?"

"처음인데."

"어… 처음이라기엔 어차피 하는 일은 똑같아서."

"사람이 달라진 일에 똑같은 건 없어."

도경은 단호히 말하고 줄곧 꼿꼿하게 세웠던 몸을 앞으로 기울였다. 그리고 테이블에 두 팔을 얹으며 말했다.

"잘하지 않아도 괜찮아."

그건 그녀의 마음을 관통하는 큰 울림이었다. 그는 저도 모르게 가지고 있던 업무의 압박과 무게, 사람들과의 기 싸움들이 당연한 게 아니라고 말해 주었다. 아마 봄은 이런 위로를 바랐던 것 같다.

넌지시 건네는 한마디의 위로에 그녀의 입가로 선한 미소가 번졌다. 봄이 도경을 좋아하게 되었던 두 번째 이유. 가장 필요할 때 곁에 머물러 줬던 순간들.

"매번 그렇게 말했었죠. 남이 말하면 흘려들었는데, 워낙 날 잘 아는 사람이니까, 그 말이 그냥 사탕발림으로 들리지 않았던 것 같아."

웃음을 머금은 모습 그대로 자신을 바라보는 봄에게 그는 솔직했다.

"항상 보고 있었으니까."

지나간 10년의 공백이 아쉬울 만큼. 강성을 찾지 않았던 건, 그곳에서 더 이상 봄을 만나지 못했었고 시간이 지나며 아물었던 틈이 벌어져 '꿈'이 찾아왔기 때문이었다.

같이 갔으나 함께 돌아오지 못한 기억이 있어, 강성으로 돌아갈 수가 없었다. 그곳에 두고 온 아이의 우는 소리가 너무도 버거웠던 것 같다.

지그시 바라보는 도경의 시선에 봄은 눈을 한번 깜빡였다. 조금만 더 깊이 바라보거나 '무슨 생각해요?'라고 묻는다면 한 걸음 나아갈 수 있을 순간, 그녀는 다른 방향으로 걸음을 옮겼다.

"맞아요, 사람은 오래 봐야 아는 법이죠."

"응?"

"좀 짜증 나는 사람인 건 맞지만, 분명 좋은 점도 있을 거야. 이제부터 천천히 봐야겠어. 이해는 못 해도 타협은 할 수 있을지 모르니까."

대화의 주제는 아주 자연스럽게 재완으로 넘어갔다. 봄은 이제 완전히 개운해진 표정으로 기지개를 길게 켰다.

"두고 봐라, 유재완."

힘차게 주먹을 쥐는 그녀를 보며 도경은 다리를 꼬아 앉았다. 온화하던 눈이 살짝 식었으나 시선은 봄이 아닌 테이블을 향했다.

'유재완.'

이유는 알 수 없으나 그는 몇 번이고 그 이름을 곱씹었다.

―너는 어쩜 필요할 때만 연락을 하고 안부 전화 한 번을 안 하니? 오빠 닮아 가?

엄마의 이유 있는 서운함에 묵묵히 듣고 있던 봄이 충격을 받으며 말까지 더듬었다.

"어, 엄마. 어떻게 그런 심한 말을."

끝이 떨린 딸의 목소리에도 엄마는 콧방귀를 뀌었다.

―야, 너네 엄청 닮았어. 아주 똑 닮았어. 쌍둥이처럼 닮았어. 데칼코마니야.

"아니, 엄마."

―내가 더 억울해. 분명 난 두 번 배 아팠는데 왜 똑같은 것들이 나오고 그러니?

"……"

아무리 엄마라도 너무 선을 넘지만 감히 반항할 수 없다는 것이 가장 애석한 일이었다. 그녀가 무겁게 들고 있던 봉지를 내려놓으며 침묵하자 엄마는 승기를 잡으며 말을 이었다.

―말 나온 김에, 네 오빠는 봤어?

마지막 연락이 온결의 집 주소와 비밀번호 확인이었던 터라 묻는 걸 거다. 봄은 넓은 온결의 집을 둘러보며 어깨를 으쓱였다.

"한국에 없던데."

―어머, 그래?

"뉴질랜드인가 거기에 갔다던데요. 엄마도 몰랐어?"

이 망할 놈이 부모님에게도 말하지 않은 것인가, 싶었던 찰나에 엄마의 말이 이어졌다.

-…아, 들은 것 같다. 세상에, 까맣게 잊고 있었네.

이럴 수가.

-원래 연예인 걱정은 하는 거 아니랬다. 걔 나보다 잘 살아.

본래 콩 심은 데서 콩이 나고 팥 심은 데서 팥이 나는 법이었다. 결코 틀린 법이 없는 엄마의 반응에 봄은 고개를 끄덕였다. 맞다. 연예인 걱정은 하는 거 아니랬다. 대신 머릿속을 번개처럼 스친 생각에 얼른 입을 열었다.

"엄마, 나중에 오빠 한국에 와서 연락하면 저한테도 연락 주세요."

-응? 너한테? 왜?

"다른 이유는 없고, 그냥 같은 서울에 있으니까 한번 보려고 그러는 거지. 꼭 연락 주셔야 해요."

-무슨 바람이 불어서 제 오빠를 보겠대.

진심으로 놀란 듯한 뉘앙스에 봄은 힘을 주어 외쳤다.

"아무튼!"

-알았다, 알았어. 얘, 끊어. 네 아빠가 아까부터 부른다.

"네, 쉬세요. 다음에 연락드릴게요."

깔끔한 인사를 남기고 전화가 끊겼다. 봄은 휴대폰을 쥔 손을 꽉 쥐어 허공으로 올렸다.

"나이스!"

안 그래도 신경 쓰였던 문제의 임시방편을 마련했다. 가장 신경 쓰였던 것, 온결이 언제 돌아오느냐 하는 거였는데 엄마가 알고 그녀에게 말해 준다면 적어도 자리를 피할 시간은 생길 거다. 당장 대안도 없이 마주하는 것보다야 훨씬 나을 거다.

"좋아."

어쩐지 일이 술술 풀리는 것 같아 기분이 좋아졌다. 봄은 시간과 공을 들여 사 온 요리 재료들을 꺼내며 콧노래를 흥얼거렸다.

"파스타랑, 스테이크랑… 가니시 할 것도 제대로 사 왔고."

시간을 보니 도경도 슬슬 올 때가 되어 가고 있었다. 오늘을 한 지붕에 살게 된 정식 회식의 날로 정할 마음으로 잔뜩 테이블을 채울 때였다.

삐, 삐삐삐.

철커덕.

머뭇거림 없이 울리는 도어 록 소리에 봄의 귀가 쫑긋 섰다. 이 시간, 이곳에 올 사람은 딱 한 사람뿐이었다. 그녀는 얼른 현관으로 향했다.

"왔……."

그리고 반갑게 그를 맞이하려던 봄은 그 자리 그대로 굳어 버렸다.

큰 키.

늘씬한 몸.

완벽한 세팅으로 후광이 비추는 듯한 화려함.

손에 든 선글라스를 천천히 현관 수납장 위에 올리고 집 안으로 들어선 그가 입을 열었다.

"뭐야."

아악!

윤현수.
데뷔 10년 차의 명실상부 대한민국 톱의 반열에 오른 배우.
수려한 용모와 피지컬을 넘어 사람을 압도하는 연기력을 갖춘 팔방미인. 선을 넘지 않는 솔직함으로 현재 가장 평판이 좋은 배우 중에 하나이기도 했다.
검색창에 이름만 쳐도 일거수일투족이 모조리 드러난다는 바로 그 사람이 봄의 눈앞에 있었다.
"온봄."
긴 다리를 이용해 성큼성큼, 그녀의 앞까지 다가온 결은 눈앞의 동생을 향해 다시 입을 열었다.
"뭔데."
퉁명스러움을 넘어선 심드렁한 얼굴에 봄은 온몸의 아드레날린이 폭발하는 것을 느꼈다.
"어……."
꼬박 반년 만에 보는 오빠가 반갑기 전에, 아니 물론 언제고 반가워한 적은 없었지만 어쨌든 아주 오랜만에 본 오빠를 향한 첫마디를 어떻게 해야 할지 순간 갈피가 잡히지 않았다.
모든 시간이 쪼개진다. 거짓말처럼 사위가 느리게 움직였고 급박한 이 순간에 봄이 말했다.
"왔어?"
지극히 평범하고 담담한 말투와 표정으로. 엄마의 '닮았다'는 말은 결코 그냥 하는 말이 아니다. 남매는 닮았다. 생김새를 떠나 성격과 행동도 그랬다. 봄의 표현이 조금 더 솔직하다는 것을 빼면 그들은 정말로 꼭 닮아 있었다.

즉, 뻔뻔하다는 뜻이었다. 앞뒤 없이 건넨 자연스러운 말에 결의 고개가 삐딱하게 기울었다.

"왔어?"

봄의 말을 반복한 반문에는 강력한 힘이 담겨 있었으나 봄은 무너지지 않았다.

"나도 방금 왔는데. 비밀번호 안 바뀌었더라."

최대한 뻔뻔하게, 아무렇지 않은 척을 해야 한다. 아주 잠시 솔직하게 말할까 싶었으나 아무리 생각해도 그건 아니었다.

'주인도 없는 집에 친구랑 동생이 같이 산다고 말하라고?'

아무리 온결이라도 그건 이해 못 할 거다. 이렇게 생각하니 정말 대책 없는 한집살이를 하고 있구나, 싶었다. 그가 재킷을 벗으며 물었다.

"왜 네가 내 집에 있어."

느릿하지만 흘림 없는 발음에 가시가 박힌 것 같았다. 봄은 땀이 나는 등을 모르는 척 대답했다.

"말 그대로. 여기 오빠 집이잖아."

"그런데."

"오빠 보러 온 거지."

"네가."

"응."

"나를."

젠장.

자신이 생각해도 얼토당토않은 이유였으나 내색하지 않았다. 결은 입술을 혀끝으로 살짝 훔치다 혼잣말처럼 말을 이었다.

"하필, 오늘, 내가 오는 날에 네가 왔다고."

그저 존재하는 것만으로도 아우라가 있는 사람이 있다. 결이 그랬다. 익숙해지고 싶어도 익숙해질 수 없는 그런 사람이 오빠였다.

"그러게. 어디 다녀왔었어? 아무튼 딱 맞춰서 와서 다행이다."

그리고 봄은 30년간 그런 사람의 동생이었다.

"보고 싶었어, 오빠."

'온결 동생 온봄'이라는 수식어가 있다면 '온봄 오빠 온결'이라는 말도 있었다.

그녀는 생전 하지 않을 소리를 얼굴빛 하나 변하지 않고 꺼냈다. 봄의 얼굴 어디에도 어색함이나 부끄러움은 없어 보였다. 어쩌면 결의 연기력은 유전성을 가지고 있는 것이 아닐까, 싶을 만큼. 흠잡을 데 없는 완벽한 표정에 그의 입꼬리가 슬쩍 올라갔다.

"그래?"

더 이상 묻지 않았지만 오히려 찜찜함을 남기는 말이었다. 결은 봄을 지나치며 주방으로 향했고 테이블에 놓인 갖가지 재료들을 보며 의자에 손을 얹었다. 톡, 톡. 의자 등받이를 건드리던 손가락이 멈추고 그가 물었다.

"이건 뭐야."

"오면 밥 해 먹으려고."

"네가?"

"하겠니?"

"그럼 뭔데."

"오빠 잘하잖아."

"하겠냐?"

"그러니까 말이야."

늘 그랬듯 가벼운 대화가 오갔다. 그들에겐 너무도 평범한 대화 속에서 봄이 배를 문질렀다.

"나 서울 와서 밥을 제대로 먹은 적이 거의 없거든. 배고픈데."

거짓말이 아니라 정말 아침도 못 먹었다. 어느 때보다 진지한 눈과 동생의 남다른 밥 욕심을 아는 결은 귀찮다는 듯 손짓했다.

"시켜."

평소라면 좀 더 들들 볶아 댈 사람이지만 어지간히 피곤한 모양이었다. 소파에 가서 앉아 버리는 그를 보던 봄은 휴대폰을 쥐고 현관 쪽으로 향했다. 도대체 저 양반이 어떻게 이렇게 갑자기, 예고도 없이 나타났단 말인가. 왜 누구도 온결이… 아니, 윤현수가 귀국한다는 것을 몰랐을까!

'빨리, 빨리.'

어쨌든 이 틈을 타 도경에게 연락을 넣어야 한다. 누구라도 한 명쯤은 미리 상황을 정리할 사람이 필요하니까. 그러나 그는 그녀를 도와주지 않았다.

삑, 삐비빅.

시원하게 눌린 비밀번호와 함께 문이 열린다. 훅 밀려드는 바깥

공기에 봄의 머리카락이 흔들렸다. 흔들리는 쇼핑백과 정갈한 옷차림이 보였다. 그가 들어온다.

"왜 여기……."

봄은 현관 앞에 선 자신을 향해 말을 거는 그에게 냅다 달려들었다.

"……!"

말 그대로 달려가 도경의 품에 안기듯, 다가선 봄은 그대로 그의 입을 막았다. 작은 손바닥이 도경의 입을 틀어막고 그녀는 틈이 생기지 않기 위해 까치발까지 들어 올렸다.

그들이 이렇게까지 가까운 건 이번이 두 번째였다. 다른 게 있다면 처음은 서로가 누구인지도 몰랐던 침대였고 지금은.

봄은 고개를 저었다. 도경의 입술이 닿은 손바닥이 불에 닿은 듯 뜨거워지는 것 같았지만 흔들리는 그의 눈을 보며 그녀는 입술을 벙긋댔다.

'온. 결.'

그것으로 충분했다.

예기치 못했던 삼자대면이었다. 이 집에 오게 된 순간부터 항상 경계하고 있긴 했지만 설마, 이렇게 갑작스럽게 마주하게 될 줄은 몰랐다. 역시 하늘은 제 편이 아니었던가.

그나마 다행인 건 온결을 상대하기에 가장 완벽한 사람이 그녀의 편이라는 사실이었다.

'…공범이라고 해야 하나.'

어쨌든 봄을 대신해 줄 사람은 처음부터 흔들림이 없었다. 마치 이 모든 순간을 예상했다는 듯 태연했다.

"이렇게 갑자기 올 줄은 몰랐다. 좀 더 걸릴 거라고 생각했는데."
"잠깐 들어온 거야. 내일 부모님 뵙고 바로 다시 가야 돼."
"연락이라도 하지 그랬어. 병원에 있었으면 얼굴도 못 봤겠다."
"어차피 저거 때문에 잠깐 시간 낸 거야."

'저거'로 지칭된 봄이 눈을 휘둥그레 뜨고 검지로 자신을 가리켰다. 나? 결은 다리를 획 꼬아 앉으며 중얼거렸다.

"볼일은 끝났고."

잠시 이해하지 못하던 봄은 그제야 결의 말을 이해했다. 옆집 남자와 일이 벌어졌을 때 네다섯 통 정도의 전화를 했었다. 그때 남은 부재중을 이제야 보고 온 모양이다. 살짝 감동을 먹으려는 찰나 결이 말을 이었다.

"죄다 밀가루라 돌아 버리는 줄 알았네."

그러면 그렇지. 잠깐 올라왔던 감동이 부스스 부서지고 봄은 정말 궁금한 것을 캐물었다.

"같이 사는 거 왜 말 안 했어?"

결은 나른하게 소파에 기댄 그대로 입만 움직였다.

"안 물어봤잖아."
"이걸 어떻게 물어보니? 연락하는 줄도 몰랐는데."
"연락처를 몰랐던 것도 아니고 왜 연락을 안 해."
"그야!"
"안 한 건 너지."

"……."

"번호 몰랐다고 해라."

번호가 바뀐 건 한참 뒤였으니, 할 수 있는 기회는 많았다. 다만 얼굴도 보지 못하겠는데 통화는 어떻게 하겠는가. 미련만 남을 뿐이지. 저도 모르게 시무룩해지는 봄을 보던 도경이 미간을 살짝 좁혔다.

"괜히 애 잡지 마."

그가 대놓고 봄의 역성을 들었다.

"연락을 안 한 건 나도 마찬가지야. 쓸데없는 걸로 괴롭히고 있어."

제 편을 들어 주는 도경에 그녀가 고개를 들자 그가 말을 이었다.

"지금부터 하면 돼."

"…아."

왠지 마음 한구석이 뭉클해지는 말에 눈만 깜빡이는 사이 도경이 곁에게 말했다.

"그보다 점심을 못 먹어서 식사 준비 좀 할까 하는데, 다들 어떻게 할 거야."

이 얼마나 자연스러운 화제 전환인가. 봄은 자리에서 일어나 주방을 가리켰다.

"제가 재료 사다 놨어요."

"그래?"

"요리하는 데는 별로 소질이 없긴 한데, 보조는 잘해요. 도와드릴게요."

"그래 주면 고맙고. 온결, 넌 좀 쉬고 있어라. 시차도 안 맞을 텐데."

고작 세 시간 남짓의 시차지만 일단, 시차가 있는 건 사실이니까. 그렇게 두 사람이 일어나고 주방으로 향하려는데 꼰 다리 발끝만 까딱이던 결이 입을 열었다.

"윤도경."

감정 없이 불린 이름에 도경이 멈춰 바라보자 결이 봄과 도경을 번갈아 보았다.

"아까부터 거슬려서 그러는데."

순간 등골로 오싹한 긴장감이 훑고 지나갔다. 저절로 고인 침을 목구멍으로 넘기며 이어질 말을 기다리던 차, 결이 말했다.

"왜 자꾸 온봄 편을 들고 앉아 있어. 내 편 들어."

"……."

도경은 침묵했고 봄은 얼굴을 확 구기며 일갈했다.

"미쳤나 봐."

진심이었다.

상황은 무난하게 정리되는 듯했다. 심심한지 식탁에 앉아 감자를 깎는 결을 힐끗, 돌아본 봄이 소곤댔다.

"일단 넘어간 것 같죠."

물이 틀어진 싱크대 소음에 바로 옆에 있는 도경만 겨우 들릴 목소리였다. 워낙 집이 넓어 식탁과 싱크대의 거리가 제법 있는 것도 한몫했다. 도경은 그녀가 씻어서 주는 아스파라거스를 받아 들며 말했다.

"온결이야."

긴장을 늦추지 말라는 뜻이었다. 맞다. 상대는 온결이다. 아무 생각이 없는 것 같지만 저 머릿속에 아홉 마리의 여우가 숨어 있었다.

'천천히.'

고개를 끄덕인 봄은 프라이팬을 꺼내 가스레인지 위에 얹었다. 조미료들까지 꺼내는 사이 프라이팬을 달구기 시작한 도경이 기름을 뿌리고 미리 자른 파를 넣었다. 고소한 냄새가 금세 주방을 채웠다.

"밥을 할까요? 즉석 밥이라도 꺼내야 하나."

"파스타로 부족하려나."

"밥 줘야죠. 원래 밀가루 안 좋아하는 사람이라 밥 생각날 거야. 아, 면 삶을 냄비 꺼낼게요."

말하지 않아도 척척, 봄의 보조 솜씨는 수준급이었다. 한때 요리를 하고 싶어 주방에서 일을 해 본 적도 있으나 도무지 소질이 없어 보조만 몇 번을 하다 그만뒀다. 그때 보조하는 건 제대로 배웠다. 요리의 순서도 어지간한 요리사들보다 잘 알 거다.

어느새 즉석 밥을 꺼내 전자레인지에 돌리는 그녀를 보며 도경이 피식 웃었다.

"그래도 오빠 생각하는 건 너뿐이네."

이러니저러니 해도 내 식구를 챙기는 봄이었다. 봄은 대놓고 결을 보곤 어깨를 으쓱였다. 인정하긴 싫지만 나는 욕해도 남이 욕하면 싫은 게 내 식구다. 곧 냄비에 물을 채우는 도경에게 봄이 소금을 가리켰다.

"면 삶을 때 소금 좀 넣어서 하면 좋아요."

"고기도 시즈닝해야 할 것 같은데."

"제가 해 놓을게요."

완벽한 보조를 하며 바쁘게 움직이던 봄은 고기를 가지러 식탁으로 향했다. 결은 자신이 깎은 감자를 툭, 툭 허공으로 던지다 그녀를 불렀다.

"온봄."

질 좋은 고기 두 팩을 꺼내며 고개를 들자 허공에 떴던 감자가 결의 손에 잡혔다. 턱, 잡힌 그것을 쟁반에 놓은 그의 눈이 부드럽게 호선을 그렸다.

"너 여기서 사냐?"

고기를 들었던 손이 멈추고 봄의 고개가 어긋난 듯 기울었다.

툭.

무게감 있는 고기가 식탁에 떨어지고 그녀가 물었다.

"왜 갑자기?"

얼굴색이 변하지는 않았나, 목소리가 떨리지는 않았나 생각할 틈은 없었다. 결의 눈이 결의에 찬 느낌…이 아니라, 의심으로 가득했다. 그는 예쁘게도 깎아 놓은 감자를 손가락으로 굴리며 말했다.

"누가 봐도 사는 사람이야."

"그러니까 왜 갑자기 그런……"

"그러니까, 왜 이렇게 근본 없는 생각을 하게 만들고 있을까."
"……."
"우리 동생이."

단언컨대 온결은 절대 상냥한 오빠가 아니다. 다정? 그런 것은 애초에 저 인간의 DNA에 존재하지 않는다. 고로 '우리'까지 붙여 가며 부르는 호칭에 봄이 소름이 돋는 건 당연했다.

'침착하자.'

그녀는 재빨리 마인드 컨트롤을 하며 봉지 안에 든 조미료를 꺼냈다. 그리고 우습다는 듯 코웃음을 쳤다.

"내가 왜 여기가 처음이야, 멍청아. 못해도 다섯 번은 왔겠다."
"뭐?"
"너 이 집 구할 때 나도 같이 부동산 갔던 거 기억 못 하냐?"

예상치 못한 말에 총명하던 결의 눈이 일순 흐리멍덩해졌다. 흔하지 않은 그 눈에 봄은 기회를 놓치지 않았다. 그녀는 물건들을 가슴에 품으며 턱을 올렸다.

"설마 너무 익숙해 보인다고 꼬투리 잡아라? 엄마랑 같이 물건들까지 정리했는데 모르는 게 이상하지. 어차피 우리 집 배치 그대로인데."
"아."
"제대로 살게 하고 싶으면 명의 옮겨 주든지."
"이전 비용 네가 내면."
"어휴, 진짜."

못마땅하다는 듯 미간을 좁히며 돌아선 봄은 싱크대로 향하며 얼굴을 일그러트렸다. 간신히 참고 있던 표정이 터져 나왔다.

'잘했다. 잘했다, 진짜 잘했다.'

이 이상의 임기응변은 나올 수가 없다. 기승전결이 완벽한 대처였다. 살면서 이렇게까지 머리를 굴려 본 적이 있던가.

'수능 때보다 더 머리를 쓰고 있어.'

진심이었다. 왜냐하면 그녀는 수시로 대학을 갔었으니까. 어쨌든 이쪽을 보고 있던 도경이 하얗게 질린 그녀의 얼굴을 살폈다. 목소리를 낮추고 있던 것도 아니었으니 대화는 모두 들었을 그다.

'잘했어.'

말로 하진 않았지만 도경의 눈이 그렇게 말하고 있었다. 그는 그녀에게서 물건들을 가져갔고 뒤이어 결의 목소리가 들렸다.

"하나 더."

뭐 또!

이젠 성질이 나서 노려보자 결이 말했다.

"내가 알기로 족히 10년은 못 본 거 아닌가."

"……"

"그런데 둘이 왜 그렇게 친한지는 좀 알고 싶은데."

느긋한 말투에 헛바람을 들이켰다.

"윤도경까지 정리하고 간 기억은 없어서."

맙소사, 이제 알겠다. 결이 왜 대책 없이 같이 사느냐 말부터 던졌는지. 확신 없는 일은 절대 하지 않는 사람이 너무 허술하게 했다 싶었다. 결국 결이 진짜 묻고 싶었던 건 이것이었을 거다.

이번에야말로 입이 묶인 봄이 불안하게 손가락을 움직일 때, 도경이 고기 팩을 뜯었다. 결의 추궁 아닌 추궁에 한데 얽힌 사람치곤 매우 여유로운 모습이었다.

"나도 좀 묻자."

오히려 질문까지 하면서. 그는 신선한 고기를 살피며 말을 이었다.

"친하면 안 될 이유가, 있나?"

진심으로 궁금하다는 듯 물은 도경은 봄에게로 시선을 옮겼다.

"내가 봄이하고 어색할 이유가 없잖아."

봄이.

정말 오랜만에 듣는 한 글자 제 이름에 그녀는 순간 멍해졌다. 심장으로 번지는 울렁이는 감정에 봄은 얼른 입술을 다물었다. 벌어진 입술 사이로 심장 소리가 들릴 것만 같았다. 그는 너무도 자연스럽게 그녀의 머리를 쓰다듬었다.

"못 봤던 만큼 반갑잖아."

머리에 얹어진 손길에 안 그래도 정신없는 머릿속이 완전히 뒤죽박죽이 되었다. 늘 그랬듯 도경의 손은 차가웠지만 그것이 불쾌하게 느껴지지 않았다.

"나한텐 온봄도 너만큼 중요했어."

이것은 그저 의심을 벗어나기 위해 하는 말이 아니었다. 윤도경은 오빠 친구가 아니라 봄에게도 오랜 친구였다.

'난 반가운데.'

'예?'

'반갑다고.'

'그러면 안 돼?'

다시 만났던 그때, 도경이 했던 그 말이 얼마나 진심이었는지 이제야 알겠다. 그리고 그때 그녀는 대답하지 못했다. 당황스럽고 머쓱해서 미처 하지 못했던 답.

"나도."

그걸 이제 할 수 있을 것 같다.

"나도 반가웠어요."

첫사랑의 의미를 떠나 소중했던 친구를 다시 만나게 되었다는 그 기쁨을 겨우 대답한 것 같다. 환히 짓는 봄의 미소에 도경 역시 마주 웃어 줬을 때 그들은 잠시 한 사람을 잊었다.

"……"

문밖 10미터만 나가도 사람들이 몰려들고 환호를 하며 일거수일투족이 거론되고 얼마 전 가장 섹시한 연예인 1위에도 오른… 아무튼, 그런 배우 윤현수가 까맣게 잊혔다. 심드렁해진 결이 눈썹을 꿈틀대며 한마디를 거들었다.

"지금 너희 둘 얘기 이해가 안 된다만."

"뭘 이해해."

도경은 단칼에 선을 그었다.

"네가 우리가 아닌데."

당당하다 못해 시린 냉기가 뿜어진다. 결이 집주인이라는 사실을 잠시 잊은 것 같지만.

"오케이, 확인."

애초에 그런 걸 따지는 사람이 아니었다.

식사를 마치고 난 늦은 오후. 결이 제 방에 간 틈을 타 몇 안 되는 물건들을 모두 도경의 방에 넣고 안도하던 때였다.
"난 나가 봐야겠다."
도경의 말이었다. 그는 어느새 가방과 옷을 챙겨 들고 있었다. 봄이 눈을 휘둥그레 뜨며 물었다.
"어디 가요?"
"병원. 일이 좀 남아서. 아마 못 올 수도 있어."
그녀에게 말하던 도경은 어느새 제 방에서 나오고 있던 결에게 말했다. 봄은 입술 아래를 긁적였다.
'들어온 지 얼마 안 됐는데.'
듣지 않았지만 아마 봄이 이곳에 있을 수 있게 나가는 게 분명했다. 아무래도 본인이 있으면 머물기 어려울 수 있을 테니까. 도경은 바로 현관으로 나섰다.
"간다."
"가라."
오랜만에 만나는 게 분명한 진짜 동거인 두 사람의 깔끔한 인사였다. 엉거주춤 일어난 봄이 꾸벅 인사를 하자 도경도 살짝 묵례를 했다. 문이 닫히고 어색한 침묵이 휩싸이기가 무섭게 결이 말했다.
"너도 가."
마침내 나오고 만 축객령이었다. 봄은 도경의 뜻을 관철하기 위해서라도 꿋꿋하게 버텼다.

"자고 갈래."

"헛소리하지 말고 가라."

"왜, 방 많잖아."

그리고 내 방도 있어. 차마 하지 못한 말을 삼키며 있자 결의 미간이 좁아졌다.

"미쳤어?"

얼핏 혼을 내는 듯한 말에 봄은 꽤 서운해졌다. 이렇게까지 쫓아낼 건 뭐란 말이야. 그녀는 정 없는 제 오빠에게 투덜댔다.

"그렇게 아깝냐."

이해하면서도 섭섭한 건 어쩔 수 없는 모양이다. 그러나 결은 제 차 키를 챙기며 혀를 찼다.

"윤도경이 언제 올지 모르잖아, 인마."

"어?"

"너 때문에라도 그 자식 못 와. 가방 챙겨."

믿을 수 없게도 반대의 이유가 너무나 정상적이었다. 얼마 만에 오빠다운 모습인지 감탄하는 봄에게 그가 물었다.

"집 어디야."

심지어 데려다주려는 모양이다. 전과 다른 모습이 나쁘진 않았지만 봄은 고개를 저었다.

"얼굴이라도 덜 귀찮아하면서 말해라. 됐어. 여기서 가까워."

"나중에 엄마한테 이르지 말고."

"안 일러. 안 이른다고."

이것이 서른을 넘긴 남매의 대화인가 싶지만, 결국 열 살이건 서른 살이건 남매는 남매였다. 언제나 엄마가 제일 무서운 혈육 말이다. 어쨌건 먼 나라에서 온 사람을 이렇게까지 부려먹고 싶진 않았다.

'갔다가 괜히 옆집 남자라도 보면… 어휴.'

눈치 좋은 온결은 무조건 이상을 감지할 거다. 거기다 온결이 누구인가. 윤현수다. 윤현수 못 알아보는 사람은 어디에도 없고 그렇게 되면 정말 더 귀찮아질 게 분명했다.

"쉬어."

도경이 나간 것은 안타깝지만 어쩔 수 없는 일이었다.

"근데 이번에 가면 언제 와?"

신발을 신으며 묻자 고맙게도 현관 앞까지 나와 준 결이 대답했다.

"넉넉잡아 한 달 반에서 두 달. 왜."

"오빠가 멀리 가는데 그 정도는 알아야 하지 않겠나 싶어서."

"입에 침이나 바르고 말해."

일단 두 달은 벌었다. 성심성의껏 입술에 침을 바른 봄은 손을 들었다.

"갈게. 내일 조심히 내려갔다 오고."

얼른 가라는 듯 손만 휘휘 흔드는 결을 두고 그녀는 문을 열었다. 어디를 봐서 저 사람이 그렇게 인기가 많은 배우인지 여전히 알 수 없는 일이었다.

'찜질방이라도 가야 하나.'

아직 정리가 되지 않은 집이라 제 집에 가도 되지만 아무리 생각해도 그곳에 혼자 갈 마음은 생기지 않았다. 트라우마란 것이 이만큼 무섭다.

그사이 챙긴 속옷이 든 가방을 툭툭 건드리며 엘리베이터로 향하던 그녀는 이내 두 눈을 동그랗게 떴다.

"어?"

먼저 나섰던 도경이 엘리베이터 앞에 서 있었다. 봄은 얼른 그에게 다가가 재잘댔다.

"왜 아직 있어요? 엘리베이터가 안 왔어요? 아니다, 잘됐다! 저 온결한테 쫓겨났어요. 이렇게 된 거 그냥 윤도경 씨가 가요. 난 어차피 쫓겨나서 다시 들어가는 게 더 이상해."

저 큰 집에 결 혼자 자는 것이 아깝다고 생각한 차에 아주 잘된 일이었다. 왠지 신이 난 봄을 보며 도경은 짧게 한숨을 쉬었다.

"혹시나 했더니."

나지막이 중얼거린 그는 엘리베이터 버튼을 눌렀다.

"정말 병원 가려고요? 난 괜찮은데."

도경이 편하게 있었으면 하는 마음에 한마디를 더했지만 그는 다른 말 없이 엘리베이터를 기다렸다. 스르릉, 기계 올라오는 소리가 가까워졌고 곧 문이 열렸다. 먼저 안으로 들어선 도경이 그녀에게 손짓했다.

"가자."

"어디를요?"

말뜻을 이해하지 못한 그녀가 어리둥절 되묻자 그는 낮게 미소 지으며 말했다.

"너희 집."
뭐라고?
"혼자 재울 순 없잖아."
그 순간 봄의 목덜미가 달아올랐다.

6.

"혹시 집에 필요한 거 있으면 사 갈까. 아, 녹거나 상할 게 있으면 힘들 것 같긴 한데."
"네? 어, 냉장고도 빌트 인이라서 괜찮아요. 제가 챙겨 간 건 대부분 옷밖에 없어서……."
"그럼 마실 거라도 사 가자."
평소와 다름없이 여유로운 그를 따라가던 봄은 결국 도경을 부르지 않을 수 없었다.
"저기."
앞서서 걷던 그가 그녀의 부름에 돌아봤고 봄의 눈동자가 움직였다. 차마 하지 못한 말이 동공 속에 담겨 흔들렸다.
'우리가 언제부터 같이 자는 게 아무렇지 않게 되었느냐는 문제

거든요?'

어쩐지 당연한 동행에 대한 의문을 머금고 도착한 곳은 본래 봄의 집이었다. 왠지 마음 한편이 더욱 숙연해졌다.

"하아."

이렇게밖에 집에 오지 못하는 상황이라니. 처음 이 집을 구했을 때 내심 얼마나 뿌듯했는지 모른다. 드디어 마침내, 이제야 진짜 어른이 된 것도 같았고 묘한 설렘도 함께했었다. 그랬던 기대감이 망가지기까지 고작 사흘이 걸리지 않았다는 게 애석할 뿐이었다.

심지어 봄은 완벽한 보금자리가 되었을 제 집으로 혼자 가는 것을 꺼려할 정도가 되었으니까. 그래서 함께 가자는 도경의 말을 거절할 마음이 생기지 않았다.

'…정말 그것뿐인가?'

마음의 소리가 그녀에게 물었다. 정말 단순히 혼자 가기 싫은 집에 같이 가 주는 것이 고마운 게 전부냐고 소곤댄다. 봄은 이분법으로 답을 내릴 수 없는 그를 올려다보았다. 그리고 도경은 들을 수 없는 질문을 건넸다.

'윤도경 씨는 아무렇지 않아요?'

매일 같은 집에서 함께 보내고 있지만 나는 아무렇지 않지 않은데. 말장난 같은 생각을 머금고 올라가는 길, 도경이 그녀에게 몸을 살짝 기울였다.

"이후로는 옆집에서 별다른 연락이나 소식은 없는 거지."

의식하기 시작하면서 괜히 감정의 널이 뛴 모양이다. 역시 도경은 단순한 배려로 함께한 것인 모양이다. 저도 모르게 옆으로 움직인 봄이 말했다.

"네. 그날 이후로 다시 본 적은 없어요. 연락도 없었고요."

저를 지나쳐 한 발 앞서는 그녀에 도경의 표정도 살짝 흔들렸지만 봄은 아파트 입구의 우편함을 확인했다.

"생각보다 많이 왔네."

주소지가 아직 이곳으로 되어 있어 우편이 제법 쌓여 있었다. 중요한 건 레스토랑으로 돌려놨지만 이런 소소한 것들까진 정리하지 못했다.

안내문이나 고지서들을 챙기며 확인하던 봄의 옷깃이 우편함 모서리에 걸렸다. 그것을 미처 확인하지 못하고 돌아서는 그녀의 어깨를 도경이 잡았다.

"잠깐."

멀어진 거리쯤은 그의 손짓 한 번이면 금세 가까워졌다. 하마터면 찢어질 뻔한 옷이 제자리를 찾자 도경이 말했다.

"조심해."

평범한, 무난히 넘어갈 수 있는 말이었다. 특별하지도 않았고 내포한 다른 뜻도 없었다. 그것이 유난히 거슬리게 들리는 건 봄의 마음이 어긋나 있기 때문일 거다.

그의 일반적인 태도가, 이 평범하지 못한 상황이 아무렇지 않다는 듯한 말이 싫어서 괜스레 허들을 만들었다.

"애 취급이에요?"

굳이 묻지 않아도 될 말을 물었다. 처음부터 지금까지, 당연하게 자신과 함께하겠다는 그의 행동이 혹시나 자신을 여전히 어린애로 보는 건 아닐까 하는 마음에 물었다. 어떤 잘못도 아닌데도 불구하고 추궁하듯 건넨 말에 잠시 침묵하던 도경은 짓궂은 표정을 지었다.

"어리광이라도 부리려고?"

되로 주고 말로 받았다. 이러다 제 무덤을 파는 상황이 될지도 모르겠다. 봄은 우편물을 들고 빠르게 안쪽으로 움직였다.

"절대 안 부려요."

원래 어리광 같은 걸 부릴 성격은 아니지만 행여나 그럴 기회가 생기더라도 윤도경한테만큼은 절대 부리지 않을 거다.

봄의 집은 방이 두 개가 있다. 가전제품, 가구의 대부분은 빌트인이고 직접 구한 것은 시계와 이부자리 정도였다. 필요한 책들이나 생필품들은 이 집을 나가기로 하면서 정리를 해 놓았지만 당장 하루를 보내기엔 어려울 게 없었다.

다만, 한 가지 문제가 있었다.

"…침대가 하나뿐이라."

애초에 한 사람이 살기 위한 집에 침대가 두 개나 있을 리 없었다. 더군다나 침대는 아주 기본적인 싱글이다. 두 사람은커녕 한 사람도 불편할 때가 있었다. 다행히 챙겨 놓은 이불이 있긴 하지만.

'이것도 한 채뿐이고.'

지나치게 미니멀하게 올라온 자신을 원망하기엔 이미 늦었다. 그녀는 재킷을 벗고 있는 도경에게 이불을 내밀었다.

"아무리 봐도 두 사람이 편하게 잘 수 있는 방법은 없어서요. 소파도 있고, 러그도 있으니까 그냥 밤샘하는 걸로 해요."

어차피 누구 한 명만 편하게 자게 두는 건 이뤄질 리 없는 방법이었다. 봄의 진지한 제안에 그는 낮게 웃었다.

"그러자."

현명한 판단이었다. 어차피 이 집은 사람만 살지 않을 뿐, 부족한 건 없었고 안정을 찾은 봄은 소파에 앉아 중얼거렸다.

"그렇게 갑자기 올 줄 누가 알았겠어요."

한풀 꺾인 긴장감에 이제야 온결의 이야기가 나왔다. 본의 아니게 두 사람을 쫓아낸 그는 잠들었을 확률이 높았다.

"진짜 도움 안 돼."

어쩐지 길게 느껴지는 하루에 하품까지 나왔다. 도경은 챙겨 온 책을 한 장 넘기며 말했다.

"피곤하면 먼저 자."

"잠든 틈을 타서 이불째로 안아서 침대에 옮겨 놓을 생각은 말아요. 화낼 거야."

"……."

"농담 아닙니다."

사전에 봉쇄당한 차선책에 도경은 낮게 헛기침을 했다. 눈에 보이는 그 생각에 피식 웃은 봄은 좁은 거실을 둘러보았다. 지나치게 넓어서 같이 산다는 느낌이 들지 않던 온결의 집과는 다른 느낌이었다.

"왠지."

넌지시 중얼거린 그 집 안방 크기보다 작을 거실은 아무리 떨어져도 가까웠고 작은 소리도 선명하게 들렸다.

작은 방, 나란한 자리. 워낙 고층에 두꺼운 벽과 유리라 다른 소리는 들리지 않았던 온결의 집과 달리 부산스럽게 들리는 바깥의 풀벌레 소리와 자잘한 소음들.

이 모든 것들은 분명히 기시감을 느끼게 했다.

"옛날엔 자주 모여서 놀았었잖아요. 주변에 놀거리도 없고 다들 친구도 많지 않아서 매번 끼리끼리 놀았어. 그래도 두 사람이 중학교 들어가기 전까지는 곧잘 모였던 것 같은데."

신기하게도 한번 떠올리기 시작하자 거실에 옹기종기 모였던 날들이 어제처럼 생생했다. 왠지 드라마를 좋아했던 결과 보통 책만 읽느라 바쁘던 도경.

보고 싶은 프로그램이 달라 리모컨을 두고 결과 티격태격하던 봄.

그리고.

"너까지 안 잘 필요는 없어."

늦은 밤을 알리는 도경의 말에 봄의 고개가 돌아갔다. 그의 말은 자신이 자지 않을 거란 뜻이 내포되어 있었다. 봄은 도경의 저 상태를 알고 있다. 이미 악몽에 시달리는 모습도 보았고 깨워 주기까지 했다. 그것이 아니더라도 그가 가진 문제도 알고 있었다.

도경에겐 지독한 수면 장애가 있다.

"항상 제가 잠들기 전에도 깨어 있고 일어나기 전에도 깨어 있었죠. 하루 이틀쯤 밤새는 건 일도 아니야."

도경은 단순한 불면증이 아니다. 그는 스스로 잠들지 못한다. 몸을 한계까지 밀어붙여 강제로 잠들지 않는 이상 언제나 깨어 있다. 그리고 그 잠은 그에게 안식이 아니었다. 더 지독한 고통일 뿐.

잠을 제대로 잘 수 없다는 것이 얼마나 끔찍하고 괴로운 일인지 알기에 봄은 참견 아닌 참견을 하고 말았다.

"나아진 게 아니었나요?"

그녀의 기억 속, 그러니까 10여 년 전, 졸업식 즈음만 하더라도 분명 나아졌었다. 그러나 그는 여전히 같았다.

"용서받지 못한 거겠지."

"……."

지난 시간, 윤도경이라는 사람은 어떻게 지냈던 걸까. 왜 좀 더 궁금해하지 않았을까. 정말로 모든 것이 '옛날 일'로 치부할 수 있던 거였을까. 봄의 시선에 도경은 책을 덮고 담담히 말을 이었다.

"얘기해도 돼."

말을 아끼는 그녀를 알았던지 선뜻 먼저 건넨 말에 봄의 눈이 커졌다.

"굳이 숨길 필요 없어. 어려운 얘기도 아니고 못 할 얘기도 아니야."

그녀의 고개가 다시 거실 한 곳으로 향했다. 티격태격하던 봄과 결이 있었고 책을 보던 도경이 있던 곳 한편에 언제나 웃고 있던 한 아이가 있었다.

미안하게도 지나간 시간 동안 저 먼 곳에 넣어 뒀던 아이는, 봄의 가장 친한 친구였다.

"숨기는 게 아니에요."

울컥 치미는 감정에 그녀는 두 다리를 모아 안았다.

"그냥 보고 싶은 거야."

더 이상 볼 수 없으니까. 동갑이었던 도희는 열네 살에서 멈춰 버렸으니까. 어느새 서른이 되어 버린 봄과 다르게 영원히 자라지 않을 도희를 떠올리며 그녀는 울음을 삼켰다.

도경은 천천히 책을 덮고 손을 뻗었다. 결의 집 소파에서는 절대 할 수 없지만, 3인용 작은 소파에서는 충분히 닿을 거리.

"다행이다."

"……."

"도희가 너한테만큼은 좋은 기억이라서."

고맙다는 듯 머리에 닿은 그의 손길에 봄은 마음이 조금 차분해지는 걸 느꼈다. 도경은 얹었던 손을 내리며 말했다.

"이만 자."

언제나 그랬듯 가볍지 않은 음성은 안정을 주었다. 옆에 얽히고 싶지 않은 스토커가 있다는 점도, 정들지 못한 이 집의 낯섦음도 아무것도 아니게 만들었다.

익숙한 사람.

단 한 번도 미운 마음이 들지 않은 사람.

윤도경.

내가 좋아했던 사람.

'…지금은?'

어쩌면 가장 익숙하면서도 낯선 건 이 사람이 아닐까.

도경은 경계심이라고는 조금도 없는 듯 정말 잠이 든 봄을 한참 동안 바라보았다. 펼친 책은 처음부터 제대로 보지 못했다. 계속 같은 페이지를 겉돌며 팔랑거리기만 했을 뿐이었다.

좁은 소파 위에 웅크려 잠든 봄을 보다 손을 들었다. 부정해도 온결과 닮은 이목구비를 따라 느리게 손을 움직이던 그의 머리로 이미 희미해진 목소리가 이어졌다.

'좋아했었어요.'

어느 청춘 같은 한마디가 남긴 여운이었다. 그것과 별개로 무방비하게 잠든 모습은 자신을 조금도 신경 쓰지 않는 것을 반증하고 있었다.

'지금은 절대 아니니까 신경 쓰지 마세요.'

그 말 그대로일 거다. 온봄은 더 이상 윤도경을 신경 쓰지 않는다. 아주 간결하고 간단한 답. 온몸으로 보여 주고 있는 사실이 마음 한구석에 쓴맛을 남겼다.

우리에게 지나치게 긴 이 공백이 없었다면, 그전에 서로의 관계에 너무 안주하지 않았다면 달라졌을까.

'어쩌면.'

깊은 사색 속에 밤이 새벽이 될 만큼의 긴 시간 동안 지켜보던 도경은 쓴웃음을 흘렸다.

'옆집 사람하고 다를 게 뭐야.'

잠든 사람을 이렇게 빤히 보고 있는 것부터 크게 다르지 않을 것 같다. 당장 신고를 당해도 모자라지 않을……

"……"

그런 순간에 눈이 마주쳤다.

바로 지금.

분명 곤히 잠들었다고 생각했던 봄이 두 눈을 뜨고 그를 보고 있었다. 너무 정확하게 마주친 시선이라 변명할 틈도 찾지 못하고 굳은 그에게 그녀가 말했다.

"추워."

정확한 발음으로 중얼거린 그녀가 몸을 이리저리 흔들었다. 그러고 보니 맨 처음 마주쳤던 상황도 봄의 추위 때문이었다. 그녀는 전부터 추위를 잘 타는 편이었고 늘 따뜻한 곳을 찾아가는 습관이 있었다. 그것이 잠들어 있건, 깨어 있건 상관없이 필요한 곳을 찾았다.

그는 자신을 빤히 바라보고 있는 봄을 향해 손을 내밀었다.

"와도 돼."

비겁하다는 걸 알지만 지금 봄에게 필요한 것을 줄 수 있는 건 자신뿐이었다. 이미 어른이 되어 버린 봄이 저에게만큼은 어리광을 부리길 바라는 것처럼 도경은 그녀를 이끌었다.

어느새 배시시 웃은 봄이 다가와 그의 다리에 머리를 얹었다. 냉기로 가득한 손을 잡고 금세 다시 눈을 감았다.

"…좋다."

자그마한 속삭임을 남기고 봄은 잠이 들었고 도경은 하나뿐인

이불을 그녀의 위로 덮었다. 나른하게 풀어지는 몸을 느끼며 그는 이불로 가려진 봄의 어깨를 살짝 토닥이다 멈췄다.

짧은 한숨 뒤, 도경은 턱을 괴며 중얼거렸다.

"애한테 이런 생각은 안 돼."

"와도 돼."

봄은 그게 꿈인지 생시인지 잘 가늠이 가지 않았다. 앞뒤가 맞지 않는 상황이라 어설프게 생각하던 머리가 멈췄고 그녀는 다시 잠이 들었던 것 같다.

얼마나 지났을까, 봄은 다시 눈을 떴고 세상은 몽롱했다. 여전히 꿈과 현실의 구분이 모호해서 그녀는 눈을 비볐다. 천천히 고개를 들고 눈앞의 사람과 시선을 맞췄다. 그는 여전히 그대로 봄을 보고 있었다. 잠시 머뭇거리던 그녀가 고개를 들어 물었다.

"가도 돼요?"

자그마한 목소리가 묻자 도경의 머리가 살짝 기울었다. 아주 잠깐이지만 흔들리는 눈동자가 멈추고 곧 긍정의 끄덕임이 돌아왔다. 봄은 살금살금 몸을 움직여 두 팔을 뻗었다.

"아주 예전부터 생각했던 건데."

봄의 손이 그의 목을 감싸 안았다. 단단한 몸이 경직되는 것이 느껴졌지만 그녀는 그것을 단순히 꿈으로 치부했다. 봄의 낮은 숨이 도경의 등 뒤로 퍼지고 그녀의 자그마한 목소리가 말을 이었다.

"이렇게 좀 안아 주고 싶었어."

보이지 않는 그의 눈동자가 흔들렸다. 도경의 손이 봄의 허리를 감싸려다 허공에서 멈추고 대신 혼란스러운 음성이 되물었다.

"…왜?"

"그냥."

기다렸다는 듯 대답하고 난 그녀는 솔직하게 말했다.

"네가 안쓰러워서."

재회한 이후로 단 한 번도 뺀 적 없던 호칭이 사라졌다. 깊은 한숨에 한숨이 더해져 몇 번을 더 가슴을 크게 부풀렸다 뱉어 낸 봄은 굳어 있는 그의 등을 토닥토닥 다독였다.

톡, 톡.

"항상 혼자 힘들어하는 것 같아서. 그런데 난 그러면 안 되더라고."

"……."

"차라리 온결이 되고 싶은 때도 있었는데."

어릴 때는 몰라도 커 가면서 느낄 수밖에 없던 차이. 단순히 성별의 차이를 떠나 건널 수 없는 어떠한 강이 있는 것처럼 거리가 생기기 시작했던 것 같다.

그런 생각이 들 때마다 생각하곤 했었다. 만약 도경이 강성에 계속 있었다고 해도 우리는 쭉 동네 친구로 남을 수 있었을까. 이미 호감이 생겼고 고백하고 싶은 마음을 참아 내던 그때의 봄이 그를 그저 '친구'로만 남겼을까.

'모르지.'

이미 지나가 버린 시간과 있을 수 없는 일은 가늠할 필요 없다. 그저 추측하고 헛웃음을 흘리며 자조할 뿐. 봄은 몇 번이고 도경의 등을 다독이며 위로하다 천천히 몸을 숙였다. 잠은 빠르게 그녀를 덮쳤다.

'불편해.'

쉬고 있던 머릿속에 생각이란 것이 떠오른다는 것은 잠이 깨기 시작했다는 것을 의미했다. 지금까지 베고 있던 베개가 너무 높다거나, 쭉 짓누르고 있던 한쪽 어깨가 욱신거리며 아프다거나 혹은 발과 손이 괜히 덥다거나.

'베개가 왜 이렇게 딱딱해.'

온몸의 신경이 작동하기 시작하면서 불편함을 호소했다. 그러다 보니 얌전하던 팔다리가 움직이면서 결국 안정적인 자세가 깨지고 말았다.

"…으앗!"

좀 더 편하고 넓은 곳을 찾아 몸이 움직인 곳은 애석하게도 허공이었다.

"억!"

높지는 않지만 넓지도 않은 소파에서 그대로 떨어질 위기에 처한 봄은 반사적으로 손을 뻗어 잡을 수 있는 것을 잡았다. 잡을 수 있는 유일한 것은 당연히 베개의 넥타이뿐이었다.

"윽!"

그야말로 아닌 밤중의 날벼락이었다. 새벽이 밝아 오면서 저도 모르게 선잠에 빠져들었던 도경의 몸이 순식간에 아래로 당겨졌다. 먹살이 잡혀 당겨진 것처럼 속절없이 끌려가는 몸에 힘을 주어 막으려 했으나.

'다리!'

애석하게도 몇 시간 내내 베개 노릇을 하던 다리가 힘을 주는 순간 오히려 경직이 되어 버렸다.

찌이잉.

전기가 오른 것처럼 저릿저릿한 다리는 아무것도 버티지 못했고 결과는 정해져 있었다.

"퍽!"

이 모든 사태를 만든 봄의 입에서 정말로 '퍽' 하는 소리가 터져 나옴과 동시에 잡아당긴 넥타이에 끌려온 도경이 그녀의 위로 쏟아졌다. 본의 아니게 적절한 완충제 역할을 해 버린 봄은 다른 의미로 현실 구분이 되지 않았다.

엉망으로 엎어진 두 몸이 겹쳐졌고 그들은 한동안 일어나지 못했다. 두 사람 모두 제정신이 아니었고 모든 일이 너무도 갑작스레 벌어진 탓이었다.

"으으."

앓는 소리를 연거푸 내고 있긴 하지만 그렇다고 어디가 크게 다친 곳은 없는 듯했다. 다만 딱 한 군데, 의뭉스러운 곳이 아팠다.

"……"

입술.

아랫입술이 얼얼하게 쑤셔 왔고 봄은 제 입술을 만졌다.

"…어."

 손끝에 붉은 핏자국이 묻어나 있었다. 순간 확, 열이 오른 그녀가 황급히 시선을 올렸다. 아직 제 앞에는 비키지 못한 도경이 있었다.

"……."

 어디 하나 다친 데 없이 멀쩡한 그의 입술이 보였다. 혹시나, 행여나 정말 엄청난 일이 벌어진 건 아닐까 고양되었던 기분이 푸시시 식었다. 안도와 한숨 그리고 묘한 섭섭함.

"굿, 모닝이요."

 그 전부가 담긴 인사말과 함께 봄은 배시시 웃었다. 어쨌든 입술은 다른 곳에 박은 모양이었다. 넉살 좋은 말과 살짝 붉은 뺨을 보며 도경은 간신히 몸을 세워 일어났다. 그와 동시에 그녀도 빠르게 일어나 무릎을 꿇고 앉았다. 온몸으로 표현하는 사과와 함께 두 눈을 깜빡이던 봄이 운을 뗐다.

"저기, 혹시나 해서 묻는 건데요."

 왠지 아무 말이 없는 그를 보며 그녀의 눈동자가 빙그르르 굴렀다. 다른 건 다 차치하고라도 떨어지던 위치나 잡은 방향들에 봄은 심각한 표정으로 물었다.

"제가 또 윤도경 씨 덮쳤어요?"

 굳이 그런 단어를 썼어야 했나, 싶지만 그녀는 진지했다. 도경은 짧고 굵게 대답했다.

"아니야."

 충분한 답변은 아니었지만 봄은 괜히 더 캐묻지 않았다. 그녀는 헛웃음을 지으며 주섬주섬 몸을 세웠다.

"그렇죠? 다행이다. 아, 진짜 짐승만도 못할 뻔했어. 저 일단 세수부터 좀 하고 올게요. 정신이 없네. 어휴."

이 민망하고 난감한 상황을 일단 넘기려는 마음이 가득 담겨 있었다. 조르르 욕실로 달려가는 봄을 보며 도경은 잠시 침묵했다. 그는 지금 혼자만의 혼란에 빠진 상태였다.

잠이 들었다. 그것도 언제 잠들었는지 모를 만큼 어느 순간, 훅 갑자기. 긴 시간 동안 도경에겐 있을 수 없던 일이었다. 꿈? 그런 건 꾸지 않았다. 말 그대로 깊은 잠에 취해 제 무릎에 봄이 잠들어 있는 것도 잠시 잊었다. 쪽잠이 아니고서야, 선잠이 아니고서야 피곤에 취해 잠이 들어도 열에 아홉은 찾아오던 악몽도 없이 잠이 든 이유는.

그는 충분히 유추할 수 있는 결론 속에 조용히 제 아랫입술 안쪽에 손을 가져갔다.

욱신.

꽤 큰 통증이 입 안으로 번졌다.

"······."

손끝에 묻은 핏자국.

"진짜 미치겠네."

깊은 곳에서 끌어올린 진심이 거실을 울렸다.

"현수 형님!"

막 차의 시동을 걸고 출발하려던 결이 반사적으로 손을 멈췄다.

'현수'라는 이름은 그의 예명이었다. 고개를 들어 창밖을 보자 멀지 않은 곳에서 매니저인 정인태가 달려오고 있었다. 뉴질랜드에서 함께 오긴 했지만 돌아갈 때까지 각자 행동하기로 했던 매니저가 다시 나타나자 의아해졌다.

"뭐야."

시큰둥한 반응으로 인사를 대신하자 인태는 사람 좋은 얼굴로 웃어 보였다.

"다행이네요. 벌써 출발하셨으면 어쩌나 하고 얼른 온 건데."

"전화는 어디다 두고."

"아, 맞다."

제 주변엔 바보들만 모여 사는 건가. 결은 창문에 붙어 싱글벙글 웃는 인태를 향해 물었다.

"무슨 일인데."

"촬영이 좀 앞당겨져서요. 아무래도 바로 공항으로 가셔야 할 것 같아요."

"뭐?"

"대신 기존 일정보다는 일주일 정도 앞당길 수 있을 것 같아요."

촬영 일자의 변동은 해외 촬영 특성상 흔히 벌어질 수 있는 문제였다. 충분히 이해할 수 있는 부분이지만 한 달 넘게 촬영을 하다 간신히 잡아낸 휴식 시간을 뺏기는 건 언제나 유쾌하지 못했다.

특히나 오랜만에 부모님께 갈 참에 브레이크가 걸리니 더욱 기분이 나빴다. 불편하게 변하는 그의 표정을 보며 인태가 말했다.

"어, 그럼 잠시 다녀오실 수 있게끔 최대한 미뤄 볼까요?"

모난 성격의 담당 배우를 위한 배려였지만 결은 그렇게까지 공사 구분을 못 하는 사람은 아니었다.

"됐어. 티켓은."

"예, 네 시간 정도 후에 출발로 변경했습니다."

애초에 최대한 미뤄 볼 생각은 없었던 게 분명하다. 가늘어진 결의 시선을 보며 인태는 '헤헷' 하고 앙큼한 표정을 지었다. 저렇게 보여도 정인태는 결과 10년을 함께하며 산전수전을 다 겪은 인물이었다. 업계에서는 '깡패'라는 별명도 가지고 있었다.

다른 이유가 아니라 생긴 게 그렇게 보여서인 것뿐이다.

"제가 운전하겠습니다."

결은 별다른 말없이 운전석에서 내렸다. 차는 금방 아파트 주차장을 벗어났다. 까맣게 칠해진 유리창은 그를 안전하게 숨겼고 익숙한 길을 향해 차가 달렸다.

"볼일은 다 보신 거죠?"

"대충은."

"동생분 때문에 오신 거잖아요. 무슨 일이 있던 건 아니죠?"

동생, 봄의 이야기에도 결은 심드렁한 표정이었다.

"무슨 일이 생기고 있을지도 모르지."

"예?"

반문하는 인태를 두고 결은 의자에 몸을 완전히 기댔다. 기다리고 있을 부모님에게 연락을 넣고 나면 딱히 할 일도 없었다. 애초에 봄에게 인사를 할 생각은 눈곱만큼도 없는 그였다.

눈치 좋은 인태가 다시 한번 물었다.

"뭐 부족하신 거 있으세요? 아직 한 시간 정도는 여유가 있는데 다시 돌아갈까요?"

"됐어."

결은 손을 휘 저으며 창밖으로 고개를 돌렸다. 빠르게 스치는 바깥 풍경을 보며 그는 입꼬리를 당겨 올렸다. 그는 배우다. 그것도 진심으로 연기를 사랑하는 천생 배우. 허구의 대상마저 현실로 구체화시킬 정도의 섬세함과 예민함을 가진 사람으로, 이미 실재하는 사람을 탐구하는 건 어려운 일이 아니다.

'온봄, 윤도경.'

삼자이기 때문에 알 수 있는 미묘한 변화. 좀 더 파내면, 조금만 더 함께하면 알아낼 수 있을 것 같은 '무언가'가 코앞에 있었으나 그는 다시 뉴질랜드로 향하는 중이었다.

"형님, 식사는 하셨습니까?"

인태의 물음에 결은 대꾸 없이 눈을 감았다. 조금만 더 생각하면 될 일이지만 애석하게도 그는 그렇게까지 그들에게 관심이 없다. 아니, 애초에 결은 본인 외의 사람들에게 관여하지 않는다.

그 이유는 단 하나.

"귀찮아."

살림 차린 것도 아닌데 연애를 하건 말건, 알 게 뭔가. 그렇게 결의 짧았던 휴식은 막을 내리고 있었다.

네 사람이 처음으로 모이기까지는 생각보다 꽤 오랜 시간이 걸렸다.

봄과 도경이 처음 만났던 그날, 도경은 같은 반이었던 온결과도 만났다. 그러나 도희까지 만나는 건 2년이나 더 걸린 후였다.

"윤도희."

"……."

"내 동생."

도경의 말에 아이스크림을 하나씩 입에 물고 있던 온 남매가 눈을 깜빡였다. 닮은 듯 닮지 않은 남매는 잠시 침묵하다 결이 먼저 입을 열었다.

"왜 숨겼는데."

"안 숨겼어."

"뻥치시네."

우스운 말이었지만 정말 그렇게밖에 생각할 수 없는 일이었다. 같은 학교에 집까지 바로 건너라는 것을 알게 된 지 벌써 2년. 일주일에 세 번씩은 같이 자고 밥을 먹고 목욕탕도 같이 가는 마당에 불쑥 '동생'이 있다는 걸 알려 준 거다.

"외동인 줄 알았는데."

놀랍게도 정말로, 결과 봄은 도경에게 동생이 있는 줄 몰랐다. 물론 어른들은 알았던 모양이지만, 그것을 알게 된 건 조금 더 후의 일이었다. 어쨌든 도경은 결의 오해를 풀 필요가 있다고 판단했다.

"서울에서 아버지랑 같이 있었어. 몸이 좀 약해서 병원에 자주 가 있었거든."

간략한 설명을 한 도경이 동생의 등을 밀었다. 유난히 작은 체구에 마른 몸을 한 도희는 머뭇거리다 입을 열었다.

"윤도희."

목소리도 작고 발음도 살짝 뭉개져 있어서 잘 들리지 않았다. 그래도 노력하고 있다는 게 보였고 도경은 그게 꽤나 만족스러웠던 모양이다.

"잘했어."

겨우 세 살 차이의 동생을 꼭 늦둥이 동생 보듯이 말한 도경이 말했다.

"아직도 몸이 좋은 건 아니야. 그래서 병원도 자주 가야 하고 학교도 잘 못 나갈 거야. 그래도 예전보다는 나아져서 내려온 거라."

너희들이 친구가 되어 줬으면 좋겠어.

직접 말하진 못해도 도경의 눈이 그렇게 말하고 있었다. 정확히 말해 도희는 아버지에게 있던 게 아니다. 부모님이 이혼하고 도경은 아버지에게 도희는 어머니에게 나뉘어 갔다.

그러나 도희가 계속해서 아팠고 유난히 잘 따르던 도경을 찾아서 결국 도희도 아버지에게 오게 되었다. 어머니가 재혼을 한 것도 이유가 되었을지도 모르겠지만. 아무튼 함께하게 된 동생이 온 남매와 친구가 되었으면 했다.

"봄이 너랑 동갑이야."

도경이 한마디를 더하자 내내 도희를 지켜보던 봄이 움직였다.

역시 뒤에 있던 결도 몸을 세우며 말했다.

"열라 작아."

매우 무례한 말로 포문을 연 결에게 봄의 뒤차기가 이어졌다.

"악!"

"그런 식으로 말하면 엄마가 무조건 발로 차 버리랬어."

"너 이씨… 태권도… 아오."

종아리를 제대로 얻어맞은 결이 방금까지 기댔던 벽을 짚고 끙끙대다 간신히 고개를 들었다. 그리고 놀란 눈으로 어쩔 줄 모르는 도희를 향해 말을 이었다.

"알아, 나 잘생긴 거."

세상에 뻔뻔해도 이렇게 뻔뻔할 수는 없는 거다.

"한 대 더 쳐도 될까?"

봄은 도경을 향해 물었고 도경은 고개를 저었다. 치는 건 상관없지만 도희가 적응하지 못할 것 같았다. 다행히 반쯤 올린 다리를 내린 봄이 성큼성큼 도희에게 다가갔다. 동갑이지만 키 차이는 족히 성인 여성 손바닥 하나만큼 차이가 났다.

"온봄."

정말로 대뜸 한 말이었다. 앞뒤도 없이 이름부터 던진 봄이 기다리자 도희는 어색하게 눈동자를 굴렸다. 곧 마음을 먹은 도희가 웃으며 답했다.

"이름 예쁘다."

"그래?"

"응, 따뜻해."

도희는 도경의 예상보다 훨씬 자연스럽게 온 남매와 녹아들었다. 아마 봄에게서 뿜어지는 특유의 친화력이 도움을 줬을 거다.

"…왜?"

제 이름 칭찬에도 봄은 가만히 도희를 살폈다. 조금 당황한 도희가 어깨를 움츠리며 묻자 봄이 말했다.

"넌 그냥 예뻐."

순간 도희의 얼굴에 홍조가 피었다. 붉게 핀 홍조는 늘 창백한 얼굴에 생기가 돌게 만들었다. 아직 얼얼한 다리를 문지르던 결이 황당하다는 듯 물었다.

"쟤 왜 네 동생 꼬시고 있냐."

정말로 그랬다. 이미 봄과 도희는 손까지 잡고 재잘대고 있었고 도경은 얼떨떨하니 중얼거렸다.

"…그러게."

하지만 결코 싫지 않은 모습이었다. 봄에게 있어 도희는 정말로 소중한 친구였다. 말하지 않아도 서로의 마음을 읽어 낼 수 있을 만큼 서로가 서로에게 소중했다.

그래서 너무나 예뻤고, 너무나 착했고 함께하는 것이 당연했던 그 아이가 죽었을 때, 봄은 처음으로 세상을 원망했다.

시간은 신기하다. 절대 잊을 수 없을 것 같았던 순간도, 감정도 모두 추억이라는 놈으로 포장하여 기억 저 밑바닥에 밀어 넣고 잊게 만든다.

분명 봄은 그 기억을 잊었다. 세상 모든 것이 서럽게 만들던 가장 아픈 기억을 희미하게 만들어 버렸다. 시간이 변한 것인지, 봄이 변한 것인지는 알 수 없었다.

결국 모든 것은 변한다. 확연하게 계절이 변하기 시작하는 것처럼 그녀의 마음에도 다른 기류가 흐르기 시작했을 무렵, 봄도 서울살이에 조금은 익숙해지고 있었다.

즉, 긴장이 풀렸다는 뜻이었다.

"……"

그런 날이 있다. 아침에 깨어나니 개운함이 넘치는 날. 분명 어슴푸레해야 할 바깥이 쨍하고 방금 깨어난 게 믿기지 않을 만큼 맑은 정신인 날. 그러니까 그런 날을 우리는 이렇게 부른다.

"엄마야……!"

지각.

이 나이 먹고도 찾게 되는 엄마를 외치며 방 밖으로 나선 봄은 거실에 걸린 시계를 보고 다시 한번 비명을 질렀다.

"으아악!"

적어도 8시까지는 출근을 해야 하는데 시간은 이미 7시 20분을 넘어가고 있었다. 기겁하며 욕실로 내달린 봄은 이 다급한 와중에도 노크는 잊지 않았다.

똑똑.

대답은 바깥에서 들렸다.

"이쪽이야."

주방에서 커피를 마시고 있던 도경의 말에 그녀는 욕실 문을 벌컥 열었다.

"확인!"

넘치는 매너와 함께 봄이 사라지고 홀로 남은 도경은 잔을 들었다. 그리고 커피를 다 마시기도 전에 욕실 문이 다시 열렸다.

"망했다, 망했어. 망했다. 늦은 거 알면 또 뭔 소리를 할지 모르는데."

정신없이 중얼거리며 방으로 향하는 봄의 머리는 닦지 못한 물이 줄줄 흐르고 있었다. 제대로 준비를 하는 것은 애초에 불가능했다. 듣기로 유재완 셰프는 지각에 매우 예민한 사람이라고 했다. 비록 넘지 못할 담이 세워진 실무팀과 주방이지만 어떤 꼬투리를 잡힐지 모른다.

"먼저 나가 볼게요!"

부리나케 준비를 마치고 나선 그녀의 머리는 여전히 물이 뚝뚝 떨어지고 있었다. 어느새 주방에서 사라져 있던 도경이 나타난 것도 그때였다.

툭.

구두를 챙겨 신는 봄의 머리로 수건이 내려앉았다.

"어?"

남은 물기를 짜내듯 정수리까지 꾹 누르는 손길에 고개를 들자 막 손을 뗀 그가 말했다.

"몇 시까지 가면 돼."

머리에 닿았던 감각이 다 사라지기도 전에 도경의 뒤에서 후광이 비쳤다. 다만 양심이란 것이 남아 봄의 입이 움직이기 했다.

"…아직 출근 시간 아니잖아요."

"왠지 오늘은 일찍 나가고 싶어서."

분명 그녀를 위한 변명 아닌 변명이었다. 세상에, 이렇게 좋은 사람이 온결의 죽마고우라니. 믿기지 않는 일이다. 죄 없는 온결을 소환하는 이 와중에도 시간은 흐르고 있었고 봄에게는 더 이상의 선택지는 없었다.

레스토랑은 자차로 이동하면 15분 남짓의 거리였고, 도경은 베스트 드라이버였다. 내비게이션이 알려 주는 길보다 더 빠르고 정확하게 목적지를 향했고 시간은 이제 여유를 가져도 될 만큼 넉넉해졌다. 그제야 팽팽하게 당겨졌던 긴장감을 놓게 된 봄이 뒤늦은 인사를 건넸다.

"진짜 고마워요. 왜 맨날 고마운 일만 생기지."

같이 살게 되면서 매일 한 번씩 고맙다는 말을 하는 것 같다.

"상부상조. 나중에 내가 지각하면 대신 좀 부탁할게."

담담한 말에 입 안으로 쓴맛이 난 봄이 투덜대듯 말했다.

"지각할 정도로 잠이나 좀 자든가요."

"요즘은 꽤 잘 자."

"얼마나 자고 있는데요?"

"글쎄. 어쨌든 최근엔 나아졌어."

"그거 내 덕이에요?"

뻔뻔한 질문에 그는 순순히 인정했다.

"아마도."

 정말로 도경은 봄이 온 이후로 그녀와 함께 있는 순간만큼은 다른 생각을 할 수가 없게 되었다. 좋은 쪽으로건 나쁜 쪽으로건, 봄은 도경의 머릿속을 가득히 채웠다. 그는 무의식중에 아랫입술을 손가락으로 쓸었다.

 이제 멀쩡해진 그녀의 입술과 달리 도경의 입 안은 아직 얼얼했다.

"기절이라도 시켜서 재워야 하나."

 그의 손짓을 알 리 없는 봄이 진지하게 중얼거리자 도경이 낮게 웃었다. 그 작은 웃음소리에 그녀는 슬쩍 그를 살폈다. 흔들림 없는 표정에 번짐 없는 눈동자. 아주 살짝 올라간 입꼬리까지 봄이 어릴 적 그려 온 어른의 모습이었다.

'후우.'

 그녀는 한숨을 삼키며 정면으로 시선을 돌렸다. 다급한 상황이 지나고 정신이 들자 또다시 마음이 싱숭생숭하게 달아올랐다. 이것은 이미 며칠 전부터 지속되고 있는 감정 변화였다.

 마음이 좀처럼 가라앉지 않았다. 뛰고 또 뛰고 체한 것처럼 답답했다. 사실 오늘 지각도 어제 바로 잠들지 못한 탓이었다. 아니, 요새 잠을 제대로 청한 기억이 없었다. 모두 온결 때문에 쫓겨나 제 집에서 잔 날 이후부터였다.

'뭐가 꿈인지 현실인지 구분이 안 가니까 별수 있나.'

 언뜻언뜻 떠오르는 모든 기억이 심상치 않았다. 아침의 사고야말 그대로 사고였고 아무 일도 없었으니 차치할 수 있었지만 그전의 기억이 문제였다.

'이렇게 좀 안아 주고 싶었어.'

그를 안았다?
뭐라도 된 양 등까지 토닥였다?
아니, 도무지 뭐가 진짜인지 알 수가 없었다. 그런 일이 있었으면 상대방에게도 뭔가 다른 반응이 있어야 하는데 도경은 오늘도 어제 같았고 어제도 그제 같았다.
"왜, 할 말 있어?"
어느새 다시 그를 보고 있었던지 도경이 물었다.
"아니에요. 그냥 고맙다고요."
봄은 가볍게 질문을 피하고 아예 창밖으로 고개를 돌려 버렸다. 지나간 일에 신경 쓰고 괜히 안절부절못하는 건 그녀답지 않았다. 이래서야 꼭 열넷, 열다섯 때로 돌아간 것 같지 않은가.
딱 윤도경이라는 사람을 좋아하게 되었던 그때로.
"하아."
끝내 입 밖으로 나온 한숨을 넘기는 사이에 창밖으로 익숙한 거리가 보였다. 내비게이션도 목적지에 거의 도착했음을 말해 주고 있었다.
"저기, 저기에 세워 주면 돼요."
레스토랑 앞으로 들어가려면 골목으로 가야 해서 큰길에서 서는 게 서로 좋았다. 차가 멈추고 봄은 가방을 챙기며 말했다.
"이번 것도 꼭 갚을게요."
속옷 빚을 청산하자마자 출근 빚이라니. 이건 또 어떤 방식으로 갚을지 모르겠다.

"그럼 다녀올게요. 윤도경 씨도 잘 다녀오세요."

시간은 여유로워졌지만 괜히 머무르면 마음만 더 불편해질 것 같았다. 그녀는 얼른 인사를 마치고 차에서 내렸다.

"어이구."

차에서 내리자마자 아직은 찬 바람이 몸을 훅 스치고 지나갔다. 아직 완벽하게 마르지 못한 머리도 살짝 시린 느낌이 들었다. 봄은 저도 모르게 어깨를 움츠리다가 도경의 차가 가는 것을 보기 위해 돌아섰다.

"어? 왜 나와요?"

돌아서서 보니 어느새 도경이 운전석 밖으로 나오고 있었다.

"잠깐만."

그는 잠시 그녀를 세우고는 뒷좌석에서 무언가를 찾았다. 그러나 찾지 못한 듯 트렁크까지 보다가 결국 맨손으로 봄에게 다가왔다.

"왜 그래요? 뭐 찾는 거 있어요?"

자신 때문에 중요한 것이라도 놓고 왔을까 걱정이 되어 묻자 도경은 말 대신 행동으로 먼저 보였다.

"어……."

그는 가벼운 움직임으로 입고 있던 카디건을 벗었다. 찬 공기가 밀려오는 날씨에 벗어 든 카디건은 아직 주인의 온기를 가지고 있었고 도경은 그것을 봄의 어깨에 둘렀다.

"아니, 어… 윤도경 씨?"

당황한 그녀가 어쩔 줄 모르며 부르자 그는 피식 웃으며 말을 이었다.

"온결 거야. 가져다줘."

일부러 던진, 아주 짓궂고 기시감이 드는 말이었다. 지금보다 훨씬 더 추웠던 2월의 어느 날, 그녀의 빈 목에 목도리를 둘러 주며 했던 말과 같았다. 그때는 물론 지금도 농담이겠지만 봄은 한순간에 자신을 십수 년 전으로 데려가는 그의 말에 멍해지고 말았다.

"입던 거라 좀 미안하지만."

차 이곳저곳을 찾은 건 봄이 입을 만한 다른 것을 찾느라 그랬던 모양이다. 팔도 빼지 못한 카디건의 단추를 하나 채워 준 도경은 봄의 머리를 가볍게 쓰다듬었다.

"집에서 보자."

그것으로 마지막 물기마저 공기 중으로 흩어지는 것 같았다. 정수리부터 퍼진 열이 온몸으로 퍼지고 그는 더 말을 잇지 않고 차로 향했다.

차는 금세 출발해 도로변으로 멀어졌다. 그러나 홀로 남은 봄의 심장도 어디론가 출발해 버린 것처럼 뛰고 있었다. 별것도 아닌 말들이 귓가에 머물고 봄은 하나둘씩 허물어지는 제 어딘가를 분명하게 느꼈다. 그녀는 그의 향기가 나는 카디건을 꼭 쥐었다.

"이러니까요."

허탈하게 중얼거린 봄은 부드러운 감촉의 옷을 쓸며 속삭였다.

"자꾸 이러니까 내가."

살짝 깨문 입술 자리가 하얗게 변하고 마음 한편의 울렁거림도 색이 진해졌다.

'이상해지는 것 같잖아.'

그저 단순하게 치부해도 될 호의도, 간단한 웃음이나 미소에도 하나하나 반응하고 마는 자신이 억울하다. 이것은 10여 년 전과 똑같았다. 꽤나 지독했던 짝사랑을 시작하기 전, 그 서러움이나 혼자만의 서글픔은 거짓말처럼 가슴에 남아 있었다.

"윤도경."

나지막하게 읊조린 그의 이름이 멀리 선 차를 향했다.

무슨 생각이었을까. 아니, 애초에 어떤 생각도 없던 것 같다. 그녀는 저도 모르게 도경의 차를 향해 움직였고 그곳이 도로라는 것도 잠시 잊고 말았다. 이제 막 뗀 한 걸음이 보도블록을 벗어나려던 그때였다.

휙!

"어!"

바뀐 신호에 차들이 달리기 시작하기가 무섭게 누군가 몸을 잡아당겼다. 정확히 말해 그녀가 입은 카디건을 낚아챈 것이었고 순식간에 당겨진 몸이 무언가에 닿아 멈췄다.

툭.

그녀의 등에 닿은 것은 온기를 가진 사람의 가슴이었다. 놀라서 동그랗게 변한 눈으로 고개를 들자 거기엔 익숙한 얼굴이 봄보다 더 놀란 표정을 짓고 있었다.

"…셰프님?"

뜻밖에도 그녀를 잡은 건 재완이었다.

"어디 아픕니까?"

더더욱 뜻밖의 말과 함께.

7.

　재완의 출근 시간은 6시.
　이른 아침 6시, 누구보다 가장 일찍 출근을 하고 가장 먼저 일과를 시작했다. 이것이 매년 매출 5순위에 드는 기염을 토하게 만들었대도 과언이 아니다.
　특히나 오늘은 어느 때보다 더 중요한 날이었고 직접 새벽 장까지 보고 새벽 5시 무렵에 출근했다. 덕분에 그의 앞에는 땀과 열정의 결정체가 놓여 있었다.
　"기대 이상입니다."
　이른 아침부터 모여 공들인 결과물을 향한 경찬의 칭찬에 재완의 입가로도 만족스러운 미소가 번졌다.
　"당연하지."

뿌듯함으로 가득한 그를 보며 경찬은 금세 식은 표정으로 말을 이었다.

"그러면 뭐 합니까. 보이자마자 까일 것 같은데."

"……."

"그러게 뭐 하러 괜히 시비를 겁니까?"

그 한마디에 재완의 두 눈이 희번덕거렸다. 주방 식구들이 보면 기겁하며 두려워할 눈이지만 경찬은 물러서지 않았다.

"그렇게 봐도 할 말은 해야겠습니다."

소신 있는 발언에도 재완은 으르렁, 사납게 노려보았다.

"조용히 해."

"어차피 우리 쪽에서도 아쉬운 소리를 해야 하는데, 왜 매번 그렇게 일을 만들어요."

"그만하라니까."

"그래서 뭐 어쩔 겁니까? 당장 가서 예산 받아야 하는데. 어떻게 된 게 뒷일 생각을 그렇게까지 안 합니까?"

사정없이 쏟아지는 진실의 꼬챙이가 재완의 온몸을 찔렀다. 비록 진짜 피가 나지는 않았지만 마음이 너덜너덜해진 재완이 이를 드러내며 말했다.

"너는 셰프에 대한 존경은 없는 거냐?"

"지금 존경하게 생겼습니까? 당장 다음 달 신 메뉴가 위기인데?"

그의 말처럼 당장 오늘 안으로 실무팀과 다음 달 신 메뉴 예산 산정을 해야 한다. 주방에서 셰프가 레시피를 만들고 실무의 온봄 실장과 회의를 통해 산정하는 시스템인데…….

'당신네들이야 왔다가 가면 그만이니 걱정될 게 없을 겁니다. 무서울 것도요.'

'하나같이 왕이라도 된 것처럼 결정하고, 평가하고 건방떠는 게 권리인 줄 아는 건, 매번 같은 모양입니다.'

'서로 담 넘지 맙시다. 그땐 본사고 나발이고 가만 안 있을 테니.'

그것이 재완과 온봄 실장의 마지막 대화였다. 굉장히 무례하고 배려 없던 그날의 회상에 그는 침묵했다. 사실 재완에게도 그럴 만한 이유는 있었다.

이 레스토랑에 온 지 3년여.

지금껏 지나간 실장들은 하나같이 실적만을 면전에 세우고 내달렸다. 물론 이해하지 못할 것은 아니었다. 겉으로 드러나는 결과물이 좋아야 과정 또한 수월할 수 있으니까. 그러나 실적, 즉 '돈'이 '사람'보다 먼저라면 이야기는 달라진다.

"사람을 돈으로 보는 것들한테 얼마나 더 좋은 얘기를 해."

꿋꿋한 소신에 경찬이 한숨을 쉬었다. 오직 본사의 이익만 추구하며 레스토랑 직원들을 도구 취급한 그들에 경찬이 오기 전 부주방장이 부상을 입고 요리를 그만두는 일이 있었다. 명령과도 같았던 과도한 업무 시간을 충족시키다 부주의하게 불앞에 선 탓이었다.

이후에 왔던 담당자들도 마찬가지였다. 그때부터 재완은 본사 사람들이라면 치를 떨어 댔고 그것이 봄에게까지 이어진 거다.

한마디로 봄은 괜한 벼락은 맞은 꼴인 터라 경찬은 쓰게 물었다.

"그래서 이제 어쩌시려고요."

재완은 대답하지 않고 싱크대에 몸을 기댔고 경찬은 넌지시 중얼거렸다.

"우리 셰프님 어찌나 똑똑하신지."

당연히 반어법이었다. 경찬의 쉬지 않는 패대기에 재완은 녹다운이 될 지경이었다. 절친한 선후배 사이라 가능한 일방적인 대화의 끄트머리, 경찬은 한숨을 쉬며 말했다.

"제가 가서 살펴보겠습니다. 이따 온 실장님 출근하면 바로 가져갈 수 있게 부탁드립니다."

그렇게 말하며 돌아본 쟁반에는 이제 막 만들어 놓은 다음 달 신 메뉴가 놓여 있었다. 본래 실장을 불러 만들어진 음식을 바로 선보이는 게 선례지만 아무래도 앞선 일화가 있어 그것도 어려울 것 같았다.

경찬이 고래 싸움의 새우를 자처하자 재완은 단호히 손을 저었다.

"됐어, 내가 가."

자존심보다는 식구를 감싸기로 마음먹은 듯했다. 이래서 재완이 주방 식구들에게 신임을 얻는 것이기도 했다. 그는 호기롭게 숨을 뱉고 말을 이었다.

"공사 구분도 못하는 꼴이면 애초에 기대할 것도 없어."

지나치게 겉과 속이 같은 셰프를 보며 경찬은 참지 않았다.

"공사 구분 못해서 이 지경으로 만든 게 누군데."

"……."

더 찌르면 재완의 가슴이 뻥, 뚫릴 것 같았다.

"하여간."

 이전 실장들이 감투쟁이들이었던 건 사실이지만 이번 실장은 분명 달랐다. 겨우 잘못 잠겼던 단추를 바로잡을 수 있었는데, 시작부터 단추를 뜯어 버린 건 애꿎게도 재완이었다. 아직 안에 담긴 울분이 많았지만 결국 경찬의 팔은 안으로 굽었다.

"그래서 실장님 보면 무슨 말부터 하시려고요."

 그야.

"어디 아픕니까?"

 재완의 말에 봄은 잠시 멍한 상태로 눈만 깜빡였다. 상황을 파악하지 못해서였다.

"어… 예?"

 이런 봄의 반응에 당황스러운 건 재완도 마찬가지였다. 첫 만남부터 지금까지, 온봄 실장의 모습은 한결같았다. 말 잘하고, 여유롭고, 얄밉고.

 그랬던 사람인데 오늘은 나사 하나 빠진 것처럼 멍하다. 특히나 얼굴이 붉어서 정말로 어디 아파 보였다. 늦은 아침을 먹기 위해 편의점을 들르지 않았다면 도로로 향하던 그녀를 막지 못했을 거다.

"아."

 그제야 재완은 봄이 아직도 자신과 붙어 있는 것을 깨달았다.

'작아.'

 절대 그렇게 본 적 없는 사람이 생각보다 훨씬 작고 여렸다. 단순히 키가 작다는 의미가 아니었다. 눈에 보이는 것보다 가녀리게 느껴진다는 뜻이었다.

순간 재완은 온봄 실장이 '여자'라는 것을 깨닫고 그녀를 황급히 떼어 냈다. 덕분에 봄도 조금은 정신을 차렸다.

"고맙…습니다. 정신을 다른 데 쓰는 바람에. 어디 아픈 건 아닙니다."

얼떨떨한 머릿속에 잠시 머리를 흔든 그녀를 재완이 이리저리 살폈다. 확실히 평소와 다른 느낌이었다.

유난히 정리가 덜 된 머리도 그랬지만 특히나 옷. 항상 각이 맞춰진 정장을 주로 입는 사람이 오늘은 겉에 커다란 카디건을 걸쳤다. 그것 때문에 다행히 봄을 잡을 수 있었지만.

"옷이 커서 망정이지 안 그랬으면 못 잡았습니다."

퉁명스레 말한 재완은 볼을 긁적였다. 옷 때문에라도 사람이 더 왜소하게 보이는 것일 수도 있었다. 조금 혼란스러운 그의 모습을 알 리 없는 그녀는 자신이 걸치고 있는 카디건 끝을 잡아 올렸다. 부드러운 옷깃은 예전 목도리만큼은 아니지만 비슷한 느낌을 가지고 있었다.

"그러게요."

나지막한 혼잣말을 한 봄은 헛웃음을 흘리며 중얼거렸다.

"못 참을 뻔했네."

바로 눈앞에 있던 윤도경을 좇느라 아무것도 생각하지 못했다. 기가 막힌 일이었다. 그녀는 미간을 살짝 찌푸리며 머리를 뒤로 쓸어 넘겼다.

아침의 밝은 햇살에 비춰진 아직 완전히 마르지 않은 머리칼의 물기가 반짝인다. 꼭 그 사람에게 빛이 비추듯이 반짝이는 그 순간.

"……."

사르르.

봄바람을 타고 계절이 녹아 가고 있었다.

봄은 옷걸이에 걸린 카디건을 지그시 바라보았다. 부드러운 소재의 회색 카디건은 디자인도, 맵시도 훌륭했다. 그녀는 잠시 머뭇거리다 슬그머니 옷에 코를 가져다 댔다.

이제는 희미해진 도경의 냄새가 난다. 뭔가 아쉬운 마음에 옷깃을 쥐고 좀 더 고개를 내리던 봄은 나지막이 말했다.

"…변태야?"

변태라고밖에는 할 수 없는 제 행동에 그녀는 머리를 움켜쥐고 멀어졌다.

'아니야. 이거 아니야. 진짜, 아무것도 아니야. 그냥 비슷한 상황이 있으니까, 윤도경이 나한테만 그러니까! 그냥, 그냥 이건 원래도 그랬어. 진짜!'

꽉 쥐었던 머리를 툭, 놓은 봄은 허무하게 말을 이었다.

"아무것도 아니야."

분명히 비집고 올라오는 것을 알면서도 그녀는 애써 꾹 잡아 눌렀다. 호의를 권리인 것처럼 생각하지 마라. 그가 보여 주는 배려를 오해하며 불쾌하게 만들고 싶지 않았다.

봄은 제 가슴을 퍽퍽 아프게 때렸다.

"정신 차리자."

지금은 일을 할 때다. 사적인 일을 개입시켜 실수는 용납할 수 없었다. 그녀는 카디건에서 등을 돌리며 펜을 들었다.

똑똑.

이제 겨우 정신을 차리고 업무에 집중하려던 차에 들린 노크 소리였다.

"들어오세요."

그녀의 허락에 굳게 닫혀 있던 사무실 문이 열렸다. 곧 모습을 드러낸 건 유재완 셰프였다.

"아, 셰프님."

갑작스러운 방문에 의아해진 봄이 몸을 세웠다. 그는 한 손에 그릇이 든 쟁반을 들고 있었고 그것이 음식이라는 건 묻지 않아도 알 수 있었다. 재완은 쟁반을 사무실 중앙 테이블에 올리며 말했다.

"다음 달 신 메뉴 레시피와 재료비 산정 때문에 왔습니다."

딱딱하게 굳은 말투로 말한 그는 곧 푸드 커버를 들어 올렸다. 거기엔 보는 눈도 즐겁게 만드는 음식이 놓여 있었다. 봄은 빠르게 테이블로 다가왔다.

"부르지 그러셨어요."

"감히 제가 어떻게."

반사적으로 나온 빈정거림이었지만 봄은 딱히 개의치 않았다. 어차피 이런 사람이라고 결론을 내린 시점에서 굳이 하나하나 책잡을 마음은 없었다.

'오래 보기로 마음먹었으니까.'

상대가 자신을 대우하지 않는 것에 일희일비하기엔 봄은 제 일을 아주 사랑했다. 거기다 아침에 도움받은 것도 있다 보니 기분이 상하진 않았다.

"볼게요."

그녀는 테이블에 놓인 요리를 휴대폰으로 찍으며 찬찬히 살폈다. 음식이 플레이팅된 그릇부터 장식까지 꼼꼼히 확인했다.

"생선 요리네요. 저번 달 신 메뉴에도 생선이 있던데, 이유가 있나요?"

꼬투리인가. 단번에 재완의 머리를 스친 생각이었다. 어차피 여기 있는 이들은 실무자, 즉 요리가 아닌 돈을 보는 자들이었다. 이득만 최우선으로 추구하는 만큼 주방과 노선이 달랐고 매번 트러블이 생겼다.

재완은 시작부터 아니꼬운 마음을 억누르며 답했다.

"그달그달, 가장 신선한 재료를 우선으로 메뉴를 표기합니다. 그중에서도 장기적으로 수급할 수 있는 재료인 것으로 분류하고요. 적어도 석 달 이상은 메뉴를 확인하고 메인 메뉴에 오를지, 이벤트성이 될지 확인해야 합니다."

"육류 쪽은 후자로 두는 건가요? 보관은 훨씬 쉬울 것 같은데."

"아무래도 요새 여러 파동으로 인식이 나빠 육류 선호도가 떨어지고 있어서 보완 준비 중입니다."

쉼 없이 이어지던 대화는 적절한 시기에 멈췄다. 봄은 고개를 끄덕이고 함께 놓여 있던 나이프와 포크를 들었다.

"먹어 보죠."

그 말을 끝으로 봄은 아주 천천히, 오랫동안 음식에 집중했다.

손가락으로 눌러도 뭉개질 부드러운 생선을 여러 각도로 썰어 보고, 포크로 누르는 힘이나 포크에 걸리는 시간들도 확인했다.

'뭘 안다고 이렇게까지.'

지나치게 긴 시간이 지나고 아무리 봐도 꼬투리를 잡으려고 노력하는 것으로밖에 보이지 않는 모습에 재완은 시종일관 삐딱선을 탔다. 음식은 점점 더 식고 본래의 형체를 잃어 갔다. 소중한 음식이 망가지는 것을 눈앞에서 보던 그는 결국 참지 못하고 입을 열었다.

"이렇게 시간 끌 것 없이 확실하게 말하는 게……."

"좋네요."

열이 오른 재완의 말을 끊은 봄이 아주 간략하게 평가했다. 순간 말문이 막힌 그가 멍해지자 그녀는 어느새 들고 있던 수첩을 덮으며 말을 이었다.

"주방에서 여기까지 오는 데 2분 정도 걸렸다고 치고, 지금까지 더해서 5분 정도가 지났다고 봤을 때 음식이 충분히 식을 시간이에요. 그런데도 다른 불편한 냄새도 없고 식감도 훌륭해요. 여기 퓌레가 상큼한데, 오렌지인가요?"

"…예."

예상하지 못했던 정확한 판단과 평가였다. 당연히 해야 하지만 지금껏 왔던 실장들은 단 한 번도 제대로 하지 않았던 부분이다. 대다수의 실장들은 무관심하거나 무조건 '저렴하게!'를 외쳤다.

그랬는데 봄은 달랐다. 그녀는 진지하게 재완의 음식을 살피고 있었다.

"생선은 뭐죠?"

"도미를 사용했습니다."

"어쩐지, 굉장히 부드러웠어요. 그러면서도 탄력이 있고."

이것은 단순히 공부를 해서 익힌 부분이 아니었다. 말하는 것, 행동하는 것이 분명하게 머리로만 아는 것과는 달랐다. 음식을 망가트린다고 생각하는 것도 달랐다.

그녀는 모든 방향에서 이 음식을 맛보고 느끼고 있었다. 봄은 오랜만에 맛보는 굉장한 수작에 만족하며 웃었다.

"정말 맛있었어요."

그간의 트러블이 떠오르지 않을 만큼 아주 솔직하고 공정한 평가였다.

"역시 셰프님이시네요."

농담이 아니라 진심이었다. 스무 개가 넘는 지점들 중 매출 5순위 안에 들어간다는 것은 생각보다 훨씬 어려운 일이다. 어그러진 관계로 무작정 꼬투리가 잡힐 거라 생각했던 재완에겐 당황스럽지만 나쁘지 않은 평가였다. 늘 딱딱하던 봄의 표정이 꽤 부드럽게 풀리고 그에 잠시 허를 찔린 사이, 그녀가 말했다.

"그런데 최종 재료비가 굉장히 높네요. 특히 도미 같은 경우는 3월이면 제철이 끝나고요."

"…예?"

방금까지 머물렀던 봄 미소는 온데간데없었다. 어느새 본래대로 돌아온 그녀가 덮었던 수첩을 펼쳤다.

"대체 품목은 없었나요?"

"…대체라는 건 말 그대로 대체입니다. 우선은 최고 품질의 음식을 선보이는 것이."

"그래도 찾으셨어야죠. 배분된 산정 금액이 있는데 거기에 맞지 않을 수도 있지 않겠어요? 이러다 지나치게 가격이 높아지면 고객의 입장에서도 다가서기 어려울 수 있습니다."

"……"

"보완점이 많겠어요. 시장 조사도 필요할 듯하고요. 조만간 같이 가시죠. 아주 좋은 레시피인 만큼 꼭 메뉴화할 수 있도록 해 봐요."

온봄은 철저했다. 그러나 결코 허세나 갑투를 쓰며 오만한 것 같지도 않았다. 그러고 보니 두 사람은 이렇게까지 제대로 대화를 나눈 적이 없었다. 그저 일방적이었고 단편적이었다.

재완은 자신이 생각했던 것과 다른 봄을 보다 헛바람을 들이켰다.

"어느 장단에 맞춰야 하는 겁니까?"

음식에 대한 평가도, 성격도. 도통 갈피를 잡을 수 없는 모습에 묻자 푸드 커버를 제자리에 옮기던 그녀가 고개를 들었다. 할까, 말까. 잠시 고민하던 봄은 어깨를 으쓱였다.

"잘 찾아봐요. 자진모리로 넣어 놨으니까."

"…하."

기가 막힌 말에 그는 저도 모르게 픽, 웃음을 터트렸다.

어처구니가 없어서, 황당해서. 그리고 왠지 조금 즐거워서.

도경은 유난히 집이 고요하다고 생각되었다. 이 집은 불과 한 달여 전만 하더라도 불은커녕 보일러도 제대로 켠 적 없던, 그저 잠만 자고 나서던 곳이다.

그가 고요하다느니, 적적하다느니 이런 추상적인 감정을 가지게 된 건 얼마 되지 않았다. 그런 변화와 감상을 만들게 한 이 집의 가장 첫 번째 변화는 봄이 왔다는 것.

"……."

더불어 가장 큰 변화는 타인을 위해 저녁 준비를 하고 있는 윤도경, 자신. 도경은 제 손에 쥐어진 프라이팬과 뒤집개를 보며 헛웃음이 나왔다.

그녀가 이 집에 온 이래 그는 늘 이렇게 요리를 했다. 정작 본인은 배만 채우기 위해 대충 해 왔던 식사 준비를 공을 들여 하고 있는 것이다.

"…하."

조금의 자조도 섞이지 않은 헛웃음이 지나고 곧 쓴웃음이 찾아왔다. 바쁜 와중에 굳이 돌아왔고 당장 다시 나가 봐야 하는 상황에서 그나마 쉴 수 있는 시간에 저녁 식사를 차리면서도 귀찮음 따윈 없었다.

누가 봐도 이것은 단순히 오랜 친구를 위한 배려가 아니다. 자신이 아니면 대충 먹게 될 봄을 위한 제 선택이었다. 어느 누구도 친구를 위해 이런 고생을 사서 하지 않는다.

당연히 그는 그것을 알고 있다. 그저 섣불리 판단할 감정이 아니라는 것도 알기에 기다리는 것뿐. 결국 도경은 집에서 보자던 제 말을 지키기 위해 간신히 난 두어 시간을 쪼개 집에 온 거다.

봄의 얼굴 한 번 보기 위해서 말이다.

'아니.'

그뿐 아니라 도경은 오늘 봄에게 물을 것이 있었다. 정확히 오늘 아침에 있었던 어떤 일에 관하여.

삐삐빅.

혼자만의 깊은 상념에 빠진 그를 깨운 건 도어 록 소리였다. 경쾌한 전자음이 끝나고 문 열리는 소리도 이어졌다. 도경은 어느새 자신이 웃고 있다는 것을 인지하지 못했다. 듣기만 해도 지친 듯한 몇 걸음 뒤, 모퉁이를 돌아 기다렸던 주인공이 나타났다.

"맛있는 냄새!"

너무 본능적인 외침이라 웃어 버린 그를 발견한 봄이 눈을 동그랗게 떴다.

"윤도경!"

뭐가 그렇게 신기한지 대뜸 외친 그녀는 가방을 놓으며 말했다.

"오늘 못 온다고 하지 않았어요?"

분명 오늘 들어오지 못한다고 말해 놓긴 했었다. 도경은 막 조리를 끝낸 계란프라이를 식탁에 내려놓으며 답했다.

"다시 나가 봐야 돼."

"어? 그러면 뭐 하러 피곤하게 집까지 왔어요."

아직 자신조차 완벽하게 갈무리하지 못한 감정이 둥둥 떠다닌다. 듣지 못한 대답을 뒤로한 봄은 상기된 표정으로 손을 씻고 밥 차리는 것을 도왔다. 모든 것이 익숙해진 움직임 속에 도경은 그녀의 차림을 알아챘다.

"그거."

그의 말에 밥그릇에 밥을 채우던 봄이 잠시 멈췄다. 그리고 제 몸에 걸치고 있는 카디건을 깨달으며 얼른 밥그릇을 놓았다.

"아, 맞다."

서둘러 카디건을 벗은 그녀는 그것을 식탁 의자에 살짝 걸쳤다.

"들고 오면 오히려 구겨질 것 같아서요."

반 정도는 그런 이유였고 반의반은 추워서, 남은 반의반은 사심을 담아서였다. 머쓱한 봄의 손짓에 도경은 솔직하게 말했다.

"잘 어울렸어."

자신의 몸에 맞춰 산 카디건은 봄에게는 한참 컸다. 아침처럼 단순히 걸친 것이 아니라 온전히 입고 있는 그녀의 모습에 마음이 울렸다.

늘 제 몸에 닿아 있던 것이 봄에게 닿았다는 것만으로도 어딘가 뻐근한 기분이었다. 꼭 제 품에 안긴 것 같지 않은가. 다분히 불순한 감정을 모르는 그녀는 씩 웃으며 카디건을 쓰다듬었다.

"이런 건 처음 입어 봤거든요. 항상 입는 것만 입으니까. 편하고 좋긴 하더라고요. 생각보다 따뜻하고."

지극히 정상적이고 순수한 대답에는 불온한 감정은 몽땅 빠져 있었다.

'어색하게 만들지 말자. 불편하게 만들지 말자.'

지금 봄의 머릿속엔 오직 그것이 전부였다. 당연히 머릿속을 열어 볼 수 없던 도경은 정말로 만족한 듯한 그녀에게 물었다.

"비슷한 걸로 하나 사 줄까?"

"네? 아니에요. 그런 뜻으로 말한 거 아니에요."

"어울려서 그래."

그것이 어찌나 배려 넘치고 다정한지, 봄은 마음 한쪽에서 스멀스멀 피어나는 못마땅함을 발견하고 말았다. 저 말투, 저 표정 모두 흡사 조카에게 용돈 주는 것처럼 보이는 건 괜한 자격지심일까. 원래대로라면 아무렇지도 않게 받았을 호의지만 그녀는 고개를 저었다.

"안 받을래요."

봄이 좋아한 건 그냥 카디건이 아니라 윤도경의 카디건이다. 차마 말하지 못한 진심에 살짝 침묵이 흘렀다. 봄은 아차 하는 마음이 들었다. 너무 빨리 거절했나 싶던 그녀가 얼른 손을 저었다.

"제 말은……."

"그게 마음에 들면 그걸 가져도 돼."

"…에?"

"나도 몇 번 안 입었으니까 그렇게 낡지는 않았을 거야."

"어어… 하지만, 이거는."

"괜찮으면 입어."

그의 말은 사실상 100점짜리 정답이었다. 어떻게 알았는지 몰라도 봄이 진심으로 바라는 것을 완벽하게 찾아냈다. 그녀는 이번에야말로 거절해야 한다는 것을 알았으나 그럴 수가 없었다.

봄의 손은 어느새 걸쳐 놨던 카디건을 꾹 쥐고 있었다.

"잘 입을게요."

저도 모르게 짓는 수줍은 미소가 도경에게 닿았다. 그는 가슴에서 가파르게 솟아오르는 감정들에 손에 힘을 주었다. 봄은 모를 거다. 제 카디건을 입은 그녀의 모습에서 도경이 어떤 마음을 품었는지. 호의로 가장하여 건네는 옷에 담긴 은근한 소유욕을.

행여나 그녀가 불편해할까 애써 숨긴 검은 것들.

이것이 수컷들이 가지는 본능인지 무엇인지 몰라도 그는 제 비겁함에 조소를 지었다. 원하지 않는 자에게 건네는 호의는 폭력일 뿐이다. 그것을 들키지 않으려 노력하는 게 전부일 뿐. 이내 음흉한 사내에게는 시원한 채찍질이 이어졌다.

드르륵.

식탁 위에 뒀던 도경의 휴대폰이 진동했다. 호출이었다.

"가 봐야겠다."

손에 들었던 것들을 놓은 그가 말하자 봄의 눈이 휘둥그레졌다.

"저녁도 안 먹고요?"

"시간이 없을 것 같아. 천천히 먹고 피곤하면 바로 쉬어."

"설거지는 제 담당이에요. 할 일 빼앗지 마세요."

단호한 그녀의 말에 도경은 다시 손을 뻗어 저 기특한 머리를 쓰다듬을 뻔했다. 애석하게도 이 손길은 이제 그리 깨끗하지 못할 거다. 현관까지 따라온 봄이 말했다.

"조심히 다녀오세요."

어느새 익숙해진 인사를 들으며 몸을 세우던 그는 곧장 나서지 않았다. 평소와 다르게 뜸을 들이는 도경에 그녀가 고개를 갸웃 기울였다. 그가 머뭇거리는 건 정작 진짜 물어봐야 할 것을 묻지 못한 까닭이었다. 시선이 마주치고 봄이 '왜?'를 담고 바라보자 도경의 입이 열렸다.

"그."

그답지 않게 말을 줄이자 그녀가 같은 말을 반문했다.

"그?"

"그……"

"그으……?"

가로로 늘어나는 봄의 입꼬리를 보며 도경은 귀엽다고 생각했다. 맙소사, 정말로 미쳤나 보다. 그는 이제 멋대로 돌아가는 제 본능을 누르며 문고리를 잡았다.

"다녀올게."

끝내 묻지 못한 질문을 두고 봄은 고집스럽게 되묻지 않았다. 그녀는 가볍게 손을 들어 올렸다.

"다녀오세요."

곧 문이 닫히고 봄은 다시 혼자가 되었다. 그녀는 빙그르르 돌아 주방으로 돌아와 잘 차려진 식탁을 보았다. 그리고 건너편 의자에 걸쳐진 카디건을 보며 나지막이 중얼거렸다.

"저 포도는 시다. 시다. 정말로 실 거야."

배고픈 여우가 신 포도를 보는 것처럼.

"우리 병원은 영양사를 교체할 의무가 있습니다."

고요한 식탁 위에 응급의학과 2년 차 전공의 세영이 말했다. 오랜만에 제대로 밥을 먹을 수 있을 거라며 기대에 차서 찾아온 구내식당의 메뉴가 만든 의견이었다. 마침 곁에 앉아 있던 영호도 젓가락을 들며 콕콕 반찬들을 짚었다.

"탄수화물, 지방, 단백질. 여기에 유산균까지. 영양적으로는 전혀 문제가 없어."

"영양소만 챙겼다면 인간의 식문화는 이렇게 발전하지 못했을걸요."

그녀는 심각하게 식판을 내려다보다 말을 이었다.

"이건, 인류의 퇴화 아닙니까?"

"…그 정도냐고."

너무도 심각한 세영의 태도에 영호는 떨떠름한 표정을 지었다. 이해를 못 하는 바도 아니었다. 한창 바쁠 2년 차 전공의. 밥 먹는 시간도 아껴 쪽잠을 자는 마당에 몇 주 만에 찾은 구내식당 메뉴가 간이 안 맞는 배춧국에 싱거운 계란말이와 다디단 김치가 전부였으니까.

아, 어디서 공수한 것인지 알 수 없는 다짐육 튀김도 있긴 하다.

"이건 아니에요. 이랬으면 그냥 뜨끈한 국밥 한 그릇 먹는 게 나았는데."

잠까지 포기하며 선택한 밥에 그녀는 진심으로 슬퍼 보였다. 몇 안 되는 전공의들의 설움 가득한 반찬 투정이 이어지는 사이, 영호가 그를 발견했다.

"선생님! 여기 앉으세요."

갑작스런 인력 보충에 안 그래도 시들어 있던 다른 이들이 피곤한 눈을 하다 곧, 화색을 띠었다. 특히나 방금까지 국밥, 국밥 외치던 세영의 눈이 가장 반짝였다.

"나 괜찮아?"

다급히 고개를 돌린 세영이 제 얼굴을 만지며 맞은편 인턴에게 물었다.

"안 괜찮습니다."

"좋아, 평범해."

시답잖은 대화를 뒤로하고 그들이 맞이한 사람은 도경이었다. 그는 영호의 부름에 잠시 주변을 둘러보았다. 딱 점심시간이라 마땅한 자리가 없었고 결국 그들에게 다가갔다.

"밥 먹는데 괜히 불편하게 하는 건 아닌가 모르겠네."

"설마요. 앉으세요."

없던 입맛도 돌게 만드는 훌륭한 재원인 걸 본인만 모르는 모양이다. 도경은 무표정하게 아무 말도 안 하고 있으면 세상에서 제일 차갑고 무서워 보이지만 객관적으로 봤을 때 병원 최고의 미모 아니겠는가.

딱 봐도 벌써 생기가 도는 눈들을 보며 영호는 혀를 찰 뻔했다. 영양사 교체보다 외모지상주의가 만연한 이 세계의 인식을 바꿔야 한다. 그렇게 각자만의 생각에 빠졌을 무렵, 세영은 다시 맛없는 밥을 앞에 두고 한탄했다.

"저 정말 맛있는 거 먹고 싶었어요. 이거 돈가스 맞는 거죠?"

다짐육 튀김을 향한 질문에 모두 한숨을 쉬었다. 다른 날도 그랬지만 오늘은 특히 심했다. 충분히 이해할 수 있음에 위로하자 세영이 말을 이었다.

"교수님한테 말씀드려서 회식이라도 하자고 하면 혼나겠죠?"

"응, 회식해도 넌 못 가."

"아아… 선생님……."

안타까울 정도로 괴로워하는 것이 어지간히 실망한 모양이다. 결국 영호는 자신만 알고 있던 소식 하나를 조심스레 풀어놓았다.

"교수님이 조만간 ER 전체 회식이 있을 거라곤 하시긴 했어."

그제야 침울하던 전공의들이 화색을 띠었다.

"어, 정말요?"

"진짜요? 어디로요?"

"언제요?"

회식을 갈구하는 이 서글픈 중생들 같으니. 그렇게라도 잠시 바깥 구경을 하고 싶다는 의지가 담겨 있었다. 영호는 어깨를 으쓱이며 말을 이었다.

"뭐, 말은 나왔으니까 조만간. 아, 그러면 또 장소를 정해야 하는데."

"삼겹살 싫어요. 항상 갔던 거기는 고기 냄새 나요. 비싼 곳이요. 비싼 곳, 좋은 곳!"

"이 근처에 그런 곳이 어디 있어. 그리고 잘못 정하면 나 작살난다."

삼겹살도 감지덕지인 마당에 비싼 곳이라니. 치프 딱지는 달고 있으나 결국 같은 전공의인 영호로서는 감히 선택할 수 없다. 밥 하나로 소동이 벌어지는 현종병원 브레인들을 가만히 지켜보던 한 사람, 도경은 잠시 식판을 내려다보다 고개를 들었다. 그리고 '하다못해 돼지갈비'를 외치는 이들을 향해 한마디를 던졌다.

"추천 하나 해도 되나?"

소란스러운 와중에도 묵직하게 들린 그의 목소리에 소음이 멎었다. 모두의 시선이 도경에게 집중했고 그가 말했다.

"좋은 레스토랑이 하나 있는데."

한 지붕살이가 한 달을 넘기면서 봄과 도경에게도 변화는 있었다. 평범하게 시작된 주중의 아침. 두 사람 모두 출근 시간이 다른 사람들보다 이르기 때문에 일찍 시작된 하루는 물 흐르듯 흘렀다.

"커피?"

방에서 나서는 도경을 향해 먼저 주방에 있던 봄이 묻자 그가 대답했다.

"부탁할게."

"오늘 일찍 나간다고 했죠? 찬물 좀 탈게요."

"그래 주면 고맙고. 아, 너 자주 마시는 차 주문했으니까 내일이면 올 거야."

"그랬어요? 어, 그런데 그거 아이스용으로 사야 하는데. 여기 커피요."

"그렇게 했어."

누군가 꼭 그렇게 하자고 정한 건 아니지만 일어나서 먼저 주방에 들어가는 사람이 커피를 담당하는 것이 당연해졌다. 이것 외에도 그들은 각자의 생활에 익숙해졌다. 본인의 생활에 상대가 스며들었다는 것을 당연하게 여기면서 동행하는 중이었다.

"잘 마실게."

커피를 건네는 봄의 손끝과 그것을 받는 도경의 손끝이 닿았다. 찌릿한 것이 그녀의 손을 타고 가슴까지 이어졌다. 봄은 그가 머그컵을 가져간 후에 곧장 말아 쥐었다.

"…네."

균열을 자각하는 순간 모든 것은 일상에서 벗어난다. 어제와 같았던 것이 달라 보이고 하다못해 제 손끝의 움직임마저 알 수 있다. 그리고 그 손끝이 어디로 향하고 어디에 닿아 있는지 선명하게 느낀다.

도경을 향해 뻗었던 손끝이 그의 살갗을 머금고 안으로 말려든다. 봄에게 도경은 더 이상 일상이 아니었다. 단지 자신 역시 그의 일상에서 벗어난 존재가 되었음을 모를 뿐.

"이따 보자."

다른 생각으로 가득 찬 머릿속 덕분일까. 그녀는 출근하던 도경이 남긴 이질감을 깨닫지 못했다.

달칵.

마우스를 쥔 손이 바쁘게 움직였다. 두 대의 모니터에 뜬 수많은 숫자와 계산의 향연 속에서 그녀는 수기로 서류까지 작성했다.

봄의 앞에 놓인 건 전날의 매출과 지난달 같은 날짜의 매출 자료였다. 그것에 대한 평균을 내려 작년, 재작년의 매출까지 확인 후 그래프를 살피는데 그럴 때마다 확인할 수 있는 부분이 하나 있었다.

'3년 동안 쭉 상승세라.'

바로 이곳의 매출이 굉장히 고르고 쭉 상승 곡선을 그리고 있다는 사실이었다. 하락할 때야 분명 있지만 전체적인 평균은 올랐다. 봄은 그래프 옆에 함께 놓인 담당 직원들을 살폈다. 매출이 오르기 시작한 기점은 이곳의 총괄 셰프가 바뀐 후부터다.

"딱 3년."

보통 반년에서 일 년을 가기 어려운 일반 직원들과 달리 장기간 레스토랑 전체의 기반을 갖추는 존재, 셰프. 더욱 상승세를 탄 것은 부주방장이 합세한 일 년 전부터다. 그녀는 피식 웃으며 혼잣말을 했다.

"여기 묶어 두기 아까운 인재들이네."

할 수 있는 가장 큰 칭찬이었다. 일전에 신 메뉴를 이유로 재완의 요리를 먹어 봤기에 더욱 할 수 있는 말이었다. 직설적으로 말해 유재완은 매우 실력 있는 요리사다. 가장 주관적인 분야에서 확신을 할 수 있다는 건 그만큼 특별하다는 의미기도 했다.

'불평이 있을 만도 하겠어.'

이 정도로 실력이 있는 사람의 지난 평판이 밑바닥인 건, 실장들과의 트러블 때문일 거다. 그의 잘못이 없다곤 할 수 없겠지만 억울한 부분도 있어 보였다.

이곳으로 온 지 한 달여. 즉, 레스토랑 전반에 대해 기록할 수 있는 날이 되었고 그녀는 '셰프' 부분에 가장 높은 점수를 책정했다. 그렇게 한참을 쥐고 있던 서류를 덮어 놓을 때였다.

똑똑.

굳게 닫혀 있던 사무실로 노크 소리가 들렸다. 잠시 뒤 안으로 들어온 건 사무 보조인 은정이었다. 허락을 받기도 전에 들어온 그녀는 의아한 눈을 한 봄에게 말했다.

"실장님, 홀에 문제가 좀 생긴 것 같아요."

그럴 만한 이유가 있었던 모양이다. 봄은 지체하지 않고 일어나 홀로 향했다. 지금은 6시를 조금 넘은 시간. 예약과 손님들로 홀이 가득 차 있을 시간이었다.

"무슨 일이에요?"

아래로 내려가며 묻자 은정은 간략하게 설명했다.

"손님 중 한 분이 내온 음식으로 클레임을 건 모양입니다."

"음식에 관한 건 주방에서 관리할 문제인데?"

"그게, 처음엔 음식 문제였는데 계산을 하면서 홀 직원의 태도를 문제 삼으면서."

"컴플레인이 됐군요."

"예."

예측을 벗어나는 문제는 아니었다. 거기다 자신까지 부른 것을 보면 일이 쉽게 가라앉지 않아서일 거다. 아니나 다를까, 홀과 가까워질수록 소란스러움이 크게 들려왔다.

멀지 않은 곳에 홀을 보며 발을 동동 구르던 직원이 봄을 발견하고 다가왔다.

"실장님!"

얼핏 안도하면서도 걱정이 담긴 시선에 봄이 물었다.

"총지배인님은 안 계십니까?"

"오후에 상가 번영회 쪽 일이 있어서 나가셨어요."

그러면서 이어지는 상황은 이러했다.

사람들이 가장 붐비는 시간, 예약 없이 찾은 두 손님이 있었다. 근방에서는 꽤나 인지도가 높은 레스토랑이라 5시부터 7시까지는 예약이 없으면 대기하는 수밖에 없는데 그들도 족히 한 시간가량을 기다린 듯했다.

문제는 거기부터였다. 처음부터 불쾌한 기색을 보이던 두 손님 중 한 명이 비건이었고, 다행히 레벤은 비건용 메뉴가 따로 존재했다. 그러나 손님은 육류가 들어간 메뉴를 채식화시켜 주길 바랐다.

잠시 여러 말이 오가고 손님의 의사를 존중한 주방은 호의를 보이며 승낙했는데……

"그런데 아시잖아요. 기본 메뉴 대부분 닭 육수가 들어가니까, 별수 없이 채소 육수로 진행했는데."

"맛이 부족하다고 여기셨나 보네요."

"…네. 하지만 음식은 남기지도 않으셨어요. 그런데 맛이 없었다고, 일반 메뉴를 드신 친구분 것과 비교해서 현저히 맛이 떨어졌다고 하시면서… 정말 큰일이에요."

 바로 이것이다. 요리란, 타인의 평가가 가장 주관적인 직업. 요식업을 하는 곳에선 빈번하게 일어나는 일이었고 매번 곤욕스러운 일이었다. 요리란 결국 아흔아홉 명의 입맛을 만족시켜도 한 명이 불만족스러우면 실패 딱지가 붙는 거다.

"다른 손님들은요?"

"예약 손님들은 룸에 계시는데 대부분 소란이 나서 돌아가셨어요. 곧 다음 타임 예약 손님도 오실 시간인데……."

 봄은 직원의 말에 혀를 찰 뻔했다. 이만저만한 손해가 아니다. 그녀는 한창 시끄러운 홀을 향해 시선을 돌렸다. 거기엔 곱게 원피스를 차려입은 한 여자가 계산서를 들고 화를 내고 있었다.

"내가 여기서 얼마나 기다렸는지 알아요? 그런데 그런 음식을 내온 것 자체가 무례한 거죠. 그런데도 돈을 다 받는 게 말이나 돼요?"

"손님, 저희는 대부분 예약제로 운영하고 있기 때문에 당일 찾아오신 분들께서는 어쩔 수 없이 대기를……."

"여기는 예약 손님이랑 당일 손님을 나누나 봐요? 아니, 예약할 줄 모르는 사람은 여기 오면 안 되겠네?"

"그게 아니라."

"아닌 말로 음식에서 제일 비싼 재료가 고기잖아요. 그런데 내 요리에는 고기도 없었고 전부 채소였는데 왜 같은 가격을 받는 거냐고요. 이거 솔직히 덤터기잖아."

 이미 상대를 이해할 생각은 조금도 없는 대화였다. 아니, 대화라고 하기도 어려운 일방적인 외침에 지쳐 홀 직원은 이미 울상이 되어 있었다. 결국 보다 못한 주방에서 사람이 나섰다. 부주방장인 경찬이었다.

"손님, 저희는 일정량의 재료를 각각의 분량에 맞춰 준비하고 있습니다."

"그런데요."

"손님의 음식에는 고기가 빠졌지만 그 고기는 따로 대체할 수 없게 남았고 저희는 당일 소진되지 않은 재료는 무조건 폐기하기 때문에."

"폐기 좋아하네. 남으면 당신네들이 먹으면 그만이잖아."

"……"

"어차피 버리지도 않을 거 왜 나한테 책임 전가를 시키느냐고. 난 안 먹었다니까?"

듣는 머리가 아픈 논리였다. 실제로 남은 재료는 절대 주방에서 소진하지 않는다. 아니, 만약 자체적으로 먹더라도 레스토랑 입장에선 손해를 볼 수밖에 없다.

대책 없는 상황에 다시 홀 직원이 말을 이었다.

"손님, 그래서 주문 직전 고기가 빠져도 동일한 가격이 책정된다고 미리 말씀을 드렸……"

"맛이 없었다고요, 맛이. 누구를 진상 취급하는 거야, 진짜! 미친 거 아니야?"

여러 사람이 자신을 탓하고 나서니 거의 악에 받친 것도 같았다. 씩씩대며 험한 말을 내놓기 시작한 손님에 결국 끝판 왕이 움직였다.

"셰프님."

주방에 있던 재완이었다. 홀 직원들이 나서 그를 만류했다.

"셰프님, 곧 실장님 내려오실 겁니다. 잠깐 계시는 게."

"언제 내려올 줄 알고. 잘못도 없이 다 죽은 꼴로 당하는 걸 그냥 보고 있으라고?"

그의 말에 틀린 것은 없었다. 재완은 산전수전을 다 겪은 업계의 베테랑이다. 자신을 향한 비난이나 억측은 코웃음으로 보낼 정도의 아량도 있었다. 그러나 그는 부조리만큼은 참지 못했다. 매번 실장들과 트러블을 일으키는 이유도 거기에 있었다.

억울하게 욕을 먹고 있는 레스토랑 식구들을 보며 재완은 자신을 잡은 손을 밀며 말했다.

"내가 알아서 해."

"어어, 셰프님?"

성큼성큼, 손님에게 향하는 재완을 막을 사람은 아무도 없었다. 그 모습을 본 봄 역시 서둘러 다가왔지만 그는 이미 손님의 앞에 서 있었다.

'이런.'

처음 봤을 때부터 불같은 성격을 가진 남자였다. 다른 사람과의 논란을 두려워하지 않는 타고난 강심장. 이러다 레스토랑이 뒤집힐지도 모른다. 봄은 충분히 예상되는 상황을 막기 위해 빠르게 소란의 중심지로 향했다.

"유 셰프님."

어떻게든 저가 감당하기 위해 나선 몇 걸음. 여자는 큰 키의 사내가 나타나자 잠시 흠칫하더니 다시 눈에 불을 켰다.

"뭐야, 그쪽은."

사실상 이 레스토랑의 최고 권력자가 나타났다. 그것도 이런 막돼먹은 상황에서. 과연 무슨 일이 벌어질까 긴장한 이들 사이에서 여자의 적개심은 이만저만이 아니었다.

"뭔데 대체. 뭘 말하려고요. 왜, 또 내 잘못이라고?"

또 하나의 적이 나타났나, 눈에 쌍심지를 켠 여자가 재완을 싸늘하게 노려보았고 그는 담담히 자신을 소개했다.

"레스토랑 총괄 셰프입니다."

의외로 차분한 목소리였다. 여자는 살짝 머뭇했던 것을 거두고 턱을 들어 올렸다.

"뭐야. 이제 작정하고 몰아내려고 나왔나 봐? 어디 해 봐. 내가 이대로 가만히 있을 줄 알아?"

이후로도 쏟아지는 비난 속에 봄은 머리가 어지러웠다. 왜인지 경찬은 재완을 말리고 있지 않았고 당장이라도 재완의 매서운 입담이 터질까 긴장하던 찰나, 그가 입을 열었다.

"죄송합니다, 손님."

놀랍게도 그것은 사과였다. 그것도 머리까지 깊이 숙인 최대한 공손한 사과.

"이유를 막론하고 손님께 만족스러운 식사를 대접하지 못한 점, 깊이 사과드립니다."

제 요리와 자리에 자부심을 가지고 있는 그가 보여 준 믿을 수 없는 태도에 봄의 눈도 휘둥그레 커졌다. 여자는 예상치 못한 사과에 당황하다 저도 모르게 말까지 더듬었다.

"아, 아니… 뭐, 내가 좀 만족을 못 하긴 했는데."

자존심 따윈 없다는 듯 보여 주는 사과에 여자는 눈을 깜빡였다. 전투력이 순식간에 푹 가라앉은 모습이었다. 재완은 거듭 말을 이었다.

"만족하지 못하신 부분은 반드시 보완하겠습니다. 정말 죄송합니다."

긴말도 아니었고 별다른 변명도 없었다. 그저 사과였다. 억울하고 부조리한 상황이었으며 이 상황을 다르게 타개할 방법도 있었겠지만 그는 머리를 숙였다. 고작 사과 하나였으나 여자의 화는 빠르게 가라앉았다. 그녀는 떨떠름하니 말을 이었다.

"…그래요. 앞으로 잘해요."

"이해해 주셔서 감사합니다."

그게 손님이 원한 것이니까.

족히 10여 분은 끌었던 상황이 정리되는 건 그리 오래 걸리지 않았다. 무언가 겹겹이 쌓인 것들이 터져 나온 일이었다. 긴 시간의 대기, 만족하지 못한 요리. 분명 레스토랑의 입장에선 억울했지만 그것을 모두 이해시킬 수는 없었다.

"그나마 셰프는 일 잘하네."

칭찬인지 뭔지 모를 말을 남기고 손님은 도도하게 레스토랑을 나섰다. 솔직히 말해 해소된 것은 아무것도 없었다. 몇몇은 여자의 화가 옮겨진 듯 씩씩댔고 몇몇은 풀이 죽은 표정이었다. 하지만 폭탄이 떠나간 자리는 빠르게 정리되었다.

직접 나설 필요도 없이 모든 것이 정리되고 봄은 가만히 입꼬리를 올렸다.

'매출이 상승하는 이유가, 요리 솜씨뿐만은 아니었네.'

유재완은 진심으로 이 레스토랑을 사랑하고 있었다. 그것이 그녀의 눈에 분명하게 보였다. 봄은 각자의 위치와 역량대로 레스토랑을 지키는 사람들을 바라보다 제 곁에 선 은정에게 말했다.

"방금 전에 나간 손님 블랙리스트 올리세요."

"네?"

다시는 '레벤'의 브랜드를 가진 레스토랑은 이용할 수 없게 되는 절차였다. 이미지의 문제도 있을뿐더러 고객을 스스로 포기한다는 것은 생각보다 쉬운 일이 아니지만, 봄은 과감했다. 그녀는 입꼬리를 당겨 올리며 말을 이었다.

"셰프가 레스토랑을 지켰으니, 우리는 사람을 지켜야 하지 않겠어요?"

각자의 자리에서, 각자의 몫을 해내는 것.

"네, 실장님."

이것은 그녀의 몫이다. 그녀의 머릿속에 남아 있던 유재완이라는 사람의 이미지가 조금은 바뀌는 순간이었다.

톡톡.

비로소 봄이 낯선 곳에 점점 더 정을 채워 가던 찰나, 누군가 입구 앞의 카운터를 두드렸다. 가장 가까운 곳에 있던 홀 직원이 돌아보자 언제 왔는지 한 무리의 손님이 기다리고 있었다.

"어머!"

놀란 소리를 내는 직원에게 한 남자가 물었다.

"정리가 된 거면 들어가고 싶은데, 괜찮겠습니까? 6시 30분으로 예약을 했는데."

아마 앞선 상황을 모두 봤을 것이 분명한 그의 말에 홀 직원은 잠시 멍한 표정을 짓다 얼른 대답했다.

"아, 정말 죄송합니다. 어서 오십시오. 예약자분 성함 말씀해 주시겠습니까?"

빠르게 예약 명부를 펼치는 직원에게 남자는 가볍게 말을 이었다.

"윤도경입니다."

휙.

재완을 향해 있던 봄의 고개가 돌아가는 건 그 한마디면 충분했다.

8.

"세상에, 회식을 다른 데도 아니고 레스토랑에서 하다니."
"저 사실 거기 가 보고 싶었거든요. 친구들 SNS에도 종종 올라와서 엄청 궁금했는데."
"나도 그거 봤어. 여기 스테이크가 장난 아니래."
잔뜩 들뜬 목소리들은 눈앞에 보이기 시작한 건물을 향해 있었다.
레스토랑 레벤(leben).
여러 의미가 있지만 레스토랑의 이름은 독일어로 '살아 있다'는 뜻을 가지고 있었다. 다른 곳보다도 의료진인 그들에게는 더더욱 기분 좋은 단어이기도 했다. 어린아이처럼 신난 이들을 두고 영호는 가볍게 찬물을 끼얹었다.
"말은 바로 하자. 이거는 회식이 아니라 은혜지."

그것도 아주 단호하게. 사실 ER의 모든 인원을 데리고 파인 다이닝 회식을 하는 건 애초에 불가능한 일이었다. 넌지시 추천을 했던 영호는 된통 깨졌고 결국 그들의 회식은 늘 그랬듯 삼겹살집이었다.

영호의 말에 모두의 눈이 뒤를 향했다. 거기엔 오늘 이 자리를 만들어 준 영웅…이 아니라, 도경이 있었다.

"감사합니다, 선생님."

눈치 좋은 영호가 슬그머니 다가와 인사하자 도경은 가볍게 대답했다.

"나야말로."

"예?"

영호는 의아하겠지만 그는 겸손이나 농담이 아니라 정말로 감사하는 중이었다. 언제고 한 번은 왔을 곳이지만 적당한 구실이 필요했던 참이다. 그게 아니라면 이 나라에 없는 온결이 올 때까지 기다렸을지도 모른다.

'…와도 문제지만.'

온결, 아니 윤현수가 가는 곳의 요란함은 다시 겪고 싶지 않았다. 어쨌든 상당한 밥값이 나갈 예정이지만 그만한 가치가 있는 일이었다.

"다 왔어요. 얼른 들어가요."

레스토랑에 온 자신을 보고 봄이 어떤 반응을 보일지 궁금해진 걸음이 어느새 빨라져 일행보다 좀 더 앞섰을 때였다. 깔끔하고 세련된 건물로 막 들어선 그들의 귀로 난데없는 고성이 들려왔다.

"내가 돈을 안 내겠대? 먹은 만큼만 내겠다잖아!"

듣자마자 파악할 수 있는 상황에 모두의 시선이 마주쳤다. 아무래도 고약한 타이밍에 찾아온 것 같다.

"손님, 그래서 주문 직전에……."

어떻게든 대화를 이어 나가기 위한 노력은 여러모로 박살 나고 있었다. 혼란스러운 내부의 상황에 입구의 망부석이 된 이들이 눈치만 보고 있을 무렵, 기다렸던 얼굴이 눈에 들어왔다.

그녀는 평소와 달리 무표정하게 이 소란을 지켜보고 있었다. 언제나 그와 마주하던 동그랗고 맑은 시선은 없었다. 그리고 또 하나.

"만족하지 못하신 부분은 반드시 보완하겠습니다. 정말 죄송합니다."

도경은 봄의 눈을 보았다. 감정 없던 시선 속에 옅게 만족스러움을 나타내는 눈동자. 그것은 분명 재완을 향해 있었다. 그는 그녀가 바라보는 곳으로 고개를 돌렸다.

서로 통성명 한 번도 한 적 없었고 제대로 대면한 적도 없는 남자.

"……."

봄의 몸에 카디건을 둘러 주고 돌아섰던 그날, 사이드 미러로 보았던 그 사내가 맞다. 내내 도경의 신경을 거슬리게 만들었고 신경 쓰이게 했던 남자를 봄이 보고 있었다. 언젠가 불만을 토해 내던 때와는 전혀 다른, 완벽한 여자의 모습이었다.

'유재완.'

기억하고 있는 이름을 입 안에 담은 순간 무언가가 강렬하게 끓어올랐다. 전에 없는 불쾌감이 손끝을 타고 올랐고 그의 가슴에서 알 수 없는 조바심이 치밀어 올랐다. 불꽃을 단 심지가 빠르게 타기 시작했다. 어느새 봄의 입가로 미소가 번지고 있었다.

도경은 더 지체하지 않았다.

"윤도경입니다."

다른 이를 향한 그녀의 시선을 빼앗았다. 순식간에 제 쪽으로 돌아온 봄의 눈을 바라보며 그는 웃었다.

"어어?"

신사인 척, 치졸한 감정으로.

봄은 도경이 알고 있는 표정을 만들며 물었다.

"어떻게 된 거예요?"

당황한 것 같지만 나빠 보이지 않는 얼굴에 그가 말했다.

"회식."

그녀에게 부담을 주지 않기에 가장 적절한 이유였다. 다만 봄은 다른 이유로 충격을 받았다.

"현종병원 돈 진짜 많이 버는구나. 이런 데서 회식을 다 하다니……."

설마 이 한 번을 위해 도경의 출혈이 있을 거라곤 생각하지 못했다. 어쨌건 생각지도 못한 만남에 나쁠 이유는 없었다. 그녀는 순수하게 제 레스토랑을 소개했다.

"잘 왔어요. 우리 레스토랑이라서가 아니라 레벤은 진짜 좋은 곳이에요. 셰프님의 요리 솜씨가 상당하거든요."

좋은 환경, 좋은 스태프, 좋은 음식. 이 모든 것이 봄에게는 자랑스러운 결과물들이었다. 그런 곳에 도경이 와 주니 왠지 모르게 마음이 들떠 진정이 되질 않았다. 고향에서 부모님이 왔을 때에도 이렇게 고양되지는 않았던 것 같다.

가만히 제 이야기를 들어 주는 도경에게 신나서 얘기하던 그녀는 뒤늦게 정신을 차렸다. 아직 근무 시간이었고 그는 레스토랑을 찾은 손님이었다.

"아, 제가 너무 잡았죠. 하필 상황이 이럴 때 와서 조금 부산스러울 순 있겠지만 금방 정리할게요. 저도 아직 일이 덜 끝나서, 얘기는 나중에 다시 해요."

"그러자."

가볍게 고개를 끄덕이는 도경에 돌아서던 봄은 다시 그를 향해 말했다.

"와 줘서 고마워요."

같은 공간에 도경이 있는 것만으로도 든든해지는 건 절대 착각이 아닐 거다. 분명 그도 그것을 알 거다. 살짝 끄덕이다 들어 올리는 고갯짓에 담긴 다정함은 오직 그녀만을 위한 것이었다.

어떤 의미로건 그에게 특별한 존재라는 사실이 그녀의 기운을 솟아오르게 했다. 그리고 돌아선 봄은 주방 입구에서 이쪽을 보고 있는 재완에게 향했다. 이번 소동으로 짧게 해야 할 말이 있었다.

"셰프님, 잠시 시간 좀 내주실 수 있을까요?"

바로 앞까지 가서 불렀으나 왠지 그는 그녀를 보고 있지 않았다. 정확히는 봄의 뒤쪽을 보고 있었고 그녀는 그의 눈앞에 손을 흔들었다.

"셰프님?"

봄의 손짓에 살짝 미간을 좁히던 재완이 고개를 내렸다. 그녀는 의아함을 담다 되물었다.

"시간 괜찮으세요?"

"…5분 정도는 괜찮습니다."

홀이 정리가 되고 부산스러운 분위기가 가라앉기 위한 최소의 시간이었다. 봄은 이해한다는 듯 주변을 둘러보며 말을 이었다.

"조금 전 일 때문에요. 덕분에 빨리 정리가 되긴 했어도 다른 직원분들이 많이 놀란 것 같아서요. 아무래도 후조치가 필요할 것 같은데 혹시 하던 방식이 있나요?"

"그 부분은 총지배인님이 맡아 왔던 사항이니 오시면 물어보면 될 겁니다."

"그렇군요. 그럼 그건 그렇게 하고… 고생하셨습니다."

간략하고 명쾌한 치사에 재완은 대수롭지 않게 대꾸했다.

"할 일을 한 것뿐입니다."

"그래도요."

묻지 않아도 봄의 눈에는 '의외'라는 단어가 콕콕 박혀 있었다. 그녀가 자신을 어떻게 생각하는지 알겠다는 듯 눈을 찌푸린 재완이 투덜댔다.

"뭘 어떻게 생각하는지는 아는데, 다르게도 좀 보면 좋겠습니다만."

봄은 대답 대신 어깨를 으쓱였다. 쯧, 혀를 한 번 차던 그는 다시 그녀의 머리 뒤로 시선을 던지다 입을 열었다.

"나도 하나만 물읍시다."

"네, 말씀하세요."

"아는 사람입니까?"

"네?"

뜬금없는 말에 반문하던 봄은 그가 도경을 말하는 것임을 알았다. 반사적으로 도경이 있는 곳을 향한 그녀의 눈을 재완은 분명하게 보았다. 따뜻하게 물들어 가는 눈. 이름을 닮은 봄과 같은 시선. 그는 왠지 가슴으로 지그시 흐르는 균열을 느끼며 퉁명스럽게 말했다.

"특별히 필요한 게 있으면 미리 말하는 게 좋을 겁니다. 딱히 알아서 챙기는 편이 아니라서."

남이 시키는 것은 죽어도 하지 않는 사람이 직접 이렇게 말하는 걸 경찬이 들었으면 경악을 했을 거다. 스스로 스페셜 오더라도 내리라는 양, 배려하는 것이었고 봄은 가만히 재완을 바라보았다. 그리고 한쪽 입꼬리를 가볍게 올렸다.

"충분합니다."

"…뭐가 말입니까?"

"셰프님 음식이면 이미 완벽하니까요."

"……"

"그럼 올라가겠습니다."

그저 한마디, 시선, 미소 한 번에 벌어진 균열이 다시금 흔들린다. 익숙하지 않은 감정이 스며들기 시작했고 그는 축축하게 젖어드는 이런 것을 좋아하지 않았다. 찝찝하고 미적지근한 이런 것은,

늘 화구 앞에 서는 재완과 어울리지도 않았다.

재완은 저도 모르게 돌아서는 그녀의 팔목을 잡았다. 아주 뜨거운 손이었다.

"조만간 같이 갑시다."

앞뒤를 모두 자른 뜬금없는 소리는 놀란 봄에게 재차 의아함을 심어 주었다.

"…어디를요?"

떨떠름한 그녀에 재완은 물러서지 않았다.

"시장 조사. 본인이 직접 같이 하자고 했잖습니까."

갑작스러운 제의에 미간을 좁히던 봄은 이내 제 말을 떠올렸다.

'시장 조사도 필요할 듯하고요. 조만간 같이 가시죠.'

분명 신 메뉴를 가져왔던 재완에게 제 입으로 먼저 말했었다. 그녀는 아직 잡혀 있던 손목을 빼내며 대답했다.

"네, 그래요."

시원한 대답을 남기고 봄이 갈 길을 향했고 혼자 남은 재완은 제 손을 내려다보았다. 늘 칼을 쥐고 불 앞에 서느라 상처로 가득한 손바닥이다. 유난히 열이 많은 손이 더더욱 뜨거운 느낌이었다. 그는 강하게 주먹을 움켜쥐었다.

어느덧 봄의 퇴근 시간이 다가왔다. 그녀는 가방을 챙겨 들며 휴대폰을 만지작거렸다. 도경이 오고 한 시간을 조금 넘겼고 식사가 마무리될 즈음이었다.

'연락을 해, 말아.'

대부분은 자리를 마무리할 테지만 회식이라면 2차, 3차를 갈 수도 있었다. 괜히 연락을 해서 귀찮게 만드는 건 아닐까 고민이었다. 그렇다고 레스토랑까지 와 준 도경에게 인사도 없이 가는 건 또 아닌 것 같았다. 그녀는 연락을 하는 대신 일단 상황을 살피기 위해 사무실을 나섰다.

마지막 오더를 받는 7시 반은 이미 지나 홀에는 사람들이 많지 않았다. 그 가운데 도경의 일행이 아직 앉아서 식사의 막바지를 즐기고 있었다.

"어?"

정작 그 자리에 도경은 보이지 않았다. 그녀는 괜히 모퉁이에 숨어 그들을 살폈다. 혹시 가려졌나 싶지만 역시나 그는 보이지 않았다.

"…어디 갔지?"

테이블에 보이는 와인들과 빈자리 하나에 걸쳐진 재킷. 그것은 분명 도경의 것이었다. 봄은 머리를 긁적이며 입을 비죽였다.

"아니, 윤도경 어디 갔어?"

"왜?"

기다렸다는 듯이 바로 옆에서 들린 익숙한 목소리. 은은하게 퍼지는 낮은 음성에 그녀의 고개가 휙 돌아갔고 바로 옆에 놓인 얼굴과 바로 마주했다.

"……!"

봄의 눈높이와 맞춰 숙인 허리에 딱 마주친 눈은 정말로 코앞에 있었다. 일부러 맞추지 않고서야 마주할 수 없는 딱 바로 그 거리에 그들은 입술이 닿을 뻔했다.

그 순간 그녀의 입술이 따끔 아파 왔다. 이미 나아 버린 상처가 아플 리도 없는데 딱 그 자리가 아파 왔다. 일순 헛바람을 들이켠 봄의 머리로 그간 생각하지 못했던 의문 하나가 스쳐 지나갔다.

'그때 닿았던 건 정말 뭐였지?'

끝끝내 알아내지 못했던 상처의 원인이 왜 갑자기 생각나는 걸까. 굳어 버린 봄을 보며 도경은 천천히 허리를 세웠다. 그의 얼굴이 조금 멀어지자 그녀는 저가 숨도 제대로 쉬고 있지 않았다는 것을 깨달았다. 그리고 미처 맡지 못했던 향도 코끝으로 파고들었다.

'…술?'

진한 와인 향이 나고 있었다. 그에게로 몸을 돌리던 봄은 왠지 도경이 너무 가깝다는 생각이 들었다. 자리가 없는 것도 아닌데 가까웠다. 거기다 어찌나 빤히 바라보고 있는지 조금 당황스럽기도 했다. 아니, 부끄러운 것 같다. 그녀는 눈을 깜빡이다 조심스레 물었다.

"술, 마셨어요?"

뭐가 그렇게 어려운지 살짝 머뭇거리는 봄에게 도경은 간단히 답했다.

"조금."

목소리가 떨리거나 흔들리지도 않는데 그녀는 그가 평소와 다르다는 생각이 들었다. 어디가 다르냐고 묻는다면 딱히 말할 수는 없지만 분명 달랐다.

"괜찮…아요?"

그래서 저도 모르게 묻고 말았다. 뻔한 대답이 나올 걸 알면서도 건넨 질문에 도경은 한참 대답하지 않았다. 그보다 미세하게 거리가 더 가까워졌다고 생각하던 그때, 그가 말했다.

"아니."

"…네?"

"안 괜찮아."

도경은 웃고 있지 않았다.

그는 취하지 않았다. 애초에 고작 와인 두 잔 정도 가지고 취할 리 없었다. 그럼에도 몸에서 술 냄새가 풍기던 건 옆에 있던 영호가 도경의 바지에 술을 엎었기 때문이었다.

그것이 그가 자리에 없던 이유이기도 했고, 결국 그때의 상황이 이 순간을 만들어 냈다.

"속 안 좋은 건 아니죠?"

대리운전으로 도착한 집 앞, 봄이 물었다.

쿵.

"아."

차에서 막 제 짐을 꺼내던 도경이 그녀의 말에 대답을 해 주려 몸을 돌리다 천장에 머리를 박았다. 꽤 큰 울림에 미간을 좁히자 봄이 얼른 다가와 그의 팔을 잡았다.

"괜찮아요?"

"어, 크게 다친 건."

"조금 정신이 없나 보다."

"……."

"부축해 줄게요."

약 30여 분 전부터 그녀는 쭉 이런 태도였다. 도경을 나사 빠진 사람 취급을 하며 보살피는 중이었다.

"천천히."

어쩐지 신난 사람처럼 보이는 것은 착각일까. 취했다고 말한 적도 없어 봄의 모습이 의아할 수밖에 없었다. 더욱이 그런 봄을 살피느라 발 앞에 있는 돌부리도 확인하지 못했다.

삐끗.

"어어, 조심!"

그래 봐야 아주 살짝, 잠시 흐트러졌던 자세였다. 그러나 그녀의 눈엔 도경이 완전히 고주망태로 보였나 보다.

"어쩔 수 없네. 나한테 완전히 기대 봐요."

"아니, 난."

"걱정 말고요. 나 힘 좋은 거 잊었어요? 잊었으면 다시 알아요. 얼른 내 어깨에 팔."

도통 이유를 알 수 없는 신이 난 표정에 그는 차마 '멀쩡해'라고 말할 수 없었다. 꼭 자신이 취해 있길 바라는 사람처럼 보였으니까. 그리고 도경의 추측은 정확했다.

'허술해. 완전 허술해. 윤도경 진짜 취했나 봐.'

그녀는 이미 그가 완벽하게 취한 것으로 보였다. 도경의 몸에서 풍기는 술 냄새와 이제껏 없던 삐끗한 모습들은 어디로 보나 만취 상태로 보였다. 그것이 봄의 사기를 오르게 만들었다.

왜?

당연히 그를 도울 수 있으니까.

여태껏 그녀는 도경에게 도움만 받아 왔다. 재회한 날부터도 그랬지만 고향에서 함께 살던 때도 마찬가지였다.

완벽한 윤도경. 바늘로 찔러도 피 한 방울 나오지 않을 것 같은 그가 빈틈을 보이는 순간을 그냥 보낼 수는 없었다. 사실 누군가를 돕는다는 걸 이렇게까지 기뻐한다는 것 자체도 평범한 일은 아니었다.

'직접 안 괜찮다고까지 말했으니까.'

특명이라도 받은 듯 봄은 도경을 보필했다. 키 차이에 버거울 텐데도 곁에 딱 붙어 먼저 그의 허리에 팔까지 둘렀다.

'…하아.'

덕분에 도경은 정말로 취한 것처럼 머릿속이 뒤죽박죽이 되었다. 가까워도 지나치게 가까운 거리가 주는 체온은 냉한 몸을 연신 녹여 가고 있었다. 타들어 가는 그의 속도 모르고 봄은 성심성의껏 부축하며 도경을 집까지 안내했다.

모르는 사람이 보면 정말로 그가 인사불성 고주망태로 볼지도 모를 정도였다.

"예전에 온결한테 들었던 것 같아요. 술을 잘 못한다면서요."

"아마도."

지나치게 술을 잘 마시는 온결에 비하자면 못하는 편에 속하긴 할 거다.

"매번 필름이 끊겨서 다음 날 기억도 못 한다고 하던데."

"그건."

솔직히 이것에 대해선 억울했다. 온결의 간 해독력은 의학적으로도 설명되지 않을 정도다. 어디에서도 취하지 않는 그가 온결과 마시면 필름이 끊기는 건 당연했다. 그렇게 되고 싶지 않아도 결국 그렇게 되고 말았다.

"⋯틀린 말은 아닌데."

이십 대 초반, 아직 주량을 모를 때 온결을 따라 마시다 필름이 끊겼던 여러 번을 떠올리며 고개를 끄덕였다.

"어디 가서 술 이렇게 마시지 마세요. 큰일 나겠어."

봄이 왜 이렇게까지 열심히 자신을 부축하는지 알 것 같은 도경이었다. 단단히 오해한 게 분명했으나 해명할 기회는 생기지 않았다. 봄은 집에 들어서자마자 그를 세워 두고 주방으로 향했다.

"물, 물."

바쁘게 움직인 그녀 덕분에 도경은 물까지 대접받았다. 딱 거기까지 하고 나니 더 이상 할 것이 없었다.

"뭐, 더 필요한 건⋯⋯."

이리저리 살펴도 딱히 필요한 것은 없어 보였다. 봄의 입장에서야 취한 것으로 보이지만 그렇다고 실수를 하고 있는 것도 아니었다. 괜히 나서서 씻겨 주겠다고 할 수도 없고 그녀는 왠지 시무룩해졌다.

"이만 들어가서 쉬시면 될 것 같아요."

하루쯤 안 씻는다고 죽는 것도 아니고, 정말로 해 줄 것이 없다.

남들과는 다른 기죽은 이유를 뻔히 알 것 같던 도경은 이 황당한 상황에 좀 더 맞춰 주기로 했다. 이게 봄이 원하는 것이라면 못 할 것도 없었다. 잠시 생각하던 그는 제 넥타이를 손에 쥐며 말했다.

"이게 잘 안되는데."

매듭만 당겨 풀면 될 넥타이. 당장 도움을 요청할 만한 것이 그것뿐이었다. 영 부자연스러운 이유에도 봄은 반색하며 다가왔다.

"해 줄게요!"

뭐가 그렇게 좋은지 한달음에 앞에 선 그녀는 도경의 넥타이에 손을 올렸다.

'취하긴 엄청 취했나 봐.'

혼자만의 상상을 더하면서. 봄은 묶인 방향을 따라 당기면 한 번에 풀릴 넥타이를 매듭부터 만지작댔다. 익숙하지 않은 탓에 꼬물대는 손이었고 그녀의 몸이 한층 그에게 가까워졌다.

"이게… 어."

한껏 집중해 비죽 나온 입술이 보인다. 상기된 얼굴에 은연중에 비치는 미소는 봄의 기분이 좋은 것을 의미하고 있었다. 그리고 그녀는 이 미소를 그 사내에게도 보여 주었다.

정확히 말해 먼발치에서 지켜보는 것이 전부였으나 도경은 알 수 있었다. 이대로 두면 봄은 그를 제 공간 안에 둘 거다. 천천히 굳어 가는 그의 표정을 보지 못한 그녀가 무언가를 재잘댔다.

원래 잘하는데, 방향이 이상해서.

아니, 윤도경 씨가 넥타이를 못 맨다는 얘기는 아니고.

도경의 넥타이를 쥐고 있는 손 밑으로 손목이 보였다. 불과 몇 시간 전 그 남자에게 잡혔던 손목이었다.

"……"

열이 솟구친다. 즐기지 않는 술을 마셔 제 속을 달래려던 것이 한순간에 물거품이 되었다. 그는 말라 가는 입술 안의 어금니를 꽉 물었다.

'가도 돼요?'

잠기운이 잔뜩 서려 묻던 그녀를 도경은 거부하지 못했고 봄은 그의 공간을 완벽하게 침략했다.

'이렇게 좀 안아 주고 싶었어.'

어느 날 갑자기 하늘에서 뚝 떨어져 제 곁으로 온 여자. 곁에 머무는 것만으로도 웃음을 주고 때론 위로가 되며 식은 손을 데워 주는 온기가 되는 사람.
"어, 이제 된다."
소중해졌다. 오래전부터 가장 특별했던 그녀가 어떤 누구보다도 소중해졌다. 그는 이 감정이 무엇인지 분명히 알고 있었다.
"윤도경 씨, 이거 이대로 당겨서 풀면……"
뜨겁게, 뜨겁게 달아오른 불길이 몸속의 모든 것을 태우려 든다. 그것들이 타기 전에, 모조리 소실되어 버리기 전에. 어느새 도경의 손이 봄의 손목을 쥐었다. 정확히 재완의 손이 닿았던 그곳을 제 손으로 감싸 올렸고 그녀는 무심코 웃으며 말했다.

"불편해요? 근데 이렇게 잡으면 잘 안되는……."

그제야 봄은 그의 얼굴을 보았다. 무표정도, 다정한 것도 아닌 도경의 얼굴은 봄으로서도 처음 보는 것이었다. 낯설기 그지없는 시선이 그녀를 향했다.

"…아."

손목을 쥐었던 손이 엄지부터 천천히 봄의 손바닥을 타고 올라왔다. 너무도 쉽게 그녀의 손을 제 손안에 가두고 일부러 더욱 느리게 살갗을 쓸어 올렸다.

순간 아찔한 감각이 봄의 몸으로 퍼져 나갔다. 그녀의 손을 거꾸로 타고 올라 손가락까지 쥐고서 멈춘 도경이 일순 밀려왔다.

"……!"

본능적인 움직임에 그녀는 그를 막을 틈도 없었다. 당연히 도경은 눈조차 감지 못하고 굳어 버린 봄을 모를 리 없었다. 이미 완전히 안아 버리고 있었으니 모르려야 모를 수 없다.

지척에서 멈춰 버린 입술만큼 두 사람의 심장이 완전히 겹쳐져 있었다. 그는 온통 자신으로 물든 봄을 보며 속삭였다.

"도망가."

"……."

"내가, 제정신이 아닌 것 같으니까."

그것은 변명이기도 했고 변명이 아니기도 했다. 봄으로서는 이 말이 그가 아주 많이 취했다고 여기게끔 만들었다. 일종의 도망갈 구석을 만들어 준 거다. 내가 이만큼 취했으니, 아무것도 기억하지 못할 테니 너는 도망가도 좋아.

그렇게 빚어 준 틈. 이 이상을 나아갈 때가 아니라는 건 충분히 알고 있었고 견뎌야 할 부분이었다. 그러나 상대는 온봄이었다. 어쩔 줄 모르고 당황하면서도 그녀는 주저하는 법이 없었다.

"무섭지 않은데, 어떻게 도망을 가."

이런 상황에서조차 거짓말을 할 줄 모르는 봄의 성격은 결국 도경의 심장을 후비고 온몸을 뒤흔들었다. 감히 함부로 할 수 없게 반짝이는 두 눈동자가 얼마나 사람을 도발시키는지 알까.

먼 기억이 찾아온다. 이미 오래전에 덮어 뒀고 꺼내지 못했던 과거의 속삭임이 가슴을 타고 올라와 목구멍을 지나쳐 입 안에 맴돌았다.

그것은 봄도 마찬가지였다.

심장이 떨리고 온몸이 굳었으나 어쩐지 두 눈을 피하고 싶지 않았다. 상반된 감정과 반응들이 엎치락뒤치락하며 사람을 괴롭혔다.

'취해서.'

도경이 취해서 그러는 것일 거다. 그렇지 않고서야 이 남자가 이럴 사람이 아니니까. 그렇게 생각하니 이해가 가면서도 또다시 의문이 피어올랐다.

'그럼 이건… 무슨 뜻이야?'

이성을 앞선 본능. 그 본능이 말하는 건 무엇일까. 심장이 너무 빠르게 뛰어서 다시 입을 열 수가 없었다. 열면 그대로 입 밖으로 심장 소리가 들릴 것만 같았다.

혼란 속에 흔들리는 봄의 눈동자에 그는 여태 쥐고 있던 그녀의 손을 놓았다. 전에 없이 뜨거웠던 손길에 뒤늦은 숨통이 트였고 도경은 한 걸음, 한 걸음 물러났다. 늦은 밤의 고요함이 집 안을 채웠다. 봄은 묻고 싶었다.

'정말로 취한 거예요?'

그리고 결국 모든 걸 잊어버리게 되는 건가요?
혼란으로 물든 그녀의 눈동자에 도경은 제 입술에 손을 올렸다. 이제 흔적도 남지 않은 그날의 기억과 순간들. 또, 모든 것이 없던 일이 되는가. 보이지 않는다고, 없던 일이 되는 건 아닌데.
"온봄."
여전히 낯선 그의 목소리가 봄을 불렀다. 잘게 흔들리는 눈동자를 보면서 도경은 그녀가 준비되지 않았음을 분명하게 느꼈다.
'취해 있길 바란다면.'
이 순간을 책임질 용기가 나지 않아 그가 취해 있길 바라는 것이라면. 그렇게 해 줄 수밖에. 하지만 온전히 봄의 뜻대로 흘러가게 둘 생각은 없었다. 이 모든 순간을 '없던 일'로 혹은 훗날에 말하는 '옛날 일'로 만들 생각 따위는 없다.
"같았어."
주어 없는 말에 봄의 미간이 살짝 찌푸려졌다.
"뭐가, 요?"
의문이 담긴 말에 도경은 몸을 바로 세웠다. 단단한 가슴과 넓은 어깨가 유난히 크게 다가올 그때, 그가 말을 이었다.

"너를."

계속해서 생각하고 신경 쓰고 의식하고 말겠지. 불편해하며 어쩌면 피할지도 모를 일이지만 어쩔 수 없다.

'좋아했었어요.'

나는 잊어야 하더라도 너는 기억할 수밖에 없다. 이게 심술이라면, 정말로 어쩔 수 없을 것 같다.
"좋아했었어."
지금 이 순간부터 너의 모든 순간에.
내가 있어야 하니까.

방문이 닫히고 봄의 등이 문에 툭 닿았다. 잠깐의 침묵 뒤 이어지는 빠른 숨. 그녀는 두 손으로 제 뺨을 잡다 뜨아아, 입을 벌렸다. 소리 없이 목구멍을 오가는 바람이 침을 마르게 했다. 한동안 정신 차리지 못하고 굳어 있던 봄은 무의식중에 중얼거렸다.
"…정말로?"
입에서 나와 고스란히 귀로 들어오는 혼잣말에 대답하듯 다시 입이 움직였다.
"나를?"
자문자답 끝에 제 말이 얼마나 황당한 종류인지도 깨달았다. 좋아한다는 말도 아니고, 좋아했었다는 과거형의 말을 가지고 이렇게 당황하다니. 심지어 그의 말은 자신이 했던 말이지 않던가.

이렇게까지 기분이 고양될 이유가 없는데도 불구하고 들떠서 다이빙하듯 침대에 누웠다. 베개에 얼굴을 푹 묻고 그녀는 이불을 움켜쥐었다.

'좋아했었어.'

듣는 순간 정말 세상의 모든 소리가 잠시 멎었던 것 같다. 그 순간만큼은 첫사랑을 마주한 것처럼 설레고 어쩔 줄을 몰랐다.
'아니, 잠깐.'
봄은 미간을 사납게 구겼다.
"첫사랑을 마주한 건 맞잖아."
스스로 제 말을 정정한 그녀는 몸을 정자세로 뒤집었다. 하얀 천장이 눈에 들어오고 베개를 인형 삼아 가슴에 안은 봄은 사라지지 않는 도경의 말을 되뇌었다.
"…윤도경이 나를."
가슴이 재차 충만해진다. 도대체 언제였을까. 언제 자신을 좋아했던 걸까.
'같은 때였나?'
그렇다면 더더욱 모르겠다. 봄이 그에게서 그런 느낌을 받은 적은 단 한 번도 없었다. 있었다면 벌써 고백을 했을 자신이다. 그랬다면 그들은 분명 무언가 달라졌을 것이다. 그러다 문득 가슴에 찬바람이 스치고 지나갔다.
"그럼 뭐 해……."

지금이라고 달라질 것이 있기나 할까? 어느새 가득 차올랐던 단맛이 빠졌다. 두 팔 가득 안았던 베개가 툭, 옆으로 떨어지고 넋두리 같은 혼잣말만 남았다.

"…달라지는 건, 없지."

언제부터가 아니라, 언젠가 스쳤던 감정일 테니까. 이미 오래전에 지나간 시간들을 회고한 것에 불과한 것일 테니.

'없던 일이나 다름없는 거잖아.'

그 순간부터 온몸의 힘이 빠지고 기분이 다운되기 시작했다. 시간이 흐르고 그녀는 아무 말 없이 멍하니 새벽을 보냈다.

시간이 얼마나 지났을까. 봄은 제 손에 들린 넥타이를 눈앞까지 들어 올렸다. 살랑살랑 천 조각이 흔들렸다.

"……."

좋아했었다. 그 말의 의미는 자신이 가장 잘 알고 있다. 다른 사람도 아닌 바로 자신이 도경에게 했던 말이니까.

'신경 쓰지 마세요. 옛날 일이에요, 옛날 일.'

모든 것을 과거의 추억으로 치부한 아주 가벼웠던 자신의 말. 그것들이 스스로에게 돌아왔을 때 봄은 헛웃음을 지으며 중얼거렸다.

"그래, 그거지. 다른 이유가 있겠어?"

거기다 취했던 사람인데. 그녀는 '하하' 웃으며 몸을 빙그르 굴렸다. 도대체 얼마나 시간이 지났는지 창문 밖으로 새벽빛이 쏟아지고 있었다.

'…그냥 취해서 한 말.'

까만 시선이 멍하니 허공으로 흩어졌다. 봄은 몸을 살짝 웅크리며 제 가슴을 토닥였다. 꼭 체한 사람처럼 가슴이 답답했다. 이미 모든 정답을 알고 복잡할 것도 없는데 왜 이렇게 뒤끝이 쓰릴까. 자꾸만 깔리는 마음에 이불을 움켜쥐던 그녀는 벌떡 일어났다.

"아, 그만하자. 그만."

자신을 세뇌하듯 옆머리를 툭툭 건드린 봄은 침대에서 내려왔다.

"됐어. 어차피 없던 일이야. 술 마시면 필름 끊기는 사람이 한 말을 뭘 그렇게까지 신경 써?"

과장되게 혼잣말을 한 그녀는 세차게 머리를 흔들었다. 복잡하게 끙끙대는 건 자신답지 않았다. 밤을 샜지만 잠도 오지 않았고 어차피 슬슬 일어나 출근 준비를 할 시간이었다. 무엇보다 자신이 별일 없이 평소와 같이 행동하면 달라질 건 아무것도 없었다.

어색해지거나 불편할 이유는 없다. 아무 일도 없었던 날이 되는 거다.

욱신.

다시 지끈거리는 마음을 무시하고 방 밖으로 나선 봄을 맞이한 건 향긋한 커피 향이었다. 코끝으로 가득 차오르는 향을 따라 간 곳은 주방이었고 도경이 미소와 함께 그녀에게 인사를 건넸다.

"일어났네."

대체 언제 일어났는지 그는 새로 커피를 내려 봄에게 내밀었다.

"마셔."

역시나 도경은 아무것도 기억하지 못하는 것 같았다. 분명 안도가 들어야 할 상황인데 순간 멍한 표정이 되었다. 그게 꽤 오래 이어지자 그가 물었다.

"잠 덜 깼어?"

안 그래도 답답하던 마음이 더욱 세차게 쿵쿵댔다. 봄은 얌전히 커피를 받아 들었다.

"잠은, 잤어요?"

혹시 쭉 깨어 있던 건 아닐까 하는 마음에 물어보았다. 깨어 있었다면, 그대로 술이 깼다면 모든 것을 기억하고 있지는 않을까 하는 마음에서. 그는 가볍게 대답했다.

"조금."

"아, 그렇구나."

다행이다.

역시 어제는 없던 일이 되는구나. 하긴, 과거형에 불과한 그런 말들에 너무 신경을 쓰는 것 자체가 어른스럽지 못하다. 그럼에도 감정이 구겨지는 것 같다.

'괜찮아. 평범해. 달라진 거 없어.'

괜스레 헝클어진 마음에 봄은 무턱대고 커피를 입에 대다 아찔한 뜨거움에 놀랐다.

"윽!"

"괜찮아?"

어느새 다가온 도경이 그녀의 손에서 컵을 가져가며 휴지를 대 주었다. 스치듯 닿은 손길에 멈춘 봄에게 그가 말했다.

"천천히 마셔."

아무렇지 않게, 평범하게.

어제와 같이.

"덴 건 아니지."

"…네."

"다행이다."

안도하는 표정도, 옅은 숨도 마찬가지였다. 도경은 같다.

"오늘은 콘퍼런스가 있어서 지방에 내려가야 돼. 아마 집에는 못 올 거야."

손에 쥔 것들이 쌓여 간다. 넘치도록 쌓이는 것들을 보며 봄이 고개를 들었다.

"그럼 내일 아침에 오는 거예요?"

"글쎄, 봐야 알 것 같은데."

"피곤하겠네요."

"감수해야지."

일상적인 대화는 어제와 같았고 나누는 대화 또한 특별한 것이 없었다. 너무도 다를 것이 없어서 어제의 일이 정말로 없었던 것처럼 느껴졌다.

'꿈이었나?'

그럴 리가. 그가 잡았던 손끝도, 허리를 감싸던 팔도, 바로 코앞까지 다가왔던 입술도 모든 것이 선명한데 그렇게 느끼는 것은 저 하나뿐인 모양이었다. 일순 헛웃음이 흐를 뻔했다.

'정말로 아무렇지 않구나.'

기억에 남지 않을 만큼, 내가 그랬던 것처럼 이 사람도 결국 과거의 마음에 불과했던 거구나. 안도 아닌 안도를 하며 쓴웃음을 지었다. 차라리 잘되었다. 괜히 복잡하게 생각하지 말고 똑같이 하면…….

"왁!"

혼자 밑바닥으로 깔리던 많은 생각들이 순식간에 날아갔다. 바로 코앞에 있는 도경의 얼굴 때문이었다. 기겁한 그녀가 물러서기가 무섭게 그도 다가왔다. 바로 어제의 일이 정수리에 꽂히고 봄은 눈을 피하며 더듬거렸다.

"왜, 왜 이렇게 가까이."

"열이 좀 있는 것 같아서. 얼굴이 빨개. 표정도 안 좋고."

"예? 괜찮… 으아."

이마에 닿은 손등에 심장이 덜컥 뛰었다. 이렇게 가까우면 어젯밤 일이 자꾸 떠올라서 진정이 되질 않는다. 꽤나 대범한 축에 속한다고 생각하는데도 나사 몇 개가 빠져 버린 기분이었다. 이 마음도 모르고 도경은 고개를 기울이며 다가왔다.

"좀 더 보자."

아니, 그러면 꼭 입 맞추는 것 같잖아!

"아니, 아니. 그러니까."

더 황당한 건 밀어내면 그만일 그를 밀어내지도 않는 자신이었다. 못하는 게 아니라, 아니다. 그녀의 볼이 좀 더 붉어지며 뜨거운 숨이 나왔다.

"보, 보면 아나요. 윤도경 씨가 의사도 아니고……."

아차, 의사 맞지.

하던 말을 멈추고 굳은 봄에게 도경은 산뜻하게 말을 이었다.

"아무래도 컨디션이 나빠 보인다. 데려다줄게."

"아니요! 오늘은 일찍 일어났고 데려다줄 정도로 먼 거리도 아니라서!"

"어제 데려다준 보답은 해야지."

이번에도 예상하지 못한 말이 나와 봄의 말문을 막았다. 다행히 금세 풀린 입술이 조심스레 되물었다.

"기억, 해요?"

"기억하지."

어디까지?

뒷말까지 물었어야 했지만 나온 말은 '아' 이것이 전부였다. 결국 데려다주는 것이 기정사실이 되었을 때 봄은 혼란에 제 머리를 감싸 쥐었다.

'집에 와서 필름이 끊긴 건가?'

가까스로 가라앉혔던 머릿속에 불이 올랐다. 안도를 했는데 안도가 안 되고 안심을 하려니 안심도 안 된다.

'아니, 이게 대체.'

그녀의 평온한 하루에 혼란이 깃들었다. 누군가의 계획대로.

"온 실장."

"……."

"온 실장?"

"……."

"온봄 실장."

"…예? 아, 네?"

한참 나가 있던 넋이 풀네임에 간신히 정신을 차렸다. 봄은 자신의 앞에서 손을 흔들고 있는 재완과 눈을 맞추고 바보같이 반문했다.

"뭐라고, 하셨죠?"

전에 없는 허술한 질문에 재완의 미간이 좁아졌다. 그는 들고 있던 가위를 놓고 팔짱을 꼈다. 그리고 가만히 살피다 물었다.

"무슨 일 있습니까?"

"아니요, 아무것도요."

반사적으로 말한 그녀에게 재완이 몸을 앞으로 기울였다.

"정말 아무 일 없는 사람은 '아무것도'라는 말은 하지 않습니다."

살짝 가까워진 거리감을 가늠하지 못한 봄이 눈만 깜빡이자 먼저 다가왔던 그는 슬그머니 몸을 뺐다. 어쩐지 조금 붉어진 얼굴로 목을 가다듬은 재완은 단호히 말을 이었다.

"그리고 나는 누구든 내 주방에서 넋 놓고 있는 꼴은 못 봅니다."

그랬다. 지금 봄과 재완이 있는 곳은 레벤의 주방이었다. 절대 '담'을 넘지 말라던 재완이었지만 애석하게도 봄은 그 담을 수시로 넘을 의무가 있었다. 오늘같이 기록된 자재나 도구들의 개수가 맞는지 확인할 때.

봄은 자신의 실수를 빠르게 인정했다.

"죄송해요. 잠깐 다른 생각을 했어요."

"주방에선 다른 생각은 사치입니다."

"네, 명심할게요."

순순히 사과를 해 오니 재완도 더 꼬투리 잡진 않았다. 잠시 뒤, 집중해서 일을 마무리하고 태블릿을 내린 봄이 말했다.

"다음 주부터 진영 씨와 수업을 하신다는 거죠."

"예. 입사한 지 3개월도 지났으니 영업 전후로 가볍게 가르칠 생각입니다."

그의 말에 그녀는 고개를 살짝 끄덕였다. 봄이 알기로 막내에게 이 정도로 신경을 써 주는 주방은 없었다. 당장 그녀가 다녔던 주방에서도 반년 넘게 소일거리만 해 왔었으니까. 봄은 어깨를 한번 으쓱 올리고 말을 이었다.

"그럼 거기에 필요한 것들도 올려 주시면 확인하겠습니다. 오후에도 잘 부탁드립니다."

철두철미한 듯하지만 왠지 얼이 빠진 듯한 모습에 재완은 팔짱 낀 팔 그대로 손가락을 움직였다. 잠깐의 고민이 지나고 그녀가 밖으로 나가기 전, 그가 입을 열었다.

"무슨 일입니까?"

다짜고짜 찔러 오는 질문이 가슴에 훅 들어왔다. 조금 전과 비슷한 것 같지만 전혀 다른 질문이었다. 전자는 의문이었고 지금은 확신이었으니까. 재완은 휘둥그레진 봄의 눈을 보며 덧붙였다.

"참견이라는 건 아는데 정신 놓고 있는 거, 일 관련된 거라면 말해도 됩니다."

물론 그게 아니더라도 상관없지만. 재완이 생각하기에 봄은 위험한 것들이 잔뜩 있는 주방에서 넋을 놓을 성격이 아니다. 꼼꼼하다면 누구보다 꼼꼼한 성격이니 말이다.

"괜찮습니다."

더군다나 불편한 표정으로 하는 답도 썩 후련해 보이지 않았다. 어쩐지 그는 그녀의 피로한 모습에 마음이 쓰였다. 평소처럼 지나가면 될 일, 주방 식구도 아니고 2층에서 컴퓨터나 두드리는 봄을 신경 쓸 필요는 없었다.

그럼에도 불구하고 재완은 하얀 얼굴에 드리워진 불편함을 지워 주고 싶었다. 무슨 말이 좋을까, 어떤 미사여구가 필요할까. 애석하게도 그는 그런 대단한 것들을 표현할 재주가 없었다. 대신 많은 부하 직원을 둔 사람답게 상대방의 의중을 살필 줄은 알았다.

저 사람이 지금 어떤 벽 앞에 서서 돌파구를 찾지 못한다는 걸 말이다.

"온 실장, 뭐든 잘한다는 말 많이 듣죠? 일이든 말이든."

상황과 전혀 관계없는 말이었다. 이것이 칭찬인지 뭔지 몰라 머쓱해진 봄이 목 언저리를 쓸었다.

"네."

그런 것치곤 순순히 인정하는 그녀였다. 실제로 봄은 손으로 하는 것 빼고는 칭찬을 들어 온 편이다. 예상대로 시원한 수긍에 피식 웃은 재완은 늘어진 도구들을 정리하며 말을 이었다.

"그게 꼭 그렇게 좋은 건 아닐 겁니다."

달그락대는 소리는 듣기 좋았지만 중요한 건 그게 아니었다.

"무슨 말씀이신지 모르겠는데요."

"거기에 맞추려고 본인이 할 수 있는 일 이상을 하려고 하는 경우가 있거든요. 그러다 보니 혼자 앓아. 남들은 그걸 보고 성격 좋다고, 구김이 없다고 하고."

하는 말마다 틀린 말은 아니었다. 실제로 그녀는 제법 노력하는 편이었다. 다만 그게 고되다고 생각한 적은 없었다.

"…그게, 나쁜 건가요?"

진심으로 궁금해서 하는 말이었다.

"할 수 있으니까 하는 건데."

노력한다면, 해낼 수 있었으니까. 또한 성취감에서 오는 만족스러움도 적지 않았으니 말이다. 그러나 재완은 냄비를 찬장 위로 올리며 한 번 더 중심을 찔렀다.

"할 수 없어도 하려고 한다고는 생각한 적 없습니까?"

"…네?"

"억지로. 자기 세뇌를 시키는 것처럼."

그 순간 봄의 머리에 사이다 한 트럭이 콸콸 쏟아지는 것 같았다. 그간 꽉 막혀 있던 구멍이 뻥, 뚫리듯이 그녀는 멍하니 말을 잃었다. 그의 말 그대로였다.

봄은 지금 저 스스로에게 몇 번이고 반복하며 간밤의 일을 애써 없던 일로 만드는 중이었다. 아무것도 아닌 일이라고, 달라질 건 없다고. 침묵하는 그녀에 재완의 제 말이 조금은 효과가 있음을 알았다. 그는 마저 정리를 마치고 남은 냄비를 툭 두드렸다.

팅.

"노력하는 것과 애쓰는 건 다른 겁니다. 안 되는 건 안 되는 거거든. 망가진 냄비로 아무리 손목 돌려 봐야 음식이 타는 것처럼."

열에 녹아 손잡이가 망가진 냄비가 찬장에 오르지 못하고 바닥으로 내려갔다.

분명, 그녀에게도 그런 일은 있었다. 요리를 하고 싶었지만 끈질긴 노력에도 원하는 바를 이루지 못했다. 결국 그녀가 주방을 포기했던 것이 그와 같았다. 봄의 눈에 생기가 돌기 시작했고 재완은 어쩐지 제 가슴을 두드리는 맑은 눈동자를 향해 말했다.

"뭐든 잘해 왔고 말 잘하는 사람들은 생각이 많아. 그래서 제일 중요할 때, 쉽게 가는 법을 잊고 그래서 자기를 괴롭히기도 해요."

"……"

"가끔은 본인을 좀 편하게 해 주는 건 어떻습니까."

정말로, 믿을 수 없게도 지금 그녀에게 가장 필요했던 조언이었다. 앞뒤 사정 아무것도 모르는 사람이 해 주는 말이기에 더더욱 피부로 와 닿았다. 그의 말처럼 조금만 더 편하게 생각한다면 어떤 결론을 내릴 수 있을까.

'나는.'

그리고 마침내 답을 내리기 직전의 흐름을 불청객이 끊었다.

"그럼, 시장 조사는……."

기회를 틈탄 재완의 소소한 제안도.

Rrrrr. Rrrrr.

요란하게 울리는 휴대폰 소리에 놀라 꺼내 들자 재완은 받으라는 듯 손짓했다. 살짝 묵례를 한 그녀는 주방을 나서며 전화를 받았다.

"네, 여보세요."

-어머! 바로 받네요. 나예요.

서둘러 받느라 상대가 누구인지도 몰랐던 봄은 휴대폰을 떼 액정을 확인하곤 눈을 크게 떴다. 저도 모르게 심장이 쿵, 내려앉은 그녀에게 상대는 화사하게 말했다.

-오래 기다렸죠? 조만간 보증금 마련할 수 있을 것 같아요.

9.

　-늦어도 보름 안에는 줄 수 있겠어요.

　이제는 익숙한 집주인 아주머니의 말에 심장이 쿵쿵 뛰었다. 절대 설레서, 좋아서 뛰는 것이 아니다. 불편하고 뒤틀리게 뛰는 박동에 봄은 입술을 벙긋대다 겨우 대답했다.

"네, 감사합니다."

　정말로 감사한 일이었다. 전후 사정이야 어쨌든 귀찮은 일을 대신 맡아 정리를 해 준 것이니 이보다 고마운 일이 없었다. 조만간 보자는 말을 끝으로 전화가 끊겼다. 봄은 휴대폰을 아래로 내리며 잠시 액정만 바라보았다.

"…다행, 이다."

　혼잣말로 중얼거리는 말에 기운이 나질 않았다. 가셨다고 생각한 가슴의 답답함이 재차 밀려왔다. 가만히 휴대폰을 만지작거리던 그녀가 고개를 들어 창밖을 보았다. 아직 밝은 바깥은 봄을 완전히 편하게 두지 않았다.

일순 그런 생각이 들었다.

'이대로 말하지 않으면, 상관없지 않아?'

그런 이기적인 생각. 봄은 황급히 자신을 갈무리하고 휴대폰을 집어넣었다.

'집에 오면, 말하자.'

처음 자신이 나타났을 때 도경이 얼마나 당황했는지 벌써 잊었다면 사람도 아니다. 저녁에 그가 오면 말해 주고 축하를 받으면 된다. 이제 이 황당한 한집살이도, 온결이 언제 올지 몰라 안절부절못하던 생활도 조만간 끝낼 수가 있을 거라 생각할 때였다.

"맞다."

그녀의 좋은 머리가 아침에 나눴던 대화를 떠올렸다.

'오늘은 컨퍼런스가 있어서 지방에 내려가야 돼. 아마 집에는 못 올 거야.'

오늘 집에 오지 못한다는 도경의 말을 떠올린 거다. 봄의 얼굴은 조금 더 설명하기 어려운 색과 표정이 되어 뒤죽박죽이 되었다.

"……"

오지 않아서 다행인 건지, 오지 않아서 아쉬운 건지 가늠이 되질 않았다. 봄은 입가를 쓸며 고개를 저었다. 자꾸 다른 생각을 할 때가 아니었다. 이곳은 직장이고 그녀는 해야 할 일이 있었다.
 다행히.

 늦은 밤. 한 달을 조금 넘긴 시간 동안 머문 이곳에 지나치게 익숙해졌을까. 처음엔 넓고 춥기만 했던 곳이 포근하고 아늑하게 느껴지는 자신이 봄은 왠지 간사했다.
 소파에 앉아 만지작거리는 리모컨에는 집중이 되지 않았다. 힐끗 올려다본 시계는 8시를 조금 넘겨 있었다.
 "언제 와."
 나지막이 중얼거리는 혼잣말은 늘 그랬듯 한 사람을 향해 있었다.
 그랬다. 지금 봄은 도경을 기다리는 중이었다. 저녁은 같이 먹자던, 어제 아침에 나가서 보지 못했던 윤도경을. 꼭 엄마 기다리는 아기 새처럼 발가락을 꼬물거리며 기다리면서 의미 없이 텔레비전 채널만 바꿨다. 이따금 재미있게 보던 개그 프로그램도 재미가 없었다. 꾹꾹, 버튼만 누르며 이리저리 옮길 때 봄은 무릎 사이로 고개를 숙였다.
 왁자지껄 떠드는 텔레비전 소리가 멀어졌다.
 '…오면 말해야 하는데.'
 더 늦기 전에 해야 할 말, 바로 이 집을 나갈 수 있다는 사실. 늦어도 보름이라고 했으니 못해도 열흘 안에는 보증금이 들어올 거고 곧 집을 구하러 다녀야 한다. 지금 해도 늦은 판국에 어제와 오늘 그녀는 부동산도 가 보지 않았다.

"하아."

척하면 척.

5초 이상 생각하지 않아도 나오던 답들이 오리무중이었다. 이제 봄은 자신도 제 마음을 모를 지경에 이르렀다. 거기다 징그러울 정도로 윤도경 생각만 하고 있는 자신이었다. 푹. 재차 고개가 무릎 사이에 숨고 똑딱똑딱, 흐르는 시간 속에 다시 리모컨을 괴롭힐 때였다.

삑, 삐빅. 삐리릭.

잠금이 풀리는 소리가 들렸고 그녀의 고개도 번쩍 들렸다. 봄은 다른 것은 의식할 틈도 없이 현관으로 향했다.

"후."

막 문을 열고 들어서는 도경의 얼굴을 보는 순간 그녀의 심장이 쿵쿵 뛰었다. 고작 하루 이틀 만에 보는 얼굴이 왠지 낯설어서 인사도 못 하고 있자 그가 먼저 말했다.

"미안, 많이 기다렸지. 주말이라 차가 좀 밀려서."

저녁을 먹자더니 한참 늦어서 온 것에 대한 사과였다. 봄은 고개를 저었다.

"아니에요. 고생 많았어요."

"저녁은?"

당연히 안 먹었다.

"먹었어요."

그렇다고 밥을 해 달라고 할 만큼 속이 없는 사람이 아니다. 도경은 '그래?' 하고 되묻곤 안으로 들어와 방보다 먼저 식탁 앞에 섰다. 그리고 가방에서 무언가를 꺼내 들었다.

"어, 이거."

냄새부터 느껴지는 이 친밀함. 그는 봉지를 펼치며 말을 이었다.

"떡볶이 괜찮아? 만두랑 순대도 있는데."

당연히 싫을 수가 없었다. 봄은 방금까지 만개하던 우울함을 날려 버리고 힘차게 고개를 끄덕였다.

"완전 좋아요!"

"배부른데 괜찮겠어?"

"전혀 상관없어요! 안 그래도 배고팠는데 잘……."

약 20여 초 만에 거짓말이 들통났다. 그대로 멈춰 버린 그녀의 입에 도경은 만두를 하나 들어 집어넣었다.

"서른이면 한창 클 때지."

"……"

"돌아서면 배고플 나이잖아."

놀리고 있다.

이 사람, 엄청 놀리고 있다. 그러나 그것이 밉지 않고 오히려 고마운 마음이 들어 입술을 오물댔다. 따뜻한 눈길과 듬직한 어깨, 낮은 목소리를 들으니 그간의 고민들이나 생각들이 부질없게만 느껴졌다. 그녀는 입 안의 만두를 꼭꼭 씹으며 생각했다.

'말해야 하는데.'

이제 곧 보증금이 들어온다고. 이 집에서 나갈 수 있다고 말해야 하는데 입이 가득 차서 말할 수가 없었다. 봄은 두 손으로 만두를 집어 들었다.

'일단, 먹고.'

잘도 먹는 그녀를 보며 도경은 희미한 미소를 지었다. 햄스터처럼 볼을 부풀리고 오물오물, 쉴 새 없이 먹는다. 누가 봐도 '나 뭐 숨기고 있어요' 하는 눈으로 눈치까지 보면서. 빤히 알고 있지만 그는 굳이 먼저 꺼내지 않았다. 대신 먹기 좋게 떡볶이를 그릇에 덜어 줄 뿐이었다.

도경은 그릇을 내주다 혼자 떠드는 텔레비전을 발견했다. 봄이 좋아하는 개그 프로그램이 하고 있었다. 그가 아직 내려놓지 않은 그릇을 올리며 말했다.

"네가 좋아하는 거 하네. 소파에서 먹을래?"

"에? 괜찮은데… 그럴까요?"

아까까지만 하더라도 재미도 없고 느낌도 없던 프로그램이 보고 싶어졌다. 봄은 머쓱한 표정으로 쟁반에 음식들을 챙기고 소파로 향했다.

갑자기 모든 것이 시원시원하게 편안해지는 느낌이었다. 꽉 막혔던 속도, 찌르듯이 불편하던 가슴도 아무렇지 않았다.

이유는 알 수 없다. 소파에 앉아 집어 드는 순대 옆으로 떡볶이가 담긴 그릇이 놓였다. 그리고 그녀의 옆에도 그가 놓였다.

어라?

아주 확 달라붙은 건 아니지만 겨우 손 하나 거리에 도경이 앉았다.

'…가깝지, 않나?'

봄은 살그머니 옆을 돌아보았고 그는 만두를 집어 입에 넣고 있었다.

아! 그렇구나. 쟁반은 하나고 각자 덜어 먹지도 않으니 가까운 건 어쩔 수 없는 거다. 또 괜히 도경의 행동에 오해를 할 뻔했다. 어쩐지 그와 가까운 옆이 따끈따끈 신경 쓰였지만 애써 모르는 척했다. 그녀는 연신 바보 같은 자신을 자책하며 떡볶이를 쿡 찔러 들었고 그런 봄을 도경의 눈이 빤히 지켜보았다.

눈도 깜빡이지 않는 시선에 그녀가 고개를 갸웃거리자 그가 물었다.

"맛있어?"

그러고 보니 자신이 기껏 사 온 음식에 대해 감사 인사도 하지 않았음을 깨달았다. 봄은 서둘러 말했다.

"네, 맛있어요. 진짜 고마워요. 근데 어디서 사 온 거예요?"

"이 근처에 괜찮은 곳이 있다고 해서."

"여기에 그런 게 있었구나. 맛있어요. 특히 떡볶이가. 먹어 봤어요?"

"아직. 아, 포크를 안 가져왔네."

"가져다줄게요."

뭐라도 해 줄 마음에 일어나는 그녀의 팔을 도경의 손이 잡았다. 얼마 힘을 주지도 않은 것 같은데 꼼짝도 할 수가 없었다. 분명하게 느껴지는 힘의 차이에 눈을 크게 뜨자 도경이 가볍게 눈웃음을 그렸다.

"하나면 돼."

하나라도 포크가 있어야 먹지 않던가. 손으로 먹을 사람은 아닌데? 진지하게 고민하던 봄은 아직 제 손에 들린 떡볶이를 보았다. 정확히 포크에 찍힌 떡볶이다. 혹시나 하는 마음에 그녀는 슬그머니 그것을 기울였다.
"그럼, 이거라도."
당연히 그가 제 포크를 가져갈 거라곤 생각했다. 설마 제 손까지 함께 가져갈 줄 몰랐을 뿐. 포크를 쥔 봄의 손을 쥐어 제 입가로 가져가는 도경의 얼굴이 지나치게 가까웠다. 벌어지는 입술, 살짝 내리깐 눈의 눈꺼풀까지 모두 보였다.
꽈악. 심장이 조여들었고 그녀의 귓가로 달콤하기 그지없던 그의 속삭임이 들려왔다.

'좋아했었어.'

마치 온몸으로 유혹을 당하듯이. 손이 겹쳐졌던 건 그리 오래 걸리지 않았다. 아쉬울 정도로 짧게 닿았던 손이 떨어지고 도경은 입가를 살짝 닦아 냈다.
"맛있다."
정말로 맛있어 보인다. 무엇이? 아무튼 눈에 보이는 저 붉은 것. 봄은 입술을 꼭 물고 포크를 쥐었다. 음식은 줄어들어 가지만 해야 할 말은 쉽사리 나오지 않았다. 아니, 더욱 사납게 안쪽에서 속삭였다.
'말하기, 싫어.'

이 시간을 빼앗기고 싶지 않아. 어렵게 돌려 생각하지 않고, 안 되는 것을 애쓰지 않고 내린 답이었다. 봄은 목구멍에 막힌 음식인지 뭔지 모를 것을 삼켰다. 그리고 먼저 손가락 한 마디만큼 더 그의 곁으로 다가서던 사이로 진동이 울렸다.

"아."

왕왕 울리는 진동은 도경의 재킷에서 시작되고 있었다. 곧 휴대폰을 꺼내 든 그는 미간을 좁히다 곤란하다는 듯 말했다.

"아무래도 병원에 가 봐야 할 것 같아."

"네? 방금 멀리서 왔는데 또 병원을 가요?"

"교수님 호출. 응급은 아니고."

전공의 시절도 아니고 출퇴근이 정해진 펠로우라는 것이 무색하게 멋대로 울리는 연락이 야속했다. 어느새 일어선 그를 보던 봄은 저도 모르게 입술을 벌렸다.

'가지 마.'

그러곤 황급히 막았다. 아무 생각도 하지 않고 가장 본능적인 바람을 뱉어 낼 뻔했다. 지금의 관계에선 무엇으로도 설명할 수 없는 제 욕심에 그녀는 결국 이번에도 애를 썼다.

"다녀오세요."

어차피 채비를 푼 적도 없으니 준비할 거리도 없었다. 가방만 들고 현관으로 나서는 도경을 따라 다시 현관에 섰을 때 봄은 허탈한 기분이었다. 내내 기다린 이유는 보증금이 들어온다는 걸 말하려는 것이었는데, 결국 그것도 말하지 않았다. 그런 와중에 그는 다시 병원으로 갈 예정이었고 자신은 또 혼자 남는다.

'…혼자.'

오늘도 혼자.

새삼스러운 사실에 그녀는 자신을 이해할 수 없었다. 내내 침묵하는 봄을 두고 현관에 선 도경이 인사했다.

"다녀올게."

"네."

그들의 인사는 그것으로 끝이었고 그는 돌아섰다. 현관문이 열리는 모습이 유난히 느릿하게 보였다. 넓은 도경의 등을 타고 넘어오는 바깥의 싸늘한 공기에 고개를 들었을 때, 문은 닫히고 있었다.

헛웃음이 흘렀다.

"나, 진짜 뭘 바라는 거지?"

정신 못 차리고 연신 쓸데없는 생각만 해 대면서. 그녀는 손을 들어 눈가에 올렸다. 점점 더 마음이 뒤죽박죽이 되어 버리는 것만 같아서 자신을 참을 수가 없었다.

이럴 바엔 차라리 이 집을 나가는 게 나을 것 같다고, 그게 맞는 것 같다고 생각할 때 공기가 달라졌다. 문이 닫히면서 사라졌던 차가운 공기가 재차 봄의 살갗을 스쳤다. 그리고 고개를 든 그녀의 앞에는 어느새 눈을 맞추고 선 도경이 있었다.

쿵, 쿵.

가슴이 아프도록 뛰는 심장과 그의 까만 눈동자에 비치는 제 모습에 숨이 멎었다. 결국 숨도 말도 막혀 아무 말도 못 하고 선 봄에게 도경이 물었다.

"가지 말까?"

한계에 임박한 듯, 심장이 요동친다.

설렘이란 무엇일까.

감정의 둑을 지탱하는 위태로운 접착제 같은 것일까. 그것이 하나둘 눈에 보이기 시작하고 흔들리기 시작하면 단단히 잡혀 있던 둑이 무너지고 봇물처럼 감정이 쏟아지는 게 아닐까.

참 이기적인 생각들이 봄의 머릿속을 채웠다. 가지 말까, 하고 묻는 그의 말에 그러라고, 같이 있자고 할 뻔했다. 그러나 그것은 단순히 이기심으로 끝날 말이 아니었다.

"당연히."

차분히 말문을 연 봄은 말을 이었다.

"가야죠."

"……"

"선택권이 있는 문제도 아니고."

이것은 절대 어른스러워 보이거나 마음을 숨기기 위한 것이 아니다. 다른 것도 아니고 병원에서 온 연락이었다. 그의 유무로 누군가의 삶이 달라질 수도 있는 일이란 거다. 봄은 두 손으로 도경의 가슴을 뒤로 밀었다.

"어서 가요. 기다리겠어요. 사실 저 좀 피곤해서 자고 싶었거든요."

괜스레 변명하며 말하고 있지만 떠보는 건 아니었다. 얼핏 단호하기까지 한 시선을 보며 그는 갑자기 주머니를 뒤적거렸다.

"안 가고 뭐 하고 있어요."

나름대로 큰 힘으로 밀고 있는데 미동도 않는 도경에 봄이 낑낑

댔다. 그러거나 말거나 주머니에서 휴대폰을 꺼낸 그는 어디론가 전화를 걸었다. 도경은 왠지 휴대폰을 귀에서 조금 떨어트려 들었다. 곧 신호음이 끝나고 예상치 못한 외침이 쏟아졌다.

-선생님, 빨리 오세요! 다들 기다리고 있어요! 교수님도 오셨어요!
-소고기! 소고기입니다, 선생님! 돼지갈비가 아니에요!

감격으로 가득한 목소리가 쏟아지고 그는 미련 없이 전화를 끊었다. 짧지만 강력했던 통화 끝에 도경은 어깨를 으쓱였다.

"안 가도 되겠네."

낑낑 밀어도 움직이지 않던 그의 몸이 오히려 앞으로 밀고 들어온다. 졸지에 도경의 가슴에 손을 얹고 뒷걸음질을 치게 된 봄이 당황했다.

"방금 교수님 호출이라고."

"콘퍼런스 끝나고 하는 회식일 거야. 갑자기 머리가 아파서 못 간 걸로 하자."

"…그래도 되는 거예요?"

"그래도 돼."

병원 일이 아닌 건 다행이지만 교수의 호출을 이렇게 무시해도 되는 것일까. 도리어 걱정하는 봄과 달리 도경은 태연했다.

"뭐 할까."

아직 제 가슴에 얹어진 봄의 손을 잡고 웃을 뿐. 뭔가 굉장히 말리는 기분이었다. 혹시 이 사람 이미 알고 있던 건 아닐까 싶었지만 그녀는 작은 입술만 벙긋댔다.

"그게, 그러니까."

직접적으로 이런 말을 들으니 말문만 막혔다. 같이 소꿉놀이하자고 할 수도 없는 일 아닌가. 아, 상대가 의사이니 진짜 의사놀이는 할 수 있겠다. 자신이 생각해도 어이없는 헛생각을 할 때, 도경의 목소리가 흘렀다.

"잘까?"

가던 걸음과 하던 생각 모조리 망가트리기에 충분한 말이었다.

"…예?"

반문할 수밖에 없는 그녀를 놀리듯 그는 가볍게 눈웃음을 그리며 말을 이었다.

"피곤하다며."

또 당했다.

'나만 쓰레기지. 또 나만 쓰레기야.'

완전히 타락한 것 같은 제 머리에 봄은 입을 다물었고 그런 그녀를 비웃듯 우렁찬 음악 소리가 울렸다. 침묵을 깨는 벨 소리에 그녀는 도경의 주머니를 가리켰다.

"전화 다시 오는 거 같은데요."

"내 거 아니야."

"그럼 어디서."

그의 말대로 벨 소리는 다른 곳에서 들리고 있었다. 거실 테이블에 놓여 있던 봄의 것이었다. 하필 비슷한 벨 소리에 착각했던 그녀는 얼른 달려가 상대가 누구인지도 모르고 전화를 받았다.

-유재완입니다.

전화를 받기가 무섭게 자신을 알리는 인사말이었다. 깜짝 놀란 봄이 액정을 한 번 보고 눈을 크게 떴다.

"셰프님?"

당황 섞인 반문에 막 안으로 들어서던 도경의 걸음이 멈췄다.

"무슨 일이 있으신가요?"

등을 돌리고 있는 봄이 그것을 모르고 묻자 건너편 재완은 성격 그대로 시원하게 말했다.

-얼마 전에 시장 조사 하기로 한 것 기억합니까? 저번에 말하려다가 제대로 못 해서.

"아아, 예. 그렇죠. 기억하고 있어요. 혹시 내일이라도 가시는 건가요?"

-아니요. 지금 갑니다.

"…네?"

-별일 없으면 같이 갑시다.

지금 내가 뭘 듣고 있는 거지? 그녀의 머리 위로 물음표 여러 개가 뽕뽕 떠올랐다. 당황에서 황당으로 변한 봄이 멍해진 틈을 타 재완이 말을 이었다.

-신 메뉴에 사용했던 도미를 대구로 대체할 예정입니다. 근방의 수산시장에서는 마음에 드는 대구를 구하기가 어려워서 따로 유통을 알아볼 예정인데, 새벽 시장 시간 맞추려면 적어도 10시 전에는 출발해야 할 것 같아서 연락했습니다.

하는 말에 틀림은 없었으나 봄에게는 그저 당혹스러운 말이었다. 머뭇거리던 봄이 저도 모르게 말까지 더듬었다.

"지, 지금 이 시간에… 아니, 그런데 어디를요?"

-경상도입니다.

"…어디요?"

-경남.

숨이 헉 막혀 온다.

"…경, 남?"

-그쪽 항구에서 큰 시장이 새벽에 열리는 모양입니다. 유통업자들이 그쪽에 쭉 몰리는 것 같으니까 서둘러 협상을 봐야 기간 맞춰 신 메뉴를 낼 수 있을 겁니다.

이제야 이해가 가는 상황이었다. 분명 레스토랑 근방에 좋은 농산물시장은 있으나 괜찮은 수산시장은 없다. 지금도 멀리서 공수하는 것 같은데 아마 원하는 퀄리티의 공급처가 없었던 모양이다. 그러나 지금 시간이 몇 시인가. 아무리 다음 날이 주말이라도 쉬운 결정이 아니었다.

봄은 이성적으로 생각해 거절부터 했다.

"어, 그러면 저는 가까운 곳을 갈 때……."

-이번 신 메뉴에 대한 시장 조사를 원한 거 아니었습니까?

대뜸 재완이 물었고 봄은 미끼를 물었다.

"그렇긴 하지만."

-설마 거리가 너무 멀어서 미룬다거나 하는 이유는 아니겠죠.

"아니요. 그럴 리가요."

-만약 다른 큰일이 있으면 말해 주면 됩니다.

"그건 아닌데."

-그게 아니면 혹시 저랑 밤에 만나는 게 불편해서라든가.

"아, 그건 더 아니고요."

그녀는 제 한 몸 하나는 챙길 줄 아는 실력을 갖췄다. 이따금 너무 과해서 문제지. 무엇보다도 레스토랑을 옮기고 내는 첫 신 메뉴다. 그것은 재완에게도 중요하지만 그녀의 실적이나 업무 능력을 평가받는 기회이기도 했다. 그녀는 끙, 앓는 소리를 내다 고개를 끄덕이고 말았다.

"한 시간 안에 가겠습니다."

감정에 치우쳐 있을 때는 아니었다. 누군가의 농간이 아니고서야, 세상이 두 사람을 집에 있게 하질 않는 것 같다. 한숨을 쉬며 전화를 끊고 돌아서자 도경이 설명을 바라는 얼굴로 기다리고 있었다. 봄은 왠지 무표정한 그에게 말했다.

"아무래도 좀 멀리 다녀와야 할 것 같아요."

구구절절 설명을 해야 할까, 고민하던 그녀는 머쓱한 표정으로 말을 이었다.

"윤도경 씨도 그냥 회식을 가는 게……."

"나도 가도 돼?"

말이 끝나기도 전에 도경이 물었고 봄은 눈을 깜빡이다 제 목덜미를 쓸었다.

'가고 싶었구나.'

하긴, 그에게도 사회생활이 있는 것인데. 눈치 좋은 도경이니 가지 않길 바란 자신을 곧장 알아챘을 거다. 그녀는 살짝 고갯짓을 했다.

"네, 그럼요. 저한테 허락받을 이유 있나요. 그럼 같이 출발하는 걸로."

"고맙다."

저렇게까지 고마워하다니. 이 정도면 저가 귀찮진 않았을까, 시무룩해질 찰나였다.

"밑에 있을 테니까 준비하고 내려와."

밖으로 향하던 도경의 말이었고 봄은 고개를 갸웃거렸다.

"데려다주려고요?"

"같이 가도 된다며."

"어, 뭐… 그야."

"일단 가자."

"예… 에? 예에?"

그는 대답해 주지 않고 그대로 밖으로 나섰다.

늦은 시간, 사람들이 거의 다니지 않는 골목에 한 남자가 서 있었다. 그는 해외 유명 레스토랑 수셰프를 지낸 적이 있으며 현재는 근방에서 가장 유명한 레스토랑의 셰프를 맡고 있는 사내였다.

딱히 운동을 하진 않았지만 잦은 군일과 주방에서 전쟁을 치르는 덕분에 생활 근육이 생긴 탄탄한 몸. 늘 불앞에 서 있어 어두운 빛의 피부는 오히려 건강함을 비춰 주었다. 적어도 외견으로만 봤을 땐 대다수의 이성들이 호감을 가질 법한 그, 재완은 늦은 밤 누군가를 기다리고 있었다.

"후우."

한겨울처럼 춥지는 않지만 아직 싸늘한 밤공기가 옷 속으로 스며들었다. 몸이 추우니 세포들이 게을러지는지 피로가 찾아와 눈가를 문지른 그는 시간을 확인했다. 10시를 조금 넘은 시간, 약속했던 한 시간이 거의 되어 가고 있었다.

"…뭘 어쩌고 싶은 건지."

곧 약속 상대인 봄이 온다고 생각하니 어쩐지 초조해진 재완은 저도 모르게 중얼거렸다. 이 늦은 밤, 갑자기 사람을 불러낸다는 게 얼마나 무례한 것인지 알고 있다. 그러나 오늘 있던 대화가 그의 어딘가에 불을 지폈다.

'그때 실장님이랑 같이 있던 분, 애인일까요?'

시작은 베이킹을 맡고 있는 진혁이었다. 마감을 하다 말고 꺼낸 말은 하루 동안 모인 오더 용지들을 살피던 재완의 손도 멈추게 했다. 하루 일과가 끝나서일까, 긴장이 풀린 건지 주방 식구들이 삼삼오오 모여 수다를 떨었다.

'글쎄… 딱히 그렇게 보이진 않았는데.'
'엄청 잘생겼던데요. 홀 직원이 듣기로 의사였대요. 현종병원 아시죠.'
'어, 진짜? 이야… 우리 실장님 인맥 좋네.'

거기까지라면 괜찮았다.
바로 이어진 막내, 진영의 말만 아니었다면.

'어라, 저는 당연히 애인이신 줄 알았는데.'
'뭐야, 뭐 들었어?'
'아니요. 듣진 않았지만 딱 보면 느낌이 오잖아요.'
'그 느낌이 뭔데?'
'어… 딱 오는 건데. 보면 딱, 오는 거요.'

주방의 유일한 여자 진영의 말은 사내들로 가득한 이곳에서 굉장한 무게를 쥐고 있었다. 적어도 이런 섬세한 부분에선 막내가 아니게 된 진영은 눈동자를 굴리다 말을 이었다.

'그게 아니라면 썸?'

툭.
생각의 끝에 재완은 발끝에 있던 돌을 차 버렸다. 썸인지 뭔지, 봄과는 쌈밖에 해 보지 못했던 그로서는 이해하지 못할 부분이었다. 더군다나 그 말을 들음과 동시에 한눈에 봐도 완벽해 보이던 남자가 떠올랐다.

분명 마주쳤던 그 눈. 감정 없이 바라보던 시선 속에 담긴 분명한 적개심. 남자라면 모를 수 없는 눈동자는 잊으려야 잊을 수가 없었다.

"……"

왠지 저절로 어금니가 물렸다. 그때의 그 눈은 어쩐지 절대 넘을 수 없는 산을 보는 느낌, 아니 그보다도 유학길에 가르침을 받은 스승을 마주한 기분이기까지 했다.

"젠장."

어쨌건 불쾌한 기분이 온몸을 감쌌고 재완은 봄과 함께하면서 계속되는 이 찜찜함을 빠르게 털어 내고 싶어졌다. 그래서 남들의 시시콜콜한 이야기보다는 차라리 얼굴을 보고 뭐라도 대화를 나눠 보는 게 낫다고 생각했던 것 같다.

레스토랑이 아니라면 좀 더 편안한 대화가 가능하지 않을까 싶어서. 그 무엇보다도 뒤틀려서 황천을 가 버렸던 봄과의 첫 단추를 제대로 짚어 보고 싶은 마음도 있었다. 마음대로 그녀를 오해하고 섣부른 판단을 한 것이 사실이니까.

어긋난 시작이 제 잘못이라면······.

'사과라도.'

혼자서도 괜히 머쓱해져 뒷머리를 긁적이던 그는 다시 시간을 확인했다. 때맞춰 기다리는 재완의 마음을 알았던지 골목 끝에서 자동차 전조등 빛이 들어오고 있었다. 그것은 속도를 줄이며 그의 앞으로 다가왔다.

택시? 아니, 승용차?

'차가 있었나?'

아무리 생각해도 봄에게 자차가 있던 것으론 생각되지 않았다. 봄이 아닌 것으로 결론 내린 재완은 차가 지나갈 수 있게 한 걸음 물러섰다. 하지만 차는 정확히 그의 앞에 멈췄다. 무슨 상황인지 몰라 미간을 좁히며 지켜보던 차의 조수석 문이 열렸다.

"···온 실장?"

그곳에서 나온 건 봄이었다. 정장이 아닌, 편안한 옷차림의 그녀에 순간 눈길이 빼앗겼던 재완의 귀에 한 번 더 문소리가 들렸다. 닫히는 것이 아니라 열리는 소리.

자동으로 움직인 시선 끝에 보인 건 절대 잊을 수 없는 얼굴이었다.

"…하?"

기가 막힌 헛바람을 뱉는 사이 자동차를 돌아 다가온 그는 여유로운 표정으로 손을 내밀었다.

"말씀 많이 들었습니다."

가볍게 내밀어진 손.

본능적인 반발심.

"윤도경입니다."

재완은 분명하게 기억하는 사내를 바라보다 손을 맞잡았다.

"유재완입니다."

그리고 봄은 생각했다.

'어쩌다 이렇게 됐지?'

"다른 것보다 같이 가는 사람이 있어요. 그쪽이 불편하게 여길 수가 있어서."

"그건 내가 해결해 볼게."

"어떻게요?"

"잘."

'그러니까 도대체 어떻게 잘할 건데요.'

오늘따라 유난히 답이 정해진 사람처럼 행동하는 도경에 봄은 안절부절못했다. 차라리 '안 돼' 하고 단호하게 말할 수 있으면 좋은데 그게 또 쉽지 않았다. 솔직히 말해서 이렇게 동행하는 것이 나쁘지 않았다. 아니, 좋았다.

도경이 자신을 신경 써 주는 것이 기분을 좋게 만들었다.

'최소한 소고기는 이긴 거잖아.'

커트라인이 지나치게 낮은 것 같지만. 그리고 결국 두 사람은 나란히 재완의 앞에 서게 되었다.

"윤도경입니다."

"유재완입니다."

두 남자가 이렇게 마주할 것이라곤 생각하지 못했던 봄은 이 상황이 그저 당황스러웠다. 일단 자신보다 더욱 당황스러울 재완에게 설명을 하려던 찰나, 도경이 말했다.

"얼굴색이 많이 어두우시네요."

역시 전혀 설명이 되지 않는 뜬금없는 소리였다. 아니나 다를까, 조금도 이해하지 못한 재완의 표정이 처음 만났던 그때보다 더욱 험악해져 있었다. 봄은 헐레벌떡 그들 사이를 중재하러 나섰다.

"제가 다시 설명을 드릴게요. 여기는……."

"잠깐 봐도 되겠습니까?"

이번에도 도경이 선수를 치며 재완과 가까워졌다. 객관적으로 봤을 때 굉장히 준수한 두 남자의 한 컷은 보는 재미가 있었지만 그걸 즐길 때는 아니었다. 이미 고슴도치처럼 가시 흉흉하게 내세운 재완이 무섭지도 않은지 도경은 덤덤했다.

"몸이 상당히 경직되어 있는 것 같습니다. 손등에도 지나치게 혈관이 돋아나 있고 안색도 단순히 불 앞에 자주 선 탓이 아니라 어둡고요. 평소에 혈압이 좀 높지는 않습니까?"

'윤도경!'

갑자기 펼쳐진 진찰실 풍경에 봄은 그답지 않게 대책 없는 그의 팔을 잡았다. 그러나 뭘 하느냐는 시선이 닿지 않았는지 도경은 개의치 않고 말을 이었다.

"식욕이 줄고 감기가 아닌데도 기침이 나온다든지, 아침에 일어났을 때 목이 따갑고 아플 수도 있는데 어떻습니까."

"…그야."

"역류성 식도염 증상입니다. 이따금 복부팽만감이 있을 수도 있고 소화가 쉽지 않을 때도 있을 거고요."

"아니, 뭐 그건."

"아침에 일어나는 게 어렵고 전보다 피로감을 쉽게 느끼죠."

하나하나 틀린 말이 없었다. 이럴 수가! 봄은 보고야 말았다. 불청객에게 보내던 재완의 시선이 흔들리고 있었다.

'아니야, 그러면 말리는 거야!'

10년 공백은 둘째 치고 윤도경의 죽마고우로서 알 수 있는 바로 그 지점. 홀라당 넘어가기 시작하는 재완에 봄은 애석하게 고개를 저었다.

"그게, 잠깐만 봐도 보입니까?"

대답을 해 버린 이상 모든 것은 도경의 뜻대로 흐를 것이다.

"피로가 많이 쌓이신 것 같습니다. 간 기능도 많이 저하되어 있을 가능성이 높으니 지나친 활동은 삼가는 게 좋습니다. 수면 시간도 맞추는 것이 필수고요."

"…어떤."

"병원을 가서 진찰을 받는 게 가장 좋지만 일단은 오랜 시간 하나의 일을 하는 것부터 줄이는 게 좋을 겁니다. 일을 제외하고, 뭔가를 지나치게 오래 본다든가 장시간 운전을 한다거나."

세상에… 맙소사. 윤도경의 전생은 여우였을까. 신뢰가 넘치는 의사선생님께서는 기가 막힌 방법으로 재완의 가시를 하나하나 접어 갔다. 도경은 전문적인 용어를 몇 섞어 말을 잇다 쐐기를 박았다.

"이런 상태에서 운전을 오래 하다 보면 사고가 날 수도 있습니다. 의료진으로서 이런 걸 알면서도 보낼 순 없죠. 여기 온봄 실장이 장거리 운전을 할 정도는 아니라서."

'그건 또 어떻게 알았지?'

더군다나 '온봄 실장'이라는 호칭도 전혀 어색하지가 않았다. 그는 봄과 재완을 번갈아 보다 살짝 웃었다.

"운전은 제가 하겠습니다."

"……."

"부담스러워하실 거 없습니다."

알아서 한다더니, 정말로 알아서 다 했다. 전국에서도 유명한 현종병원 의사선생님의 말이었다. 아무리 대단한 사람이라도 무당에게 혹하듯 넘어갈 수밖에 없는 일이었다.

끝내 홀려 버린 재완이 '그런가, 그랬던가.' 하며 중얼거릴 때 봄은 아주 낮게 속삭였다.

"어떻게 알았어요?"

정말로 보자마자 재완의 모든 증상을 맞힌 도경이 신기해서 묻는 말이었다. 도경은 어깨를 으쓱이며 대답했다.

"현대인 중에 내가 말한 증상이 없는 사람은 거의 없으니까."

여러 모로 대단한 사람이었다. 잠시 혼돈에 빠져 있던 재완은 번뜩 정신을 차렸다. 그리고 나란히 선 두 사람을 향해 물었다.

"둘이, 무슨 사이입니까?"

어쩐지 묘한 뜻이 담긴 질문. 오묘한 이질감을 느끼지 못한 봄은 도경을 한번 올려다보다 쓴맛을 감추며 말했다.

"고향 친구요."

지금으로선 이보다 완벽한 대답은 없었다. 어쩐지 상반된 표정이 된 두 남자의 모습은 어둠에 가려져 보지 못한 봄이었다.

세 사람이 탄 차는 뻥 뚫린 고속도로를 시원하게 내달렸다. 주말을 앞두긴 했어도 늦은 시간이라 차는 많지 않았고 안정적인 속도는 졸음을 야기했다.

꾸벅꾸벅, 뒷좌석에 앉은 봄이 고개를 왔다 갔다 졸고 있었고 도경의 눈에도 그것이 보였다.

"좀 자. 자고 싶댔잖아."

백미러로 위태로운 모습을 본 그가 말하자 퍼뜩 눈을 뜬 봄이 손을 흔들었다.

"아니에요, 아니에요. 잠깐 졸았어요. 휴게소 가면 깰 거예요. 휴게소 가서 커피 마시고 찬 바람 쐬면 괜찮아져요."

이미 반쯤 잠든 것 같지만 꿋꿋하게 버티는 그녀였다. 도경은 더 말하지 않고 조수석에 앉은 재완에게 말했다.

"조수석에서 자는 건 아니겠죠."

웃는 얼굴로 뱉은 침에 재완의 미간이 좁아졌다.

"…아까 수면 시간이 필요하다고 하지 않았습니까?"

"그랬던가요?"

뻔뻔한 농락에 재완은 안전벨트를 확 당겨 감정을 표출하곤 팔짱을 꼈다.

누가 앉으라고 말하기도 전에 조수석에 앉은 재완을 향한 소박한 복수 같다면, 과장되었을까. 어쨌든 목적지에 도착할 때까지 재완이 잠들 일은 없을 듯했다.

'싸우는 거 아니지?'

사실 봄으로서는 이해할 수 없는 모습이었다. 손님과 셰프로서 얼굴 정도는 봤더라도 두 사람이 대화를 나눈 건 이번이 처음이다. 그런데 묘하게 그들은 서로에게 날을 세우고 있었다.

도통 이유를 알 수 없는 청백전을 보던 그녀는 운전을 하는 도경을 걱정스레 지켜보았다.

'…피곤할 텐데.'

원래 잠도 못 자는 사람이 지방에서 올라온 지 얼마나 되었다고 또 운전을 하고 있었다. 그것이 고맙기도 하고 미안하기도 해서 마음이 쓰였다. 그런 봄의 시선을 알았을까. 백미러를 통해 비친 도경의 눈이 살포시 눈웃음을 지었다.

"괜찮아, 자."

이미 다 알고 있다는 것처럼 그는 그녀를 안심시켰다. 도경의 말은 마법과 같아서 그나마 버틸 수 있을 것 같았던 눈꺼풀이 무겁게 가라앉았다.

'안… 되는데.'

안 그래도 가득하던 잠기운과 재완과 둘이었으면 절대 느낄 수 없었을 안정감이 봄을 덮쳐 왔다.

얼마나 지났을까. 결국 봄의 몸이 툭, 옆으로 기울고 두 사람의 눈이 백미러로 향했다. 자리의 불편함도 모르고 고롱고롱 잠든 그녀의 모습에 동시에 웃음소리가 났다. 그러다 옆자리에 앉은 상대방을 의식하며 금세 무표정을 지었다.

꽤 오랜 시간 동안 말없이 달리던 차 안, 먼저 입을 연 건 재완이었다.

"어떻게 같이 온 겁니까?"

늦었지만 갑자기 함께 나타난 도경에 대한 궁금증이었다. 아마 봄이 잠들어 묻는 것일 터였다. 도경은 어렵지 않게 대답해 주었다.

"같이 있었습니다."

여러 가지 뜻이 담겼지만 결코 거짓말은 아니었다. 재완은 어쩐지 더 묻고 싶은 마음이 사라져 고개를 돌리다 말을 이었다.

"고향 친구면 동갑입니까?"

무심한 것 같지만 뾰족하게 선 신경을 느끼며 도경이 답했다.

"동갑은 아닙니다."

"연하는 아니겠고, 연상."

"예."

"알기로 온 실장 나이가 딱 서른인 것 같던데, 그 언저리인 겁니까?"

늘 그랬듯 나이를 묻는 건 수컷들이 벌이는 싸움의 첫 번째 순서였다. 도경도 그다지 피할 생각은 없었다.

"서른셋입니다. 유재완 씨는 어떻게 됩니까?"

하필.

"…같습니다."

하필이면 동갑이다. 도경이 들리도록 혀를 찬 재완이 선공 아닌 선공을 날렸다.

"전 4월입니다."

위를 선점하기 위한 노력에 도경은 가볍게 눈웃음을 지었다.

"제가 더 어리네요. 전 11월이라."

"……"

"형님으로 불러 드릴까요?"

재완은 이번으로써 분명하게 느꼈다. 이 사내에게 말로 이기려는 것은 결코 좋은 시도가 아니다. 고향 친구라더니, 봄이나 도경이나 입만 살았다.

재완이 껌도 없는 입 안을 질겅질겅 물기를 한참, 절반쯤 도착했을 때 차가 휴게소를 향했다. 의외로 많은 차들 사이에 부드럽게 주차한 도경은 완전히 곯아떨어진 재완에 헛웃음을 지었다. 굳이 깨울 생각은 없기에 피식 웃은 그는 뒤를 보았다.

'집에서보다 더 잘 자는 것 같은데.'

이젠 입까지 벌리고 잠든 봄이 입가를 긁적이며 꼬물대고 있었다.

도경은 잠시 재완이 잠든 것을 확인하고 운전석을 나섰다. 그리고 트렁크를 열어 작은 쇼핑백을 집어 들었다.

"…타이밍을 놓치긴 했는데."

얼마 전 사다 뒀던 봄의 몸에 맞을 법한 카디건이었다. 나중에 줄 요량이었으나 시간을 놓쳤다. 이내 쇼핑백에서 그것을 꺼내려던 도경은 다시 집어넣었다. 소득도 없이 금세 닫힌 트렁크를 돌아서 나오던 그는 입고 있던 재킷을 벗었다.

싸한 공기가 밀려들기 전, 뒷좌석 문을 연 도경은 웅크린 봄의 위에 재킷을 덮어 주었다. 큼직한 재킷이 그녀의 몸을 가뿐히 덮었다. 그는 듣지 못한 봄을 향해 가벼운 농담을 건넸다.

"이번 건 못 줘."

달라고 하면 뭔들 못 주겠냐마는. 그녀의 몸에 옷을 덮어 주고 나선 도경은 조수석에 앉은 재완을 잠시 바라보았다. 한껏 여유로운 척하지만 이것은 하찮은 질투심에 벌인 억지스러운 일이었다.

자신에게 온전히 마음을 내주지 않은, 혼란을 겪는 봄이 행여나 다른 곳으로 눈을 돌릴까 조급함에 뒤따라 이러고 있는 거다.

"후우."

스스로 생각해도 기가 막힌 제 행동에 머리를 쓸어 넘긴 그는 눈가를 쓸었다. 지독한 불면증에 잠을 제대로 못 자는 건 사실이지만 피곤함을 못 느끼는 건 아니다.

커피라도 한 잔 필요할 것 같아 둘러보니 멀지않은 곳에 자판기가 보였다. 봄을 재완과 둘이 두는 것이 썩 마음에 들지 않지만 운전을 하자면 꼭 필요할 것 같았다.

별수 없이 걸음을 옮긴 도경이 차에서 멀어지고 얼마 뒤, 조수석에 앉아 있던 재완의 눈이 뜨였다.

"……."

고개만 조금 돌려 뒤를 본 그의 눈에 곤히 잠든 봄이 들어왔다. 좁은 자리가 불편하지도 않은지 아주 깊이 잠든 그녀를 보던 재완은 가볍게 혀를 차고 밖으로 나왔다.

어쩐지 같은 공간에 둘이 있는 것이 지금 그에겐 좋은 여파가 될 것 같지 않았다. 무엇보다 봄에게 실례가 될 것 같았으니까.

'찜찜하니까.'

자신을 두고 간 도경을 생각해도 찜찜하고 찜찜한 것은 딱 질색이다. 냉큼 차 밖으로 나와 문을 닫은 재완은 화장실로 향하려다 멈칫했다. 갈팡질팡, 머뭇대던 발끝이 돌아가고 그는 봄의 머리가 놓인 뒷좌석 문을 열었다.

"…별 뜻은 없고."

누구도 듣지 못할 변명을 하며 입고 있던 점퍼를 벗은 재완은 그것을 돌돌 말았다. 그리고 적당한 높이로 말린 옷을 봄의 머리 밑에 댔다.

알맞은 높이에 그녀가 잠결에 몸을 움직이다 편히 늘어졌다. 고른 숨소리를 들으며 그의 입가로 옅은 미소가 번지고 곧 문이 닫혔다. 훈훈한 온기가 감도는 차 안, 봄이 깨어나기엔 아직 깊은 새벽이었다.

10.

 불과 몇 시간 전까지만 하더라도 서울 한복판에 있던 세 사람이 동이 트기 한참 전, 저 먼 남해 항구에 도착해 있었다. 사선으로 거의 끝과 끝을 달린 차는 지친 듯 늘어진 모양새였고 그 차를 번갈아 운전한 두 남자도 피로가 완연했다.
 "정말, 미안합니다."
 덕분에 꿀잠을 잘 수 있었던 봄의 진심 가득한 사과였다. 그녀는 사 들고 온 따듯한 커피 두 캔을 그들에게 내밀었고 두 사람은 각자 그것을 받았다. 따칵, 마개를 딴 도경이 말했다.
 "고마워. 잘 마실게."
 이어서 재완은 심드렁하니 캔을 주머니에 넣었다.
 "내가 하고 싶어서 한 겁니다."

정확히 상반된 두 사람의 반응을 들으며 봄은 머쓱하게 웃었다. 여전히 익숙해지지 않는 광경이었다. 해가 뜨려면 못해도 세 시간은 필요했지만 시장에는 꽤 많은 사람들이 있었다. 소규모 상점은 아직 닫혀 있었지만 큰 가게들은 벌써 바쁘게 돌아갔다.

 또한 그만큼 바쁜 사람이 한 명 더 있었다.

 "이게 무슨 생선이죠?"

 "아, 이거는 흔하게 잡히는 건 아닌데."

 잠시 혼자만의 시간에 흠뻑 취한 재완이 처음 보는 상인과 열띤 토론 중이었다. 뒤에서 그 모습을 지켜보던 봄은 제 곁에 나란히 선 도경을 향해 말했다.

 "윤도경 씨 좀 쉬었으면 좋겠어요. 차에서라도 쉬는 거 어때요?"

 도착한 내내, 아니 출발하기 전부터 걱정하던 부분이었다. 그는 아무 말 없이 어깨만 으쓱였고 그녀는 눈을 가늘게 뜨며 물었다.

 "잠을, 자고 있긴 해요?"

 도경이 제대로 잠을 못 자는 건 이미 아는 사실이지만 지나친 강행군에 정말 쓰러질 것 같았다. 그는 낮게 웃었다.

 "긴 잠을 못 자는 거지, 잠을 아예 못 자는 건 아니야."

 깊은 잠을 자면 거의 무조건 꿈을 꾸는 게 문제일 뿐. 대수롭지 않게 말하는 그를 가만히 살펴보았다. 의사인 본인이 가장 잘 알겠지만 역시 참견을 안 할 수가 없었다.

 "아무리 생각해도 안 되겠어. 들어가서 좀 쉬어요."

 "괜찮아."

 "맨날 괜찮대."

억지로 차 쪽으로 밀어 보지만 꼼짝도 하지 않았다.

"진짜 말 안 들어."

살짝 흘긴 눈으로 말한 봄은 이내 떠오른 생각에 말을 이었다.

"자리 마련해 줘서 고마워요."

"자리?"

그녀의 눈동자가 옆으로 향하다 제자리로 돌아왔다.

"옷으로 덮어 주고, 베개로 해 준 거."

봄의 수면을 도와줬던 두 개의 옷을 떠올리며 한 말이었다. 목적지에 도착하고 나서야 일어날 정도로 푹 자게 만들었던 것들이다. 말을 들은 도경의 표정이 조금 묘해졌다. 그는 가만히 그녀를 바라보다 고개를 저었다.

"하나는 내가 아니야."

"네?"

"꽤 조심하고 있네."

이해하지 못할 소리에 고개를 갸웃거리자 도경은 담담히 말했다.

"괜찮은 사람이야."

"누구요? 아, 유 셰프님이요?"

자연스레 돌아간 시선이 재완을 향했다. 어느새 다음 가게로 넘어가 엄청난 크기의 물고기를 들고 있는 그가 보였다. 봄이 피식 웃었다.

"처음엔 분명 이유 없이 사납긴 했는데… 아니다, 이유가 없는 건 또 아니었으니까. 아무튼 좀 무례한 건 사실이었지만."

"……"

"좋은 사람 같아요."

솔직한 평가에 도경의 눈으로 쓴 기운이 스쳤다. 그는 스스로를 가두듯 팔짱을 끼며 중얼거렸다.

"확실히, 좋진 않네."

이성과 욕심 사이에서 점치는 스스로를 향한 속삭임이었다. 의문투성이의 봄의 시선과 어느새 조금 까맣게 물든 도경의 눈이 마주쳤다. 지나치게 이른 새벽, 피곤함에 무뎌진 이성에 좀 더 솔직하게 서로를 바라볼 때였다.

"뭐 합니까? 기껏 와서 시간 다 보낼 생각인 겁니까?"

어느새 다가오고 있는 재완의 말이었다. 봄은 반짝이던 눈을 게슴츠레하게 떴다.

"성격이 안 좋은 건 확실해요."

단호한 말이었다. 도대체 뭘 산 건지 스티로폼 박스를 들고 온 재완은 차로 향하며 봄에게 말했다.

"운전은 나도 했습니다."

어디서부터 어디까지 들었는지 몰라도, 아주 뜬금없는 말은 아니었다. 금세 멀어지는 그에게 그녀는 깔끔하게 인사했다.

"고생하셨어요."

그 이상도, 이하도 아닌 딱 수고 인사. 어쩐지 실망스러운 표정의 재완을 보면서도 봄은 더 말하지 않았다. 아닌 말로 일 때문에 온 사람이랑 순수하게 도와주러 온 사람이랑 같을 순 없는 법이니까. 박스를 차에 넣은 재완은 여전히 퉁명스러운 표정을 하고 돌아왔다. 봄은 시간을 확인하고 입을 열었다.

"그럼 시작할까요?"

딸깍.

레벤의 온봄 실장의 스위치가 켜졌다.

"일단 대상 어종을 전문적으로 하는 업체부터 찾아야 할 것 같네요. 아직 손님들의 기호를 모르는 상태에서 대량으로 구입할 수는 없습니다. 먼저 소량이 가능한 업체부터 확인하죠."

"업체보다 항 자체에서 산지 직송도 나쁘지 않을 것 같습니다만."

"그것도 고려하긴 해야겠지만 오배송이나 신선도 문제가 있을 때 후처리도 중요하니까요. 일단 경매장부터 가시는 게 좋겠네요."

"그럽시다."

시간은 많지 않았고 할 일은 정해져 있었다. 세 사람은 곧 항구 곳곳에 꽂힌 표지판을 따라 경매장으로 향했다. 대다수의 사람들이 한곳으로 향해서 찾는 건 그리 어렵지 않았다.

"물이 많네요. 미끄러지지 않게 조심하세요."

앞서기 시작한 봄을 두 남자가 뒤따랐다. 먼저 그녀의 바로 옆에 당연하게 선 도경을 보던 재완은 늦지 않게 남은 옆자리에 섰다. 졸지에 두 사내의 비호를 받게 된 봄의 머릿속은 일로 가득 찼다.

다만 그녀를 가운데 두고 선 이들의 시선은 그러지 못했다.

찌릿.

결코 곱지 못한 눈빛이 봄의 머리 위로 오갔다. 아무래도 친해지기 어려울 것 같은 눈동자들이 불꽃이 튈 즈음.

"아, 물."

바닥에 흥건한 물들 중에서도 유난히 잔뜩 고인 웅덩이에 봄은 폴짝, 뛰었다. 그러나 앞을 보지 못한 안일한 사내들은 미처 그것을 보지 못했다.

"……!"

"억!"

거의 동시에 삐끗한 발이 그대로 물을 밟고 미끄러지던 찰나, 재완의 외마디 소리에 돌아본 봄은 눈을 휘둥그레 뜨고 반사적으로 손을 뻗었다.

쿠당.

결국 건장한 남자들이 엉덩방아를 찧으며 넘어지고 말았다. 고여 있던 물방울들이 꽤 높게 튀고 앞으로 뻗은 그녀의 손을 잡은 사람은 없었다. 애초에 잡아 봤자 같이 넘어지는 것밖에 되지 않을 일이었다.

예상치 못한 처참한 상황에 넘어지지도 않은 제 엉덩이가 아픈 듯한 봄은 이번엔 두 손을 내밀었다.

"둘 다 괜찮아요?"

볼썽사납게 넘어져 버린 그들은 자신들의 바보 같음에 적잖이 황당한 듯했다. 이내 정신을 차린 두 사람은 그녀의 손을 한쪽씩 잡았다. 차가운 도경의 손과 뜨거운 재완의 손이 양손에 쥐어졌다.

"바보들도 아니고."

봄은 짧게 한숨을 쉬며 몸의 온도조차 완벽하게 다른 사내들의 손을 당겼다. 꽉 쥐어 당겨지는 순간 재완의 얼굴에 붉은 기운이 서렸다. 별것도 아닌 부축에 변한 낯빛으로 그는 입술을 말아 물었고 도경은 왠지 재완의 뒤통수를 치고 싶어졌다.

 멀리까지 온 보람은 있었다. 발품은 팔아야 했지만 적당한 업체를 찾을 수 있었고 눈으로 확인한 만큼 믿음도 갔다. 만족스러운 결과를 두고 현재 벤치에 앉아 있는 건 도경과 봄 둘이었다. 잔뜩 밀려드는 피로에 길게 기지개를 켠 봄은 혀를 찼다.
"거기서 알은체를 왜 해 가지고."
 재완의 부재는 사실 그 스스로 자처한 일이었다. 항구 끝자락, 아주머니들이 연탄에 올려 두고 조개를 구워먹는 것을 보곤, 건강에 나쁘다며 호의를 베푼 것이 잘못이었다. 직업병은 못 고치는 모양이었다.
 결국 기약 없이 재완을 기다리게 된 마당에 도경은 뜻밖의 제안을 했다.
"그냥 올라갈까?"
 싱그러운 미소에 잠시 침묵한 봄이 조심스레 되물었다.
"…셰프님 두고요?"
"돈 있겠지."
 어찌나 화사한 미소인지 순간 고개를 끄덕일 뻔했다.
"……"
 어느덧 해가 밝아 오고 있었고 그제야 도경의 얼굴이 바로 보였다. 너무 어두워서 미처 보지 못했던 안색이었다. 그 어느 때보다도 피곤함이 가득 담긴 얼굴에 그녀는 입술을 말아 물었다. 이러다 정말 어디 크게 아플 것 같은 모습에 봄은 고민하다 엉덩이를 떼고 조금 멀리 앉았다. 그리고 의아해진 도경을 향해 말했다.

"잡시다."

"…뭘 해?"

황당한 듯한 목소리에 그녀는 제 다리를 툭툭 쳤다.

"빚 갚는 거예요. 다리 내줬었으니까."

행여나 그가 부담을 가질까 농담을 섞은 말에 도경은 헛웃음을 흘렸다. 당연하게도 그는 거절했다.

"괜찮아. 피곤하면 네가……."

"깨워 줄게요."

아무렇지도 않게 던진 말이 도경의 심장을 파고들었다. 봄은 진지한 눈으로 말을 이었다.

"나쁜 꿈 꾸는 것 같으면, 저번처럼 내가 깨워 줄게. 그러니까 걱정하지 말고 자요."

혼자서는 절대 깨어날 수 없는 악몽. 그 악몽의 괴로움에 잠들지 못했던 기나긴 시간. 우습게도 그것의 해법은 그리 어렵지 않았다.

"얼른."

그녀는 움직이지 않는 그를 당겼다. 강한 힘에 그대로 기운 도경의 머리가 봄의 무릎에 닿았고 그녀는 그의 눈에 제 손을 덮으며 작게 속삭였다.

"옆에 있을게."

오래된 기억을 꺼내게 만드는 자그마한 속삭임.

'옆에 있을게.'
'그러니까 이제 좀 자자.'

아직은 어렸던 그 언젠가, 일주일을 넘도록 잠들지 못하고 혼이 빠져 있던 도경에게 봄이 했던 말. 그리고 그는 강성을 떠나기 전까지 잠들 수 있었던 자신을 떠올렸다. 그 이유는 분명.
'…네가 있어서.'
손바닥에 가려진 눈이 천천히 감겼다. 온결에게 쫓겨 봄의 집에 가게 되었을 때에도 도경은 잠이 들었다. 잠든 것도 모르고 아무런 꿈도 꾸지 않고서.
경직되었던 도경의 몸이 천천히 힘을 잃었다. 그녀는 그의 눈을 가린 그대로 느리게 머리카락을 쓰다듬었다. 부드러운 머릿결이 손가락 사이를 스쳤다.
이른 새벽, 고요함을 채우는 파도 소리. 싸늘하지만 춥게 느껴지지 않는 공기. 오롯이 자신만을 위해 주어진 시간은 그간 미뤄 두고 덮어 뒀던 감정을 꺼내 놓았다.

'뭐든 잘해 왔고 말 잘하는 사람들은 생각이 많아. 그래서 제일 중요할 때, 쉽게 가는 법을 잊고 그래서 자기를 괴롭히기도 해요.'
'가끔은 본인을 좀 편하게 해 주는 건 어떻습니까.'

머릿속을 파고드는 재완의 말에 봄은 제 시간을 파도 소리에 얹어 보았다. 좋아했었다는 말이 가졌던 힘을 고스란히 입술에 담아 보았다.

"아무것도 아닌 게 아니니까."

체한 듯이 꽉 막혀 어쩔 줄 모르겠던 감정은 통증이었다. 그에게 헌것이 되고 싶지 않고 옛날 일도, 신경 쓰지 말아야 할 존재가 되고 싶지도 않은 욕심이 부른 아픔.

멀지 않은 과거에 저가 뿌린 씨앗이 열매를 맺고 돌아온다. 이와 똑같은 상황, 비슷한 대화에서 자신이 도경에게 했던 대화들이 떠올랐다. 자신을 좋아했었다는 봄의 말에 도경이 물었었다.

'좋아했던 사람에 대한 예의인가?'

지나간 일이라 대수롭지 않게 여기던 그녀에게 그렇게 말했고 봄은 무례를 저질렀다.

'10년도 더 지난 일이라니까요. 생각보다 속이 좁으시네.'

정말 아무렇지도 않게.

'난 오늘 알았으니까 열두 시간밖에 안 지난 일이야.'

혼란스러웠을 그를 생각하지 않고.

'뭐야, 그럼 이제 와 거절이라도 하게요?'

그의 마음도 모르면서.

'받아 주면.'

함께한 시간이 자신에게만 존재했던 게 아니라는 것을 망각하고서.

'그럴 리가 없지.'

함부로.
그녀는 그를 조금도 배려하지 않았다.

'난 반가운데.'
'그러면 안 돼?'

모든 순간순간에 떨렸던 마음이 말한다.

'그럼, 오빠가 아닌가 보지.'

지금 두 손을 채운 물건들만큼, 그때마다 차곡차곡 쌓였던 감정들. 가장 위험한 순간에 함께해 줬으며, 가장 필요할 때 손을 내밀어 주었고, 낯선 곳의 이방인이 된 그녀를 이곳에 녹아들 수 있게 만들어 준 유일한 사람.

도경의 눈을 가렸던 손을 떼어 냈다. 그는 정말로 잠들어 있었고 봄은 옅은 미소를 지었다.

"알고 있었어요."

이미 알고 있었지만 입 밖으로 내는 순간 더는 주체할 수 없게 될 것 같아서, 이 평범한 일상을 스스로 깨고 뒤바꿀 것만 같아서 일부러 결론내지 않았던 마음. 하지만 이제 어쩔 수 없는 것 같다.

'아무리 생각해도.'

결국 고백도 하지 못하고 끝나 버린 감정은 분명 헌것이다. 그러나 지금 마주하는 사람을 향해 움직이고 있는 이 마음은 10여 년 전 그 시절 온봄의 것이 아니다.

'이 사람이 좋아.'

지금 이 순간 그녀의 것이었다.

어떻게 할까.

집으로 돌아온 봄의 머릿속엔 온통 그 생각밖에 들지 않았다. 씻기 위해 욕실에 들어와서도 마찬가지였다.

"어쩌지."

내내 같은 생각이었다. 물론 그녀는 다음 스텝이 무엇인지 알고 있었다.

'고백하거나, 고백하지 않거나.'

첨벙.

욕조 안에 몸을 뉜 그대로 팔만 살짝 움직였으나 물이 크게 출렁였다. 꼭 제 마음처럼 느껴졌다. 봄은 슬그머니 몸을 내리며 물속에 입까지 내렸다.

"……."

보글보글.

물속의 산소 방울이 맑게 생기다 터졌다. 그녀는 잠시 눈을 감고 빙글빙글 돌아가는 생각들 중 하나를 꺼내 들었다.

10여 년 전, 정확히는 그보다 훨씬 더 전.

처음 감정을 깨닫고 그를 좋아하게 되었을 때 봄은 이미 한 가지의 길을 선택했었다. 넘치는 감정을 간신히 덮고 또 덮으며 고백하지 않았고 결국 그들에겐 10년의 공백이 생겼다. 만약 이번에도 덮어 둔다면 아주 높은 확률로 그의 곁에는 다른 사람이 있을 것이다. 그녀는 냉정하게 물었다.

'이 사람이 다른 사람하고 있는 걸, 축하해 줄 수 있어?'

그때가 되어 도경을 좋아하지 않게 되더라도, 순수한 마음으로 그의 곁에 선 그의 소중한 사람에게 웃어 줄 수 있을까?

"…그럴 리가 없잖아."

오래 생각하지 않아도 나올 대답이었다. 친구이자 가족이었던 윤도경을 지키기 위해 선택했던 길. 그러나 결국 다시 깨달아 버린 사실.

'윤도경이 좋아.'

자신은 도경을 '친구'로만 볼 수 없다는 것. 아마 그녀는 멀지 않은 시간에 도경에게 제 마음을 말하고 말 것이다. 무언가를 감추고 숨기는 데 익숙하지 않은 봄에겐 이조차도 곤욕이었다.

얼굴을 보면 감정을 토해 낼까 고향으로 내려온 도경과 마주하지 않으려다 10여 년을 날려 먹었으니까.

보그르르.

억지가 아닌, 진심으로 참았던 건 딱 한 번뿐이었다. 열넷, 처음으로 감정을 깨닫고 앞뒤 사정 따윈 생각하지 않으며 고백하려던 어린 날.

'침착해, 온봄. 내 말 잘 들어.'
'갈 곳이 있어.'
'지금 도희가……'

첨벙.

자연스레 떠오른 기억에 물속에 있던 손으로 얼굴을 가렸다. 고백을 앞둔 어느 날, 도희의 부고 소식을 들었다. 그리고 늘 강했던 도경이 무너지던 모습도 그때 처음으로 보았었다.

"하아."

물기로 가득한 얼굴을 몇 번이고 쓸어내린 그녀는 몸을 바로 세웠다. 그리고 문밖 어딘가에 있을 도경을 생각하며 심호흡을 했다.

'한집살이부터 끝내야 돼.'

서로가 서로에게 불편하지 않기 위해 규칙을 정하고 배려에 배려를 하면서 지내는 유사 가족의 행위는 독이 될 거다. 봄은 욕조 밖으로 나서며 말했다.

"차라리 잘됐어."

어찌 보면 완벽한 타이밍이었다. 이런 마음을 가지고, 매일 도경을 남자로 보면서 있을 수는 없었다. 제 엉큼한 머릿속이 무슨 생각을 할지는 뻔한 일이었다.

보증금이 들어오면 이 집을 나가자. 그리고 지나친 배려와 규칙으로 정해진 관계가 다시 평행선에 섰을 때.

'그때.'

고백할 것이다. 결국 하고 말 고백이라면 이 집을 나간 후에 하는 것이 맞다. 그래야 만약 거절당한다고 해도 도경이 피해를 입지 않을 테니까. 그는 저와의 관계가 불편해지면 먼저 이 집을 나가겠다고 할 사람이다.

봄은 수건으로 얼굴을 감싸며 속삭였다.

"이제 도망 안 가."

제 선택에 리허설은 없다.

거친 숨이 그의 입 밖으로 터져 나왔다.

운동을 한 것도 아니고 숨을 참을 것도 아닌데 꿈에서 깨어나는 순간 저도 모르게 터져 나온 숨이었다.

"…하아."

깊게 터트린 숨과 함께 도경의 두 손이 제 얼굴을 짓눌렀다.

언제 잠들었는지 모르지만 바깥은 새벽이었다. 서재 책상에 앉아 원서를 보던 것까지는 기억이 나는데 깜빡 잠이 든 게 분명했다. 그리고 꿈은 어김없이 함부로 찾아와 그를 조롱했다.

"……."

봄의 몇 마디와 눈을 덮은 손 한 번에 사라졌던 꿈들이었다. 아무것도 아닌 것 같지만 기나긴 시간 동안 내내 도경을 괴롭혔던 것이기도 했다. 그에게 '잠'은 감히 청할 수 없는 안식이었다. 자신이 도희라면 절대, 그것을 인정할 수 없을 것이다.

깜빡깜빡.

책상에 놓인 휴대폰 액정이 빛을 내고 있었다. 그는 휴대폰을 가져와 화면을 확인했다.

[조만간 한번 보자.]

두 시간쯤 전에 온 메시지였다. 아마 확인하지 못한 메시지라 휴대폰이 계속 비춘 모양이다.

"후우."

다시 한숨을 흘러나왔다.

삐걱.

도경은 자리에서 일어나 서재 밖으로 향했다. 이렇게 악몽을 꾸고 나면 온몸의 진이 빠져 극심한 피로감이 덮쳐 온다. 몸은 잠을 자서 나아졌을지 몰라도 정신이 피폐해지는 악순환이었다.

차가운 물로 지친 몸을 깨우기 위해 나서던 그의 귀에 부스럭대는 인기척이 들렸다. 정확히 현관에서 들린 소리였다.

"…온봄?"

현관 조명 아래, 막 신발을 신고 있던 봄과 눈이 마주쳤다. 반사적으로 확인한 시간은 이제 겨우 새벽 5시. 도경이 놀란 만큼 그녀도 놀랐던지 휘둥그레진 눈으로 멈춰 물었다.

"벌써 일어났어요? 아니, 잠을 자긴 잔 건가?"

새벽임에도 쾌활한 목소리는 노곤했던 그의 정신을 일깨웠다.

"…아마도."

이것도 잠이라면, 잔 것이겠지. 봄이 오기 전까진 늘 반복되었던 생활이지만 한동안 드물어 고삐를 느슨하게 쥐었던 것 같다. 그는 천천히 봄에게 다가갔다.

"요즘 일찍 출근한다더니 이렇게 이른 시간일 줄은 몰랐어."

"네. 좀 일찍 출근하고 있어요. 한동안은 계속 이럴 것 같아요. 우리 한 사흘 만에 제대로 보는 건가 봐."

그녀의 말 그대로였다. 이 며칠 동안 그들은 제대로 마주한 적 없었다. 그 이유가 이렇게 이른 출근 시간이었을 줄이야. 도경은 봄의 갑작스러운 이른 출근에 의아해졌다.

"왜?"

그저 궁금했을 뿐이다.

"어… 그게."

그러나 간단명료한 대답만으로도 충분할 질문에 봄은 잠시 머뭇거렸다. 눈동자를 굴리고 가방을 쥔 손을 만지작거리다 늦은 대답을 했다.

"아, 시장 조사요."

그에겐 썩 유쾌하지 못한 답이었다. 긴말은 아니었지만 '누구'와 가는 것인지 충분히 알 수 있었다. 도경의 굳은 얼굴은 어두운 거실에 가려지고 봄은 어깨를 으쓱이며 말했다.

"다녀올게요."

언제나 그랬듯 맑은 목소리가 거실을 울린 후, 그녀는 곧 집 밖으로 나섰다.

늘 그랬던 것 같다. 봄은 항상 그가 생각하는 것 이상의 혹은 반대의 행동을 하곤 했다. 그것은 사람을 놀라게도 했고 당황시키기도 했지만 언제나 마지막은 웃게 만들었다. 하지만 지금은 아니었다.

"후우."

도경의 가슴을 채우고 있는 건 조바심이었다. 그는 아직 땀방울이 남은 이마부터 머리를 쓸어 넘겼다.

유재완.

경망스럽지 않고 나름대로의 줏대가 있는 사내. 어찌 보면 따사로운 봄과 아주 잘 어울리는 열기가 있는 남자. 도경은 선천적으로 차가운 제 손을 말없이 내려다보았다.

여태껏 항상 겨울에 머물렀을 것 같은 손이었다. 다른 사람보다 현저히 차가운 손에 놀라는 것은 꼭 환자뿐만은 아닐 것이다. 꽉 쥐어진 손에 핏줄이 돋아났다.

"누구였을까."

주어도 없이 속삭인 말에 다 식은 커피를 홀짝이던 세영이 고개를 갸웃거렸다.

"친구 아니었을까요? 그냥 지인이라고 하셨잖아요."

대충 말해도 귀신같이 질문의 요지를 집어낸 그녀였다. 지금 영호가 말한 사람은 다름 아닌 얼마 전 회식에서 보았던 여자 때문이었다. 도경과 무척 친한 것으로 보였고 마지막엔 집까지 같이 갔던 여자. 영호의 눈이 더욱 가늘어졌다.

"그 묘령의 여자는 누구인가."

"…묘령은 아니었던 것 같은데."

"아무튼."

시시콜콜한 잡음을 차치하고 차트를 덮은 그는 그날 이후 연신이 떡밥에 매달려 있는 중이었다.

"은근히 연예인 닮지 않았었어?"

"그랬던가요? 자세히 보질 못해서 기억이 잘 안 나요."

"닮았어. 배우 있는데… 눈 쪽이 엄청 닮은 것 같았거든? 딱 보고 어? 했었는데."

영호의 말에 곰곰이 생각해 봤지만 세영은 어깨를 으쓱였다.

"그랬던 것 같기도 하긴 한데요."

어쩐지 관심 없어 보이는 그녀에게 서운했던지 그는 테이블을 탁, 치고 말했다.

"아무튼 말이야. 너는 그걸 그냥 믿을 수 있냐?"

"…못 믿을 이유가 없는걸요. 그보다 선생님은 펠로우 선생님한테 너무 관심이 많으신 것 같아요. 누가 보면 좋아하는 줄 알겠어요."

"절대 평범한 사이가 아니었어."

세영이 그러거나 말거나 진지하게 턱을 쓰다듬는 그였고 세영은 한숨을 쉬며 말을 이었다.

"그렇게 궁금하시면 여쭤 보는 게······."

"안 그래도 혼날 일 많은데 굳이 나서서 혼나야겠냐."

그걸 아는 사람이 굳이 그렇게 호기심을. 어쩐지 호기심의 당사자가 응급실을 비운 틈을 타서 고민에 빠져 있더라니. 겁도 많고 호기심도 많은 영호를 향해 안타까운 시선을 주던 세영은 고개를 휘휘 저었다.

차마 하지 못한 말을 뒤로하며 어서 커피를 마시고 가자, 싶던 그녀의 눈에 막 응급실로 들어오는 두 명의 모습이 보였다. 바로 앞 데스크에 무언가를 말하자 간호사와 인턴이 따라붙었다.

익숙한 광경이었다. 환자가 들어오고 의사와 간호사가 진료를 보는 것. 수많은 일들이 일어나는 응급실에선 아주 흔하디흔한 일이었다. 그러나 '익숙한' 얼굴이 들어오는 건 아주 낯설었다.

"어?"

세영의 외마디에 영호가 물었다.

"왜, 뭔데."

"아니, 어··· 아닌가? 아닌데."

"뭔데 그래."

"방금 들어온 환자요, 어디서 본 것 같은데."

"누군데. 연예인이라도 왔어? 너 윤현수 좋아하잖아."

"어우, 윤현수 미치죠. 안 그래도 이번에 영화 찍는 거 완전 기대··· 으아! 생각났다!"

대뜸 큰 소리를 낸 세영이 눈을 크게 뜨고 멀지않은 곳의 두 사람을 보았다. 그리고 펄쩍 뛰며 손뼉을 쳤다.

"맞다! 맞네!"

"뭐야, 뭐! 왜!"

덩달아 놀란 영호가 물었지만 그녀는 이미 응급실을 빠져나가 사무실로 향하고 있었다. 날아가듯 휘리릭, 사무실 문을 연 세영은 컴퓨터 앞에 앉은 그를 힘껏 불렀다.

"윤도경 선생님!"

정확한 호명에 그 외에도 여럿이 있었지만 헷갈릴 일은 없었다. 우렁찬 제 이름에 그가 고개를 돌렸다.

"무슨 일이야."

이 정도로 직접적인 호출은 흔치 않기에 반사적으로 일어선 도경은 물건부터 챙겨 들었다. 바로 응급실로 뛰어갈 모양새에 세영은 황급히 손을 저으며 말했다.

"응급은 아닌데, 지금 좀 가 보셔야 할 것 같아서."

"뭔데."

"그때 그 레스토랑 실장님이……"

말이 끝나기도 전에, 그는 이미 사라지고 없었다.

봄은 요리를 못한다. 단순히 못하는 정도가 아니라 정말로 '못'한다. 분명 '요리'라는 분야의 지식은 풍부하고 어지간한 전문가 못지않지만 그것을 풀이해 나가는 센스가 거의 전무했다.

예를 들자면 음식이 타면 불을 줄인다거나, 간이 세면 물을 넣는 것과 같은 아주 기본적인 것들조차 그녀에겐 쉽지 않은 길이었다.

태생적으로 손재주란 것이 없는 문제였다. 때문에 간단한 음식을 하더라도 봄은 남들보다 곱절로 노력을 해야 했다. 오래전에 놓은 칼질부터, 불 조절까지. 그저 암기와 인고의 노력만이 '음식'이란 것을 만들어 내곤 했었다.

늦은 밤, 레스토랑 레벤의 주방. 마지막 주문을 받고 모든 손님들이 돌아간 늦은 시간, 세 사람이 그곳에 있었다.

"굳이 손목을 많이 쓰지 않아도 됩니다. 반복된 작업에 몸이 상할 수 있다는 걸 명심하고. 불 위에 올라간 이상 프라이팬에 놓인 재료들은 반드시 익습니다. 서두르지 말고 재료에 집중하세요. 넌 불이 켜져 있다고 생각하면서. 팔꿈치랑 손목을 같이."

담담한 재완의 말투는 존댓말과 반말이 섞여 무척 애매모호했다. 그러나 그의 말을 듣는 두 사람은 무척 신중한 표정으로 고개를 끄덕였다.

"네, 셰프님."

두 사람, 주방 막내 진영과 봄이었다. 어쩌다 이 자리에 봄이 있는가 하면, 그것은 사흘 전으로 거슬러 올라간다.

얼마 전, 굳이 말하자면 진영의 인턴십이 끝났고 비로소 잡일이 아닌 기초를 배울 수 있게 되었다. 물론 당장 불과 칼을 쓰게끔 하는 건 아니지만 친해질 수 있는 계기를 만드는 거다. 부주방장 서경찬은 이를 '소중하고 소중한 우리 막내님 도망가지 않게 만드는 뇌물'라고 칭하였다.

그래도 도망간 막내가 진영의 앞으로 네 명이나 있지만 말이다.

어쨌든 이렇게 시작한 뇌물, 아니 수업에 봄이 껴 있는 이유는 그녀의 말 한마디에서였다. 자재 확인을 위해 내려갔던 주방에서 기초를 배우는 진영을 보았다.

신이 나서 집중하는 그녀의 모습에 봄은 오래전 주방에서의 자신을 떠올렸고 저도 모르게 중얼거리고 말았다.

'저한테도 셰프님 같은 분이 계셨으면 좀 더 잘 배웠을까요?'

정말 무의식중에 나온 말이었다. 그가 듣기를 바란 것도 아니고, 뭔가를 원한 것도 아니었다. 심지어 큰 목소리가 아니었는데도 불구하고 재완이 말했다.

'해 보겠습니까?'

그게 시작이었다. 당연히 거절하려던 봄의 머리로 순간 한 가지가 스쳤다. 요리를 배운다면, 가장 먼저 대접해 주고 싶은 사람이 떠올랐기 때문이었다.

'한 가지만 가르쳐 주실 수 있을까요?'

뻔뻔하다고 생각했지만 재완은 생각보다 훨씬 쉽게 그녀를 받아 주었다.

그리고 현재, 약 사흘간의 수준별 맞춤 공부로 인해 마침내 봄은 '사람의 음식'을 만들기 시작했다.

기본을 배우는 진영과 달리 한 가지의 음식을 배우고 있던 봄은 배움의 막바지에 이르고 있었다. 신중하게 버섯을 썰며 집중하는 그녀를 가만히 보던 재완이 반사적으로 봄의 손목을 쥐었다.

"힘을 너무 주면 칼이 엇나갈 수도 있습니다."

"아, 이렇게 할까요?"

"아니, 손가락을 그렇게 하면 안 되고 세 손가락은 자루를 쥐고."

자연스레 칼을 잡은 손을 감싸며 바로 고쳐 주던 그는 온통 도마에만 집중하는 봄을 보며 생각했다.

'그냥, 사람이군.'

이와 같은 상황들이 거듭되며 며칠 동안 느껴 온 명백한 사실. 불가피하게 접촉이 되는 경우에도 단 한 번의 당황도, 어색함도 없던 그녀다. 차라리 불편해하기라도 하면 나았을까. 옆에 있는 진영보다도 더 신경을 쓰지 않는다.

쓴맛이 입 안에 담겨 쥐었던 봄의 손을 놓으며 말했다.

"이 정도면 내일, 처음부터 끝까지 직접 조리를 해 볼 수 있을 것 같습니다."

"그럴까요?"

"예. 한번 해 보죠."

셰프에게 조리를 허락받는다는 건 주방에선 엄청난 일이다. 물론 이것은 한 가지 요리를 배우는 속성법이었지만 주방에서 탈락했던 봄에겐 감격스러운 상황이었다.

꽤나 감격에 빠진 그녀에게 열심히 가상 프라이팬으로 손목을 움직이던 진영이 주먹을 힘껏 쥐어 보였다.

"실장님 힘내세요. 파이팅!"

며칠 사이 그들에겐 굉장한 동질감이 생긴 참이었다. 봄은 상기된 표정으로 고개를 끄덕였다.

'다행이다. 나가기 전에 해 줄 수 있겠어.'

보증금이 들어오기 전까지 불과 며칠. 집을 구하며 정신이 없어지면 밥을 해 줄 수 있는 기회가 쉽게 잡히지 않을 거다. 늦어도 내일이면 도경에게 한 끼라도 식사를 대접할 수 있다. 며칠 내내 고생하며 배우는 것도 모두 그 때문이었다.

괜스레 두근거리는 마음을 다잡고 봄이 제 앞의 물건들을 정리할 때였다.

"제가 치우겠습니다!"

어느새 시뮬레이션을 마친 진영이 다가와 도구들을 가져갔다.

"아니에요. 제가 할게요."

"해 드리고 싶어서 그래요. 이제 같이 이렇게 있는 것도 얼마 안 남았으니까 괜히 서운해서."

상사에게 잘 보이기 위한 것이 아니라 진심으로 반짝이는 눈이었다. 요즘 같은 세상에 이렇게 때 묻지 않은 사람도 없을 거다.

"둬도 됩니다. 정리도 배워야 하니까."

재완은 심드렁하게 말하고 있었지만 어쩐지 웃음기가 서려 있었다. 진영은 그런 사람이었다. 정 많고 순수한 말을 듣다 보면 절로 기분이 좋아진다. 봄은 방긋 웃으며 열심히 움직이는 진영에게 고개를 끄덕였다.

"부탁할게요."
"프라이팬부터 정리하겠습니다!"
반대편에 있던 진영이 쾌활한 목소리와 함께 프라이팬이 있는 화구로 손을 뻗었다.
"네. 그럼 저는……."
다른 도구들을 쥐고 무심결에 대답하며 돌아서던 봄은 기겁하며 돌아섰다.
"진영 씨, 잠깐!"
반대편에서 진영이 닿을 수 있는 곳은 딱 한 곳. 뜨거운 프라이팬의 몸통이었다.

레스토랑 근처에 늦은 밤까지 열려 있는 병원은 많지 않았다. 대다수 개인 병원은 닫았고 올 수 있는 곳이 현종병원이었다.
"아."
저절로 신음을 흘린 봄이 눈을 꾹 감았다. 소독을 하면서 전해지는 아찔한 통증은 참기 어려웠다. 성심성의껏 소독을 한 의사가 말했다.
"2주 정도는 절대 물에 절대 닿으시면 안 되고요. 매일 소독을 해야 하니까 일주일 정도는 병원으로 오셔야 합니다."
"여기로 와야 할까요?"
"아닙니다. 일반 병원 아무 데나 가셔도 됩니다. 대신 일주일 뒤에는 꼭 오셔야 하고요."
"네."

"바로 붕대 해 드릴 테니 잠시만 기다려 주세요."
"감사합니다."
소소한 대화를 나누고 의사가 잠시 자리를 비운 사이, 봄은 제 손바닥을 보았다.
"…으."
살갗이 까진 빨간 환부는 보기만 해도 아파 보였다. 이것은 진영의 손이 프라이팬에 닿기 직전, 프라이팬을 바닥으로 쳐 내면서 다친 상처였다. 불을 켜지 않은 제 프라이팬만 생각하고 무의식중에 봄의 것도 달궈지지 않은 것이라 생각한 듯했다.
천만다행히 프라이팬이 완전히 달궈진 상태가 아니었고, 뜨거운 팬을 재빨리 쳐 낸 것이라 아주 큰 상처는 아니었다. 봄은 눈을 살짝 찡그렸다 뜨며 중얼거렸다.
"진영 씨가 많이 놀랐을 텐데."
"지금 한진영 걱정할 땝니까? 알면서도 대신 다쳐 놓고?"
그런 그녀의 곁, 답답함에 미간을 잔뜩 좁힌 재완이 말했다. 다친 봄 때문에 완전히 정신 줄을 놓은 진영 대신 그녀를 병원까지 데려온 그였다. 그때 그 상황이 얼마나 엉망진창에 패닉 상태였는지 모른다. 봄은 어깨를 으쓱하며 말을 이었다.
"요리를 할 손이에요. 이제 막 배우기 시작했는데 다치면 안 되죠."
"무슨 그런 말도 안 되는 소리를."
"아마 같은 상황이 되더라도 전 그렇게 했을 거예요."
그녀는 자신이 다쳤어도 후회는 없어 보였다. 분명 직원들을 지키려는 마음과 책임감은 칭찬할 만했다. 실장이라는 직함이 전혀 아깝지 않은 사람이다. 다만 재완은 그저 웃고 마는 봄을 보며 묻고 말았다.

"그게 나였어도 말입니까?"

거기엔 너무도 치졸하고 치사한 마음이 담겨 있었다. 그러나 그녀는 어떤 표정 변화도 없이 곧바로 고개를 끄덕였다.

"네."

두근두근.

멍청하게 뛰는 심장이 이제 분명하게 느껴진다. 그가 입술을 물며 상황 파악도 못 하고 붉어지는 뺨을 가리려는 찰나 봄은 덧붙였다.

"셰프님 없으면 레스토랑 문 닫아야 합니다."

예상했던 대로의 이유였음에도 불구하고 심장은 뛰었다. 결국 그런 이유가 전부일 텐데, 알면서도 뛰는 이 마음은 어떻게 해야 할까. 재완의 마음 깊은 곳에서 감정이 스며들 때였다. 다친 와중에도 선명하던 그녀의 눈이 마구잡이로 흔들리고 있었다. 딱히 변화도 없던 안색도 붉게 물들었다.

"어, 아……."

이곳은 현종병원의 응급실. 당연히 도경이 있을 곳이긴 하지만.

매서운 얼굴로 빠르게 다가온 그는 인사보다 먼저 봄의 앞으로 파고들어 허공에 뜬 그녀의 손을 가져갔다. 더욱 차게 식은 표정이 봄을 향했다.

"어떻게 된 거야."

"아니, 그게요. 이게 그러니까."

재완은 지금 제 눈앞에 있는 여자가 조금 전까지 똑소리 나던 사람이 맞는가 싶었다. 어딘가 허둥거리고 약해진 것처럼 보였다. 그리고 그것으로 충분했다.

"…그게 요리를 좀 하다가."

"네가 왜 요리를 해."

"어… 그러니까."

'윤도경 밥해 주려고.'

차마 그렇게 말이 나오질 않았다. 특히나 무서울 정도로 굳은 표정을 보니 더욱 말문이 막혔다. 봄은 도경에게 잡힌 손의 손가락을 꼼지락거렸다.

"이거 진짜 별거 아닌데."

"제가 요리를 가르쳐 준다고 했고 그걸 배우다 다쳤습니다."

난감한 표정의 그녀를 도운 건 재완이었다. 그것이 돕기 위한 것인지 무엇인지 몰라도 대신해 준 대답은 정답이 아니었다. 봄은 황급히 고개를 저었다.

"아니에요. 진짜 아니에요. 셰프님 때문이 아니고 정리를 하다 보니까 실수로."

"틀린 말은 아니지 않습니까."

"전혀 아니잖아요. 왜 괜히 그런 오해를 사요."

"온 봄."

도경은 자신은 모르는 두 사람의 대화를 오래 참지 않았다. 단호히 봄을 부른 그는 아파 보이는 그녀의 손을 보다 잔뜩 상한 속을 숨기지 않았다.

"어떤 방식으로 다치건 그게 중요한 게 아니야. 지금 중요한 건."

"······."

"네가 다쳤다는 거야."

소식을 듣고 이곳까지 달려온 도경의 마음은 아직도 다 진정되지 않았다. 그의 감정을 알기에, 얼마나 놀랐을지 충분히 예상이 가기에 그녀는 최대한 달래 주고 싶었다.

"정말 괜찮아요. 다른 선생님도 심한 건 아니라고, 한 2주 정도만 보면 되는 건데."

전혀 통하지 않는 듯했지만. 아무 말 없이 자신을 바라보는 표정은 더 이상 읽을 수 없게 되었다. 아니, 읽을 수 없는 것이 아니라 처음 보는 얼굴이었다. 긴 시간을 함께하면서 단 한 번도 보지 못했던 표정. 그것은 딱 하나였다.

"화, 났어요?"

화난 얼굴. 지금껏 그녀는 볼 수 없었던 그 감정이 눈에 서린 것 같았다. 도경은 아무 말도 하지 않았고 타이밍 맞춰 봄의 손을 봐 주던 의사가 돌아왔다.

"선생님?"

도경을 보고 놀란 의사가 부르자 그는 봄의 손을 잡은 그대로 도구를 받아 들었다.

"놓고 가. 나머지는 내가 해."

"아, 예······."

조금 당황했던 의사가 사라지고 도경은 아무 말 없이 치료를 시작했다. 소독한 손을 다시 확인하고 빠르지만 정확한 손놀림으로 붕대를 감았다.

어찌나 손이 빠른지 아픈 줄도 모르고 치료가 끝났고 그는 자리에서 일어서며 말했다.

"잠깐 기다려."

여전히 딱딱하게 굳은 목소리였다. 기다리라는 것을 보면 함께 갈 요량인 게 분명했다. 멀어지는 도경의 뒷모습을 보던 봄이 벌떡 일어났다.

"먼저 가세요. 지금 괜히 신경 쓰이게 한 것 같아서, 안 그래도 잠 못 자는 사람인데."

이미 그녀의 신경은 온통 도경에게 향해 있었다. 눈에 보이는, 그래서 부정할 수도 없는 봄의 마음을 보며 재완이 물었다.

"음식 가르쳐 달라고 한 거, 저 남자 때문입니까?"

"네."

그는 질문했고 그녀는 대답했다.

잠시의 망설임도 없이.

재완은 싸하게 스치는 감정에 결국 피식 웃어 버렸다. 그리고 봄의 손목을 쥐고 당겼다.

"데려다주겠습니다. 계산은 알아서 할 것 같으니까 가죠."

"예?"

갑작스러운 힘에 크게 놀란 봄은 황급히 고개를 저었다.

"아니요. 저는 일단 저 사람이랑 얘기를."

"지금은 날 따라오는 게 나을 겁니다."

"무슨 말이에요?"

"굽히고 들어가지 말고 그냥 따라와요."

"네?"

"오게 만들면 되니까."

재완은 봄의 당황스러움을 알면서도 성큼성큼 응급실을 나섰다. 분명 병원 안쪽으로 이어지는 응급실 문밖으로 도경이 오고 있는 것을 보았지만 그는 멈추지 않았다. 오히려 정확히 시선을 마주치고 그대로 밖으로 나가 버렸다.

'애초에 내 사람이었으면.'

처음부터 주방에서 함께한 사람이었으면 더 가까워질 수 있었을까. 아니, 첫 만남에 먼저 선을 긋지 않았더라면. 이뤄지기 어려운 후회들을 생각하는 사이 두 사람은 응급실 밖으로 나와 버렸고 봄은 힘을 다해 재완을 불렀다.

"셰프님! 잠시만, 셰프님?"

그는 불러도 멈추지 않았고 결국 차까지 데려와 조수석 문을 여는 재완을 봄은 더 참을 수가 없었다.

"유재완!"

힘껏 외쳐 부른 이름 석 자에 비로소 그가 멈췄다. 재완은 잡고 있던 봄의 손목을 천천히 놓으며 쓰게 웃었다.

"처음입니다."

그쪽 입에서 내 이름이 불린 건. 고작 이름에 담긴 오묘한 설렘을 알 리 없는 봄을 두고 재완은 멀지 않은 곳을 향해 고개를 들었다.

"오네요."

절대 누구에게도 질 것 같지 않았고, 한없이 여유로우며 태연하기 그지없던 남자는 어디에도 보이지 않았다.

그저 질투심에 눈이 돌아간 사내만 있을 뿐.

11.

 도경에게 감정을 조절하는 건 그리 어려운 일이 아니었다. 원래부터 그런 성향이기도 했고 어릴 때부터 할머니와 자란 것도 이유가 되었을 거다. 거기다 아픈 동생을 돌보기도 했었으니 자연스레 형성된 성격이었다. 그것이 어른들이 그를 지나치게 '어른'으로 보게 만든 시초가 되었지만.
 어쨌건 늘 점잖고 혼자 있는 것을 편하게 여기던 그가 의대로 진학했을 땐 많은 사람들이 의아해했고 또한 이해했다. 수많은 불특정 다수를 상대해야 하는 응급의학과. 그곳에서 도경은 손으로 꼽을 수도 없을 만큼 많은 사람들을 살리고 고쳐 주었다.
 그것은 분명 손을 쓰지도 못하고 보낸 제 동생에 대한 속죄였을 것이다. 그런 속죄의 시간에 무뎌진 것에 대한 징벌이었을까. 응급실로 향하는 그의 머릿속은 새하얗게 질려 있었다.

'온봄.'

응급실과 사무실의 거리는 오래 걸려 봐야 3분 남짓. 도경의 안색은 백짓장처럼 하얗게 변해 있었다. 병원에 오는 사람들은 사람의 숫자만큼 많은 사연이 있다. 두 발로 왔던 사람이 다시 나가지 못하는 경우와 숨이 멎었다가도 웃으며 퇴원하는 사람들 그리고.

'숨을 다하고 뒤늦게 온 사람까지.'

그런 곳에 봄이 왔다는 말을 들었을 때, 그는 조금도 침착할 수가 없었다. 매일같이 근무하지만 유난히 넓어 보이는 응급실을 빠르게 살펴보던 도경의 눈에 곧 두 사람이 들어왔다.

"……."

순간 밀려든 건 안도.

멀쩡히 앉아서 재완과 대화를 나누고 있는 그녀의 모습은 외관상으로는 큰 문제가 없어 보였다. 그것만으로도 심장을 조이듯 불안하던 마음이 놓이며 다른 생각은 들지 않았다.

자신을 보며 놀란 눈을 한 봄의 모습도 그땐 제대로 살필 겨를이 없었다. 다행이라고 여기면서도 다쳐서 온 그녀에 애써 말을 참고 있을 때만 해도 감정을 갈무리할 수 있었다.

화상을 입은 손을 가지고 괜찮다며, 재완을 두둔하는 봄의 모습에서 분명하게 금이 갔다.

"화, 났어요?"

전에 없이 눈치를 보며 어쩔 줄 모르는 그녀의 말에 도경은 필사적으로 감정을 억누르며 말했다.

"잠깐 기다려."

그래야 정말로 이 불필요한 기분을 봄에게 보이지 않을 수 있을 것 같아서였다. 같은 공간에서 일을 한다는 것은 결국 그들만의 시간이 있다는 뜻이다. 자신으로서는 알 수 없는 그 시간 동안 어떤 일이 있고, 무슨 이야기가 있는지는 듣지 않으면 알 수 없다.

화가 났다는 말은 사실이다. 그러나 이 화는 봄이 다쳤음에도 생겨난 질투심에서였다. 재완이 그녀에게 가지고 있는 마음을 알기에 더욱 예민하게 돋아 오른 마음이었다.

화가 났다. 그녀 곁에 선 남자에게, 다치고도 괜찮다며 스스로를 아끼지 않는 봄에게. 그리고 눈앞에서 그녀를 빼앗긴 자신에게.

어느새 바로 앞까지 다가온 도경의 시선은 한곳을 향해 있었다. 정확히 재완의 손이 잡고 있는 봄의 팔목이었다. 명확한 시선 끝을 알아챈 재완이 말했다.

"그쪽도 사람이긴 하네요."

놀리는 것 같지만 표정은 그렇지 못했다. 쓴맛으로 가득한 그의 눈을 마주한 도경이 아직 재완의 손에 잡힌 그녀의 손을 가져왔다. 어찌나 강한 힘인지 낚아챈 것도 아닌데 그대로 손이 넘어갔다. 봄은 이 얼토당토않은 상황에 두 사람을 번갈아 보았다.

무슨 말을 하려나.

어차피 눈이 마주친 순간 도경이 따라올 것은 알고 있었다. 애초에 따라오게끔 하기 위해 눈을 마주치기도 했었다. 봄이 괜히 그에게 굽히고 들어가지 않도록 자신이 할 수 있는 배려 아닌 배려였다.

'…더 점수가 깎였겠지만.'

그녀에게 그건 그리 중요한 부분이 아닐 거다. 재완은 진심으로 궁금해졌다. 남자라면 느낄 수밖에 없는 질투심에 화를 낼까. 아니면 탓을 할까. 어쩌면 주먹으로 한 대 맞지는 않을까 싶었던 그때, 도경의 입이 열렸다.

"아프지 않았어?"

전혀 예상하지 못한 말에 재완의 눈이 커졌고 순간 패배감이 몰려들었다.

'…젠장.'

화가 나도, 질투가 일어도, 다른 남자 손에 빼앗겼어도 윤도경에게 1순위는 언제나 봄이라는 사실을 뼈저리게 느낄 수 있었다. 결코 이길 수 없을 듯한 깊이에 재완은 그나마 있던 호승심마저 잃었다.

재완의 손에 잡혔을 때 바득바득 힘을 주던 봄이 어느새 힘을 잃고 조용해졌다. 그녀는 천천히 고개를 저었다.

"…아니요."

"손은."

"괜찮아요."

다친 손을 잡은 건 아니지만 혹시나 확인했던 도경은 그제야 재완을 돌아보았다. 그가 말했다.

"이만 가 줬으면 좋겠습니다."

긴말은 필요하지 않았다.

"목적은 이룬 거 아닙니까?"

이미 도경은 재완의 의도를 파악했고 그에게 분노하지 않았다. 온봄과 관련된 이상 절대 넘을 수 없는 한계를 보았다. 재완은 허탈함을 담은 헛웃음을 흘렸다.

"나는 그쪽이 좋아지지 않을 것 같습니다."

"그렇습니까."

"갑니다."

대화는 그것으로 끝이었다. 기껏 봄을 데려온 것이 무색하게 돌아선 그는 제 차에 올라타 그대로 출발했다. 아주 잠시, 그녀에게 닿았던 시선은 창문에 가려져 보이지 않았다.

멀어지는 차에 잠깐 눈을 두던 봄은 금세 도경을 올려다보았다. 여전히 무표정한 얼굴에 괜스레 긴장이 되었다. 재완이 왜 갑자기 이상한 짓을 했는지 몰라도 덕분에 늦지 않게 마주할 수 있게 되었다. 그녀는 눈치를 보며 말했다.

"화가 난 줄 알았어요."

"아니야."

아니라고 하고 있지만 눈은 조금도 풀어지지 않았다. 봄은 고개를 저었다.

"아닌 게 아닌 거 같아요. 화난 거 맞아."

"잠깐은."

"지금도 그런 것 같아서."

"만약 그렇게 보인다면 맞겠지."

그는 크게 부정하지 않았다. 여전히 웃음 없는 표정으로, 남들에겐 무섭다고 보일지도 모를 무표정으로 말을 이었다.

"네가 너 스스로를 돌보지 않았으니까."

도경의 오해에 그녀는 얼른 고개를 저었다.

"사고였어요. 일부러 다친 게 아니고 정말 어쩌다 보니 우연히……."

"알아. 그 후에 거기서 유재완 씨를 두둔할 일은 아니었어."

봄은 그의 말에 속상한 마음이 일었다. 결코 두둔이 아니었다. 그저 도경이 안면이 있는 사람을 신경 쓰고 오해를 하는 것을 원하지 않았을 뿐이었다. 더군다나 자신과 같이 일하는 사람인데 매번 걱정하게 하는 것도 싫었다.

이 배려는 재완을 향한 것이 아니라 도경을 향한 것이었는데. 진심을 오해받자 손보다도 마음이 더 아팠다.

'…이게 뭐야.'

성격대로 오해를 풀어내고 혹시나 실수한 게 있다면 사과를 하면 될 일인데, 오늘은 말이 쉽게 나오지 않았다. 몸도 아프고 마음도 아프고 억울하고. 그녀는 그의 손에 쥐어진 팔을 빼내며 입을 열었다.

"화를 내는 이유가 뭐예요?"

"……."

"칠칠치 못하게 다쳐 온 것 때문에?"

굳이 날이 선 단어를 선택하며 눈을 맞추자 도경의 눈이 가늘어져 있었다. 그는 조금 더 낮아진 목소리로 물었다.

"무슨 의도로 묻는 거야."

"의도가 보이긴 해요? 윤도경 씨 눈엔 난 그냥 친구 동생 아닌가? 그거 말고 우리한테 뭐 다른 게 있긴 한가요?"

 이런 말을 하고 싶은 건 아니었는데 필터링이 되지 않은 말들이 입 밖으로 나오고 있었다. 자신답지 않다는 걸 알면서도 멈추지 않았다.

 "아, 같이 살지. 말 그대로 그냥 같이 살죠. 룸메이트."

 딱 그것이 전부인 관계.

 우웅.

 어디선가 진동이 울렸다. 도경의 것이었지만 그는 울리는 진동 따윈 신경도 쓰지 않고 봄을 바라보았고 그녀는 애써 마음을 눌렀다.

 "갈게요. 가서 마저 일 보세요. 또 나 돕겠다고 피해 보지 말고."

 "온봄."

 "따라오거나 데려다주겠다는 말은 하지 마요. 나도 돈 있고 집 알고 다리 있어요."

 더 이상 친구로 여길 수 없는 친구. 같이 살고 있지만 남들에게 말할 수 없는 관계. 이도저도 아닌 애매모호한 거리에서 그들은 꽤 오래 버텼다.

 봄은 이제 더 그러고 싶지 않았다. 돌아서는 그녀를 도경이 잡았다. 묵묵부답 여전히 닫힌 입을 보며 봄은 남은 손으로 그의 손을 밀어냈다.

 '맨날 나만 엉망이지.'

 윤도경은 언제나 그랬듯 이성적이고 태연할 텐데. 아무것도 아닌 일에 뒤통수 얻어맞은 일일 텐데. 어쩌면 귀찮을 수도 있는데.

이 모든 게 비참하고 속이 시끄러워 허탈하게 고개를 저었다.
"바쁜 사람 귀찮게 하고 싶지 않아요. 괜히 불편하게 하고 싶은 생각은……."
"싫으니까."
 그 한마디에 빠르게 흔들던 고개와 힘을 주던 손의 힘이 멈췄다. 예상 범주에 없던 말에 그를 보았을 때 봄은 달라진 눈동자를 볼 수 있었다. 무엇에도 흔들리지 않던 검은 눈동자가 온통 감정 범벅이 되어 그녀를 향했다.
 떼어 내지 못했던 손이 더욱 강하게 봄을 쥐며 도경이 말했다.
"네가."
"……."
"그 남자와 같이 있는 게 싫으니까."
 그것은 너무나 솔직하고 적나라한 답이었다. 완벽한 대답을 들었음에도 순간 받아들이지 못할 만큼 투명했다. 뒤늦게 정신을 차린 봄이 다치지 않은 손을 꽉 쥐었다. 파르르 떨리는 손이 온몸으로 퍼졌다.
"맨날 이래. 사람 속 시끄럽게 만들어."
 어떤 의미를 가지고 있는지도 모를 말에 심장이 뛰었다. 단순하게 생각하고 싶어도 쉽지 않았다. 생각이 너무 많았다. 봄은 눈을 깜빡이며 입술을 깨물었다.
"사람 헷갈리게 하지 말아요. 가요."
"……."
"가."

당장 그녀가 할 수 있는 건 그의 가슴을 밀어내는 것뿐이었다. 그러나 이번에도 도경은 밀려나지 않았다. 부질없는 힘으로 밀어내는 손에서 힘이 빠져나갔다.

이제 손의 아픔은 느껴지지도 않았다. 정신이 없고 심장의 두근거림밖에 느껴지지 않았다. 그는 아무 말 없이 그녀의 손을 잡고는 붕대가 감긴 손등을 쓸었다. 순식간에 스치는 기시감에 봄이 멈췄다.

도경이 취했다고 생각했던 그때, 그녀의 손을 쓸어 올리던 손길이 떠올랐다. 퍼뜩 몰아친 생각에 눈을 크게 뜨자 그는 담담히 말했다.

"많이 아팠을 거야."

혼자만 평온한 목소리가 오늘만큼은 싫었다. 봄이 사납게 몰아쳤다.

"윤도경 씨가 상관할 거 없어요."

"약기운이 떨어지면 더 아플 거고."

"놔요."

"며칠은 계속 아리고 힘들 수 있어."

"놓으라니까."

"다치지 마."

쥐고 있는 손을 위로 올려 천천히.

"아프지 마."

그대로 손가락에 입을 맞춘다. 살포시 얹은 입술의 따스함에 이것이 현실임을 자각시켰다. 모든 것이 번복할 수 없는 사실로 남아 시간에 기록된다. 그런 현재에 어느 때보다 선명한 봄은 자신을 향한 뜨거운 시선에 그를 불렀다.

"윤도경."

아주 많은 질문들이 있었다. 정말 취했었냐고, 날 좋아했었다는 말은 기억하느냐고. 그 외에도 많은 순간들이 눈앞을 스쳤지만 입 밖으로 나오는 말은 하나였다.

"내가, 여자로 보여?"

대단히 훌륭한 말 따위는 모른다. 돌려서 말하고 튕기는 방법도 배운 적 없다. 오직 원하는 대답만을 끌어낼 수 있는 질문이었고 도경의 흔들리던 시선도 멈췄다. 그의 까만 시선은 어느새 짙게 물들었고 손을 쥐었던 손은 그녀의 뺨을 감쌌다.

큰 손이 뺨과 귓가를 동시에 감싸고 도경은 어쩐지 야릇한 손길로 부드러운 살갗을 쓸다 말했다.

"말했잖아."

그가 한 걸음 다가왔다.

"애한테는."

그들의 거리가 완전히 사라지게 하는 건 딱, 그 한 걸음이면 충분했다. 고개를 들어 올려다봤을 때, 눈앞의 사내는 아주 익숙한 눈을 하고 있었다. 여태 매일같이 마주했던 그 시선이다. 당연히 평범하고 일상이나 다름없었던 눈동자의 뜻을 이제야 알겠다.

"아……."

작은 소리를 냈을 때 그가 밀려들어 왔다.

"이런 생각 안 해."

도경의 입술에 봄의 숨이 빼앗겼다.

"맞췄어?"

도경의 반문에 소파에 늘어져라 누워 있던 결이 고개를 돌렸다. 심드렁한 표정을 한 결은 휴대폰을 만지작거리며 말했다.

"어. 어제부터 그거 들고 다니면서 무슨 청승인지, 질질 짜더라."

"울었다고? 왜."

"내가 아냐. 좋다고 가서 맞춰 놓고 울더라. 갱년기인가 봐."

사춘기겠지.

물론 결은 일부러 '갱년기'라고 했을 확률이 99.9퍼센트지만.

지금 결이 말하는 건 봄의 이야기였다. 계절이 아니라, 온결의 동생이자 도경의 오랜 친구 온봄. 올해로 열일곱이 된 봄이 교복을 맞췄다는 소식에 왠지 도경은 살짝 들떴다.

"잘 어울려?"

"교복이 교복이지 어울리고 말고 할 게 뭐 있어. 어차피 학교라는 감옥에서 교복이라는 죄수복을 입고······."

"뭐라는 거야."

쓸데없는 소리를 해 대는 결을 뒤로하고 도경은 쥐고 있던 펜을 손가락 위에서 굴렸다. 그리고 벽에 걸린 교복을 바라보았다. 3년간 입었던 문하고등학교 교복이다. 정확히는 결의 방이니 그의 교복이지만.

도경은 저도 모르게 넌지시 중얼거렸다.

"한번 보고 싶네."

"뭘 봐. 학교 다니면서 다른 여자애들 입는 거 실컷 봐 왔는데."

"봄이가 입은 건 본 적 없잖아."

"중학교 교복은 교복 취급도 안 하냐."

"중학교는 다른 학교였으니까. 앞으로 보기도 어려울 거고."

덤덤히 잇는 말은 거짓말이 아니었다.

도경은 졸업을 하고 나면 바로 서울로 올라가야 했다. 3년여 전부터 올라오라던 아버지의 말을 거부하고 있었지만 대학교는 어쩔 수 없었다. 별것 아니지만, 그래도 어쩐지 같은 학교의 교복을 입는 것을 보고 싶었다.

'…왜인지는 모르겠지만.'

스스로도 이유를 알 수 없는 생각을 하던 찰나, 방 밖에서 우렁찬 외침이 들렸다.

"다녀왔습니다!"

저절로 엉덩이를 들썩이게 만드는 쾌활한 목소리였다. 결은 아예 두 손으로 휴대폰을 쥐고 몸을 휙 돌리며 중얼거렸다.

"한 마리 왔네."

봄이 왔다는 뜻이었다. 제 동생이 오건 말건 전혀 관심 없는 태도였다. 무심한 등을 본 도경은 대신 방 밖으로 나섰다.

"으아, 춥다!"

거실로 나서자, 오자마자 거실에 깔린 이불 안으로 들어가는 봄이 보였다. 아주머니는 어디로 가셨는지 보이지 않았고 봄 혼자 얼굴만 빠끔히 내밀고 놀란 눈을 하고 있었다.

"어, 윤도경."

무려 세 살 차이나 나지만 봄의 호칭은 언제나 '윤도경'이었다. 이제 그게 익숙해진 도경은 봄이 교복을 입고 있는 것을 알았다.

"교복 입었어?"

그의 말에 봄이 얼른 이불을 목까지 올렸다.

"오리엔테이션이 있어서 다녀오느라고."

누가 봐도 숨기고 있는 모양새. 도경은 은근히 서운한 마음이 들었다.

"왜 안 보여 줘?"

"뭘 보려고 해. 별것도 아닌데."

"별것도 아닌데 왜 안 보여 줘."

대놓고 숨기는 것이 확정되었다. 봄은 눈동자를 굴리며 이불 속 손을 꼼지락댔다. 그러다 자신을 향한 도경에게 말했다.

"너 슬퍼할까 봐."

뭘?

"내가 혼자 교복을 입고 있는 게 허전해 보여서 너 울까 봐 그래."

언제나 그랬듯 봄은 무언가를 숨기고 감추지 않았다. 때때로 그것이 문제가 되기도 했지만 도경에겐 늘 멍한 느낌을 주었다. 봄이 말하는 저 슬픔과 허전함이 무엇을 지칭하는지 묻지 않아도 알 것 같다.

윤도희.

정상적이라면, 원래대로라면 봄과 같은 나이로 큰 이변이 없었다면 같은 학교로 진학했을 동생이 있었을 거다. 어쩌면 울었다는 것도, 도희 때문이 아니었을까.

"너도 진짜."

헛웃음을 흘린 도경이 한숨을 쉬었다. 남들은 일부러라도 그의 앞에서 도희의 이야기를 하지 않는데 봄은 그런 적이 없다. 그래서 차라리 다행이란 생각도 들었다. 도경은 주머니에 손을 넣으며 피식 웃었다.
"안 울었어, 인마."
 정말로 그랬다. 그는 도희가 죽던 그날에도, 그 이후에도 단 한 번도 울지 않았다. 겉으로 보기에는 태연하기 그지없는 도경을 보며 봄은 한마디를 더했다.
"그게 문제야."
"……."
"그게 문제인 걸 모르는 게 더 문제고."
 제멋대로 말을 마친 봄은 그대로 이불 안으로 쏙 들어가 버렸다. 아무래도 오늘은 저 교복을 보여 주고 싶은 마음이 조금도 없어 보였다. 도경은 더 말을 잇지 않고 쓴웃음을 지었다.
 그리고 문득 그런 생각이 들었다. 어쩌면 제 마음을 가장 잘 아는 건 자신보다도 봄이 아닐까.

 시간은 빠르게 흘렀고 도경이 떠나야 하는 졸업식 날이 되었다. 유난히 춥고 시렸던 날, 봄은 보여 주지 않던 교복 차림으로 재킷 하나 없이 도경의 앞에 서 있었다.
 저와 같은 교복을 입고 나란히 선 봄은 더 이상 어리게 보이지 않았다. 꽃다발을 품에 안고 자신을 올려다보는 모습이 마치 그림 같아서 그는 이어지는 그녀의 인사에 심장이 덜컥 내려앉았다.
"잘 가."

봄에게 듣는 인사에 도경의 마음속 어딘가가 찌르듯이 아파 왔다. 더 이상 내일이 없는 오늘에 서서 도경은 순간 함부로 말을 잇지 못했다. 이미 몇 번이고 인사를 나누고 했음에도 왠지 오늘만큼은 달랐다.

그녀의 품에 있던 꽃다발을 받으며 도경은 그 말밖에 할 수 없었다.

"고맙다."

그저 고맙다고밖에는.

자신의 모든 시간과 상처를 아는 친구이자 가족이었던 아이. 이 포근했던 시간 속에서 떠나려는 그는 멀어지기 전, 꼭 하고 싶은 말을 건넸다.

"다음에 보자."

이내 그녀의 얼굴에 화사한 꽃이 피었다. 심장이 뛰었고 가슴이 뜨거워졌다. 그러나 그는 아직 제 감정에 서툰 나이였다.

"누가 준 거냐."

운전을 하던 아버지의 말이었다. 조수석에 앉아 우두커니 꽃다발을 바라보던 도경은 심장으로 번지는 뜨거운 감정을 너무나 분명하게 깨달았다.

"…봄이."

"봄?"

아마 계절 이야기로 알아들은 듯한 아버지의 반문에 도경은 대답하지 않았다.

"……"

예뻤다.

너무 예뻐서 그곳에서 벗어나고 싶지 않았다. 세상의 모든 것이 온통 봄으로 물들어서 입 밖으로 나오는 말이 너무나 하찮았다.

꽃다발을 쥔 손에 열이 올랐고 그는 고개를 들었다.

"아."

그제야 깨닫는다.

'너를.'

새파란 색을 머금은 너를.

'좋아했었구나.'

그것이 언제부터 시작되었는지는 스스로도 알 수 없었다. 단지 깨닫는 순간이 너무 늦었다는 것만은 확실했다.

"왜, 뭐 못 한 일 있어?"

아버지의 물음에 도경은 잠시 입술을 벙긋대다 다물었다. 대신 꽃다발을 쥔 손에 더욱 힘을 주며 말했다.

"아니요, 다음에요."

창문 밖으로 멀어지는 익숙한 풍경이 보였다.

지금은 멀어지지만 반드시 다시 돌아올 그곳에 그는 제 마음을 남겨두었다. 봄이 자신을 피하고 있다는 사실을 깨닫고 더 이상 이곳으로 돌아오지 않게 되기 전까지.

마주친 입술이 한 번, 두 번, 세 번.

떼었다 닿고 다시 떼어지기를 반복하다 마침내 가장 완벽한 각도를 찾아 맞물렸다. 분명 겨울이 지나 봄이 오는 것인데 겨울이 봄을 삼키는 것처럼 도경은 그녀의 머리를 감싸고 깊게 파고들었다.

"하… 아, 읍."

 다가오는 그를 알았고 입을 맞출 걸 알고 있었으면서도 숨이 모자란 것까지 온전히 감당할 수는 없었다. 잠깐만 기다리라고 말하고 싶었지만 혀를 움직여 소리를 내는 것이 불가능했다. 그렇다고 먼저 물러설 수도 없었다.

 어느새 제 허리를 감싸고 더욱 강하게 당겨 오는 손길을 무를 마음 따윈 애초에 없었다. 단단한 손가락이 척추와 신경을 타고 느껴지고 있었다.

"으음."

 감탄 혹은 신음. 말초신경 가장 세밀한 곳까지 건드리는 감각. 엉키는 입술과 혀끝 사이, 촉촉하게 번지는 타액을 공유한다. 아주 오래전에 포기했던 관계가 돌고 돌아 마침내 닿았다. 눈앞의 것만 보았다면 이미 맺어졌을 인연이 어른이 되면서 더더욱 겉돌기만 하던 감정이 결국 마주 보게 되었다.

 살포시 감싸 오는 손가락의 촉감도 선명하게 느껴졌다. 마치 달래는 듯한 부드러운 손길에서 떨어지고 싶지 않았다.

'…너무 좋아.'

 입술이 마주친 순간 알았다. 자신이 이 사람을 얼마나 좋아했었고 또 좋아하고 있는지. 오래전 감정이 끝난 것이 아니라 그때의 것이 여기까지 이어진 것이 아닐까. 아니, 그게 무엇이건 믿기지 않은 이 시간이 끝나지 않았으면 했다.

 이토록 순수하고 맹목적으로 누군가를 좋아할 수 있다는 사실이 축복이었다. 얼마나 시간이 지났는지 모르지만 마지막까지 끌

어모은 숨을 모두 소진했을 때가 되어서야 그의 입술이 떨어졌다.

천천히 멀어진 입술 덕분에 도경의 얼굴이 완전히 보이는 것도 그만큼 느리게 보였다. 부풀어 오른 마음이 고스란히 담긴 눈에 도경을 담고 그녀는 그의 팔을 잡았다.

"……."

당장 할 수 있는 말이 없었다. 함부로 소리를 내면 팽팽하게 당겨진 끈이 끊어질 것만 같았다.

그저 바라보고, 그저 침묵할 뿐.

이내 홀린 듯이 다시 허리를 당기는 도경에 봄이 고개를 저었다.

"사람들이."

비록 사람들이 거의 없는 주차장이지만 멀지 않은 곳에 병원이 있었다. 넋 놓고 좋은 것만 할 수는 없었다. 다만 그것이 그에겐 좀 다르게 들린 모양이다.

"사람이 없으면."

한층 낮아진 목소리가 꼭 예민한 곳곳을 간질이는 것 같았다.

"되는 거야?"

찌릿.

발끝에서 정수리로 올라오는 전율에 봄은 다리를 마구 구르고 싶어졌다. 안 그래도 심장에 안 좋은 사람이 대놓고 공격을 해 오니 어쩔 줄을 모르겠다. 말에 담긴 진심이 느껴지자 더더욱 믿기지 않았다.

윤도경이, 이 남자가.

'이 사람이.'

나를 좋아한다. 다른 사람에게 질투하고 화를 내고 또, 입을 맞출 만큼. 자신은 그러지 않을 줄 알았지만 결국 봄도 사람이었던 모양이다. 키스를 하고도 어리둥절한 정신을 꽉 잡아 줄 확신이, 표현이 필요했던 것 같다.

봄은 아직 잡고 있는 도경의 팔을 꾹꾹 잡아당기며 물었다.

"언제부터?"

보석처럼 반짝이는 눈은 어떤 대답을 들어도 감동을 할 것처럼 맑았다. 덕분에 보고만 있어도 도경의 몸속은 불끈불끈 열이 오르는 것 같았다.

자각이란 것이 이렇게 위험하다. 벽을 허무는 것은 어려워도 한번 허물어 버린 이상 멈추지 않고 쏟아지니까. 그는 애써 욕심을 참아 내고 봄의 머리카락을 쓰다듬으며 말했다.

"네가 날 보고 웃어 줬을 때부터."

무척 추상적인 시기였으나 봄은 진지하게 고민했다. 그러나 콕 집어서 그것이 언제라고 말하기가 어려웠다.

"안 웃은 적이 없는데."

지금도, 10여 년 전에도 뒤통수만 보고도 웃었는걸. 당연한 대답에 도경의 눈이 부드럽게 휘었다.

"그러니까."

아.

그런가. 특정하지 못할 만큼 어느 순간, 당연하게 스며든 걸까. 어떤 대답보다도 완벽한 답에 그녀는 입술을 꼭 물다 입을 열었다.

"나도."

봄은 묻지 않았어도 말해 주고 싶은 진짜 마음을 망설이지 않고 쏟아 내었다. 붕대를 감은 손이 도경의 목을 스쳤다.

"처음엔 목소리가 좋았고."

그러다 뺨에 오른손이 그가 그러했듯 살며시 매만졌다.

"다음엔 다정함이 좋았고, 나만 특별하게 대해 주는 것도 좋아지다가."

"……"

"그냥 윤도경이라는 사람이 너무 좋아져서 정신을 차릴 수가 없더라."

봄에게는 거짓이란 것이 없다. 또한 어둡게 자신의 감정을 숨기고 뒤틀리는 법도 없었다. 언제나 결과를 앞에 두고 그곳으로 향하는 걸음을 걷는다.

"사랑해요."

지금 이렇게 말하는 것 또한 그랬다.

"좋아한다는 말로는 이제 부족한 것 같아."

도경은 섣불리 건너지 못했던 선들을 순식간에 넘어와 그를 감싼다. 성큼 코앞에 서서 웃는 봄에 도경은 본능적으로 올리던 두 손을 빠르게 쥐었다.

핏줄이 오를 만큼 강하게 주먹을 쥐고 내린 그는 나지막이 중얼거렸다.

"집을 구해야겠다."

"응?"

"더 있다간 온결한테 못할 짓을 할 것 같아."

자신을 제어하지 않으면 자칫 잘못하다가는 엄연히 제 집이 아닌 그곳에서 큰 실수를 할지도 모른다. 설마 저가 이렇게 요란한 짐승이라곤 생각하지 못한 도경은 낮게 한숨을 쉬었다. 밑바닥을 깔고 내려가는 한숨에 봄이 고개를 갸웃거렸다.

"못 할 짓이 뭐… 으아!"

기울어진 고개가 벼락이라도 맞은 듯 제자리에 서고 그 역시 곧장 그녀의 다친 손을 잡았다.

"왜, 아파?"

그렇게 생각할 수밖에 없을 만큼 기겁한 외침이었다.

"아니, 아픈 게 아니라."

봄은 놀란 도경에게 황급히 손을 흔들어 보였다. 아무렇지 않다고 말하고는 있지만 다른 의미로 괜찮지 않았다.

'깜빡했다.'

완전히 잊고 있었다.

"온봄?"

곧 그 집을 나가야 한다는 사실을 아주 까맣게.

12.

 이제는 당연하게 '우리 집'으로 여겼던 곳으로 돌아왔다. 길고 길었던 하루의 끝을 마무리하고 돌아오면 아무 생각 없이 푹 쉴 수 있는 곳. 정확히 말하자면 우리 집이 아니라 우리 집 같은 집이 맞는 말이지만. 불현듯 얼마 전 온결과 나눴던 대화가 떠올랐다.

'제대로 살게 하고 싶으면 명의 옮겨 주든지.'
'이전 비용 네가 내면.'

 당시의 상황을 넘어가기 위해 나눴던 농담 아닌 농담이었다. 봄은 진지하게 중얼거렸다.
"…이런 집 명의 이전 비용은 얼마나 나올까요."

"갑자기?"

"형제간 할인 같은 건 당연히 없겠죠. 핏줄 서비스 같은 거."

농담하는 거지? 도경의 눈이 그렇게 말하고 있었다.

"헛소리예요."

집으로 오는 길에 곧 보증금이 들어온다는 소식을 전해 주었던 터라 그녀의 말이 무슨 뜻인지 그도 이해했을 거다. 물론 헛소리라는 사실도. 어차피 나가서 집을 구하자고 마음까지 먹어 놓고 아주 완전히 잊었다.

'생각해 보면……'

생각해 보면, 정말 그렇게 별일은 아니다. 이 집에서 평생 살 수 있는 것도 아니고 애초에 길게 잡아도 두 달에서 세 달 정도만 머물고자 했던 곳이니까. 문제는 제 마음이었다.

'나가기 싫다.'

불과 몇 시간 전에만 하더라도 나가려고 했던 마음이 나가기 싫은 것으로 바뀌었다. 그녀의 시무룩해진 눈이 도경을 향했다. 보기만 해도 흐뭇한 남자가 있는 이 집을 나가야 한다는 사실이 썩 유쾌하지 않았다.

잠시 고민하던 봄이 진지하게 말했다.

"그냥 오기 전까지 좀 버텨 봐?"

"좋지."

"응?"

까분다고 한 소리를 들을 줄 알았더니 생각지 못한 긍정적인 대답이 돌아왔다. 눈을 동그랗게 뜨고 보자 그는 담담히 말을 이었다.

"온결이 본인도 모르는 사이에 본인 집에 친구랑 동생이 같이 살다가 눈이 맞아서 만나고 있다는 것만 모른다면."

"……."

"어떻게 나올지 궁금하네."

차분한 목소리에 그렇지 못한 내용이었다. 그것도 완벽하게 공감이 되는 말들에 봄은 잠깐의 희망을 보내야 했다.

'너무 내 생각만 했어.'

온결은 자신에겐 오빠지만 도경에게는 친구다. 아무리 온결이 무던한 성격이라도 이건 다른 문제였다. 그녀는 좀 더 이성적으로 판단했다.

"며칠 안으로 정리가 될 것 같으니까, 좀 늦긴 했지만 부동산을 다녀 봐야겠어요. 돈이 들어온다는 건 집이 나갔다는 얘기니까 유예기간도 그렇게 길진 않을 거고요. 얼마 없어도 짐을 챙겨 오긴 해야겠네. 주소지도 바꿔야 할 거고……."

"그거 말이야."

할 일이 산더미라 오목조목 따져 생각하는 그녀의 말을 도경이 잡아챘다.

"나도 좀 알아볼까 하는데."

뜻밖의 말에 봄의 고개가 갸웃 기울었다.

"윤도경 씨가 왜요?"

"나가야지."

"왜 나가요? 내가 나간다고 나가는 거예요?"

"그것도 틀린 말은 아니지만 이 집에 계속 있으면 널 편하게 만날 수 없을 것 같아서."

"불편할 건 뭐예요."

"정말 몰라서 물어?"

"설마 온결이 우리 사이를 뭐 반대한다든지, 방해한다든지 그럴까 봐? 아니, 절대 그럴 일 없을걸요? 그 인간 자기 말고는 다 귀찮아하는 사람이라."

"그런 건 상관없지."

"그럼 뭔데요?"

"마음대로 널 안을 수가 없잖아."

으악.

악.

와아악.

봄의 마음이 힘차게 소리를 질렀다. 울컥울컥 올라오는 감정들을 감추기 위해 숨을 크게 들이켰던 봄은 변화 없는 그의 얼굴에 다시금 깨달았다.

'…알아. 나만 쓰레기지. 또 나만 쓰레기야.'

시커먼 속내를 가진 건 분명 저 하나뿐일 거다. 그녀는 괜히 억울한 마음에 도경의 팔을 툭 쳤다.

"그런 말 잘못하면 안 되거든요."

"왜?"

"있어요, 그런 거."

어디 가서 제대로 연애를 해 봤어야 내숭도 떨어 보고 밀당도 해 보는데 생각난 말이 곧장 입으로 나오니 이미 글러 버린 것 같다.

'착한 생각, 착한 생각.'

그렇게 스스로를 달래도 어제와 오늘이 이렇게 달라졌는데 어쩐지 혼자만 들뜨고 도경은 멀쩡한 것 같아 억울하다. 복합적인 마음을 담아 그의 팔을 톡톡 건드리자 도경이 고개를 기울이며 물었다.

"무슨 생각을 했는데?"

"말할 줄 알고."

"같은 생각일 수도 있는 거 아닌가."

"그럴 리가 없죠. 윤도경이 누군데."

"내가 누군데."

"윤도경이 윤도경이지."

이름 석 자로 이미 충분한 설명이 아닐까 싶다. 일단 해야 할 일이 정해지고 나니 뒤늦게 피곤함이 밀려들었다. 매일매일 정말 너무도 엄청난 일들이 벌어지는 기분이었다. 어깨를 축 늘어뜨린 봄은 욕실로 향했다.

"먼저 씻을게요."

들떴던 마음을 조금은 가라앉힐 필요가 있어 보였다. 도경은 욕실 옆 서랍장에서 수건을 꺼내며 말했다.

"수건에 물 적셔 줄게. 사나흘은 그걸로 만족해."

"세수는 할 수 있어요."

"그럼 손에 물 안 닿도록 조심하고."

신뢰도 백 퍼센트의 조언이었다. 그녀는 고개를 끄덕이고 욕실로 들어가다 농담을 섞어 말했다.

"문 열고 들어올 생각은 없죠?"

괜히 짓궂게 말하긴 했지만 그가 호응해 줄 거라곤 생각하지 않았다. 그저 아주 살짝 곤란한 표정만 지어 줘도 만족스러울 것 같았다. 그러나 도경은 언제나 봄이 원하는 것 이상의 것을 보여 주었다.

"설마 문만 열까."

윤도경은 윤도경이지.

말로 이기려 들지 말자.

최대한 손에 물을 묻히지 않고 씻느라 시간이 지나치게 오래 걸렸다. 머리야 아침에 감았다고 치더라도 대충 세수만 하고 나가기엔 불 앞에서 땀까지 흘린 터였다. 어느 때보다 열과 성을 다해 씻고 나오니 완전한 밤이었다.

평소였다면 간접 조명만 켜진 거실에 도경은 서재에 있을 테지만 오늘은 아니었다. 봄은 거실 소파에 앉아 있는 도경에게 다가갔다.

"서재에 있을 줄 알았어요."

사소한 것에 감동하는 것을 보면 마음이 어지간히 봄인 것 같다. 그는 곁에 선 그녀에게 손을 내밀었다.

"손."

봄은 말이 끝나기가 무섭게 다친 손을 내밀었다. 비닐봉지로 감싸 보호한 손은 물방울 하나 묻어 있지 않았다.

"매일 소독해야 할 거야."

"점심시간에 병원 가면 돼요."

"내일 아침에 해 줄게."

"아니에요. 피곤할 텐데 집에서까지 일하게 하기 싫어."

"다른 사람이 네 손 만지는 거 싫어서."

"……."

"내가 할게."

딸꾹. 이게 농담인지 진담인지 도통 구분이 가질 않는다. 그리고 제발 깜빡이 좀 켜고 들어왔으면 좋겠다. 그가 손을 놓으며 말했다.

"아직 약기운이 있을 때 자는 게 좋을 거야. 약기운 떨어지면 아플 테니까."

"아직 막 졸리진 않아요."

"괜찮겠어?"

"그냥 자는 건 너무 아쉽잖아요. 그래도 우리 첫날인데."

'첫날'이라고 해서 뭔가 특별한 것을 하려는 건 아니다. 그녀는 도경의 옆에 앉으며 길게 기지개를 켰다.

"그러니까 윤도경 잘 때까지 버텨 보려고."

어쩐지 이유와 명분이 이상했지만 온봄다운 말이었다. 그는 세수를 하느라 묻은 듯한 앞머리 끝의 물기를 털어 주었다.

"할 일이 있어서 그래. 먼저 자."

"글쎄. 내가 봤을 땐 내가 재워 줘야 할 것 같은데?"

장난스럽게 말하며 다리를 모은 봄은 제 다리를 톡톡 쳤다. 기시감이 느껴지는 그녀의 손짓에 도경이 살짝 곤란한 기색을 보이자 봄은 망설임 없이 말을 이었다.

"재워 줄게요."

토닥토닥.

이미 한 번 경험했던 무릎이 그의 눈앞에 펼쳐졌다. 충분히 유혹적이고 그러지 않아도 이미 눈길을 끄는 그녀의 도발에 도경은 단호히 말했다.

"싫어."

생각보다 강력한 철벽 방어에 봄이 헉, 숨을 들이켰다.

"아니, 왜요?"

곤란하다도 아니고, 안 하겠다고 아니고 '싫어'에 제법 충격을 먹었다. 그녀는 뾰루퉁해진 얼굴을 했고 그는 짧게 고민했다. 늘 그랬듯 적당히 괜찮고 알맞은 대답도 할 수 있었지만 그러고 싶지 않았다. 자신에게 늘 솔직했던 봄만큼 도경도 그러고 싶어졌다.

"떨려서."

꼭 언제나 어른스러울 필요는 없으니까. 적어도 봄의 앞에선 조금 더 사람답고 평범하게 있을 수 있으니까. 그리고 늘 봄은 말하지 않아도 보일 만큼 제 마음을 말하고 있었다.

콕콕.

봄의 손가락이 그의 팔뚝을 찔렀다. 아까 전과 마찬가지로 간지럽고 살랑살랑한 손짓이었다. 아무런 말 없이 이렇게 건드리는 게 얼마나 사람 애간장을 타들어 가게 하는지 전혀 모르는 사람 같았다.

어느새 괜한 데 집중을 한 그녀는 도경의 팔에 난 핏줄을 따라 손가락을 움직이고 있었다. 푸르게 돋아난 혈관을 따라 내려가던 봄은 살그머니 도경의 손등에 제 손바닥을 덮었다.

포개진 두 손의 크기 차이가 유난히 컸다. 이렇게 덮고 있으니 그의 손의 뼈대와 마디가 분명하게 느껴졌다. 극명하게 다른 서로의 체온이 섞여 따뜻해지고 그녀는 가만히 도경의 어깨에 머리를 기댔다.

'좋다.'

그저 이 말밖에는 할 수 없어서 입가에 미소를 그릴 때였다.

"계속할 거야?"

"그냥 만지는 거예요."

"……."

"좋으니까."

봄은 솔직하고 그것은 매번 좋은 길로 인도한다. 예나 지금이나 그녀에게 옳은 선택을 할 수 있게 도와주곤 했었다. 다만 항상 옳은 건 아니다.

"그래."

나지막한 속삭임과 함께 얌전히 있어 주던 도경의 손등이 뒤집어지며 봄의 손을 잡았다. 그것도 아주 꽉, 깍지를 껴 잡은 그는 그 손을 제 앞으로 당겨 왔다.

"어?"

"계속하자."

"네? 아!"

한순간에 끌려간 봄의 몸을 완전히 당긴 도경은 그대로 그녀를 제 다리 위에 앉혔다. 그리고 그대로 봄의 목덜미에 입술을 묻었다.

"…어, 읏!"

당겨지면서 당연히 입을 맞출 거라 생각했던 그녀는 입술이 아닌 목에 닿은 촉감에 눈을 크게 떴다. 놀란 봄이 허리를 바짝 세우자 오히려 더욱 그녀를 당긴 도경은 혀끝을 세워 천천히 봄의 하얀 살결을 핥듯이 쓸어 올렸다.

"아으, 아……!"

짧지만 분명한 촉촉함에 짜릿짜릿한 것이 등허리를 타고 올라왔다. 이상해도 너무 이상하고 온몸에 전율이 확 올라오는 것 같았다. 어느 틈엔가 허리를 감싸고 빠져나갈 수 없도록 봉쇄한 그는 남은 손으로 그녀의 뒷머리를 감쌌다.

이제 정말 완전히 사로잡혀 벗어날 수 없게 되었을 때 도경은 느리게 입술을 내렸다. 그사이 날개 뼈까지 감싸고 올라온 손바닥이 다른 때와 달리 너무나 뜨거워서 데일 것 같았다.

"흐읍."

옷을 벗지도 않았고 그렇다고 원색적인 말을 들은 것도 아니었다. 가슴이나 더 은밀한 곳이 닿은 것도 아닌데도 불구하고 이 순간이 아주, 아주 야릇하게 다가왔다.

삼켜질 것 같은 느낌.

그것 말고는 설명할 수가 없어 발가락을 오므라트리고 그의 팔을 확, 잡았다. 스스로도 설명할 수 없는 간지러운 감정들에 가슴을 들썩일 때, 봄의 뒷머리를 감싸고 있던 손이 힘을 주었다.

포옥.

무언가 할 것 같았던 도경은 그녀의 머리를 제 어깨에 기대게 만들고 말했다.

"자."

딱 그 한마디.

"넵."

봄은 얌전히 눈을 감았다. 아무리 공백이 있더라도 그에 대해 모르는 것은 없다고 생각했었다. 그러나 지금 이 순간 확실히 알겠다.

이 윤도경은 누구인지, 모르겠다.

13.

 짙은 남색의 SUV가 레스토랑 레벤 근처 주차장에 멈췄다. 근방 영업장 직원들 전용으로 사용하는 그곳에 멈춘 차에서 재완이 내렸다. 그는 텅 빈 주차장에 대충 세워 둔 차를 두고 멀지 않은 레벤으로 향했다.
 어두운 골목 안쪽, 영업은 한참 전에 끝나 불이 다 꺼진 레벤의 문을 열고 들어간 재완은 곧장 주방으로 향했다. 최소한의 조명만 켜져 있을 뿐 암흑에 가까운 곳 창고 부근에 작은 불빛이 새어 나오고 있었다. 그는 낮게 한숨을 쉬며 그곳으로 향했다.
 저벅저벅.
 들으라는 듯 일부러 크게 낸 발소리에 뒤늦게 부산스러운 소리가 이어졌다. 이내 창고 천막을 걷어 올린 재완의 눈에 구석에 주저앉아 눈물을 방울방울 흘리고 있는 진영이 들어왔다.

"셰, 셰프님."

놀란 그녀가 벌떡 일어났고 재완은 안으로 들어섰다.

"이러고 있을 것 같더라니."

쯧, 소리가 날 정도로 혀를 찬 그는 창고 창문을 활짝 열었다.

"양파를 까려거든 창문은 열고 까라."

그러면서 시선은 지금껏 진영이 까고 있던 양파로 향했다. 저 울음이 양파 때문인지 다른 이유인지는 물을 생각이 없는 재완에게 그녀가 창백한 얼굴로 다가왔다.

"실장님은요? 어떠세요? 크게 다치신 건가요? 어느 병원으로 가셨어요?"

당연히 물을 것이라 생각했던 그는 제법 친절하게 대답해 주었다.

"아주 큰 상처는 아니고 2주 정도면 낫는 정도였어. 현종병원으로 가서 탈 없이 치료받았고."

"그, 그래요? 아, 아니! 그런데 왜 혼자 오셨어요? 혹시 입원이라도 하셨나요? 그럼 지금 바로 제가!"

"다른 보호자가 있어."

"예?"

"어설프게 간병할 것도 없이 완벽한 보호자."

예상했던 질문들의 연속이라 대답하는 데에 어려움은 없었다. 다만 말을 하며 목구멍으로 올라오는 이유 모를 따가움에 다시 혀를 찼다.

"너무 걱정할 필요 없다는 얘기야."

옆으로 돌린 시선 끝에 한숨을 담은 그는 안도한 것인지 뭔지 복잡한 표정을 한 진영을 살폈다.

'하여간.'

다른 건 몰라도 진영은 뭔가 일이 생기면 창고나 주방에서 할 일을 찾았다. 지금처럼 양파를 까거나 온갖 도구들을 씻거나 청소를 하는 등, 모두 주방에 도움이 되는 것들로 제정신이 아니란 뜻이었다.

"제정신이면 시키지도 않은 일을 이러고 할 리가 없지."

헛웃음이 날 지경이다. 어쨌든 이러고 있을 걸 빤히 알고 있는 재완은 집으로 가는 대신 레스토랑으로 돌아와 소식을 전한 거다. 전화로는 이 정신 나간 주방 일을 그만두지 않을 테니 말이다.

"저거 치우고 가라."

가득한 양파를 가리키며 말한 그가 팔짱을 끼자 그곳으로 눈을 두던 진영이 손가락을 꼼지락댔다. 꼬물꼬물, 이리저리 눈치를 보던 그녀는 눈가를 닦으며 말했다.

"정말 다행이에요……. 셰프님 표정이 안 좋으셔서, 혹시 어딘가 안 좋은 결과라도 있으신 건가 해서."

"내 표정이 뭐."

"네? 아, 아뇨. 그냥."

"뭐가 어쨌는데."

"아니, 그게."

"어차피 말할 거 더듬지 말고 말해."

재완은 궁금한 건 절대 못 참는 성격이고 진영은 그것을 알고 있다. 우물쭈물 말을 잇지 못하는 그녀를 그는 한 번 더 채근했다.
"뭔데. 말을 해."
살짝 강압적인 어투로 말하자 진영도 더 입을 다물기 어려워졌다. 불안함이 담긴 손가락을 바르작바르작 움직이던 그녀는 조심스레 말을 이었다.
"다른 비유는 생각이 안 나서."
"그러니까 뭐."
"그냥 오해 없이 들어 주세요."
"뭐냐고."
꿀꺽.
겉으로 들릴 정도로 세게 침을 삼킨 진영이 말했다.
"되게 안 좋은 표정, 굳이 비유하자면 실연당한 느낌으로… 죄송합니다! 죄송합니다!"
말을 다 끝내기도 전에 사과부터 하는 그녀에 재완은 진심으로 충격을 받았다. 본래도 촉과 감이 지나치게 좋은 진영이지만 이번엔 무서울 정도로 정확했다. 그는 팔짱을 꼈던 팔을 툭, 풀고 한 손으로 얼굴을 가리며 중얼거렸다.
"넌 간 하나는 기가 막히게 맞추겠다."
정작 저 자신도 이것이 실연인지, 무엇인지 모르는 표정을 읽다니. 더 우스운 건 감 좋은 진영이 이번엔 눈치가 없다는 거다.
"치, 칭찬 감사합니다."
덕분에 어처구니없는 웃음이 나와 버렸다. 재완은 어쩐지 감상에 빠지고 싶은 마음이 사라졌다.

"넌 사과 하나는 참 빠르다."

헛웃음 섞인 말에 진영이 눈을 깜빡이며 말했다.

"저희 엄마가… 시간이 지나면 더 하기 어려워지는 게 사과라고, 사과는 빠를수록 좋다고 가르쳐 주셔서……."

어쩐지 명치를 쿡 찌르는 말이었다. 그는 머리를 쓸어 넘기며 혼잣말처럼 중얼거렸다.

"어머님이 지혜로우시네."

여전히 봄에게 무례했던 것을 사과하지 못한 자신에겐 더더욱 필요한 말이었다. 그는 자꾸만 소태가 물리는 입가를 쓸다 가볍게 손짓했다.

"이만 들어가."

어쨌든 야근 수당도 없는 주방에서 사서 고생하는 것만큼 바보 같은 짓도 없다. 매우 온화한 석방 선고에 여전히 '죄송합니다'만 반복하던 진영이 한 번 더 확인했다.

"실장님, 정말 괜찮으시죠?"

"내일 얘기해 봐. 멀쩡하면 출근하겠지."

조금 퉁명스러운 건 어쩔 수 없는 모양이지만. 그래도 태연한 그를 보며 급한 일은 없다고 판단했는지 크게 안도하며 눈을 깜빡였다.

그리고 얼른 양파들을 정리하다 말고 다시 재완을 불렀다.

"셰프님."

"왜 또."

무슨 속 좋은 소리를 하려고 부르나 싶어 돌아보자 진영은 가만히 그를 살폈다. 겁도 없이 눈을 똑바로 맞춘 그녀가 물었다.

"셰프님은, 괜찮으세요?"

정말 감탄이 나올 정도다. 이유는 모르더라도 맥을 분명하게 재는 것은 재능이었다. 저 좋은 감을 주방에서만 쓰기엔 아깝지 않을까. 진심으로 그렇게 생각하며 재완은 창고를 나서며 말했다.

"너는 일단 미아리에 돗자리부터 깔아라."

툭.

"어후."

손에 들려 있던 봉투를 식탁에 내려놓은 봄은 끙끙대던 숨을 툭 놓았다. 어린아이 몸통보다 큰 봉지를 한 손으로 들고 오려니 다치지 않은 손도 붕대를 감아야 할 것 같았다.

"좋았어."

짐이 한가득에 손도 얼얼하지만 그녀의 표정은 밝았다. 콧노래까지 흥얼거리며 봉지에 담은 것을 뺀 봄은 곧 가방을 열어 종이 봉투를 꺼냈다.

"괜히 더 신경 쓰지 않았으면 좋겠는데."

나지막이 중얼거린 그녀가 꺼낸 건 작은 플라스틱 통이었다. 그 안에는 파스타 면의 한 종류인 로티니로 만든 파스타 샐러드가 있었다. 그것은 퇴근 직전 찾아온 진영의 선물이었다.

"쪽지까지."

많이 부족하지만, 사과의 뜻으로 생각하고 받아 주세요.

통 위에 붙은 쪽지에 적힌 내용이었다.
며칠 전 봄이 손을 다친 게 자신 때문이라고 생각하는 듯 내내 미안해하던 그녀였다. 괜찮다고, 누구의 탓이 아니라고 말해도 진영은 붕대를 감은 그녀의 손만 봐도 시무룩해했다.
"잘 먹을게요."
어쨌든 진심이 가득 담긴 요리를 선물 받는 건 언제나 기쁜 일이었다.
우선 그것을 냉장고에 넣어 둔 봄은 마저 정리를 이어 나갔다. 그녀가 사 온 건 얼마 전까지 재완에게 배운 요리의 재료들이었다.
"햄이랑, 베이컨⋯ 치즈랑, 피망."
오늘의 요리는 에그인헬.
토마토소스에 여러 재료를 넣어 만드는 비교적 간단하고 맛있는 요리다. 재료 손질에 시간이 좀 걸리지 크게 어려운 건 없었다. 재료들을 입으로 외우며 요리 순서를 떠올린 봄은 머리부터 묶었다.
"좋아, 완벽해."
다행히 소독과 관리가 잘된 손은 사흘 사이 많이 좋아졌다. 집을 나가기 전에 제대로 밥 한 끼는 해 줄 수 있다는 생각에 마음이 고양되었다.
'9시 넘어서 온다고는 했는데.'
도경이 오기까지 한 시간 이상이 남았다. 그러나 워낙 퇴근이 유동적인 사람이라 한 번 더 확인할 필요는 있었다. 봄은 지체하지 않고 그에게 전화를 걸었다. 받지 못한다면 그만큼 바쁘다는 뜻이니 한 시간 안에 오지 못한다는 의미였다.

몇 번의 신호음이 가고 안 받나, 싶었던 찰나에 도경의 목소리가 들렸다.

-어, 나야. 집이야?

찌잉.

가슴으로 파고드는 이유 모를 감동에 봄은 어깨를 들었다 내렸다. 종종 해 왔던 통화가 얼마 전부터 이렇게 다르게 느껴지는 건 관계의 변화 때문일까.

이런 사소함에 기쁨을 느낄 수 있는 게 연애인가, 싶었다. 애석하게도 그녀는 연애다운 연애를 해 본 적이 없기에 모든 것이 새롭고 생소할 뿐이었다.

-온봄?

괜히 감격에 빠져 대답 없는 그녀를 도경이 불렀고 봄은 정신을 차렸다.

"아, 아아. 미안해요. 잠깐 다른 생각을 하느라고. 다른 게 아니고 오늘 몇 시쯤에 오는지 다시 확인하고 싶어서요."

-특별한 일 없으면 아까 말한 대로야. 9시 좀 넘어서 갈 것 같은데… 왜, 무슨 일 있어?

"아니, 오면 같이 저녁 먹을까 해서."

밥을 해 주고 싶다고 말해도 되지만 왠지 '짜잔, 온봄표 요리입니다!' 하고 놀래 주고 싶었던 그녀다.

-그 시간이면 너무 늦을 것 같은데.

"어차피 저녁 안 먹고 올 거잖아요. 그리고 내일 토요일이니까 늦게 자도 돼요. 그리고……."

-그리고?

말을 한 번 멈췄던 그녀가 낮게 말을 이었다.

"이렇게 저녁 같이 먹을 시간도 별로 안 남았잖아요."

여운을 남겨 주면서. 나름대로 철저한 명분과 이유가 있는 저녁 식사였다. 가만히 듣고 있던 도경이 말했다.

-같이 먹을 시간이 왜 없어. 언제든 먹으면 되지.

"그건 맞지만, 식구 개념은 아니니까. 아! 기분이 안 좋거나 그런 건 아니에요. 그냥 말 그대로 그렇다는 거니까."

첫 테이프가 이상한 건 사실이니 제대로 가는 첫걸음이라고 생각할 참이었다. 그것을 이해한 듯 그는 잠시 말이 없었다. 건너편에서 창문을 여는 소리가 들렸다. 작은 바람 소리가 마치 노랫소리처럼 이어지던 때였다.

-맛있는 거 해 줄게. 먹고 싶은 거 있어?

이런 말이 나올 줄 알았다. 봄은 웃으며 보이지 않을 도경에게 고개를 저었다.

"와서 말할게요. 집에 도착하기 전에 연락 좀 주세요. 마트에서 필요한 게 있어서."

-그럴게.

"이따 봐요."

길지 않았던 통화가 끝나고 휴대폰은 아주 살짝 발열이 되어 있었다. 그것이 통화로 인한 열인지 아니면 제 열로 인한 전도인지 모르겠다. 기분이 좋았다. 괜히 바보 같은 미소를 지을 정도로 좋아서 봄은 휴대폰에 쪽, 입을……

Rrrrr. Rrrrr.

"우왁!"

액정에 입술이 닿기 직전 요란하게 울리는 벨 소리에 하마터면 휴대폰을 놓칠 뻔했다. 허둥지둥 휴대폰을 꽉 쥔 그녀의 눈에 액정의 이름이 보였다.

"엄마?"

전화를 건 건 엄마였다. 그러고 보니 안부 전화가 조금 뜸하긴 했었다. 금세 드는 미안함에 봄은 얼른 전화를 받았다.

"네, 엄마. 저예요."

정신이 없다고 너무 신경을 쓰지 못한 미안함을 담아 착한 딸 모드로 전화를 받자 돌아온 건 다소 딱딱한 어투였다.

-너 어디야.

전에 없이 굳어 있는 말투에 눈을 동그랗게 뜬 봄이 고개를 갸웃거렸다.

"네? 저, 당연히 집에 있죠. 그런데 무슨 일 있으세요? 목소리가 너무 안 좋은데."

-집 어디.

"집이 어디긴 어디야. 서울 집……."

그리고 불현듯 스치는 한 줌의 생각. 그녀는 흔들리는 눈으로 허공을 응시하다 운을 뗐다.

"엄마, 혹시."

설마… 지금, 엄마가 있는 곳이.

-그래, 네 집 앞이다.

"어휴 정신없어."

싸늘함이 한껏 가신 저녁, 차에서 내린 중년의 여성이 트렁크에 넣어 놨던 짐들을 하나둘씩 꺼냈다.

"무슨 차가 그렇게도 많은지. 하긴, 우리 집만 해도 차가 두 대네, 두 대."

오랜만에 찾은 도심의 도로에 진저리가 난 듯한 하소연도 함께였다.

"남들은 다 시집 장가 가서 잘만 산다던데 우리 집 것들은 어쩜 이렇게 하나같이 독신적일까."

그녀가 꺼낸 건 김치 통과 여름옷이었다. 나중에 가져간다고 했지만 퍽이나 가져갈까 싶어 챙겨 온 것들이었다. 양손 가득 짐들을 든 그녀, 애라는 기억을 더듬어 딸의 집을 떠올렸다.

"그러니까, 봄이 집이……."

김애라, 58세.

슬하에 1남 1녀를 둔 현직 건축사무소 팀장으로 퇴근을 하자마자 바로 올라온 그녀였다. 참고로 김치는 딸 바보인 남편의 작품이다. 어렵지 않게 기억난 집에 도착한 애라는 초인종을 눌렀다.

딩동.

"연락 안 했다고 한 소리 듣겠네."

본인도 일이 끝나고 남편에게 김치만 받아 온 터라 미처 연락을 하지 못했다. 봄이 까다로운 편은 아니지만 혹시 모르는 것 아닌가.
'남자랑 같이 있으면 큰 실수 아니야.'

지나치게 개방적인 생각이지만 정말 그랬다간 남편이 가만히 있지는 않을 거다. 다 큰 딸 옆에 누가 있는 걸 상상만 해도 눈물 내는 극심한 갱년기의 남편을 생각하며 피식 웃은 애라는 다시 한 번 초인종을 눌렀다.

딩동.

두 번째 누른 초인종에도 인기척은 들리지 않았다. 그러고 보니 창문 안으로 불빛이 보이지도 않았다.

"아직 안 들어왔나."

꽤 늦은 시간인데도 안 온 모양이다. 이리저리 창문 밖을 살피다 연락을 하기 위해 휴대폰을 들 때였다.

"거기 누구예요?"

낯선 여자의 목소리가 바로 근처에서 들렸다. 멀지 않은 곳, 복도를 걸어오는 건 애라와 동년으로 보이는 여자였다.

"무슨 일로 오셨어요? 거기 아무도 안 사는데."

평소라면 경계하는 목소리에 의심을 풀어 줄 만도 하지만 지금은 아니었다. 금방 굳은 얼굴이 된 그녀가 매섭게 되물었다.

"…아무도 안 살다니요? 여기 우리 딸이 사는데요?"

"딸이요? 여기 그 아가씨밖에… 어머? 그때 그 아가씨랑 같이 오셨던 어머니구나! 맞네, 얼굴 보니까 이제 알겠네!"

한껏 의심으로 가득한 표정을 짓던 여자는 어느새 눈을 휘둥그레 뜨며 박수를 치고 있었다. 애라는 살짝 다그치듯 물었다.

"그보다 아무도 안 산다는 건 무슨 말이시죠?"

"아, 그렇지. 아직 잔금이 다 처리가 된 게 아니라……. 아무튼 얼마나 놀라셨어요. 세상에 어쩜 그런 일이 있어."

그녀는 알았다. 뭔가 있다. 딸에게, 봄에게 엄청난 일이 벌어졌다. 애라는 최대한 침착하게 머리를 쓸며 대꾸를 해 주었다.

"네, 그렇죠. 많이… 놀랐죠."

그리고 집주인은 미끼를 덥석, 물었다.

"놀라실 수밖에요. 그런데 걱정 마세요. 나도 요즘 매일 몇 번씩 와서 둘러보는데 전혀 문제없어요. 옆집 총각도 이제 정신 차렸고 곧 이사도 한다고 그러더라고요. 하긴, 계속 살기도 힘들 거야. 아무튼 다행이죠. 집만 안 팔렸으면 여기 살아도 좋은데, 아니다. 나 같아도 싫긴 하겠다."

"……."

"어, 그런데 아가씨도 없는데 왜 오셨을까? 아, 짐 챙기러 오셨나? 그런데 요즘 어디서 지낸대요?"

하늘이 노랗게 변하는 순간이었다.

봄의 부모님은 그리 일반적인 편은 아니었다. 나고 자란 강성에서 서로를 만나 자리를 잡고 가정을 꾸린 두 사람은 행운보다 행복을 우선시하는 사람들이었다. 감정에 솔직했고, 서로를 소중히 하고 있음을 숨기지 않았으며, 특히나 남매의 앞에서 서로를 사랑하는 마음을 아낌없이 표현했다.

 그런 부모님 밑에서 태어나고 자라난 남매가 어느 누구보다 자기감정에 솔직한 것은 어쩌면 당연한 일이었다. 그리고 그러한 솔직함은 때때로 상대방을 곤욕스럽게 만들기도 했다.

"말해 봐."

 바로 지금처럼.

"집주인한테 다 들었으니까 너도 똑같이 말해. 조금이라도 숨겨 봐. 어떻게든 알아낼 테니까. 나 가만 안 있어."

 집주인에게 다 들어 놓고도 봄에게 묻는다는 건 사실 확인을 위한 것일 터다. 만약 덜 말한다면 엄마는 정말로 가만히 있지 않을 거다. 갑작스러운 호출에 내달려와 앉은 카페가 유난히 어둑해 보였다. 봄의 눈동자가 핑, 돌았다.

"…그게, 그러니까요."

"어설픈 수 쓰지 마. 너 말 잘하는 거 세상천지가 다 알아. 잔머리 굴리지 말고 제대로 말해."

"……."

"온봄."

 엄마는 늘 여유가 넘치고 개방적인 것 같지만 가족과 관련된 일에는 매우 철저하다. 무소식이 희소식이라며 무신경한 것 같지만 그저 자유도가 높을 뿐 관심이 없는 게 아니었다. 특히나 곤경에 빠진 상황에서는 더더욱.

'멍청이.'

 부모님이 한 번쯤은 올라올 수 있다는 사실을 전혀 생각하지 못했다. 이제 와 숨길 수 있는 부분이 아닌지라 결국 봄은 사실을 말할 수밖에 없었다. 엄마는 봄의 말이 끝나기 전까지 말을 막거나 간섭을 하지 않았다.

오래지 않아 옆집 남자와의 트러블을 말하고 경찰서까지 다녀왔다는 말을 하면서 그녀는 잠시 고민했다.

'윤도경 얘기를 해야 하나?'

가장 중요한 역할을 해 준 사람인데. 하지만 얽힌 이야기가 지나치게 많아 차마 꺼낼 엄두가 나지 않았다. 결국 눈치 좋은 엄마가 두 사람의 관계를 단번에 알아챌 거다.

'…그게 문제는 아니지만.'

자신은 몰라도 도경은 당황스러울지도 모른다. 적어도 마음의 준비 정도는 하게 해 주고 싶은 마음에 도경의 부분만 살짝 덮었다.

"그렇게 된 거예요."

자연스러웠다.

"이제 정말 괜찮아요. 표정 보면 나오잖아."

말을 마친 후의 미소 또한 완벽했고 엄마도 무난하게 넘어갈 듯했다. 앞에 놓인 냉수를 마시기는 했지만 옆집 남자에 대해선 더 묻지 않았다. 대신 팔짱을 끼며 말을 이었다.

"아까 집이라고 한 건 뭐야. 너 요즘 어디서 지내는데."

"친구 집이요."

거짓말은 아니다. 온결 집이지만 온결 친구도 살고 있다. 그리고 남자 친구도 친구는 맞다.

"네가 친구가 어디 있어."

"…많이 없긴 하지만 있긴 하거든요."

"그러니까 어디."

"있어요, 서울 친구. 아무튼 보증금도 곧 준다고 그랬고… 집도 곧 알아볼 거고… 미리 말씀을 못 드린 건 걱정하실 것 같아서 그랬어요. 서운하게 해 드려서 정말 죄송해요."

이 사과는 상황 모면을 위한 것이 아니라 진심이었다. 그제야 엄마의 표정도 조금 느슨해졌다.

"미안할 일은 아니지. 네 잘못이 있는 건 아니니까. 앞으론 무슨 일 생기면 바로 연락해. 다른 사람한테 말 들으면 얼마나 속상한 줄 알아?"

봄은 힘껏 고개를 끄덕였다.

"그럴게요."

"정말 큰일은 없었던 거야?"

"응. 전혀."

거듭 자신의 안전함을 어필하는 봄에 엄마는 긴 숨을 내쉬었다. 이내 남은 물을 모두 마신 엄마가 뒤늦게 그녀의 손을 발견했다.

"손은 또 왜 그래."

"아, 이거. 일하다가 잠깐."

"다른 일 하는 것도 아니고, 생전 안 다치는 애가… 대체 무슨 일이 있는 거야? 밥은 제대로 먹고 다녀? 아니다, 네가 사 먹는 것밖에 더 할까."

설명하자면 정말로 길다. 길어서 될 수 있는 한 가장 순박하게 웃는 것이 전부였다. 엄마는 한동안 아무 말이 없었다. 민망함에 눈동자만 굴리는 봄을 바라보며 고민에 빠진 듯했다.

그러기를 한참, 엄마가 말했다.

"네 아빠한테 말할 거야."

"네, 그야… 예?"

일단 대답부터 하던 봄의 눈이 휘둥그레졌다. 그녀는 크게 당황하며 말까지 더듬었다.

"아, 아니, 왜? 굳이 왜 걱정을."

"굳이 걱정이 아니지. 네 아빠가 정말로 모를 거라고 생각해? 네가 뭘 숨기고 말고 할 능력은 있고? 나중에 알면 온철 울어."

갑자기 나온 아버지의 이름에 머뭇대던 봄이 제 볼을 쓸었다.

"…그건… 그렇지만."

"나중에 알게 되면 더 섭섭하고 속상해. 그냥 말하고 네가 잘 대처한 것 말씀드리면 돼. 세상에 작은 일도 아니고 경찰서까지 다녀온 일을 어떻게 혼자 알고 있니. 다 컸다고 신경 쓰지 말란 건 아니지?"

"절대 그런 거 아니에요."

"너야말로 너무 걱정할 거 없어. 지금처럼만 설명하면 돼. 너 멀쩡한 거 보여 주고 직접 설명하면 네 아빠도 알아들어."

어디 하나 틀린 게 요만큼도 없는 말이었다. 유난히 딸을 예뻐하는 아버지라면 아마 어마어마한 충격을 받을 거다. 조만간 한번 내려가긴 해야 할 것 같아 고개를 끄덕이자 엄마가 일어났다.

"일단 가자."

"…엉?"

"뭘 놀라. 말 나온 김에 가야지. 내일 출근 안 하잖아. 쇠뿔도 단김에 빼는 거랬다."

"아니, 엄마."

"얼른 일어나. 늦기 전에 가게."

맙소사, 세상에. 엄마는 결정했고 결론은 났다.

'나 윤도경 밥해 줘야 하는데!'

혼란은 봄의 몫이었다.

―지금은 전화를 받을 수 없어 소리샘으로 연결됩니다.

익숙하다면 익숙하고 낯설다면 낯선 여자의 목소리가 들려왔다. 썩 유쾌하지 못한 음성에 귀에서 휴대폰을 뗐던 그는 한 번 더 전화를 걸어 보았다. 역시 같은 말이 이어졌다.

분명 필요한 것이 있다며 전화를 달라던 봄이 전화를 받지 않았다. 도경은 더 전화를 하지 않고 곧장 집으로 향했다. 망설이지 않고 향한 걸음은 금방 집 앞에 도착했고 그는 바로 문을 열었다. 그리고 열자마자 느껴지는 고요함에 우뚝 멈췄다.

"……."

집은 조용했다. 불이 켜져 있고 보일러가 돌아가고 있었지만 사람의 부재가 분명하게 느껴졌다. 도경은 천천히 집 안으로 들어가 주변을 살폈다.

식탁에는 미처 다 치우지 못한 몇 개의 봉지와 물건들이 보였다. 아마 다급하게 밖으로 나간 것일 터였다. 무슨 일이 생긴 것이 분명했고 도경이 다시 봄에게 연락을 넣으려 할 때였다.

지잉.

화면을 가득 채운 메시지의 내용은 이러했다.

[나 엄마랑 강성 내려가는 중……]

우울함이 가득 담긴 문자에 그는 아무 말도 할 수 없었다. 유난히 차가운 손끝으로 휴대폰을 쥐고 도경은 고개를 들어 앞을 보았다. 미세한 소음을 제외하곤 생기가 없는 집 안 풍경이 눈에 들어왔다. 불과 두 달여 전만 하더라도 당연하고 익숙했던 광경에 이질감이 느껴졌다.

"…후."

그는 빠르게 머리를 쓸어 넘기며 미간을 좁혔다.

마치 줬다 뺏긴 기분.

이 순간, 그는 혼자였다.

불과 얼마 전까지만 하더라도 도경의 생활은 온기가 없는 시간들이었다. 온결의 제안으로 함께 살기는 했지만 온결은 직업상 집을 자주 비웠다. 그러다 보니 혼자 사는 것과 다름이 없었지만 왜 온결이 굳이 제 집을 내어 주었는지 알기에 이곳에서 생활했다.

그에게 혼자라는 건 그리 낯선 일이 아니었다. 어릴 때도 마찬가지였지만 서울에 올라온 후 10여 년을 그렇게 살아왔다. 아버지와 함께 산 것은 갓 올라왔던 한 달 남짓이었던 것 같다.

사실상 홀로 지내 온 긴 시간, 이렇게까지 제 생활에 누군가를 들인 건 봄이 처음이었다. 아니, 생각해 보면 처음 만난 이후로 그녀는 언제나 스스럼없이 그의 손을 잡았던 것 같다.

"……"

도경은 비어 있는 제 손을 내려다보았다. 무언가를 쥔 적 없는 손이 허전하게 느껴졌다. 그러다 피식 웃었다.

"고작 하루 가지고."

청승이었다. 갑자기 자리를 비운 것이지만 이렇게까지 감상에 빠질 일도 아니었다. 어릴 때도 하지 않았던 짓을 하는 자신을 비웃으며 그는 넥타이를 당겼다. 반기는 사람도, 쾌활한 목소리도 없지만 도경의 할 일이 달라지는 건 없다.

툭.

다물린 입술 그대로 소파에 앉은 그는 잠시 생각했다.

'뭘, 했더라.'

놀랍게도 집에 오면 뭘 했었는지 기억나지 않았다. 십수 년을 해 왔던 일과인데 공허함까지 느껴졌다. 다행히 무엇을 해야 하는지 금방 떠올렸다. 씻고, 정리하고 서재로 들어간다. 그리고 해가 밝을 때까지 깨어 있는 것이 일상이었다. 혹은 잠이 들어도 금세 깨거나 꿈을 꾸는 것 정도.

"…확실히."

할 일은 있는데, 무언가 비었다. 애초에 이렇게 빨리 집에 들어오는 경우가 거의 없기에 더욱 시간이 남아도는 기분이었다. 그리고 무심코 욕실에 노크를 하던 도경은 헛웃음을 흘렸다. 어느새 습관이 들었던 모양이다.

"후우."

낮게 한숨을 흘리고 욕실로 들어간 그는 당장 작은 욕실 곳곳에 묻어 있는 봄의 흔적에 입꼬리를 올리다 생각했다.

어서 이 집을 나가야겠다. 그래야 할 것 같다. 씻고 나서 도경이 향한 곳은 서재였다. 서재로 들어가기 전, 건너편에 있는 봄의 방을 보던 도경은 머리를 쓸어 넘겼다.

그는 여전히 잠들지 못한다. 잠들기 위해 노력하지도, 바라지도 않았다. 극심한 불면증에 병원을 찾은 적도 있었고 신경정신과를 찾은 적도 있었지만 결과는 같았다. 잠들지 못하는 밤은 길고 무거운 머리는 두통을 자아냈다. 분명 얼마 전까지만 해도 생활의 일부였던 그런 날들.

이제는 안다.

"온봄."

봄은 다른 생각은 아무것도 할 수 없게, 어떤 꿈도 들어올 수 없게 도경의 머릿속을 온통 자신으로 채워 버렸다. 그녀가 있을 때 꿈을 꾸지 않는 건, 오로지 봄만 생각하기 때문이었다.

나에게, 그녀가 온 후로.

더욱더 선명해지는 감정을 깨달으며 문고리를 잡을 때였다.

Rrrrr. Rrrrr.

주머니에 있던 휴대폰이 울렸다. 혹시나 봄인가 싶어 서둘러 휴대폰을 꺼낸 그의 표정이 무표정하게 변했다. 도경은 싫은 것도, 좋은 것도 없이 아무런 감정도 없이 변한 얼굴로 전화를 받았다.

"네, 아버지."

무미건조한 목소리에는 무엇도 담기지 않았다.

-바쁘냐.

역시 크게 다르지 않은 음성이 물었고 도경은 그저 덤덤히 말을 이었다.

"괜찮습니다. 말씀하세요."

-내일 시간이 날 것 같은데, 보자.

조만간 한번 보자던 연락을 받았던 터라 예상했던 만남이었다. 그는 달력을 확인하고 가볍게 고개를 끄덕였다.

"예."

어떻게든 잠들지 못할 밤이었다.

도경은 아버지와 사이가 그리 나쁜 편이 아니었다. 부모님이 이혼하고 어머니보다 아버지를 따랐을 정도였으니까. 다만 직업상 귀가가 늦어 도경이 방치될 것을 우려해 강성으로 잠시 보냈던 것이고 도경도 그것을 충분히 이해했었다.

본래는 도경이 초등학교를 졸업하면 데려오려 했지만 도희까지 내려오면서 시간이 길어졌었다. 그러다 도희의 일이 겹쳐지며 고등학교 졸업까지 미뤄졌다.

앞에 놓인 식사는 평범한 한식이었다. 대단한 성찬은 아니지만 제법 정갈하고 깔끔한 식탁이었고 아버지와의 식사는 늘 이랬다. 식사를 절반쯤 할 때, 약주를 한 잔씩 넘기던 아버지가 말문을 열었다.

"밥은 먹고 다니는 거냐. 안색은 나쁘지 않은데."
"잘 챙겨 먹고 있습니다."
"그래, 네 몸은 네가 챙겨야지. 다른 사람이 챙기는 게 아니야."
"네, 그러겠습니다."
"이거 먹어라. 집에서 생선 먹기 어려울 거 아니야."

무뚝뚝한 말투였지만 아들을 챙기는 마음은 분명히 느껴졌다. 예의상 한 점을 집어 입에 넣는 그의 앞으로 여러 음식들이 놓였다. 생선, 나물, 찌개. 개중에 맛있는 것들을 모두 도경의 앞으로 밀던 아버지의 손이 하얀 그릇에 닿았.

"고기는……."

맛깔스럽게 조리된 고기 요리를 밀어 주던 손이 멈췄다. 대신 그 손을 가져가 빈 잔을 채우고 한 잔, 두 잔 연거푸 세 잔을 마신 후에 입술이 떼였다.

"도희가 좋아했었지."

예상했던 이름에 도경은 아버지를 바라보았다. 음식을 향한 시선에는 술기운과 겹쳐진 그리움이 잔뜩 묻어 있었다. 아버지는 처음의 단단함을 잃고 조금 흐트러진 모양새였다. 아마도 술과 감정 때문이었을 거다.

물론 술이 아니었어도 비슷했겠지만.

"입도 짧은 녀석이 다른 건 몰라도 고기는 참 좋아했어."

먼 기억을 더듬으며 말을 이은 아버지가 술을 한 잔 더 했다.

"요리하는 걸 워낙에 좋아해서 뭐든 만들려고 했었어. 내려가면 매번 뭘 만들어 준다고 부엌에서 있던 모습이 아직도 눈에 선해."

"……."

"참 착한 녀석이었는데. 자주 보지도 못하는 애비 뭐가 그리 좋다고 맨발로 쫓아 나와서 안기고, 웃어 주고. 애비라고 해 준 게 하나도 없는데."

어느새 물기가 어린 목소리에 도경의 시선이 아래로 내려갔다. 아버지의 말에 중학생 도희의 모습이 그려졌다. 딱 그만큼만 자라서 어른이 된 모습은 상상할 수도 없는, 여전한 아이의 모습이었다.

"…그랬는데."

허망한 듯 중얼거리는 아버지는 조금 취한 것도 같았다. 붉은 눈으로 입술을 깨물다 이내 눈을 감고 감정을 추스르려 노력했다. 그러나 한번 올라온 감정은 쉽사리 가라앉지 않았다.

"조금만 기다려 주지. 두 시간, 아니 한 시간만 기다려 줬어도 마지막 얼굴이라도 볼 수 있었을 텐데. 하다못해… 숨 다하는 거라도 봤을 텐데."

도경은 숨이 답답해지는 것을 느꼈다. 그 자리, 도희의 숨이 완전히 멎어 버렸던 시간에 그는 혼자 모든 것을 지켜보았고 버텨야 했다. 고작 열일곱의 나이에 동생의 사망 선고를 들었다.

잔잔하게 들려오던 음악 소리까지 멎어 버린 고요함 속에서 아버지는 흘러가듯 중얼거렸다.

"도경이 네가, 그렇게 잠들지만 않았어도."

순간 아주 잠시 숨을 멈췄던 것 같다. 눈앞이 깜깜해지고 밤새 한숨도 자지 못했음에도 목구멍으로 죄책감이 치밀어 올랐다. 이내 자신의 실수를 깨닫곤 황급히 말했다.

"미안하다. 너한테 할 말이 아닌데, 내가."

진심이 담긴 사과에 탓을 할 수 있는 일은 아니었다. 늘 그랬듯 도경은 다른 말은 하지 않고 아버지의 빈 잔을 채울 뿐이었다.

"아닙니다."

지난 시간 길고도 길게 들어 왔던 반복된 말들이었다. 나이가 들고 시간이 가면서 그 주기가 잦아들면서 도경의 심장에 가시를 찔러 넣는 것 말고는 다른 건 없었다.

그저 말이었다. 상처 입은 자신을 달래기 위한 하소연. 도경은 묵묵히 술잔을 기울이는 아버지를 보다 다시 물었다.

"한 잔 더 하시겠습니까."

"그래, 그러자."

쪼르륵.

빈 잔을 채운다. 넘치지도, 부족하지도 않게 잔을 채우며 도경이 제 '죄'를 상기시킬 때, 휴대폰이 진동했다. 잔을 채우고 확인한 메시지는 짧았다.

[오늘도 못 갈 것 같아요.]

봄이었다.

똑똑.

"안 하던 짓을 하네. 갑자기 무슨 노크야?"

"어?"

욕실 문을 노크하며 선 봄을 향한 엄마의 말이었다. 부모님이 모두 거실에 있는 걸 보면서도 두드린 욕실 문이었다.

"맞다, 그러네."

여기는 온결의 집이 아니지. 도경과 정한 규칙을 본가까지 가져온 자신에 조금 놀란 봄이었다. 그녀는 머쓱하게 볼을 긁적이고 욕실로 들어갔다. 볼일을 보고 난 후, 손을 씻던 봄은 저도 모르게 한숨을 내쉬었다.

"오늘은 가려고 했는데."

어제저녁 강제나 다름없이 오게 된 고향. 김치를 가져다주러 갔다가 갑자기 나타난 딸에 반가워하던 아버지는 이야기를 듣고 몽둥이부터 찾아들었다.

'어떤 새끼야! 그 새끼 모가지를 내가!'

평소 욕을 거의 하지 않던 아버지가 그 정도로 분노한 것은 처음이었다. 펄펄 뛰는 아버지를 말리느라 고생했던 것을 생각하면 저절로 한숨이 나왔다. 엄마 말대로 같이 내려온 게 천만다행이었다. 안 그랬으면 당장 서울로 올라와 난리가 났을 거다.

그러다 보니 오늘도 결국 여기서 자고 가야 할 듯해 도경에겐 연락을 해 놓은 참이었다. 세면대를 짚고 몇 번째인지 모를 한숨을 쉬던 봄은 나지막이 중얼거렸다.

"집에는 들어갔나."

몇 시간 전 연락을 할 때, 아버지를 만나고 있다는 말은 들었다. 그녀도 도경의 아버지는 몇 번 본 적이 있다. 다소 무뚝뚝한 성격이 꼭 남들 대하던 윤도경과 비슷했던 기억이 있었다. 욕실을 나서 방으로 돌아온 봄은 충전 중인 휴대폰을 만졌다.

"흠."

아직 만나고 있기엔 다소 늦은 시간이지만 가족이니 또 모를 일이었다. 차라리 혼자 있는 것보단 나을까, 싶어서 고민하던 그녀는 그대로 번호를 눌렀다.

"몰라."

아무리 같이 있어도 통화 한 번쯤은 괜찮잖아? 다분히 욕심 가득한 마음을 가지고 냅다 누른 전화 버튼에 신호가 가기를 잠시, 금방 신호가 끊겼다.

"윤도경!"

상황은 몰라도 바로 전화를 받았으니 일단 반가움에 불러 본 이름이었다. 힘찬 외침에 곧 낮은 웃음과 함께 그가 말했다.

-목소리 좋아 보인다.

"윤도경 씨랑 통화하니까 좋아진 거지."

-그런 거야?

"응. 그거 말고 내가 좋을 일이 뭐가 있어."

내숭이니, 밀당이니 그건 모르겠고 일단 직진이다. 어린 시절 하지 못한 연애의 꽃을 이제야 피우다 보니 새싹보다 푸르고 순수했다. 봄은 책상에 앉아 손가락을 움직이며 물었다.

"오늘 아버지 만났다면서요. 식사한 거예요? 혹시 지금도 보고 있다든가."

-점심에 잠깐 만났어. 병원 잠시 다녀왔고. 너는, 밥 먹었어?

"응, 진수성찬. 나 너무 귀한 딸인가 봐. 근데 내가 이런 말 하면 엄마는 귀하게 안 키웠는데 알아서 귀하게 컸다고, 신기하다고 하더라."

이상한 일이었다.

겨우 하루 보지 못한 건데 하고 싶은 말이 너무 많았다. 왜 강성으로 오게 되었는지는 이미 낮에 설명을 했음에도 또 할 이야기가 산더미였다. 다소 일방적인 봄의 이야기를 빠짐없이 들어 주던 도경이 물었다.

-부모님 잘 계시지.

"응. 잘 계세요. 아차, 나도 물었어야 하는데. 아저씨는 잘 계세요?"

-잘 계셔.

"나중에 인사도 드려야… 어, 이거 부담 주는 거 아니에요. 그냥 이거는 가벼운 이야기야. 고향 친구 아버지에게 하는 인사 같은 거."

-나도 인사드려야 할 텐데. 예전엔 과일 같은 거 좋아하셨는데, 아직도 좋아하시나?

의외의 말에 그녀는 배시시 웃으며 자리에서 일어났다. 부모님까지 챙겨 주는 애인의 말이 너무 예뻐서다. 팬스레 화끈거리는 얼굴을 감싼 봄이 말했다.

"여전히 좋아하세요. 안 그래도 우리 부모님 윤도경 씨 엄청 좋아하잖아."

-괜찮겠어? 난 부담 주는 건데.

그녀의 눈이 반짝 뜨였다. 그런 봄을 아는 듯 한 박자 쉰 도경이 말을 이었다.

-뵙게 되면 친구로 가진 않을 거야.

순간 말문이 막힌 그녀가 입술을 벙긋거렸다. 봄은 왠지 간지러운 발가락을 꼼지락거리며 창가로 다가가 창틀을 매만졌다. 얼굴이 점점 더워지고 있었다.

"말해도, 되는 거예요?"

어쩐지 조심스러운 물음에 도경은 뜸도 들이지 않았다.

-안 될 게 뭐 있어.

그의 말이 가슴에 깊이 퍼지며 든든함을 주었다. 하지만 감정적으로 다가갈 부분은 아니었다. 봄은 살며시 고개를 저었다.

"너무 고맙지만 지금은 집을 정리한 후에 해요. 윤도경 씨가 불편할 거야."

-난 괜찮아.

"온결을 신경 쓰고 있는 건 사실이잖아요."

주인 없는 집에서 주인집 동생과의 연애. 어쩐지 과도하게 외설을 끼얹은 느낌이지만 사실은 사실이다. 이것은 죄를 지은 게 있지도, 없지도 않은 애매모호한 상황이었다. 무엇보다도 도경이 그것을 신경 쓰며 미안해하지 않길 바랐다. 다만, 길게 끌고 가고 싶은 마음은 그녀도 없었다.

봄은 빠르게 덧붙였다.

"집 빨리 알아볼게요. 내일부터 당장."

-…그래. 나도 알아볼게.

어쩐지 쓸쓸함이 느껴지는 도경의 목소리가 가깝게 들리는 것 같았다. 왠지 기운이 없어 보여서 창문을 한 겹 열며 물었다.

"잠은 좀 잤어요?"

당연히 못 잤을 것 같지만 혹시나 해서 물었다. 물론 이렇게 묻는다고 해서 피곤하다고 말할 사람도 아니다. 매번 괜찮다고만 할 사람인 것을 안다. 그래도 걱정되는 마음에 건넨 말에 도경이 대답했다.

-한숨도 못 잤어.

"어?"

-자고 싶은데, 잘 수가 없어서.

처음 듣는 약한 말이 봄의 귀를 타고 들어와 가슴으로 번졌다. 마저 바깥 창문을 열던 그녀가 손을 멈추고 멍해지자 도경은 속삭이듯 말을 이었다.

-조금 힘드네.

이미 그가 제대로 잠들지 못하고 있다는 건 알고 있었다. 하지만 얼마나 잠을 못 자는 건지는 알지 못했다. 솔직히 말해서 자신과 같은 자리에 있을 때의 도경은 잠이 들기도 했고 편해 보였으니까.

눈에 보이는 것이 전부가 아니라는 걸 알면서도 '힘들다'는 말을 할 정도로 잠을 못 자는 줄은 몰랐다. 봄은 미안함에 가슴께에 올린 손을 꾹 쥐었다.

"진작 말하지. 그 정도일 줄은 몰랐잖아."

도경을 탓하는 건 아니지만 속상함에 괜한 말이 튀어나왔다. 그의 입에서 나온 약한 말이 고마우면서도 안타까워 입술을 깨물었을 때, 도경의 낮고 따뜻한 목소리가 말했다.

-네가 있으면 돼.

"……."

-그러면 잘 수 있을 것 같아.

언제고 윤도경이 이렇게까지 솔직하게 제 약한 마음을 보여 준 적이 있던가.

아니, 그녀가 아는 시간들을 통틀어 단 한 번도 없었다. 봄은 오직 자신에게만 열린 마음을 읽었고 이 시간과 순간을 놓치지 않았다. 그녀의 눈이 벽에 걸린 시계를 확인했다. 밤이다. 아주 늦은 건 아니지만, 서울에서 여기까지 오기엔 조금 늦은 시간. 그걸 알면서도 봄은 이기적이기로 마음먹었다.

숨을 크게 한번 들이쉰 그녀가 입을 열었다.

"혼자 안 재운다고 했잖아요."

얼마나 이기적인지, 알 게 뭐람. 보고 싶고 봐야 하니까. 반드시 그를 안아 줘야 할 것만 같아서 이기심을 부렸다.

"어제 한 번은 봐줄게. 나는 못 가니까, 그러니까 좀 힘들어도 윤도경 씨가……."

-그래서.

한껏 제멋대로 하는 봄의 말을 끊어 낸 도경이 말했다.

-데려가려고.
딩동.

2권에 계속

내 손안의 달콤한 로맨스